Thorsten Sueße
Die Tote und der Psychiater

*Im Verlag CW Niemeyer ist bereits
folgendes Buch des Autors erschienen:*

Toter Lehrer, guter Lehrer
Schöne Frau, tote Frau
Hannover sehen und sterben

Bibliografische Information der Deutschen Nationalbibliothek
Die Deutsche Nationalbibliothek verzeichnet diese Publikation in der
Deutschen Nationalbibliografie; detaillierte bibliografische Daten sind im
Internet abrufbar über http://dnb.ddb.de

© 2014 CW Niemeyer Buchverlage GmbH, Hameln
www.niemeyer-buch.de
Alle Rechte vorbehalten
Der Umschlag verwendet ein Motiv von shutterstock.com
Scream Subbotina Anna 2013
Printed in Germany
ISBN 978-3-8271-9462-6

Thorsten Sueße

Die Tote und der Psychiater

2. Fall mit Dr. Mark Seifert

CW Niemeyer *N*

Der Kriminalroman spielt hauptsächlich in Städten der Region Hannover und in Hildesheim. Personen und Geschehnisse sind frei erfunden, jedoch Parallelen zur Realität unvermeidbar. Die Beschreibung der unmittelbaren Tatorte, an denen es zu kriminellen Handlungen kommt, ist ausgedacht.

Über den Autor:

Dr. med. Thorsten Sueße, geboren 1959 in Hannover, verheiratet, zwei Kinder, wohnt seit vielen Jahren mit seiner Familie am südlichen Rand seiner Geburtsstadt. Er ist Facharzt für Psychiatrie, Psychotherapie und Psychosomatische Medizin, leitet den Sozialpsychiatrischen Dienst der Region Hannover. Bei der Darstellung der Handlung seiner Kriminalromane orientiert er sich an seinem eigenen Arbeitsalltag, der durch eine regelmäßige Zusammenarbeit mit der Polizei Hannover geprägt ist.

Der Autor veröffentlichte ansonsten ein Fachbuch über die NS-„Euthanasie" in Niedersachsen, ein Theaterstück und zahlreiche Kurzgeschichten in diversen Anthologien, außerdem schrieb er ein Drehbuch für einen Spielfilm. Daneben betätigt er sich als Schauspieler, hauptsächlich im Bereich Theater, hat aber auch Sprechrollen in Fernseh- und Kinoproduktionen.

Er ist Mitglied im Bundesverband junger Autoren und Autorinnen.

Weitere Informationen über den Autor unter:
www.thorsten-suesse.de

*Zur Erinnerung
an „Incubus", den ersten amerikanischen Spielfilm,
der auf Esperanto im Jahr 1966 gedreht wurde.*

1

Martina Tegeder rechnet nicht damit, dass sie an diesem frühen Morgen mit einem schrecklichen Verbrechen konfrontiert wird. Mit dem Fahrrad fährt sie an den einzelnen Grundstücken der Einfamilienhäuser vorbei. Eine fast dörfliche Idylle. Es ist Anfang Mai. Dunst liegt über den Feldern und dem kleinen Friedhof, der direkt an das Wohngebiet grenzt. Um 6:30 Uhr ist noch nicht viel los auf den Straßen von Wilkenburg. Ihre Arbeit als Zeitungsausträgerin hat Martina bereits erledigt und Brötchen besorgt.

Jeden Morgen, zumindest von Montag bis Samstag, steckt sie pünktlich die Tageszeitung in die Briefkästen. Wer die „Hannoverschen Nachrichten" abonniert, will die Zeitung beim Frühstück lesen, bevor es zur Arbeit geht. Heute ist auf der ersten Seite ein kurzer Artikel über die Friedensbotschaft von Franziskus, dem neuen Papst seit zwei Monaten.

Fast alle Bewohner an der kleinen Straße zum Feld gehören zu ihren Kunden. Hochgewachsene Hecken um die Grundstücke bieten einen ausgezeichneten Sichtschutz. Martina nähert sich dem letzten Haus vor dem Feld: ein weiß verklinkertes Gebäude mit einer Garagenauffahrt, versperrt durch eine Pforte. Auf dem Gehweg vor dem Grundstück schimpft ein Hundebesitzer mit seinem angeleinten Golden Retriever. Der Hund ist sehr unruhig, will sich nicht von der Garagenauffahrt wegzerren lassen. Als Martina mit dem Fahrrad kommt, bellt der Hund sie an.

„Pfui, Benny! Platz", ruft der Mann seinen Hund zur Ordnung. Und an Martina wendet er sich mit einem zerknirschten Lächeln: „Tut mir leid. Ich weiß gar nicht, was heute mit Benny los ist."

„Nicht so schlimm", beschwichtigt Martina. „Ich kenne doch Benny. Sonst ist er ja immer ganz friedlich."

Angespannt setzt sich der Hund auf den Gehweg. Schließlich gelingt es dem Mann, seinen aufgeregten Golden Retriever hinter sich her zu ziehen. Aus dem Briefkasten neben der Hecke ragen die „Hannoverschen Nachrichten", die Martina dort vor einer guten halben Stunde hineingesteckt hat. Martina nimmt die Zeitung an sich, öffnet die Pforte und stellt ihr Fahrrad auf dem Grundstück ab. Mit Brötchentüte und „Hannoverschen Nachrichten" in der Hand geht sie auf die Haustür zu. Hier wohnt die sympathische Frau Faber, bei der sie heute Morgen zum Frühstück eingeladen ist.

Was war bloß mit dem Hund los?, geht es ihr durch den Kopf. Frau Faber leidet unter Schlafstörungen und ist morgens schon früh auf. Die Zeitung hat sie aber noch nicht hereingeholt. Martina drückt auf den Klingelknopf neben der Haustür.

Keine Reaktion.

Die Zeitungsausträgerin klingelt erneut.

Von drinnen ist nichts zu hören.

„Hallo, Frau Faber?!", ruft sie.

Keine Antwort. Schläft Frau Faber etwa noch? Hat sie das gemeinsame Frühstück vergessen? Das wäre ganz untypisch für die sonst sehr zuverlässige Frau.

Martina stutzt, ist für einen kurzen Moment unschlüssig, was sie tun soll. Das Klingeln müsste Frau Faber eigentlich geweckt haben.

Langsam geht Martina durch den Garten um das Haus herum.

Ihr fällt auf, dass das Küchenfenster geöffnet ist. Plötzlich durchfährt ein Schreck ihren Körper. Mit einem Blick durchs Fenster hat sie erfasst, dass in der Küche ein totales Chaos herrscht. Sämtliche Schubladen stehen offen. Auf der Arbeitsplatte und dem Fußboden liegen verstreut diverse Zettel und herausgerissene Tüten mit Lebensmitteln wie Nudeln, Reis, Zucker oder Mehl.

Ein Einbruch! Martina hat die Situation sofort erkannt. Augenblicklich spürt sie ihren rasenden Herzschlag, bekommt schweißnasse Hände. Sind die Täter vielleicht noch im Haus? Unwahrscheinlich, dass Einbrecher morgens kommen, bevor die meisten Hausbesitzer zur Arbeit gehen.

Unter Umständen sind die Täter gestern hier eingedrungen, haben womöglich Frau Faber irgendwo im Haus eingesperrt. Martinas nächste Schritte auf die Terrasse zum großen Wohnzimmerfenster genügen, um ihr das ganze Ausmaß des Schreckens vor Augen zu führen.

Niemals im Leben wird sie diesen Anblick vergessen. Die Frau liegt leblos auf dem Bauch im Wohnzimmer. Ihr Hinterkopf ist voller Blut. Neben dem Kopf zeigt der Teppichboden eine Blutlache.

Mit voller Lautstärke schreit Martina ihr Entsetzen heraus, wendet sich ab, läuft zurück in den Garten. Mit zitternden Händen sucht sie in der Hosentasche nach ihrem Handy. Zunächst ist sie unfähig, auch nur eine Taste zu drücken. Die Anspannung hat ihren gesamten Körper erfasst. Tränen laufen ihre Wangen herunter, Martina nimmt die Umgebung wie durch einen Schleier wahr.

Sie schafft es schließlich, 110 zu tippen. Als sich die Polizei meldet, bringt Martina nur noch ein Stammeln heraus: „Ich bin in Wilkenburg ... bei Frau Faber ... alles voller Blut ... Dörrieweg ... sie ist tot ... tot ... kommen Sie schnell ..."

*

Der graue VW Passat fährt am Maschsee entlang und erreicht nach einigen Minuten die südliche Stadtgrenze von Hannover. Am Steuer sitzt Kriminalhauptkommissar Thomas Stelter, neben ihm Kriminaloberkommissarin Andrea Renner. Es herrscht morgendlicher Berufsverkehr, die meisten Autos kommen ihnen auf der anderen Straßenseite entgegen. Das Ziel der beiden Polizisten ist Wilkenburg, ein kleiner Ort mit tausend Einwohnern, der zur Stadt Hemmingen am Rand von Hannover gehört.

„Das erste Mal in meinem Dienstleben, dass ich wegen eines Mordfalls nach Wilkenburg gerufen werde", brummelt der Anfang fünfzigjährige Hauptkommissar von der Polizeidirektion Hannover. Seine um fünfzehn Jahre jüngere Kollegin, die wie Stelter zur Kriminalfachinspektion 1.1 K „Straftaten gegen das Leben" gehört, nickt zustimmend.

„Bisher habe ich Wilkenburg auch nur im Zusammenhang mit Pferden vor Augen gehabt. Da sollen doch mehr Gäule als Menschen leben", behauptet sie und spielt darauf an, dass der beschauliche Ort vor allem durch ein jährlich stattfindendes Reitturnier überregional von sich reden macht. Wie zur Bestätigung fahren sie gerade in diesem Moment an einer großen Koppel vorbei, auf der zahlreiche Pferde weiden.

Sie haben Wilkenburg erreicht. Ein Wohnort, mit dem Andrea sofort Ruhe und Harmonie verbindet. Die

Hauptstraße macht eine Rechtskurve, dann ist eine Bushaltestelle zu sehen. Direkt davor biegt Stelter rechts ab.

„Da ist es schon", kommentiert Andrea und zeigt auf die Streifenwagen am Ende der kleinen Straße. Uniformierte Polizisten sprechen dort mit einigen Passanten. Stelter fährt an der Menschengruppe vorbei und parkt den Passat am Feldrand. Dort stehen bereits zwei weitere Autos.

Als er den Wagen verlässt, spürt er bereits die angenehme Wärme des Frühlingstages. Der Winter hat dieses Jahr lange genug gedauert!

Dem uniformierten Polizisten, der ihn mit skeptischer Miene anschaut, raunt er zu: „Wir sind die Mordbereitschaft." Dabei wedelt er mit seinem Dienstausweis. Sein Gegenüber nickt, und Stelter und Andrea betreten den Zugang zu dem weiß verklinkerten Einfamilienhaus.

Die Haustür steht offen, bereits im Flur sehen sie die Kollegen vom Kriminaldauerdienst bei der Spurensicherung. Eine kurze Begrüßung. Max Quast, einer der Mitarbeiter in den weißen Overalls, führt Stelter und Andrea ins Wohnzimmer, wo ihr erster Blick auf den Leichnam der auf dem Bauch liegenden Frau fällt. Die Frau ist mit einer Bluse und einer langen Jeans bekleidet. Das verkrustete Blut in den blonden Haaren weist bereits auf die Todesursache hin. Die überall auf dem Boden verstreuten Papiere, herausgerissenen Schubladen und offenstehenden Schranktüren lassen auf einen Einbruch schließen. Im hinteren Teil des Wohnzimmers steht Dr. Ulrich Lindhoff, Rechtsmediziner aus der Medizinischen Hochschule, und macht sich einige Notizen. Als er Stelter und Andrea erkennt, kommt er sofort auf sie zu und begrüßt sie.

„Meine Arbeit vor Ort habe ich bereits abgeschlossen", verkündet er mit einer gewissen Zufriedenheit. „Das Wohnzimmer ist sicherlich auch der Tatort. Die Frau ist wahrscheinlich durch mehrere Schläge auf den Hinterkopf getötet worden. Der Täter muss mehrfach mit einem stumpfen Gegenstand auf sie eingeschlagen haben."

„Kannst du schon sagen, wann ungefähr der Tod eingetreten ist?", möchte Stelter wissen.

„Ich schätze, das wird gestern Nachmittag gewesen sein."

„Wer ist die Tote?", fragt Andrea.

„Claudia Faber, 38 Jahre, Eigentümerin dieses Hauses", weiß Max Quast zu berichten.

„Ist sie verheiratet? Lebt sonst noch jemand in diesem Haus?"

„Nein, sie lebt allein. Ist verwitwet", sagt Quast. „Ich habe mit der Zeitungsausträgerin, die die Tote entdeckt hat, gesprochen. Eine Frau Tegeder, die wusste eine Menge über die Ermordete. Frau Tegeder war heute Morgen verständlicherweise total aufgelöst, hält sich jetzt aber noch für weitere Fragen im Nachbarhaus bereit."

„Was habt ihr schon über den vermutlichen Tathergang herausgefunden?", wendet sich Stelter an Quast.

„Das Küchenfenster ist gewaltsam aufgehebelt worden. Allem Anschein nach ist ein Täter gestern durch das Küchenfenster in das Haus eingedrungen. Bei diesen ungesicherten Fenstern dauert das Aufhebeln mit einem Schraubenzieher lediglich ein paar Sekunden. Der Täter könnte von Frau Faber im Wohnzimmer überrascht worden sein. Vielleicht war die Frau zunächst im Obergeschoss und hatte dort verdächtige Geräusche aus ihrem Wohnzimmer gehört. Dafür spricht, dass sie zum Zeitpunkt ihrer Ermordung Pantoffeln trug."

„Dann wäre es wahrscheinlich, dass es noch einen zweiten Täter gibt. Schließlich wurde sie von hinten erschlagen", kombiniert Stelter. „Es sei denn, der Täter hat sich versteckt und von hinten an sein Opfer herangeschlichen."

„Das mit den zwei Tätern würde passen", stimmt Quast zu. „In Hemmingen und Umgebung sind in den letzten Monaten mehrere Einbrüche passiert. Vom Ablauf her kann das nie ein Täter allein gewesen sein. Jedes Mal waren die Einbrüche tagsüber – und keinem Nachbarn ist etwas aufgefallen. Stand zumindest in der Zeitung."

„Aber dabei ist nie einer der Geschädigten ernsthaft körperlich zu Schaden gekommen", wendet Stelter ein.

„Weil zum Zeitpunkt des Einbruchs sonst auch niemand im Haus war. Vielleicht haben sich die Täter gestern in diesem Punkt verschätzt", mutmaßt Quast. „Das Telefon der Frau war stummgeschaltet. Aber der Speicher des Apparats weist um 14:16 Uhr den entgangenen Anruf von einem Handy auf. Möglicherweise haben die Täter durch diesen Anruf überprüfen wollen, dass niemand zu Hause ist. Und das Opfer hat den Anruf nicht mitbekommen."

„Hätte nicht auch ein einziger Schlag auf den Hinterkopf genügt, um anschließend problemlos flüchten zu können?", sinniert Stelter mit fragendem Blick auf den Rechtsmediziner.

Lindhoff zuckt mit den Schultern: „Na klar. Aber wenn der Täter keine Maske getragen hat und von Frau Faber erkannt worden ist … vielleicht wollten die Einbrecher auf Nummer sicher gehen und die einzige Augenzeugin für immer zum Schweigen bringen."

„Sind auch die Räume im Obergeschoss durchwühlt worden?", fragt Stelter.

„Ja", bestätigt Quast. „Die Räume oben sehen ebenso aus wie Wohnzimmer und Küche hier unten. Wenn sich die Frau zum Zeitpunkt des Einbruchs zunächst noch im Obergeschoss aufgehalten hat, kann das Durchwühlen der oberen Räumlichkeiten erst nach ihrem Tod erfolgt sein."

„Was auf eine ungeheure Kaltschnäuzigkeit der Täter hindeuten würde", kommentiert Stelter. „Gibt es Hinweise, was die Täter gesucht und entwendet haben?"

Die Einrichtung des Hauses wirkt geschmackvoll, aber in jeder Beziehung durchschnittlich.

„Wir haben im Haus weder Schmuck noch Bargeld gefunden. Das könnte das Ziel der Täter gewesen sein. Technische Geräte wie Flachbildfernseher und Notebook haben sie nicht mitgenommen", erklärt Quast.

„Nach Reichtümern, für die sich ein Raubmord lohnen würde, sieht es hier nicht aus. Aber es sind ja schon Menschen für noch geringere Wertbeträge umgebracht worden", sagt Stelter. „Habt ihr irgendwelche Spuren im Garten gefunden, die von den Tätern sein könnten?"

„Nicht wirklich. Draußen ist es trocken. Um das Haus ist Rasen, direkt vor dem Küchenfenster ist ein Streifen mit Kies. Die Terrassentür war verschlossen. Wahrscheinlich haben die Täter das Haus wie selbstverständlich durch den Haupteingang verlassen", verkündet Quast, der dann jedoch seinem Gesicht einen bedeutungsvollen Ausdruck verleiht. „Etwas haben wir aber doch noch gefunden. Eine Visitenkarte neben der Basisstation des Telefons hier im Wohnzimmer."

Quast zeigt auf die Visitenkarte, auf der sich das Logo der Region Hannover befindet. Stelter wirft interessiert einen Blick darauf.

Die Visitenkarte gehört Dr. Mark Seifert, Facharzt für Psychiatrie und Psychotherapie und Leiter des Sozialpsychiatrischen Dienstes.

„Die Tote war also möglicherweise psychisch krank. Aber dazu wird mir Herr Dr. Seifert später sicherlich mehr erzählen können", äußert der Hauptkommissar und sieht Andrea auffordernd an. „Im Nachbarhaus wartet doch die Zeitungsausträgerin, die die Tote gekannt haben soll. Lass uns zu ihr rübergehen."

„Momentan zweifle ich noch, ob das psychische Befinden des Opfers irgendwelche Hinweise zur Aufklärung des Verbrechens liefern kann", seufzt Andrea. „Möglicherweise war Claudia Faber nur zufällig vor Ort, als skrupellose Täter in ihr Haus einbrachen. Dabei hätte es genauso gut eines der Häuser in der Nachbarschaft treffen können."

„Vielleicht hast du recht, aber ich möchte trotzdem das volle Programm durchziehen. Es ist nur ein Gefühl ..."

„Schon gut", entgegnet Andrea und kratzt mit der rechten Hand in ihren langen braunen Haaren. „Du bist schließlich der Mann mit der langjährigen Erfahrung bei der Mördersuche."

„Stimmt", ist Stelters kurzer und emotionsloser Kommentar.

Danach nicken der Hauptkommissar und seine Kollegin den Umstehenden zu und verlassen den Tatort.

*

„Ich kann es immer noch nicht fassen", stößt Martina Tegeder zum wiederholten Mal hervor. Sie sitzt zusammengesunken auf einem Sessel im Wohnzimmer des Nachbarhauses, welches dem Ehepaar Kaiser gehört.

Thomas Stelter und Andrea Renner sitzen Martina gegenüber. Nur zu gut können sie die Betroffenheit der Zeitungsausträgerin, die die Ermordete über Jahre gekannt hat, verstehen.

Herr und Frau Kaiser, zwei rüstige Rentner, haben der Polizei bereitwillig ihr Wohnzimmer für das Gespräch mit Martina überlassen. Möglicherweise wegen des Altersunterschieds hat es zwischen den Nachbarn nie nennenswerte Berührungspunkte gegeben. Eine hohe Hecke trennt die beiden Grundstücke. Vom Einbruch in das Haus von Claudia Faber haben die Kaisers nichts bemerkt.

Erstaunlicherweise weiß die Zeitungsausträgerin mehr als die unmittelbaren Nachbarn über die Ermordete zu berichten.

„Frau Faber hat für einen ambulanten Pflegedienst in Hannover gearbeitet. Früher war sie Krankenschwester in einer Klinik. Vor vier Jahren ist sie mit ihrem Mann nach Wilkenburg in dieses Haus gezogen", berichtet Martina, wobei sie ein erneutes Weinen unterdrückt.

„Wann ist ihr Mann verstorben?", fragt Andrea.

„Mitte letzten Jahres – an Krebs. Die Fabers haben hier immer sehr zurückgezogen gelebt, wollten ihre Ruhe haben. Vielleicht, weil der Mann schon beruflich als Pharmavertreter jede Menge Kontakte pflegen musste."

„Woher wissen Sie das alles so genau?", fragt Stelter erstaunt dazwischen.

„Solange ihr Mann noch lebte, haben wir immer nur einige wenige Worte gewechselt. Aber nach seinem Tod ist Frau Faber aufgetaut. Ich bin ja auch nur ein paar Jahre älter als sie. Ich glaube, sie suchte nach einer geeigneten Gesprächspartnerin. Nach dem Tod ihres Mannes hat sie mich zweimal zu sich nach Hause zum Kaffeetrinken eingeladen. Als Krankenschwester musste sie ja ebenfalls oft früh aus dem Haus. Sie wirkte so niedergeschlagen – und da habe ich die Einladungen angenommen. Eine sehr sympathische Frau, die aber immer eine gewisse Distanz eingehalten hat."

„Hat sie Kinder?", fragt Andrea.

„Nein. Aber sie hat mal in einem Nebensatz angedeutet, dass sie gerne welche gehabt hätte."

„War Frau Faber psychisch krank?", lautet Stelters nächste Frage.

„Psychisch krank? Na, sehr traurig halt. Sicherlich weil ihr Mann so früh gestorben ist. Bis vor Kurzem hatte sie für einige Wochen ihre Tageszeitung abbestellt. Da war sie wohl in einer Klinik."

„Wissen Sie, ob sie Kontakt zum Sozialpsychiatrischen Dienst hatte?", setzt Stelter nach.

„Das weiß ich nicht."

„Was haben Sie von Frau Faber in den letzten Tagen mitbekommen?", lautet die nächste Frage des Hauptkommissars.

„Mir kam sie gestern ängstlicher vor als sonst."

„Ach", äußert Stelter mit einem bedeutungsvollen Blick zu seiner Kollegin. „Woran haben Sie das bemerkt? Oder hat Frau Faber etwas Bestimmtes zu Ihnen gesagt?"

„Gestern ist sie zu mir aus dem Haus gekommen, als ich mit der Zeitung kam. Sie wirkte ganz unruhig und meinte nur, dass sie froh sei, dass ich es wäre, der ihr die Zeitung bringt." Martina stockt. „Dann hat sie mich spontan für heute Morgen zum Frühstück bei sich eingeladen und ich habe versprochen, die Brötchen mitzubringen. Nur deshalb bin ich hinten in ihren Garten gegangen ..."

Stelter nickt verständnisvoll mit dem Kopf.

„Könnten die Täter etwas Spezielles bei Frau Faber gesucht haben?", schaltet sich Andrea ein.

„Nein", antwortet die Zeitungsausträgerin. „Was sollte das auch schon sein!?"

2

Zwei Tage vorher ...

Der Wagen steht unauffällig geparkt an Wilkenburgs Hauptstraße in der Nähe der Bushaltestelle. Der Mann sitzt hinter dem Steuer und liest Zeitung. Gelegentlich schaut er durch die Scheibe des Wagens die Straße entlang. Es ist Vormittag. Er hofft, dass Claudia Faber irgendwann demnächst ihr Haus verlassen wird. Zwar kann er das Haus vom Wagen aus nicht sehen, weil es am anderen Ende einer Nebenstraße liegt. Aber wenn die Frau in den Ort will oder mit dem Bus nach Hannover, muss sie hierher zur Hauptstraße kommen. Er weiß, dass Claudia schon seit Wochen nicht mehr selbst Auto fährt. Ihr Haus hat er bereits unbemerkt von außen in Augenschein genommen.

Er hat die Geduld, die sein Vorhaben benötigt. Da er weitab von ihrem Haus parkt, wird ihn später niemand mit ihr in Verbindung bringen.

Schließlich ist es so weit. Rechts aus der Nebenstraße kommt Claudia Faber, überquert die Hauptstraße und geht zur Bushaltestelle. In dieser Richtung fährt der Bus nach Hannover. Die Frau ist mit einer Jacke und Jeans bekleidet. Über der rechten Schulter trägt sie eine Handtasche. Durch die Frontscheibe sieht der Mann nach einigen Minuten den Bus vom Nachbarort Arnum kommen. Der Bus hält, lässt Claudia und eine Frau mit einem Kinderwagen einsteigen und fährt weiter.

In aller Ruhe startet der Mann seinen Wagen, wendet auf der Hauptstraße und fährt dem Bus hinterher.

Nur noch vier Stopps bis zur Endstation. Die nächste Haltestelle ist bereits in Hannover. Als Claudia nicht am großen Einkaufsmarkt aussteigt, ist klar, dass sie bis zur Endstation durchfährt, wo sie in die Stadtbahn umsteigen kann. Der Mann überholt den Bus und fährt voraus. In der Nähe der Endstation „Am Brabrinke", vor dem eingezäunten Gelände eines Technologiekonzerns, findet er problemlos einen Parkplatz. Von dort schlendert er zur vierspurigen Hildesheimer Straße, die sich in nordwestlicher Richtung ganz bis Hannover-Mitte zieht. Er stellt sich zu einer Gruppe von Wartenden an der Stadtbahnhaltestelle. Da taucht bereits Claudia auf und steuert ebenfalls auf die Haltestelle zu. Sie will also wirklich in die City. Seine Einschätzung war richtig. Er dreht der Frau den Rücken zu, als sie an ihm vorbeigeht.

Zwei Minuten später hält die Stadtbahn neben ihnen. Claudia steigt vorne in den zweiten Wagen, der Mann nimmt den mittleren Einstieg. Kein Problem einen Sitzplatz zu bekommen. Die meisten Fahrgäste sind mit sich selbst beschäftigt oder kommunizieren mit der Außenwelt über ihr Smartphone. Claudia sitzt mit dem Gesicht in Fahrtrichtung. Der Mann steht einige Meter hinter ihr. Er beobachtet sie, ohne dass sie etwas davon bemerkt. Nach fünf Haltestellen taucht die Stadtbahn in den unterirdischen Tunnel ein. Eine rothaarige Frau Mitte vierzig hat sich Claudia gegenübergesetzt. Der Mann ist irritiert, als die Frau anfängt, ihn kritisch zu mustern. Er geht einige Schritte nach hinten, behält aber Claudia im Blick. Nach dem Halt an der zweiten U-Bahn-Station steht die Rothaarige langsam auf und kommt auf ihn zu.

Verdammt, was will die Alte von mir?, ist sein erster Gedanke.

Er dreht sich nach hinten, als würde er sie nicht bemerken. Die Frau bleibt neben ihm stehen.

„Was starren Sie mich eigentlich so an?", sagt sie mit energischem Tonfall.

Ein Aufsehen ist das Letzte, was er jetzt gebrauchen kann. „Mach ich doch gar nicht", antwortet er mit unterdrückter Stimme.

Fehlt nur noch, dass sich Claudia umdreht und sich sein Gesicht einprägt! Er guckt bewusst nach hinten.

„Natürlich, hab ich doch gesehen!", setzt die Frau nach und scheint Gefallen an dem Aufruhr zu finden. Sie scheint ihre vermeintliche Überlegenheit auszukosten.

Bekommst wohl sonst nicht genug Aufmerksamkeit, du blöde Schlampe, sagt er in Gedanken zu sich. An anderer Stelle hätte er sie umgehend zum Schweigen gebracht.

So bringt er nur unter großer Selbstbeherrschung hervor: „Nein, Entschuldigung. Das muss ein Irrtum sein."

Er merkt, dass der Wagen zum Stillstand gekommen ist. U-Bahn-Station „Schlägerstraße". Er wagt einen flüchtigen Blick nach vorne. Claudia sitzt nicht mehr auf ihrem Platz. Sie muss gerade in dem Moment ausgestiegen sein, als ihn die Rothaarige abgelenkt hat.

„Scheiße!", stößt er wütend hervor. Die streitlustige Frau wirkt von dem abrupten Tonfallwechsel merklich überrascht. Bevor sich die Türen wieder schließen, huscht er gerade noch auf den Bahnsteig. Die U-Bahn-Station hat Aufgänge in zwei verschiedene Richtungen. In welche Richtung ist Claudia gegangen? Da sieht er sie auf einer Treppe nach oben gehen. Na also, kein Problem! Langsam strebt er auf die Treppe zu und folgt ihr.

Der Aufgang führt zur belebten Hildesheimer Straße. Hier reiht sich auf beiden Straßenseiten ein Einzelhandelsgeschäft an das andere. Claudia geht zielstrebig Richtung Innenstadt.

An der nächsten Ecke ist die Traditionsbuchhandlung „Erich W. Hartmann". Dort biegt Claudia rechts in die Weinstraße ein. Gleich am Anfang der Straße befindet sich ein älteres gelbes dreistöckiges Gebäude – das Gesundheitsamt der Region Hannover. Vor dem Eingang steht eine Gruppe jüngerer Leute, möglicherweise südosteuropäischer Herkunft. Vier Stufen führen zum Eingang mit einer Glastür. Der Mann sieht, wie Claudia das Gebäude betritt. Im Gesundheitsamt ist vormittags viel Betrieb. Um diese Zeit finden zahlreiche amtsärztliche Untersuchungen und die Belehrungen für den hygienischen Umgang mit Lebensmitteln statt. Der Mann weiß, dass es im Gesundheitsamt keine Videoüberwachung gibt. Er will später auf keinen Fall auf einem Überwachungsfilm als Verfolger der Frau identifiziert werden. Der Vorraum im Erdgeschoss ist mit einer kleinen Gruppe von Besuchern gefüllt. Hier fällt er überhaupt nicht auf. Vom Vorraum geht links ein Gang ab, lang und schmal. Dem Mann ist bekannt, dass sich hinter den zahlreichen Türen auf beiden Seiten des Ganges die Untersuchungszimmer der Amtsärzte befinden. Die Stuhlreihen auf dem Gang sind für die Wartenden. Claudia ist gleich vor der ersten Tür rechts stehengeblieben und hat geklopft. Ohne eine Reaktion von innen abzuwarten, öffnet sie mit einem Ruck die Tür. Dahinter ist offenbar ein Vorzimmer mit Sekretärin.

Claudias Bewegungen wirken auf einmal hektisch, als sie den Raum betritt.

„Mein Name ist Claudia Faber. Ich möchte Herrn Dr. Seifert sprechen ... es ist sehr wichtig. Wir kennen uns von früher."

Danach zieht sie die Tür hinter sich zu.

Der Mann registriert, dass dieses Büro nicht zum Amtsärztlichen Dienst gehört. Es ist das Vorzimmer des Leiters des Sozialpsychiatrischen Dienstes.

*

Sonja Mock, eine freundliche, aber resolute Frau um die vierzig, ist die zentrale Schaltstelle im Sozialpsychiatrischen Dienst. Als Sekretärin im Vorzimmer des Leiters hat sie wesentlichen Einfluss darauf, wer mit welchen Anliegen zum Chef durchdringt – ob überhaupt oder zumindest mit welchem zeitlichen Vorlauf. Dabei hat sie ein ausgezeichnetes Gespür entwickelt, das Wesentliche vom Unwesentlichen zu unterscheiden. Ohne sie würde ihr Chef an manchen Tagen gar nicht mehr zu seiner originären Arbeit kommen.

Sonja blickt überrascht von ihrem Schreibtisch auf die blonde Frau, die unvermittelt im Vorzimmer auftaucht. Die Besucherin scheint sich einige Sekunden im Raum zu orientieren, dann steuert sie auf die Durchgangstür zum Chef zu, wechselt dabei in einen vertraulichen Tonfall: „Ich vermute, Mark hat dort sein Büro."

Sofort springt Sonja Mock auf und stoppt das weitere Vorgehen der Frau mit einer energischen Ansage:

„Moment, Frau Faber! So geht das nicht. Sie können nicht einfach ohne Voranmeldung bei Herrn Dr. Seifert hereinplatzen!"

Den Namen „Claudia Faber" hat ihr Chef noch nie erwähnt. Die Sekretärin deutet auf einen Stuhl: „Bitte nehmen Sie erst einmal Platz, Frau Faber. Um was für eine Angelegenheit geht es denn grundsätzlich?"

„Das kann ich nur Mark persönlich sagen. Möglicherweise ist mein Leben bedroht. Er kennt mich allerdings noch unter meinem Mädchennamen: Gundlach."

Auf Sonja macht die Frau neben aller Hektik tatsächlich einen hilfsbedürftigen Eindruck.

„Na, mal sehen, was ich für Sie tun kann", äußert Sonja in deutlich ruhigerem Tonfall und greift zum Telefonhörer.

3

Es gibt Tage, da stinkt mich diese Schreibarbeit absolut an. Stellungnahmen für politische Ausschüsse, Beantwortung obskurer Anfragen, Prognosen zum Finanzhaushalt des Sozialpsychiatrischen Dienstes, Beurteilungen von Mitarbeitern oder Ausarbeitung psychiatrischer Gutachten. Da wünsche ich mir nichts sehnlicher als eine Unterbrechung und die Auseinandersetzung mit Menschen aus Fleisch und Blut. An meinem Schreibtisch kämpfe ich am PC mit einem Text zur Verbesserung der alterspsychiatrischen Versorgung in der Region Hannover. Natürlich wichtig und supereilig.

Das Telefon klingelt. Ich schöpfe Hoffnung, dass meine Sekretärin mir einen akzeptablen Grund zur Unterbrechung meiner Arbeit liefert.

„Ja, Mockie, was gibt's?", frage ich erwartungsvoll in den Hörer.

„Chef, entschuldigen Sie, dass ich störe", vernehme ich Sonja Mocks freundliche Stimme. „Hier im Vorzimmer sitzt eine Frau Claudia Faber, die Sie gerne dringend wegen einer persönlichen Angelegenheit sprechen möchte. Frau Faber sagt, dass Sie sich von früher persönlich kennen – allerdings noch unter dem Namen ‚Gundlach'. Ich habe ihr schon gesagt, dass Sie momentan sehr beschäftigt sind."

Claudia Gundlach – ich bin am Überlegen. Etwa die Krankenschwester, mit der ich vor über zehn Jahren in der Klinik zusammengearbeitet habe?

„Hat Frau Gundlach gesagt, aus welchem Zusammenhang wir uns kennen?", möchte ich wissen.

Hat sie offenbar nicht, aber Mockie bekommt das sofort mit einer Nachfrage heraus. Es ist tatsächlich die Claudia Gundlach, die ich auch vor Augen habe.

„Es scheint ja wirklich wichtig zu sein. Ich unterbreche kurz meine Arbeit und spreche mit ihr", verkünde ich gönnerhaft.

Vielleicht hätte ich mich vor Mockie bezüglich der Arbeitsunterbrechung etwas mehr zieren sollen, denn so hat sie meine Motivation offenbar sofort durchschaut, als sie besorgt mitteilt: „Tut mir echt leid, Chef, wenn die Schreibarbeiten Sie wieder erdrücken."

Mockie bleibt wirklich nichts verborgen, und ihre Anteilnahme ist ehrlich gemeint.

Ich gehe zur Durchgangstür und öffne sie. Im Vorzimmer sehe ich eine blonde Frau sitzen, die ich gleich wiedererkenne, obwohl wir uns seit Jahren nicht mehr über den Weg gelaufen sind. Mit großen Augen mustert sie mich aufmerksam.

„Hallo, Claudia", begrüße ich sie.

Sie erhebt sich und kommt zwei Schritte auf mich zu: „Hallo, Mark. Schön, dass du Zeit für mich hast."

Ich bitte sie, am runden Tisch in meinem Büro Platz zu nehmen. Dann schließe ich die Verbindungstür zu meinem Vorzimmer und setze mich zu ihr.

Claudia schaut mich erwartungsvoll an, reibt nervös ihre Hände aneinander.

„An deinem neuen Namen sehe ich, dass du inzwischen geheiratet hast", sage ich als allgemeine Eröffnung des Gesprächs.

„Ja. Patrick Faber, den Pharmavertreter, der uns immer im Krankenhaus besucht hat. Aber er ist letztes Jahr an Krebs gestorben. Ich bin immer noch nicht drüber hinweg."

Tränen laufen ihre Wangen hinunter.

„Du machst einen ziemlich angeschlagenen Eindruck. Was kann ich für dich tun?", frage ich, während ich vergeblich nach einem Taschentuch für Claudia suche.

Sie wischt sich mit der Hand durchs Gesicht.

„Ich brauche dringend deinen Rat als Unterstützung. Ich werde verfolgt ... und ich weiß nicht, was ich tun soll."

„Wer verfolgt dich – und warum?"

„Ich habe keine Ahnung ... weder wer es ist noch aus welchem Grund ..."

„Und seit wann fühlst du dich verfolgt?"

Claudia hat bei meinem letzten Satz die Augenbrauen hochgezogen: „Ich habe nicht nur das Gefühl, dass ich verfolgt werde, sondern ich werde wirklich verfolgt. Es hat irgendwann angefangen, als ich aus der Klinik entlassen wurde."

So richtig weiß ich nicht, wie ich Claudias Äußerungen einschätzen soll. Sie kommt mir bedrückt und ängstlich vor.

„Hast du gerade deinen Arbeitsplatz in der Klinik verloren? Und was genau ist dir passiert?", versuche ich etwas Klarheit zu gewinnen.

Claudia nickt verstehend: „Nein, ich habe nicht in der Klinik gearbeitet, sondern ich war dort als Patientin. Aber am besten, ich fange ganz von vorne an."

„Das ist gut. Ich habe Zeit, dir zuzuhören."

„Ich arbeite schon seit vielen Jahren nicht mehr im Krankenhaus. Das war nichts mehr für mich. Jetzt bin ich bei einem ambulanten Pflegedienst. Mit Patrick habe ich bis vor vier Jahren in Alfeld gewohnt, danach sind wir in ein Haus in Wilkenburg gezogen. Er hatte in seiner Firma die Sparte gewechselt und nichts mehr mit Psychiatrie zu tun." Sie stockt kurz. „Nach Patricks Tod bin ich zunehmend in eine depressive Krise gerutscht. Außer ihm hatte ich in Wilkenburg praktisch niemanden. Ich habe mich in die Arbeit gestürzt, bis es nicht mehr ging. Dann bin ich auf Drängen meines Hausarztes in stationäre psychiatrische Behandlung gegangen."

„In welcher Klinik warst du?"

„Dr. Ludendorff ..."

Die psychiatrische Klinik Dr. Ludendorff liegt in Ilten, einem kleinen Ort südöstlich von Hannover. Aktuell beschäftige ich mich sehr intensiv mit dieser Klinik.

„Warum hast du dich nicht schon früher bei mir gemeldet?", möchte ich wissen.

„Es war mir peinlich, plötzlich selbst als Patientin zu dir zu kommen."

„Warst du mit der Behandlung in der Ludendorff-Klinik zufrieden?"

„Ja. Die Medikamente und die Gespräche haben mir geholfen. Und ich war ganz überrascht, dass ich dort Ronald wiedergetroffen habe. Ich wusste gar nicht, dass er dort arbeitet."

„Ronald Dannenberg?"

„Richtig. Er ist da jetzt Oberarzt in der Allgemeinpsychiatrie. Na ja, das Wiedersehen war nicht nur angenehm ... Aber durch ihn bin ich wieder auf dich gekommen."

Dr. Ronald Dannenberg – noch länger als ich Facharzt für Psychiatrie und Psychotherapie – hat mehr Verbindungen zu mir, als Claudia wissen kann.

„Wann bist du aus der stationären Behandlung entlassen worden?"

„Vor anderthalb Wochen. Ich nehme jetzt noch regelmäßig ein Antidepressivum, das mir der Hausarzt weiterverordnet hat. Der hat mich auch noch krankgeschrieben."

„Und wie ging es nach der Klinikentlassung weiter?"

„Danach fing es an. Erst hatte ich nur eine Ahnung, dass mich jemand verfolgt. Dann wurde ich in Hannover in einer Menschenmenge von hinten angefasst. Zwei Hände schoben sich über meine Taille. Ich war so erschrocken, dass ich weggelaufen bin, ohne mich umzudrehen."

„Gab es weitere Vorfälle?"

„Abends bei einem Spaziergang in Wilkenburg … in der Nähe des Friedhofs … hörte ich plötzlich ein Stöhnen. Dann rief jemand mit heiserer Stimme mehrfach das Wort ,Tod'. Ich bin sofort nach Hause. Als ich später im Bett lag, hat jemand mehrere Steinchen an das Fenster meines Schlafzimmers geworfen."

Was soll ich davon halten? Claudia ist gerade wegen einer handfesten depressiven Störung aus dem Krankenhaus entlassen worden. Zu Hause steht sie mit allem allein da. Da wäre es doch nur verständlich, wenn sie auf ihr Umfeld äußerst sensibel reagiert und Geschehnisse überinterpretiert. Lassen sich die geschilderten Vorfälle nicht als relativ harmlos erklären?

„Kann sich da jemand einen Spaß erlaubt haben?", biete ich vorsichtig an.

„Das war kein Spaß. Das war richtig bedrohlich!", stellt Claudia energisch fest, wobei sie mit beiden Händen und Unterarmen heftig gestikuliert. „Ich merke, dass ich überall beobachtet und verfolgt werde. Ich habe solche Angst, dass ich mich fast gar nicht mehr aus dem Haus traue."

Klingt wie ein beginnender Verfolgungswahn.

„Mark, manchmal glaube ich, da will mich einer umbringen!"

Ich erkenne Verzweiflung in ihrem Gesicht.

„Wer sollte denn ein Interesse haben, dir etwas anzutun?"

„Das habe ich mich auch schon oft gefragt. Aber ich weiß es nicht! Was soll ich jetzt machen?"

„Hast du darüber mit der Polizei gesprochen?"

„Nein. Da würde man mich als überspannte Person nur abweisen."

„Einen verständnisvollen Ansprechpartner könntest du in dieser Situation tatsächlich gut gebrauchen. Bist du eigentlich bei einem niedergelassenen Psychiater in Behandlung?"

„Nein, bisher nicht. Dauert auch so lange, bis man dort einen Termin kriegt. Deswegen bin ich zu dir gekommen."

„Ich denke, dass du die Unterstützung des Sozialpsychiatrischen Dienstes momentan wirklich gut gebrauchen kannst. Auf jeden Fall werde ich die für Wilkenburg zuständige Sozialpsychiatrische Beratungsstelle in Laatzen informieren. Die Mitarbeiter sollen in den nächsten Tagen Kontakt zu dir aufnehmen."

„Ich weiß nicht, ob ich es wegen der Angst schaffe, die Beratungsstelle in Laatzen aufzusuchen."

„Kein Problem. In solchen Fällen machen die Mitarbeiter auch Hausbesuche. Und wenn du nicht mehr weiterweißt, kannst du dich außerdem jederzeit an mich wenden."

Zur Bestätigung drücke ich Claudia meine dienstliche Visitenkarte in die Hand, die sie mit einem Lächeln annimmt.

„Danke, das ist lieb von dir, Mark."

Zum Schluss wechseln wir noch einige Sätze über ein unverfängliches Thema, was Claudia auf andere Gedanken bringen soll. Bei unserer Verabschiedung begleite ich sie bis zum Durchgang zu Mockies Büro: „Ich hoffe, dass es dir merklich besser geht, wenn wir uns das nächste Mal sehen."

4

Der Mann sitzt im Gang auf einem Stuhl ganz in der Nähe der Bürotür. Neben den anderen Wartenden fällt er in keiner Weise auf. Nachdem er ungefähr eine halbe Stunde dort ausgeharrt hat, wird die Bürotür von innen geöffnet. Claudia erscheint im Türrahmen, bleibt stehen und blickt sich noch einmal um.

„Und? Können Sie den Heimweg etwas beruhigter antreten?", fragt offenbar die Sekretärin.

„Ja, danke, Frau Mock", antwortet Claudia. „Mark sorgt dafür, dass mich seine Mitarbeiter der Beratungsstelle Laatzen in den nächsten Tagen zu Hause besuchen."

Der Mann dreht seinen Kopf zur Seite und tut so, als ob er gleich in ein großes Taschentuch schnauben müsse. Claudia wechselt noch einige Sätze mit Frau Mock. Die Information ist interessant: Claudia erwartet Mitarbeiter einer Beratungsstelle, mit denen sie bisher noch nichts zu tun hatte. In den nächsten Tagen. Daraus sollte sich etwas machen lassen.

Er hört, wie Claudia die Bürotür von außen schließt und Richtung Ausgang geht.

*

Der Mann wartet noch zwei Minuten, dann verlässt er ebenfalls das Gesundheitsamt, ohne Claudia weiter zu verfolgen.

Mit der U-Bahn geht es zurück an den südlichen Stadtrand, wo sein Wagen auf ihn wartet. Eine halbe Stunde später sitzt er in seiner Wohnung vor dem PC.

Im Internet besucht er die Seiten des Sozialpsychiatrischen Dienstes. Er überfliegt einige Texte, sieht sich die Bilder der Beratungsstellen an.

Der Sozialpsychiatrische Dienst verfügt neben der Zentrale im Gesundheitsamt über insgesamt zwölf Beratungsstellen, die sich auf die Landeshauptstadt und fünf Städte des Umlands verteilen. Die dort tätigen Ärzte, Sozialarbeiter und Krankenpfleger versorgen in ihrem jeweiligen Einzugsgebiet diejenigen psychisch Kranken, die nicht ausreichend vom kassenärztlichen System erreicht werden. Es geht um die Beratung und Behandlung von Notfallpatienten und chronisch Erkrankten. Leiter des Dienstes und damit Chef von ungefähr siebzig Mitarbeitern ist Dr. Mark Seifert. Träger des Dienstes ist die Region Hannover, ein Zusammenschluss von Stadt und Landkreis. Für die Versorgung des südlichen Umlands – und damit für Wilkenburg – ist die Sozialpsychiatrische Beratungsstelle in der Stadt Laatzen zuständig. Die Namen einiger dort tätiger Mitarbeiter bekommt er schnell heraus. Bei Hausbesuchen wird wahrscheinlich selten ein Dienstausweis verlangt. Trotzdem sollte ein Regionsmitarbeiter im Außendienst immer einen Dienstausweis dabeihaben. Aber wer von denjenigen Klienten, die sich einen Dienstausweis zeigen lassen, weiß überhaupt, wie ein echter aussieht?

Der Mann geht auf Nummer sicher und fertigt einen solchen Ausweis für sich an. Dabei lässt er seiner kreativen Fantasie freien Lauf.

Sein Plan nimmt nach und nach Gestalt an. Jetzt hat er vor Augen, wie er konkret vorgehen muss. Morgen wird er Claudia Faber von ihrem erbärmlichen Dasein erlösen.

5

„Es ist wirklich peinlich mit euch!"

Das scheint in letzter Zeit der Lieblingssatz meiner Tochter zu sein. Katharina, zwanzig Jahre jung, hat es offenbar mit ihren Eltern nicht leicht.

Wir stehen in der Abflugebene von Terminal B auf dem Flughafen Hannover, irgendwo am Rand. Sitzen kann Katharina später im Flugzeug noch genug. Vor fünf Minuten ist ihr Koffer am Schalter von British Airways eingecheckt worden. Ich trage jetzt ihr Handgepäck. Ihre Mutter ist noch dabei, in einem der Läden einen Roman von Katharinas Lieblingsautor zu kaufen, damit es unserer Tochter auf dem langen Flug nach Australien auch nicht zu langweilig wird. Eine fast vierzigstündige Reise über London und Bangkok nach Sydney steht ihr bevor.

„Was ist jetzt schon wieder peinlich?", frage ich höflicherweise nach, obwohl ich ihre Antwort eigentlich gar nicht hören will.

„Hast du mir nicht zugehört?", fragt Katharina und verdreht ihre wunderschönen braunen Augen. „Seit ich wieder in Deutschland bin, haben Mama und du nichts Besseres zu tun, als euch zu beweisen, dass jeder mit seinem neuen Partner glücklicher denn je ist. Du mit deiner Esperanto-Lehrerin und Mama mit ihrem zweiten Psycho-Doc. Rosarote Harmonie hoch drei."

Katharina scheint darunter zu leiden, dass der blöde Kerl, in den sie sich letztes Jahr in London blitzartig verknallt hatte, ebenso blitzartig wieder die Trennung von ihr wollte. Das war in der Zeit, als sie nach dem Abitur für 12 Monate als Au-pair-Mädchen in London war. Damit ist Harmonie momentan sicher ein wunder Punkt bei ihr.

Katharina redet sich in Fahrt, da kommt sie ganz nach ihrer Mutter: „Es ist doch wirklich peinlich, wenn Anna und du permanent kleine Liebesbotschaften in einer ausgedachten Sprache austauscht. Und Mama sollte wohl eigentlich genug von Psychiatern haben. Aber sie himmelt ihren Ronald für jede Kleinigkeit an und veröffentlicht das sogar noch auf Facebook! Wobei Ronald dort ähnliche Peinlichkeiten postet ..."

„Wenn hier jemand etwas peinlich sein sollte, dann deinem Vater", mischt sich meine 43-jährige Ex-Frau Ulrike ein, die mit einem Roman in der Hand aus dem Zeitschriftenladen zurückgekehrt ist. Irgendwie steht die zurückhaltende Frisur ihrer mittellangen braunen Haare im Gegensatz zu ihrem kämpferischen Naturell. Glücklicherweise stehen wir am Rand der Wartehalle, sodass nicht gleich alle Anwesenden die Einzelheiten unseres Familienlebens mitverfolgen können.

„Was meinst du damit?", frage ich betont sachlich.

„Das weißt du ganz genau", behauptet Ulrike und schaut mich mit säuerlichem Gesichtsausdruck an. „Dass du Ronald nicht den Posten für die Chefarztnachfolge gönnst, finde ich ziemlich daneben."

Katharinas erstaunter Blick wechselt von ihrer Mutter zu mir: „Papa, läuft da wieder ein Konkurrenzding zwischen Ronald und dir?"

„Was heißt hier ‚Konkurrenzding'?", sage ich mit Unschuldsmiene. „Der Chefarzt der Ludendorff-Klinik geht Ende August in den Ruhestand, und ich habe mich ganz regulär um seine Nachfolge beworben."

„Was du nur deshalb gemacht hast, weil Ronald sich ebenfalls für diese Stelle interessiert", stellt Ulrike fest. „Du benimmst dich wirklich albern. Und dabei wart ihr mal eng befreundet und angeblich auf einer Wellenlänge."

„Ja, so eng auf einer Wellenlänge, dass wir uns sogar für dieselbe Frau begeistert haben", halte ich ihr entgegen. Wobei auch Ulrike ihrer Vorliebe treu geblieben ist. Nach unserer Scheidung vor fünf Jahren hat sie erneut einen Psychiater geheiratet: Dr. Ronald Dannenberg, der vor vielen Jahren sogar als Oberarzt mein Vorgesetzter und Freund gewesen ist.

Katharina atmet hörbar ein und aus: „Viel länger hätte ich die Familienharmonie hier nicht mehr ausgehalten. Ich glaube, die zwei Gastsemester in Melbourne sind jetzt genau das Richtige für mich."

Das klingt ja fast nach Flucht! Nach ihrer Rückkehr aus London hat sie in Deutschland ein Semester studiert. Jetzt wird sie vor Beginn ihres Gaststudiums noch knapp zwei Monate mit einer Gruppe durch Australien reisen und dabei nebenbei arbeiten. Ich finde es toll, dass Katharina wichtige Lebenserfahrungen auf einem anderen Kontinent sammelt. Aber ein bisschen unwohl ist mir schon bei dem Gedanken, was meiner 20-jährigen Tochter dort alles zustoßen könnte. Ulrike und Ronald scheinen da weniger ängstlich zu sein. Nach dem, was ich gehört habe, hat insbesondere Ronald Katharina ermuntert, ihre Pläne in die Tat umzusetzen. Was mischt sich Ronald eigentlich in die Angelegenheiten meiner Tochter ein? Ulrike hat Katharina eine großzügige Finanzspritze für Australien zugesagt, wo ich natürlich nicht nachstehen kann.

Wir setzen uns noch kurz ins „Mövenpick", dann bringen wir Katharina zurück zum Schalter von British Airways.

„Vergiss nicht, 'ne SMS zu schicken, wenn du in London gelandet bist", bitte ich meine Tochter. „Und dann noch eine aus Bangkok und Sydney."

„Keine Angst, ich bleibe mit euch in Verbindung", sagt Katharina mit merklich weicherem Tonfall als vorhin. „Ich glaube, ich werde eure Streitereien vermissen."

Dann umarmt sie mich. Ich erwidere ihre Umarmung und spüre, wie sie sich ganz fest an mich drückt. Als ich in ihr Gesicht schaue, sehe ich Tränen in ihren Augen. Meine kleine Katharina! Der Abschied fällt ihr doch schwer. Ich kämpfe ebenfalls mit den Tränen. Danach nimmt sie herzlich ihre Mutter in den Arm.

„Mach's gut, meine Kleine. Und pass auf dich auf", murmelt Ulrike.

Die Fluggäste sind bereits gebeten worden, sich in den Abflugraum zu begeben.

„Benehmt euch, während ich weg bin!", grinst Katharina. „Ich liebe euch."

Bevor es noch rührseliger wird, beendet Katharina die Szene. Unsere Tochter lächelt uns noch einmal an, nimmt ihr Handgepäck und passiert problemlos die Sicherheitskontrolle.

*

Anna Sonnenberg ist nach Katharina die wichtigste Frau in meinem Leben. Vor anderthalb Jahren haben wir uns durch einen gemeinsamen Freund, den Lehrer Bernd Kramer, kennengelernt. Im Nachhinein ist mir klar geworden, dass ich mich schon bei unserer ersten Begegnung in sie verliebt hatte. Das war im Hermann-Hesse-Gymnasium in Hannover-Linden, wo Anna Englisch und Französisch unterrichtet. Bernd hatte uns miteinander bekannt gemacht. Mir gefällt ihre quirlige Natürlichkeit, ihre ansteckende Begeisterungsfähigkeit. Sie ist wirklich ein echtes Energiebündel. Und sie sieht dabei noch unverschämt gut aus: ihr durchtrainierter Körper, ihre langen blonden Haare, ihre strahlenden blauen Augen. Was will Mann mehr.

Katharina hat doch ernsthaft behauptet, dass Anna mit ihren 34 Jahren „viel zu jung" für mich sei. Was sind schon zehn Jahre Altersunterschied? Katharinas Sichtweise ist derzeit etwas verzerrt. Schließlich war ihr Londoner Ex-Macker auch fünf Jahre älter als sie.

Und die Sache mit Esperanto ist Katharina ebenfalls auf den Geist gegangen. Dabei liebe ich es, mit Anna kleine Sätze in Esperanto auszutauschen, deren Inhalt unserer Umgebung verborgen bleibt. In solchen Momenten fühle ich mich Anna sehr verbunden. Dann ist Esperanto unsere ganz persönliche Geheimsprache.

Neben dem Kölner Karneval und dem Sammeln von Masken gilt nämlich Annas Leidenschaft (hoffentlich mir und) Esperanto. In der Schule bietet sie dazu seit Jahren eine gut besuchte AG an, in der sie ihre Schüler für die internationale Plansprache zu begeistern vermag. Nur durch Anna bin ich zu Esperanto gekommen. Inzwischen beherrsche ich die Grundlagen der Sprache recht gut.

Ich habe mir den ganzen Tag freigenommen. Vormittags habe ich meine Tochter zum Flughafen begleitet. Sie ist bereits wieder in London gestartet und auf dem Weg nach Bangkok. Jetzt am späten Nachmittag bin ich mit der Stadtbahn nach Linden gefahren. Auf der belebten Limmerstraße, wo sich auf beiden Seiten ein Geschäft an das nächste reiht, steige ich aus der Bahn. Gleich mehrere Menschen aus ganz unterschiedlichen Kulturkreisen kommen mir entgegen. Linden verströmt eine angenehme internationale Atmosphäre. Ich gehe in eine kleine Nebenstraße, wo Anna in einem der zahlreichen vierstöckigen Mietshäuser wohnt. Als ich unten an der Haustür klingele, ertönt Sekunden später der Summer. Anna erwartet mich. Schnell eile ich die zwei Stockwerke nach oben. Die linke Wohnungstür ist geöffnet. Im Türrahmen steht Anna. Sie trägt ein pinkfarbenes Sommerkleid. Dabei hat sie ein betörendes Lächeln aufgesetzt, dem ich nicht widerstehen kann. Ich ziehe sie mit beiden Händen fest an mich und küsse sie auf den Mund. Sie dirigiert mich in die Wohnung, und ich gebe der Tür von hinten einen Stoß, dass sie zuschnappt.

„Hat mit Katharinas Abflug alles gut geklappt?", fragt Anna.

„Ja, alles nach Plan verlaufen. Ich glaube, Australien ist für sie im Moment genau das Richtige, um Abstand von ihrem Beziehungsfrust zu bekommen."

„Ich habe das Gefühl, deine Tochter mag mich nicht."

„Ach, Unsinn. Das hat mit dir persönlich nichts zu tun. Überall sieht sie glückliche Paare um sich herum, nur bei ihr läuft es zurzeit nicht rund", versuche ich Anna zu beruhigen. „Das ist ihr besonders deutlich geworden, als sie von unserem Plan gehört hat, im nächsten halben Jahr zusammenzuziehen."

„Und wie war deine Ex drauf?"

„Die üblichen Sticheleien." Mehr gibt es dazu von meiner Seite nicht zu sagen. „Ich bin froh, dass ich dich habe."

Ich kraule sanft ihren Nacken und knabbere an ihrem Ohrläppchen. Bei Ohr kommt mir der Journalist in den Sinn, der heute etwas von uns hören will. Ein Interview zum Thema Esperanto.

„Wann kommt denn der Zeitungsmensch?", möchte ich wissen.

„Er müsste jede Minute aufkreuzen", murmelt Anna, die mir dann auf Esperanto zuhaucht, dass sie verrückt nach mir ist: „Mi estas frenza de amo pri vi, Marko."

Wie zum Beweis bedeckt sie mein Gesicht mit Küssen.

„Du bist ein Teil von mir", ist meine Antwort, die ich ihr schon oft zugeflüstert habe: „Amatinjo, vi estas parto de mi."

Plötzlich klingelt es an der Tür.

„Das wird er sein", verkündet Anna und löst sich aus meiner Umarmung. Sie ordnet mit einigen Handgriffen ihre Frisur und lächelt schelmisch: „Damit ich auf dem Foto in der Zeitung nicht ganz derangiert aussehe. Du solltest dir übrigens den Lippenstift aus dem Gesicht wischen."

Ich eile in den Flur und entferne mit einem Taschentuch die verräterischen Spuren von Annas Liebesbekundungen. Für heute Nachmittag sind wir hier mit einem Journalisten der „Hannoverschen Nachrichten" verabredet. Er möchte einen Artikel über Esperanto schreiben und dabei uns als Beispiel anführen für zwei aktive Anwender der Sprache. Anna war gleich Feuer und Flamme, dass dadurch Reklame für Esperanto in der Öffentlichkeit gemacht wird.

Kurze Zeit später ertönt erneut die Klingel. Als Anna die Wohnungstür öffnet, steht ein kleiner Mann Ende vierzig vor ihr. Seine langen grauen Haare hat er hinten zu einem Zopf zusammengebunden. Über dem weißen T-Shirt trägt er ein gelbes Sakko.

„Hallo, Frau Sonnenberg. Mein Name ist Til Roth. Wir haben den Termin miteinander gemacht", sagt er und streckt Anna seine Hand entgegen.

Anna bittet ihn herein, und ich mache mich ebenfalls mit ihm bekannt.

Wir setzen uns ins Wohnzimmer. Der etwas schrill wirkende Journalist gibt sich sehr interessiert. Anna erzählt ihm alle wichtigen Fakten über Esperanto: eine neutrale Sprache, einfach zu erlernen, erdacht vor über 125 Jahren zur Verbesserung der Völkerverständigung. Esperanto-Sprecher kommunizieren weltweit über das Internet, treffen sich regelmäßig auf nationalen und internationalen Esperanto-Kongressen. Die Möglichkeit, sich mit anderen Esperantisten weltweit über das Internet austauschen zu können, hat der Sprache wieder einen Anstoß nach vorne gegeben. Anna besucht außerdem jeden Montag die „Lunda Rondo", eine der beiden Esperanto-Gruppen in Hannover. Manchmal begleite ich sie. Ein Mitglied der „Lunda Rondo" hat den Kontakt zur Presse hergestellt.

Dann werde ich von Roth befragt. Das meiste hat Anna bereits berichtet. Ich habe mir die Grundzüge der Sprache über Selbstlernkurse im Internet angeeignet. Unter anderem habe ich dazu im Internet ein Kinderbuch von Astrid Lindgren auf Esperanto gelesen – gleich verbunden mit alten Kindheitserinnerungen.

Das wird von Roth sofort notiert: „Ein Psychiater, der zu seinen kindlichen Wurzeln zurückkehrt, so was mögen die Leser."

Als ich andeute, dass ich mich Anna sehr nah fühle, wenn wir zwischendurch einige Sätze auf Esperanto austauschen, reagiert Roth mit sichtlicher Begeisterung: „Total klasse! Das rührt die Leser an. Das macht die Sprache richtig lebendig."

Ob der Tenor des Artikels tatsächlich derjenige ist, den ich mir gewünscht hatte, bezweifle ich immer mehr. Als Roth schließlich noch ein Foto machen will, wie ich lächelnd den Arm um Anna lege, melde ich Bedenken an. Mir fällt ein, was Katharina zum Thema Vater und Peinlichkeit geäußert hat. Aber schließlich lasse ich mich von Roth und Anna überreden, weil doch ein Foto mit positiver Ausstrahlung der Verbreitung der Esperanto-Idee nur förderlich sein kann.

Wenn das Foto in die Zeitung kommt, wird es Ulrike nicht verborgen bleiben. Dann bin ich schon auf ihre Reaktion gespannt ...

6

Seinen Wagen hat er in einer Nebenstraße von Wilkenburg abgestellt. Er schlendert langsam durch die Straßen, geht dann an der Außenmauer des Friedhofs vorbei Richtung Feld. Bis hierher hat er lediglich zwei Personen aus der Ferne gesehen, niemanden, der ihn später beschreiben könnte.

Es ist mäßig warm an diesem frühen Nachmittag. Ein Mix aus Sonne und Wolken. Der Mann hat sich eine Sommerjacke über sein kurzärmeliges hellblaues Hemd angezogen. In seiner neutral gehaltenen Schultertasche ist das Werkzeug verstaut.

Die Bäume zeigen endlich ein frisches Grün. Das Vogelgezwitscher von allen Seiten hat der Mann vollständig ausgeblendet. Seine Konzentration richtet sich ausschließlich auf das Vorhaben. Dabei handelt er im Auftrag, was jedoch seinem Streben nach präziser Erledigung keinerlei Abbruch tut. Er erreicht das Feld, geht dort weiter bis zum Ende einer kleinen Straße, wo ein weiß verklinkertes Haus mit einer hohen Hecke drumherum steht. Hier wohnt Claudia Faber. Schnell hat er registriert, dass die gesamte Straße menschenleer ist. So hatte er sich das auch gedacht. Bei diesen ganzen Einbrüchen am Vor- oder Nachmittag, von denen er häufiger in der Zeitung liest, bleiben die Täter in der Regel unbemerkt. Darauf spekuliert er auch heute.

Er öffnet die Pforte mit dem Ärmel seiner Jacke und geht auf das Haus zu. Aus der Hecke hat er sich einen kleinen Zweig abgebrochen. Auf dem Namensschild über der Klingel steht „Faber". Mit großer Wahrscheinlichkeit ist die Frau zu Hause. Sonst hat er Pech gehabt und muss seinen Plan umstellen.

Sein Klingeln darf nicht aggressiv wirken. Einmal drückt er mit dem Zweig auf den Klingelknopf und wartet. Er horcht, ob drinnen Geräusche sind. Einige lange Sekunden rührt sich nichts im Haus. Dann scheint jemand die Treppe herunterzukommen. Sie ist also da. Besucher hat er während seiner Beobachtungen nie ins Haus gehen sehen. Die Frau lebt momentan weitgehend abgeschottet. Den Zweig steckt er in die Jackentasche.

Die Haustür wird einen Spalt geöffnet. Claudia Faber guckt ihn mit unsicherem Gesichtsausdruck an. Sofort hat der Mann erfasst, dass ihm eine vorgelegte Kette an der Tür den Eintritt ins Haus versperrt. Jetzt, wo ihn die Frau gesehen hat, gibt es kein Zurück mehr. Er muss die Kette überwinden.

„Ja, Sie wünschen ...?", äußert Claudia.

Der Mann setzt ein gewinnendes Lächeln auf und behauptet: „Guten Tag, Frau Faber. Mein Name ist Christian Lange. Ich komme im Auftrag von Herrn Dr. Seifert aus der Sozialpsychiatrischen Beratungsstelle Laatzen."

Er greift in die Jackentasche und holt einen Ausweis mit einem Porträtfoto von sich hervor.

Claudias Gesichtszüge haben sich bereits merklich entspannt, als sie den Namen „Dr. Mark Seifert" gehört hat. Sie lächelt und will den vermeintlichen Dienstausweis der Region Hannover gar nicht mehr sehen.

„Nein, lassen Sie nur. Ich muss nur die Kette entfernen, dann können Sie reinkommen."

Sie schließt kurz die Tür. Er kann das Entfernen der Kette hören. Dann öffnet die Frau und bittet ihn mit einer einladenden Handbewegung ins Haus. Er macht von sich aus keine Anstalten, ihr die Hand geben zu wollen. Und Claudia scheint es nicht zu vermissen. Anderenfalls hätte er ihr gesagt, dass er noch etwas erkältet sei und sie nicht anstecken wolle.

„Ich freue mich, dass Sie kommen", sagt sie. „Das ging ja schneller, als ich dachte."

Tja, es musste auch schnell gehen, damit es überhaupt klappt, schießt dem Mann durch den Kopf.

Sie macht hinter ihm die Haustür zu und führt ihn vom Flur ins Wohnzimmer. Er öffnet den Reißverschluss seiner Umhängetasche. Im Wohnzimmer fällt sein Blick auf eine Schrankwand mit Flachbildfernseher, eine Couch, einen Tisch und zwei Sessel.

Claudia ist zur Raummitte vorgegangen und dreht ihm den Rücken zu. Blitzschnell hat er den Hammer aus der Umhängetasche gezogen. Die Gelegenheit ist optimal. Er holt kurz aus und schlägt mit voller Kraft zu. Der Hammer erwischt die ahnungslose Frau direkt am Hinterkopf.

Claudia stößt einen unterdrückten Schrei aus, dann stürzt sie wie ein gefällter Baum nach vorne. Sie darf auf keinen Fall überleben! Mehrere Male schlägt er mit dem Hammer erneut auf ihren Hinterkopf. Unbekümmert registriert er die knackenden Geräusche beim Zertrümmern der Schädeldecke. Blut durchtränkt die blonden Haare des leblosen Körpers. Sofort erkennt er, dass Claudia tot ist. Jetzt geht es darum, den Hintergrund der Tat zu verschleiern. Und schließlich vom Tatort unerkannt zu entkommen. Erst danach hat er seinen Auftrag erfolgreich erledigt.

Er streift sich die Einmalhandschuhe aus seiner Umhängetasche über. Dann verlässt er das Wohnzimmer über die Terrassentür und geht durch den sichtgeschützten Garten zum Küchenfenster. Die schlechte Sicherung der Fenster und Türen hatte er bereits vor einigen Tagen ausgekundschaftet. Er benötigt nur wenige Sekunden, um mit dem Schraubenzieher das Küchenfenster aufzuhebeln. Hier könnte jetzt ein Einbrecher problemlos ins Haus gelangen. Alle Spuren müssen täuschend echt wirken. Der Mann klettert durch das Fenster in die Küche, kehrt ins Wohnzimmer zurück und verschließt die Terrassentür.

Er öffnet die Türen der Schrankwand, reißt alle Schubladen heraus. Den Inhalt aus den Schrankfächern und den Schubladen verteilt er auf dem Fußboden. Dabei verursacht er eine möglichst große Unordnung. Ein Einbrecher würde überall nach Geld und Schmuck suchen. In der Küche wiederholt er das Schauspiel. Einen kleinen Geldbetrag aus einer Schublade steckt er ein. Dann geht er in die obere Etage. Beim Durchwühlen des Kleiderschranks entdeckt er Schmuck und Geld. Er darf nichts Offensichtliches übersehen, damit der Einbruch glaubhaft erscheint.

Unten im Flur steht die Handtasche des Opfers. Erwartungsgemäß findet er darin ein Portemonnaie. Er nimmt alle Scheine an sich, die Münzen beachtet er nicht weiter. Dann zieht er die Handschuhe aus, lässt sie in seiner Umhängetasche verschwinden und streift sich ein neues Paar Einmalhandschuhe über. In beiden Mobilteilen des schnurlosen Telefons der Frau schaltet er den Klingelton aus, anschließend wählt er ihre Festnetznummer über sein Handy an. Es ist genau 14:16 Uhr.

In aller Ruhe sieht er sich noch einmal im Haus um und überprüft, ob er keinen Fehler begangen hat. Schließlich ist er mit seinem Werk zufrieden. Bisher hat der Plan geklappt. Jetzt kann er den Rückzug antreten.

7

Ich komme vom Haus der Region und bin auf dem Weg zum Gesundheitsamt. Der gestrige Abschied von Katharina ist mir nicht leicht gefallen. Über ein Jahr ist sie in Australien. Ich hatte mir schon überlegt, sie dort zu besuchen – am liebsten in Begleitung von Anna. Aber das wird weder auf Annas noch Katharinas Begeisterung treffen. Und Australien ist verdammt weit weg, da fliegt man nicht mal kurz hin. Vor dem Gesundheitsamt unterhalten sich einige Besucher in einer fremden Sprache und rauchen. Ich betrete das Gebäude und biege im kleinen Foyer gleich links in den Gang zu meinem Vorzimmer ab. Schon durch die Tür höre ich eine tiefe Stimme. Mockie hat offenbar Männerbesuch.

Ich öffne gespannt die Tür und sehe gleich in ein bekanntes Gesicht. Vor Mockies Schreibtisch sitzt ein etwas korpulenter Mann, der nur noch wenige graue Haare auf dem Kopf hat.

„Ich habe Ihnen doch gesagt, dass der Chef jeden Moment zur Tür hereinkommen muss", verkündet Sonja Mock, augenscheinlich zufrieden mit ihrer richtigen Einschätzung meines Timings.

Der Grauhaarige erhebt sich von seinem Stuhl und begrüßt mich mit Handschlag.

„Guten Tag, Herr Dr. Seifert."

„Guten Tag, Herr Stelter. Wenn Sie mich besuchen, muss etwas Schlimmes passiert sein", vermute ich.

„Da haben Sie leider recht", stimmt mir der Hauptkommissar zu. „Ich hoffe, Sie können sich einige Minuten Zeit für mich nehmen."

„Für Sie doch immer", erkläre ich und glaube aus dem Augenwinkel zu erkennen, wie meine Sekretärin kurz ihr Das-war-mir-schon-klar-Gesicht aufsetzt.

Ich nehme Stelter mit in mein Büro und schließe die Tür. Im hinteren Teil des Raumes setzen wir uns an meinen runden Besuchertisch.

„Heute Morgen ist eine Frau in ihrem Haus ermordet aufgefunden worden. Dort muss die Frau gestern Nachmittag hinterrücks erschlagen worden sein, wahrscheinlich mit einem Hammer. Bei der Toten handelt es sich um Claudia Faber, bei der wir eine Visitenkarte von Ihnen gefunden haben."

Bei dem Namen „Claudia Faber" durchzuckt ein eiskalter Schauer meinen ganzen Körper.

„Claudia Faber?! ... Das ist doch ... unmöglich. Das kann doch ... das kann doch ... gar nicht sein", bringe ich stotternd hervor. Ich bin völlig geschafft und will es nicht wahrhaben. Claudia, die vorgestern noch dort gesessen hat, wo jetzt der Hauptkommissar sitzt.

„Doch, es ist leider wahr. An Ihrer Reaktion sehe ich, dass Sie sie gut kannten?!"

„Ja, das stimmt. Seit über fünfzehn Jahren."

Ich will zur Aufklärung des Mordes beitragen, und Claudia hätte das sicher auch gewollt. Die ärztliche Schweigepflicht erscheint mir in diesem Fall klar nachrangig.

Stelter berichtet kurz über die näheren Umstände, unter denen Claudia am Tatort aufgefunden wurde.

„Alles deutet darauf hin, dass sie ein Opfer eines Einbrechers oder Einbrecherduos geworden ist", erklärt der Polizist. „Kurz vorher soll sie ängstlich gewirkt haben."

„Claudia hat mich vorgestern erstmals nach vielen Jahren wieder besucht. Sie erzählte mir, dass sie verfolgt werde. Zunächst dachte ich an eine krankheitsbedingte Verzerrung der Realitätswahrnehmung." Ich erzähle dem Hauptkommissar, was mir Claudia vorgestern mitgeteilt hat.

„Sie war also psychisch krank?", fragt Stelter nach.

„Ja, sie litt noch unter den abgeschwächten Symptomen einer Depression, weswegen sie einige Wochen in der Klinik Dr. Ludendorff behandelt wurde. Vor einigen Tagen war sie dort entlassen worden."

„Warum ist Frau Faber zu Ihnen gekommen, wenn Sie sich verfolgt fühlt?"

„Ich habe mit ihr bis vor ungefähr zwölf Jahren gemeinsam im Krankenhaus gearbeitet. Sie als Krankenschwester und ich als Assistenzarzt. Wir sind immer gut miteinander klargekommen. Die letzten Jahre hatten wir uns allerdings aus den Augen verloren. Ich glaube, es war das alte Vertrauensverhältnis, weswegen Sie sich vorgestern an mich gewandt hat. Zur Polizei wollte sie nicht gehen, weil sie meinte, dass man ihr dort nicht glauben würde. Zumal aus meiner Sicht auch nichts real Bedrohliches passiert war."

„War sie schon von jeher ein ängstlicher Typ?"

„Manchmal war sie unsicher, ob sie mit ihren Vorhaben richtig liegt. Sie hat sich dann selbst eine Struktur gegeben, indem sie Regeln stets sehr penibel eingehalten hat. Zumindest war es früher so."

„Und in welcher Verfassung hat sie Ihr Büro wieder verlassen?"

„Am Ende unseres Gespräches wirkte sie ruhiger. Wohl durch die Aussicht, dass sie zu Hause Unterstützung durch unsere zuständige Beratungsstelle in Laatzen bekommt."

„Hat vonseiten der Beratungsstelle noch jemand Kontakt zu Claudia Faber gehabt?"

Ich überprüfe das sofort durch ein Telefonat mit einer Mitarbeiterin der Laatzener Beratungsstelle. Zu einer Kontaktaufnahme war es nicht mehr gekommen.

„Jetzt mache ich mir wirklich Vorwürfe, dass ich womöglich Claudias Befürchtungen nicht ernst genug genommen habe."

Stelter schüttelt leicht den Kopf und sieht mich freundlich an: „Vielleicht sind zwei voneinander unabhängige Faktoren zufällig aufeinandergestoßen. Frau Faber könnte in ihrer ängstlich-depressiven Verfassung wirklich Geschehnisse überinterpretiert haben. Und dann ist sie auf einen Einbrecher getroffen, den sie durch ihr auffälliges Verhalten dazu gebracht hat, sie brutal mit dem Hammer zum Schweigen zu bringen."

Wenn es aber doch einen Zusammenhang gibt zwischen den von Claudia geschilderten Vorfällen und dem Mord an ihr, dann hat der Täter ganz gezielt darauf hingearbeitet, sie brutal zu töten.

„Ich werde auf jeden Fall in alle Richtungen ermitteln", unterbricht Stelter meinen Gedankengang. „Als Nächstes werde ich mich erkundigen, ob den Mitarbeitern der Ludendorff-Klinik etwas Auffälliges im Zusammenhang mit Claudia Faber in Erinnerung ist. Wissen Sie, in welcher Abteilung sie dort behandelt wurde?"

„In der Allgemeinpsychiatrie. Oberärztlich zuständig war ein Dr. Dannenberg."

A

Es war 9 Uhr morgens.
Susanne Ewert eilte mit schnellen Schritten am „Wasserparadies" vorbei. Das Erlebnisbad in einem Hallenkomplex mit Außenanlage war eine der Attraktionen von Hildesheim. Früher war sie oft mit Jasper durch die große Röhrenrutsche gesaust. Diese wunderschönen Erlebnisse mit ihrem Sohn konnte ihr keiner mehr nehmen. Jasper und sie würden immer eine Einheit bleiben, auch wenn er jetzt achtzehn war und vermehrt eigene Wege ging. Ihre Kinder waren ihr Ein und Alles. Und die Kinder liebten und bewunderten sie, das hatte sie die ganzen Jahre gespürt. Als Susanne oder Fifi. Das galt für den Großen und die Kleine. Fifi war stark und hatte die Kinder vor den Angriffen der finsteren Erwachsenenwelt beschützt. Die letzten acht Jahre lag das Wohl der Kinder allein bei Fifi. Ihr Freund hatte Susanne verlassen und war auf Nimmerwiedersehen verschwunden.

Neben dem „Wasserparadies" lag das Kreishaus. Von hier aus zogen die Feinde ihre Fäden. Susanne spürte, dass seit einigen Tagen erneut akute Gefahr drohte. Hildesheim war nicht groß, und die Feinde hatten sich rasch untereinander verständigt. Es hatte sie beträchtliche Überwindung gekostet, sich der Zentrale der Feinde zu nähern. Aber sie wollte ihnen dadurch zeigen, dass sie nicht bereit war, sich unterkriegen zu lassen. Am helllichten Tag würde man sie hier auf der Bischof-Janssen-Straße schon nicht wegfangen. Einige Male hatten die Feinde ihr schon die Psychiatrie auf den Hals gehetzt. Sie war gegen ihren Willen in die Klinik eingewiesen worden. Insgesamt hatte sie schon mehrere Wochen auf geschlossenen Stationen in der Nervenklinik Hildesheim verbracht. Die Ärzte hatten sie als Versuchskaninchen benutzt. Sie musste Psychopharmaka schlucken, die die Pharmaindustrie an ihr ausprobieren wollte. Bei der Anhörung zur Verlängerung ihrer Zwangsunterbringung hatte sie dem Richter genau erzählt, was in der Klinik der verlängerte Arm der Pharmaindustrie mit ihr anstellte. Die Ärzte hatten sie für verrückt erklärt, sie leide unter Verfolgungswahn. Der Richter hatte den Ärzten geglaubt und den Unterbringungsbeschluss für weitere Wochen verlängert. Die Pharmaindustrie hatte mehrere Ärzte gekauft, und der Richter hatte sich täuschen lassen. Einige Krankenschwestern waren nett, aber sie waren zu schwach, sich gegen die Pharmamafia durchzusetzen. Im Kreishaus liefen alle Fäden zusammen. Nur Ordnungsbeamte durften beim Gericht eine Zwangsunterbringung in die Psychiatrie beantragen. Die Ärzte stellten dann ein Zeugnis aus, in dem sie Susanne eine Psychose als Ursache einer akuten Eigen- oder Fremdgefährdung bescheinigten. Deshalb war es für die Pharmamafia wichtig, ihre Zentrale im Kreishaus anzusiedeln, wo sie der Klinik nach Bedarf ihre Versuchskaninchen zuweisen konnte.

Sie war nicht verrückt. Aber wieder war es ihnen gelungen, ihr unbemerkt etwas ins Getränk zu mischen. Diesmal in die Cola am Imbiss vor ein paar Tagen. Sie spürte die Wirkung, die die Wahrnehmung in ihrem Kopf veränderte und sie zunehmend krank machte.

Sie stand einige Meter entfernt vom Eingang des Kreishauses, einem mehrstöckigen roten Verwaltungsgebäude am Rande der Innenstadt. Zwei Männer verließen das Gebäude und kamen direkt auf sie zu. Susanne senkte ihren Blick und ballte beide Hände zu Fäusten. Sollten ihre Feinde inzwischen so dreist sein, sie selbst in der Öffentlichkeit anzugreifen?

Fifi hat keine Angst. Wenn du Stärke zeigst, werden sie es nicht wagen. Rühre dich keinen Millimeter.

Sie hielt den Atem an und widerstand ihnen wie ein Fels in der Brandung.

Es funktionierte! Die Männer gingen an ihr vorbei und verschwanden, ohne sie zu behelligen. Damit hatte sie ein Zeichen gesetzt.

Für heute wollte sie es genug sein lassen. Sie wusste, dass die Feinde jederzeit zu weiteren schmutzigen Tricks greifen konnten. In der Vergangenheit hatten sie ihr mehrfach das Jugendamt auf den Hals gehetzt und ihr vorübergehend die Kinder weggenommen. Die Feinde hatten dem Jugendamt gemeine Lügen über Susanne erzählt. Dass sie ihrer Erziehungspflicht nicht anständig nachkommen würde, weil sie verrückt sei. Die Feinde wussten nur zu gut, dass sie Susanne damit am besten gefügig machen konnten. Jasper wurden kriminelle Machenschaften untergeschoben, um ihn auf Abruf von seiner Mutter zu trennen. Aber Jasper war ein guter Junge, der zu seiner Mutter hielt und das schmutzige Spiel der Feinde durchschaute.

Susanne löste sich vom Kreishaus und streifte noch eine Stunde durch die Innenstadt. In der Fußgängerzone mit ihren zahlreichen Geschäften blieb sie mehrfach vor Schaufenstern stehen, um zu überprüfen, ob sich darin heimliche Verfolger spiegelten. Einen von ihnen hatte sie erkannt. Der Mann trug einen grauen Anzug mit blauer Krawatte und ging betont langsam an ihr vorbei. Sie nahm sich vor, den Gang durch die Hildesheimer City bewusst zu genießen. Möglicherweise war sie heute für die nächsten Monate zum letzten Mal hier.

Ihr Verfolger war verschwunden. Sie machte sich auf den Weg nach Hause. Mittags musste sie wieder in ihrer Wohnung sein. Sie schloss die Haustür auf und schaute in ihren Briefkasten. Ein Schreiben in einem blauen Umschlag von einer Behörde. Die nächste Drohung stand ihr bevor!

Innerlich angespannt ging Susanne im Treppenhaus die Stufen nach oben. In der ersten Etage befand sich ihre Wohnung. Von hier aus würde sie überlegen, wie sie sich am besten verteidigen könnte. Gerade als sie dabei war, ihre Wohnung aufzuschließen, hörte sie, wie sich hinter ihr die Tür der Nachbarwohnung öffnete.

„Guten Morgen, Frau Ewert. Oder soll ich besser ‚Guten Tag' sagen?", äußerte ihr Nachbar mit höhnischem Tonfall.

Susanne erstarrte. Georg Matuschak war arbeitslos und verbrachte eigentlich die meiste Zeit in seiner Wohnung vor dem Fernseher. Zuletzt hatte er jedoch ungewöhnlich oft das Haus verlassen. Seine Kleidung war vornehmer geworden. Außenkontakte und Geld. Die Feinde hatten Matuschak gekauft, und der hatte alle Informationen über sie sofort weitergeleitet. Erste Konsequenz war der Behördenbrief von eben. Matuschak gehörte jetzt auch zu denen.

Sie drehte sich um, nahm all ihren Mut zusammen und schrie den Mistkerl an: „Ich habe dich durchschaut, du Verräter! Wenn du dich noch einmal in meine Nähe wagst, bring ich dich um!"

8

Der Mord an Claudia Faber beherrscht die Titelseite der „Hannoverschen Nachrichten". Ein Bild zeigt Polizisten vor dem Haus in Wilkenburg bei der Spurensicherung.

Ich habe die Nacht in Linden bei Anna verbracht. Jetzt sitzen wir gemeinsam in ihrer Wohnung am Frühstückstisch. Anna liest bereits den ausführlichen Artikel über den Mord im Innenteil der Zeitung.

„Die Polizei geht derzeit von einem brutalen Raubmord aus", erklärt sie mir. Annas Gesicht erscheint kurz neben der Zeitung, als sie mit einer Hand nach ihrem Kaffeebecher tastet. „Schrecklich."

Über die Verfolgungsängste, die Claudia vor ihrer Ermordung hatte, steht nichts in der Presse.

Anna trinkt einen Schluck und taucht dann sofort wieder hinter ihrer Zeitung ab. Dabei dachte ich immer, nur Männer würden am Frühstückstisch ganz in ihrer Zeitung aufgehen. Aber Anna kann das auch.

Ich kaue an einem aufgebackenen Brötchen und schiele auf den Sportteil.

„Ach du meine Güte, das ist ja nett!", verkündet sie beim Umblättern der Zeitung. „Wir beide als glückliches Paar!"

Ich ahne Schlimmes.

„Zeig mal", bitte ich sie.

Anna dreht die Zeitung herum, und ich sehe das Bild von zwei Menschen, die sich wie Honigkuchenpferde angrinsen. Daneben steht als Überschrift: „Ihre Liebe spricht Esperanto".

„Vielleicht ein Hauch von kitschig, aber mir gefällt's", sagt Anna und liest sich das Ergebnis unseres Interviews mit Til Roth durch. „Und über Esperanto stehen alle wichtigen Informationen drin. Mark, nun guck doch nicht so kritisch ..."

Ihr zärtlicher Kuss bessert meine Stimmung gleich auf. Ich lächele sie an und überfliege die Seite der Zeitung. Wahrscheinlich ist der Artikel über verliebte Esperantisten als Gegengewicht gedacht. Denn die andere Seitenhälfte beschäftigt sich als Ergänzung zum Mord an Claudia mit einer Chronik der Einbrüche in den letzten Monaten. Das Thema Einbruch und Mord wird viele Leser interessieren – und dabei gleich die Aufmerksamkeit auf uns und Esperanto lenken. Also können Ulrike und Ronald das Bild todsicher nicht übersehen. Wie ich beide kenne, finden sie Foto und Artikel ziemlich blöd. Dann hat es sich doch gelohnt.

Die nächste Seite weckt ebenfalls mein Interesse. Es geht um die Klinik Dr. Ludendorff. Ein Foto zeigt Schmierereien an einem der Klinikgebäude. Ein Unbekannter hat dort das Wort „Freiheit" an mehrere Hauswände gesprayt.

„Da hat sich wohl ein Psychiatriekritiker in der Ludendorff-Klinik ausgetobt", sage ich mit ironischem Tonfall und zeige Anna das Bild.

„Apropos Ludendorff-Klinik", meint Anna und zieht die rechte Augenbraue hoch. „Was hat dich eigentlich wirklich geritten, als du dich auf die Chefarztnachfolge beworben hast?"

Ich hätte sie gar nicht auf den Artikel aufmerksam machen sollen.

„Habe ich dir doch schon gesagt. Der Posten ist noch einmal eine Herausforderung für mich, wird besser bezahlt und ich kann vielleicht durch meine jahrelangen

Erfahrungen mit der gemeindepsychiatrischen Patientenversorgung aus dem Sozialpsychiatrischen Dienst frischen Wind in den Klinikalltag bringen."

Anna guckt noch skeptischer. Meine wohlformulierten Begründungen scheinen sie keinesfalls zu beeindrucken: „Und eigentlich möchtest du Ulrike und Ronald eins auswischen."

„Nein, darum geht es nicht", halte ich dagegen. Oder zumindest nicht in erster Linie.

9

„Ich habe mit den Kollegen vom Raub alles noch einmal abgeglichen", erklärt Kriminaloberkommissarin Andrea Renner ihrem Kollegen während der gemeinsamen Autofahrt. „Bei den Einbrüchen der letzten Monate in Hannover und Umgebung ist es doch schon einmal zu einer Körperverletzung gekommen, aber nicht zu so einem derart brutalen Tötungsdelikt."

Kriminalhauptkommissar Thomas Stelter steuert ihren VW Passat auf der Bundesstraße 65 in südöstlicher Richtung. Zu beiden Seiten der Straße sind große Felder zu sehen. Ziel der beiden Polizisten ist die Klinik Dr. Ludendorff, die in Ilten, einem Ort mit gut 5.000 Einwohnern, liegt.

Andrea hat vor ihrer Abfahrt mit dem Rechtsmediziner Dr. Ulrich Lindhoff telefoniert. Nach dessen Untersuchungsergebnissen liegt der Todeszeitpunkt von Claudia Faber zwischen 13 und 15 Uhr. Außerdem ist im Blut der Toten Citalopram nachgewiesen worden, ein Antidepressivum, welches stimmungsaufhellend, aber nicht beruhigend wirkt.

Andrea geht davon aus, dass sich Claudia Faber am Tag ihrer Ermordung mittags zur Ruhe begeben und deshalb den Klingelton ihres Telefons abgeschaltet hat. Um 14:16 Uhr ist das Opfer von einem Handy mit anonymer SIM-Karte angerufen worden. Der Standort des damaligen Anrufers lässt sich nur annähernd bestimmen, ist allerdings auf jeden Fall in der Nähe des Tatorts gewesen. Vermutlich handelt es sich dabei um den Täter, der nach seinem Anruf davon ausgegangen sein könnte, dass Claudia Faber nicht zu Hause ist.

„Die Auswertung der Zeugenbefragungen in Wilkenburg hat bisher nur magere Ergebnisse zu Tage gefördert", berichtet Andrea weiter. „Jetzt hat sich noch ein Zeuge gemeldet, der zur fraglichen Zeit einen Mann in der Nähe von Claudia Fabers Haus gesehen haben will. Allerdings nur aus der Ferne und von hinten. Der Mann soll normal groß gewesen sein und eine Umhängetasche getragen haben."

„Vielleicht war es der Täter, vielleicht auch nicht. Wenn er es war, war er allein, oder er hatte sich bereits zuvor von seinem Komplizen getrennt", sinniert Stelter. „Na ja, besser als nichts."

Sie erreichen den Ortseingang. Eine Tankstelle auf der linken Seite, rechts mehrere Häuser, ein Hotel, ein italienisches Restaurant und ein Café. Stelter biegt im Ort links in eine Nebenstraße ein – eine Allee, die an einer Parklandschaft mit großen Rasenflächen, zahlreichen alten Platanen und freundlich angelegten Blumenbeeten entlangführt. Dem Park gegenüber stehen einige Gebäude, gut abgeschirmt durch Büsche und Bäume. Im Park befindet sich ein großes zweistöckiges Klinikgebäude, zu dem eine Auffahrt führt. Menschen gehen dort spazieren oder sitzen auf einer der Bänke. Wohl Patienten mit ihren Besuchern. Kein Pförtnerhäuschen, keine Schranke. Andrea hat vorher im Internet nachgelesen, dass sich die psychiatrische Klinik auf zahlreiche einzelne Gebäude verteilt, die in Ilten und dem benachbarten Ortsteil Köthenwald stehen. Das Fachkrankenhaus verfügt über Abteilungen für Allgemeinpsychiatrie, Alkohol- und Drogenentgiftung, Alterspsychiatrie und Psychotherapie inklusive Traumatherapie. In unmittelbarer Nachbarschaft befindet sich noch ein großer psychiatrischer Heimbereich. Andrea fällt auf, dass es keine Abgrenzung durch hohe Zäune oder Mauern gibt. Die Klinik Dr. Ludendorff ist mit dem Ort regelrecht verwachsen. Psychiatrische Anstalten hatte sich Andrea immer ganz anders vorgestellt.

Stelter fährt über die Auffahrt zu einem Parkplatz vor dem Klinikgebäude. Ein Platz ist gerade noch frei. Dorthin manövriert Stelter ihren Wagen. Sie steigen aus und nähern sich dem Haus.

Über dem Haupteingang des modern wirkenden Klinikgebäudes prangt ein Schild: „SANECO Klinik Dr. Ludendorff". Andrea ist bekannt, dass der SANECO-Gruppe als Betreibergesellschaft psychiatrische und körpermedizinische Krankenhäuser in fast allen Bundesländern gehören. Die Iltener Klinik ist vor sieben Jahren von SANECO gekauft worden.

Im Seitenteil des Gebäudes befindet sich laut Beschilderung die Notfallaufnahme. Ein vor dem Gebäude abgestellter Krankenwagen startet und fährt langsam vom Gelände. Zwei Männer sind gerade damit beschäftigt, ein auf die Gebäudefront gespraytes Wort mühsam zu entfernen: Freiheit.

„Das hier ist das Vorzeigegebäude. Da drin ist unter anderem die Privatstation des Chefarztes", erklärt Stelter, der hier in der Vergangenheit schon einmal ermittelt hat. „Die geschlossenen Stationen sind meines Wissens in einem anderen Gebäude auf dem Gelände untergebracht."

Stelter und Andrea haben sich vorher telefonisch im Chefarztsekretariat angemeldet. Im Haupteingang öffnet sich eine gläserne Schiebetür, und ein Mann und eine Frau kommen ihnen entgegen. Der Mann ist Mitte zwanzig, die Frau vielleicht Ende vierzig. Andrea registriert, dass der Mann sich etwas schleppend bewegt und die Arme beim Gehen fast unbeweglich nach unten hängen lässt. Wahrscheinlich eine Nebenwirkung der Medikamente.

In der großzügig angelegten Vorhalle fällt Andrea sofort ein kleiner Springbrunnen mit Blumen und zwei Sitzgruppen auf. Eine Treppe im hinteren Teil der Vorhalle führt ins nächste Stockwerk, daneben ist ein Fahrstuhl. In der Anmeldeloge sitzt eine Frau, die alles im Blick hat. Mehrere Personen gehen durch die Halle oder bevölkern die Sitzgruppen. Wer Personal, Patient oder Besucher ist, kann Andrea nur erraten. Sie weiß von Stelter, dass das Personal hier Alltagskleidung trägt. Der Hauptkommissar kennt sich aus und steuert im Erdgeschoss zielsicher einen der Seitenflügel an. Hier befindet sich das Sekretariat des Chefarztes Dr. Weinhold.

*

Die Kriminalbeamten werden erwartet. Eine Sekretärin bittet sie in das geräumige Büro ihres Chefs.

Dr. Peter Weinhold, ein Mann Mitte sechzig, trägt einen hellgrauen Anzug mit Krawatte, der Anzug fast Ton in Ton mit seiner gelichteten Haarpracht. Das Büro ist eines Chefarztes würdig, ausgestattet mit einem antiquarischen Schreibtisch aus Holz, mehreren Sesseln, Wandregalen für die medizinischen Fachbücher, einem Besuchertisch mit Stühlen und zwei Gemälden an den Wänden.

Weinhold begrüßt die Polizisten mit Handschlag und setzt sich mit ihnen an den Besuchertisch.

Stelter teilt mit, dass sie im Mordfall Claudia Faber ermitteln.

„Ich habe davon in der Zeitung gelesen. Eine schreckliche Angelegenheit", äußert Weinhold in einem Tonfall, der routiniert betroffen wirkt. „Leider kann ich aus persönlicher Kenntnis nicht viel zu unserer ehemaligen Patientin sagen. Der behandelnde Psychiater war mein Oberarzt Herr Dr. Dannenberg. Er kann Ihnen eher weiterhelfen – zumindest soweit es seine Schweigepflicht erlaubt."

Weinhold geht zum Telefon und bittet seine Sekretärin, Dannenberg zu verständigen. Während er telefoniert, schweift Andreas Blick durch den Raum.

Das ist ein Büro, das wohl jeder gerne als Arbeitsplatz hätte, geht der Kriminalbeamtin durch den Kopf.

*

Einige Minuten später sitzen die beiden Polizisten ein Stockwerk höher in einem deutlich kleineren Büro, das vom Flur zwischen zwei Stationen abgeht. Dr. Ronald Dannenberg hat Stelter und Andrea mit in sein Oberarztzimmer genommen. Der Raum ist mit Schreibtisch, Schrank, Untersuchungsliege sowie Tisch und Stühlen ausgestattet.

Andrea ist beeindruckt. Dannenberg ist ein großer, kräftiger Mann, sportlich, sonore Stimme, zwischen Ende vierzig und Anfang fünfzig. Dunkles volles Haar, durchzogen von einem interessanten Grau. Ein Sakko zur blauen Jeans. Er wirkt gegenüber Stelter, der kaum älter als der Oberarzt ist, deutlich attraktiver. Seinen kräftigen Händedruck hat Andrea als angenehm empfunden.

„Hat Frau Faber während ihres stationären Aufenthaltes jemals davon gesprochen oder zumindest angedeutet, dass sie verfolgt wird?", möchte Stelter wissen.

„Nein. Wenn sie so etwas einem unserer Mitarbeiter erzählt hätte, wäre es mir bekannt."

„Gab es einen Vorfall während des Klinikaufenthaltes, den Frau Faber als Bedrohung hätte empfinden können?"

Dannenberg guckt irritiert: „Hier ist nie etwas Bedrohliches passiert."

„Ist Ihnen im Zusammenhang mit Frau Faber überhaupt irgendetwas Ungewöhnliches aufgefallen?", setzt Stelter nach.

„Nicht dass ich wüsste. Und zur Behandlung selbst kann ich Ihnen aus Gründen der Schweigepflicht keine Angaben machen. Worauf wollen Sie hinaus?"

„Wurde Frau Faber in der Klinik besucht?"

Dannenberg überlegt. Andreas Blick bleibt an seiner randbetonten Hornbrille hängen, die seinem Gesicht zusätzlich einen markanten Ausdruck verleiht.

„Soweit ich mitbekommen habe, lediglich einige Male von ihren Eltern. Die kamen von weiter her. Und einige Kolleginnen vom ambulanten Pflegedienst, bei dem sie gearbeitet hat."

„Lässt sich noch herausfinden, wer genau Frau Faber besucht hat?", fragt Andrea.

„Nein. Frau Faber war hier direkt nebenan Patientin einer offenen Station. Unsere Krankenschwestern fragen die Besucher in der Regel nicht nach ihrem Namen. Und wir haben auch keine Videokameras, weil das eine Verletzung der Würde unserer Patienten wäre."

Andrea gewinnt den Eindruck, dass Dannenberg noch erfreulich viele Einzelheiten über seine ehemalige Patientin erinnert. Als sie ihn darauf anspricht, berichtet er davon, dass er Claudia Faber noch von früher als Krankenschwester kennt. Allerdings unter ihrem Mädchennamen „Gundlach". Vor Jahren habe er mit ihr zusammen in einem anderen Krankenhaus gearbeitet.

„Frau Faber war sehr überrascht, als sie mich zum ersten Mal auf der Station getroffen hat. Sie wusste nicht, dass ich hier inzwischen Oberarzt bin. Aber dann hat sie sich damit arrangiert, ist aber etwas auf Distanz geblieben. Den Austausch über alte Zeiten mit mir hat sie sehr kurz gehalten."

Andrea vernimmt ein kurzes Klopfen an der Tür. Bevor Dannenberg „Herein" sagen kann, öffnet sich die Tür zu seinem Büro. Eine junge Frau erscheint, die überrascht auf Stelter und Andrea schaut.

„Oh, Entschuldigung. Ich wusste nicht ...", äußert die Frau, geht einen Schritt zurück und schließt von außen die Tür.

Dannenberg lächelt die Kriminalbeamten an: „Frau Voigt. Eine Krankenschwester von meiner Station nebenan."

Kurz darauf bedanken sich die Kommissare für das Gespräch und verlassen die Klinik.

*

„Wie fandest du ihn?", fragt Stelter im Wagen auf der Rückfahrt nach Hannover.

„Wen?", ist Andreas Gegenfrage.

„Den Oberarzt."

Andrea muss nicht lange überlegen: „Ganz sympathisch. Wenn er nicht Psychiater wäre, ganz mein Typ."

Auf dem Südschnellweg überqueren sie den Mittellandkanal.

„Wir haben keinen Hinweis bekommen, dass schon in der Klinik etwas vorgefallen ist, das mit Claudia Fabers späteren Ängsten im Zusammenhang stehen könnte", bemerkt Stelter.

„Ich glaube, du bist mit deinen Vermutungen auf dem falschen Gleis. Den einzigen einleuchtenden Zusammenhang zwischen Claudia Fabers Verfolgungsängsten und ihrem Tod sehe ich zurzeit darin, dass sie vielleicht gespürt hat, dass ihr Haus von Einbrechern ausgekundschaftet wird", erläutert Andrea ihre Sichtweise. „Denn warum sollte ein Täter durch irgendwelche Mätzchen sein Opfer schon vorwarnen – anstatt es zu überraschen? Das macht doch nur Sinn, wenn der Täter sein Opfer unter Druck setzen will, zum Beispiel um einer Erpressung Nachdruck zu verleihen. Aber Hinweise auf eine Erpressung haben wir bisher nicht gefunden."

Stelters Antwort ist lediglich ein Brummen.

10

Dr. Ulrike Dannenberg schaut durch das Fenster ihres Wohnzimmers in den Garten. Auf dem Sofa hat sie es sich neben ihrem Mann gemütlich gemacht. Ronald Dannenberg hat den Arm um sie gelegt, ihr Kopf lehnt an seiner Schulter.

„Ich bin ganz zuversichtlich, dass zum Schluss alles nach Plan verläuft. Du wirst Weinholds Nachfolger."

Ronald streichelt Ulrikes Oberarm: „Das hoffe ich auch. Als ich von Marks Bewerbung gehört habe, war ich anfangs irritiert. Er ist gut, aber ich bin besser für den Posten geeignet. Schließlich habe ich durchgängig im Krankenhaus gearbeitet, während sich seine Erfahrungen der letzten Jahre ganz auf den Sozialpsychiatrischen Dienst beschränken."

Draußen regnet es. Daher haben sich Ulrike und Ronald an diesem späten Nachmittag ins Haus verzogen. Ansonsten lieben sie es, die Zeit gemeinsam auf ihrer großen Terrasse zu verbringen. In diesem Haus in Hannover-Waldhausen, direkt am Stadtwald Eilenriede gelegen, hat Ulrike schon früher mit Mark und Katharina zusammen gewohnt. Die prominentesten Bewohner dieses Stadtteils im Süden von Hannover sind Alt-Bundeskanzler Gerhard Schröder und Alt-Bundespräsident Christian Wulff. Ein bürgerliches Viertel, in dem es sich leben lässt. Von hier hat es Ulrike nicht weit zu ihrem Arbeitsplatz im Stadtteil Bult. Als promovierte Apothekerin arbeitet sie in leitender Position für die Forschungsabteilung des US-amerikanischen Pharmakonzerns Toba.

„Es soll sich noch ein Dr. Pahland beworben haben, derzeit Oberarzt in Hamburg. Seine Chancen kann ich schlecht einschätzen", ergänzt Ronald. „Die übrigen Bewerber sind raus aus dem Verfahren. Einer hat bereits woanders einen Chefarztposten bekommen, ein anderer hat seine Bewerbung wieder zurückgezogen. Es müsste schon mit dem Teufel zugehen, wenn Mark oder Pahland mir die Tour vermasseln."

„Wenn es einer verdient hat, Chefarzt zu werden, dann du. Seit Jahren hast du darauf hingearbeitet. Und das Thema Drogen wird in der Klinik momentan großgeschrieben. Sonst würde die Konzernleitung nicht in den Umbau der Drogenentgiftungsstation investieren."

Ronald zieht seine Frau fest an sich und küsst zärtlich ihren Mund: „Ich liebe dich über alles dafür, dass du mir den Rücken stärkst, mein Schatz. Und das, obwohl du alle meine Schwächen kennst."

Ulrike streicht mit der Hand über seine Wange.

„Deine Schwächen sind deine Stärken. Ronald, du weißt, wie sehr ich an dir bewundere, dass du deine Alkoholabhängigkeit komplett im Griff hast. Seit Jahren keinen Tropfen Alkohol mehr, das soll dir erst einmal jemand nachmachen. Das hat dich stark gemacht."

Ulrike schätzt Ronalds Geradlinigkeit, mit der er offen über seine Sucht und die daraus resultierenden Abstürze in der Vergangenheit gesprochen hat. Die Trinkerei ist jahrelang der Grund für Ronalds Karrierebremse gewesen. Ronald Dannenberg, der ewige Oberarzt in zweiter Reihe.

„Unser Anti-Heroin-Projekt wird wie eine Bombe einschlagen. Und die Entwicklung der Ideen geht größtenteils auf dich und dein biologisches Wissen zurück. Ohne dich wäre ich nie darauf gekommen", sagt Ronald lächelnd.

„Wir haben die Ideen zu dem Projekt gemeinsam entwickelt. Wenn das Auswärtige Amt oder das Büro der UNO für Drogen- und Verbrechensbekämpfung in Wien darauf anspringen, bekommen unsere Namen einen gewaltigen Klang. Die weitgehende Vernichtung des Heroin-Weltmarktes. Das wird dein Renommee an der Klinik so erhöhen, dass du an Mark und diesem Dr. Pahland in einem rasanten Tempo vorbeiziehen wirst."

Bisher hat Ronald über ihr Anti-Heroin-Projekt gegenüber Weinhold und der Klinikgeschäftsführung gezielt einige vage Andeutungen gemacht, konkrete Details aber geheim gehalten. Wahrscheinlich werden sich Ulrike und Ronald erstmals im Juni mit Vertretern des Auswärtigen Amtes in Berlin treffen, um ihre revolutionären Erkenntnisse in allen Einzelheiten zu erläutern.

„Hast du was von Katharina gehört?", wechselt Ronald das Thema.

„Sie hat mir eine Mail geschickt. Gestern war sie im Australian Museum in Sydney. Morgen fährt sie mit einer Gruppe zum Bondi Beach. Sie machte einen glücklichen Eindruck."

„Prima, dass es ihr dort gefällt. Dann haben wir doch in aller Ruhe den Kopf frei für das, was auf uns beide in den nächsten Monaten zukommen wird ..."

*

Der Kongress für Biologische Psychiatrie findet in diesem Mai auf Sylt statt, genauer gesagt: in Westerland. Ronald Dannenberg ist mit dem Zug auf die nordfriesische Insel gekommen. Er ist häufig auf Sylt zu Gast, liebt die weißen Sandstrände, die Dünenlandschaft und die reetgedeckten Häuser. Und jedes Mal ist er beeindruckt von den vier überlebensgroßen grünen Plastikfiguren, die auf dem Bahnhofsvorplatz von Westerland stehen und in schräger Körperhaltung dem Wind dauerhaft zu trotzen scheinen.

Westerland ist der größte Ort der Insel. Auf der mehrtägigen Fachveranstaltung informieren sich Psychiater und Krankenpflegekräfte über neue Forschungsergebnisse in der Psychopharmakologie und anderen biologischen Behandlungsmethoden – und genießen nebenbei das Strand- und Nachtleben der mondänen Insel.

Ronald hat in den letzten Tagen eine innere Unruhe verspürt, die er noch vor Jahren massiv mit Alkohol bekämpft hätte. Inzwischen hat er sein Alkoholproblem tatsächlich unter Kontrolle. Ulrike, die deswegen stolz auf ihn ist, will er auf keinen Fall enttäuschen. Er hat in den letzten Jahren andere Strategien entwickelt, mit Spannungszuständen fertig zu werden.

Der Tag ist anstrengend gewesen. Ein PowerPoint-Vortrag nach dem anderen. Am Rande Gespräche mit Kollegen, die er meistens nur auf Kongressen trifft. Am Abend hat er sich bewusst mit niemandem verabredet. Jetzt braucht er dringend eine Alternative, um abschalten zu können.

Die Spielbank in Westerland ist im „Alten Rathaus" untergebracht und hat ein nostalgisches Flair. Schon tagsüber stehen den Besuchern dreihundert Glücksspielautomaten zur Verfügung. 19:30 Uhr wird zusätzlich das klassische große Spiel eröffnet. Damit wird das Tragen eines Jacketts für Herren in allen Räumen der Spielbank Pflicht.

Ronald genießt die prickelnde Atmosphäre.

„Bitte das Spiel zu machen", lautet die immer wiederkehrende Eröffnungsformel des Croupiers beim Amerikanischen Roulette. Ronald geht zunächst durch die Räume und saugt begierig das vornehme Ambiente in sich auf. Es wird noch Black Jack und Poker angeboten. Das ist heute nicht sein Ding. Wenn ihm danach ist, um höhere Einsätze Karten zu spielen, macht er das an anderer Stelle. Die angebotenen „After-Work-Cocktails" und der Champagner in der Bar stellen keine Versuchung für ihn dar.

Er setzt sich an den Roulette-Tisch. Geld hat er für heute Abend ausreichend zur Verfügung. Dafür hat er schon vor seiner Abfahrt in Hannover gesorgt. Es wird mit farbigen Jetons ohne Wertmarkierungen gespielt. Jeder Spieler bekommt am Tisch seine eigene Farbe, um Verwechslungen zu vermeiden. Die weiße Kugel rollt im Kessel entgegen der Drehrichtung.

„Nichts geht mehr."

Es ist ein Geben und Nehmen. Das Parfüm elegant gekleideter Frauen liegt in der Luft. Die Spieler starren fasziniert auf dieses kleine weiße Ding, das nach Belieben auf einer von 37 Zahlen liegenbleibt. Glück und Unglück sind manchmal nur Millimeter voneinander entfernt.

„Bitte das Spiel zu machen."

Ronalds Adrenalinpegel steigt. Seine Anfangserfolge befördern seinen Mut. Nach einer Stunde muss er die ersten herben Verluste hinnehmen, versucht sie durch jeweilige Erhöhung seiner Einsätze wieder wettzumachen.

Das Glück ist im Moment nicht auf seiner Seite. Es fällt ihm schwer, mit dem Setzen der Jetons aufzuhören. Die runden Plastikdinger suggerieren, dass alles nur Spiel und Spaß ist. Erst als das heutige Budget restlos verbraucht ist, hört er auf. Der Verlust beläuft sich auf eine fünfstellige Summe. Das kann er verkraften. Morgen wird er wieder hier sein, um sich das Geld am Tisch zurückzuholen.

*

Es gehört zu den ungeschriebenen Gesetzen der Freundschaft, dass der eine sofort Informationen weitergibt, wenn diese für den anderen wichtig sein könnten.
„Es wird dich interessieren, Martin, wen ich gestern in der Spielbank gesehen habe", teilt der Psychiater seinem Kollegen aus Hamburg während einer Pause auf dem Psychiatrie-Kongress mit. „Ronald Dannenberg hat gestern Abend eine Menge Geld verloren. Und so wie ich ihn einschätze, wird er das heute Abend noch einmal wiederholen."

11

Draußen regnet es erneut. Das Wetter in Hannover bleibt wechselhaft. Der Mann räkelt sich auf der Couch seines Wohnzimmers. Er nimmt sich die Zeit, in Ruhe die „Hannoverschen Nachrichten" durchzublättern. Zufrieden registriert er, dass in der Zeitung schon die letzten Tage nichts mehr über die laufenden Ermittlungen im Fall Claudia Faber zu lesen gewesen ist.

Die Bullen sind also keinen nennenswerten Schritt weitergekommen!

Der Mann grinst. Seine saubere Planung bis ins kleinste Detail hat sich gelohnt. Die Liquidierung der Frau war einfacher als gedacht.

Er steht auf und geht zum PC. Ab jetzt kann er sich seinem nächsten Auftrag widmen. Das Spiel des Todes beginnt von Neuem. Der Mann betrachtet den Bildschirm, der ein Foto mit drei Personen zeigt. Zwei davon sind Ulrike und Ronald Dannenberg. Eine davon ist sein nächstes Opfer.

*

„Krieg ich jetzt die Kohle oder nicht?", faucht Alexander Dannenberg seinen Vater an. Der 21-Jährige verzieht schon das Gesicht, bevor Ronald überhaupt geantwortet hat. Alexander war mit seiner Freundin unangekündigt im Haus der Dannenbergs aufgetaucht und zunächst im Obergeschoss in seinem alten Zimmer verschwunden. Ulrike hatte einen Termin in der Innenstadt. Dann war Alexander allein ins Wohnzimmer gekommen und hatte seinen Vater wegen des Geldes angesprochen.

„Kaum bin ich in Hannover zurück, gibt es schon wieder Stress mit dir", lautet die Reaktion des Psychiaters. „Wenn du unbedingt Geld für ein neues Auto brauchst, dann tu endlich mal was, um eigenes Geld zu verdienen. Ich drucke mein Geld schließlich auch nicht selbst!"

Alexander ist klar, worauf sein Vater anspielt. Erst hatte er nach dem Abitur nicht studiert, wie es Ronalds Wunsch war. Dann hatte er eine Ausbildung vorzeitig abgebrochen und bisher noch keine neue gefunden. Seine Versuche, bis August dieses Jahres noch etwas zu bekommen, waren tatsächlich etwas halbherzig.

„Nun komm nicht immer mit denselben Sprüchen", kontert Alexander. „Ulrike und du, ihr habt so viel Kohle! Katharina, der habt ihr das Geld für Australien in den Arsch geschoben. Und bei mir stellt ihr euch so an!"

„Du hast wirklich keinen Grund, dich zu beschweren! Erstens hat ausschließlich Ulrike Katharina den Aufenthalt in Australien bezahlt. Das hat mit dir überhaupt nichts zu tun! Und zweitens finanziere ich dir eine eigene Wohnung und einen nicht knapp bemessenen Unterhalt. Aber du kannst gerne wieder ganz bei uns einziehen."

Der vollständig in Schwarz gekleidete junge Mann gibt demonstrativ ein angewidertes Pusten von sich.

„Hier in Waldhausen?! Du weißt genau, dass ich es in meinem alten Zimmer keine paar Tage mehr aushalte."

„Dann beweise mir, dass du dich wirklich um einen Ausbildungsplatz bemühst. Du hast doch enorme Fähigkeiten im Umgang mit PC und Internet. Warum suchst du nicht verstärkt in der IT-Branche?"

„Das ist nicht so einfach, wie du denkst! Was ist jetzt mit dem Geld? Kannst du mir wenigstens einen Teil geben?"

„Du hast doch gerade vor ein paar Wochen eine größere Summe von mir erhalten! Wo bist du denn damit geblieben?!"

„Vernünftige Klamotten sind teuer. Ein kaputter Fernseher ... ein paar technische Geräte. Und außerdem hatte ich noch Schulden bei einem Kumpel zu begleichen."

„Nee, tut mir leid", Ronald Dannenberg schüttelt den Kopf. „Aber so geht das nicht. Als Arbeitsloser brauchst du nicht schon wieder ein neues Auto. Auch wenn es sich nur um einen Gebrauchtwagen handelt."

„Ist das dein letztes Wort?"

Als sein Vater nickt, stapft Alexander wütend aus dem Wohnzimmer nach oben. In der ersten Etage geht er zurück in sein Zimmer, in dem Rebekka Kemper auf ihn wartet. Die junge Frau mit den langen braunen Haaren sitzt auf der Bettcouch und schaut ihren Freund erwartungsvoll an. Rebekka ist zwei Jahre älter als Alexander, wirkt aber eher jünger als er. Ihr heller Rock und die bunte Bluse stehen im Kontrast zur durchgängig schwarzen Kleidung ihres Freundes. Sie legt ein Buch aus der Hand, das Alexander ihr geschenkt hat.

„Der Lautstärke eures Gesprächs nach zu urteilen hat es wohl nicht geklappt ...?!", stellt Rebekka fest.

„Stimmt! Wenn hier einer das Geld nachgeschmissen kriegt, dann meine Stiefschwester. Die macht sich jetzt ein schönes Jahr in Australien, und ich gehe leer aus! Das halt ich im Kopf nicht aus."

Rebekka steht auf und nimmt seine Hand.

„Was willst du jetzt machen, Alex?"

„Erst mal raus hier. Ich kann das nicht mehr ertragen!"

*

Alexander hat Rebekka mit in seine Zwei-Zimmer-Wohnung genommen, die sich in einem dreistöckigen Miethaus in der Nordstadt befindet. Noch leben Rebekka und er in getrennten Wohnungen, aber diesen Zustand möchte Alexander so schnell wie möglich ändern. Aber auch in diesem Fall spielt Geld eine Rolle. Die junge Frau arbeitet tagsüber in einem Büro, ohne viel zu verdienen. Alexander lebt vom Unterhalt seines Vaters.

Rebekka ist ein tolles Mädchen. Natürlich begehrt er ihren schlanken Körper. Aber ebenso liebt er ihre unkomplizierte mädchenhafte Art, die seine Beschützerinstinkte weckt. Er wird dafür sorgen, dass ihr niemals jemand weh tun wird.

Liebevoll hat er seine Freundin mit sich ins Schlafzimmer gezogen und sie sanft auf sein Bett geschubst. Als er sie anlächelt, breitet sie einladend ihre Arme aus. Eine Einladung, der er nicht widersteht.

Sie schmiegt sich an ihn, streichelt seinen Körper, küsst ihn. Alexander spürt eine angenehme Wärme, die ihn vorübergehend seinen Ärger vergessen lässt.

Dann meldet sich wieder der Familienmensch in Rebekka.

„Was ist jetzt mit deinem Vater und dir? Gehst du wieder hin, damit ihr euch vertragt?"

Eigentlich hat Alexander momentan überhaupt keine Lust auf das Familienthema.

„Ja, in ein paar Tagen stehe ich bei meinem Alten wieder auf der Matte. Aber nicht, weil ich um Verzeihung betteln will. Wenn wir schon angeblich alle eine Familie sind, dann fordere ich die gleichen Rechte wie meine Stiefschwester!"

„Meinst du nicht, dass dein Vater dir eher das Geld gibt, wenn du etwas runterfährst ...?" Rebekka zieht die Mundwinkel nach oben. „Schließlich bist du sein einziger leiblicher Sohn, und er liebt dich, Alex."

„Das glaubst auch nur du!", entfährt es Alexander. „Wenn mir etwas passieren sollte, wird mein Vater es schnell verkraften. Seit er mit Ulrike zusammen ist, bin ich total abgemeldet. ‚Ulrike ist die Liebe meines Lebens', hat er schwarz auf weiß in Facebook geschrieben. Und die beiden haben nur ihre Karriere im Kopf."

„Aber warum sollte er dich nicht mehr lieben?"

„Das hab ich an meiner Mutter gesehen. Sie ist früh gestorben. Ist unglücklich zu Hause die Treppe runtergestürzt." Alexander kämpft kurz gegen die Tränen an. „Mein Vater hat sie schon lange vergessen. Dafür hasse ich ihn ... Wenn ich mir das Genick breche, würde er mich genauso schnell aus seinem Gedächtnis streichen."

12

Überall im Raum sind schwarze Kerzen verteilt, deren Licht den Anwesenden ausreicht, um die bevorstehende Zeremonie zu verfolgen.

An der Kopfseite des Raumes steht der längliche Altar, den eine dunkelrote Decke ziert. Daneben ein kleiner Tisch mit einem Gefäß. Männer und Frauen sind einheitlich gekleidet. Jeder von ihnen trägt eine lange schwarze Robe, dazu eine Kapuze, die lediglich das Augenpaar durch Schlitze erkennen lässt. Auf den Roben sind Schriftzeichen in roter Spiegelschrift, darüber tragen die Anwesenden ein identisch aussehendes Amulett. Robe und Kapuze ähneln denen des Ku-Klux-Klans – aber die Farbe der Vermummung ist nicht Weiß, sondern durchgängig Tiefschwarz.

Viktor Thum obliegt die Verantwortung für den reibungslosen Ablauf der heutigen Nacht. In dieser Runde trägt er den Namen Patro Ron. Die Männer und Frauen haben sich in U-Form um den Altar gruppiert, die Arme vor der Brust verschlungen. Viktor steht am Rand des dunklen Raumes und schlägt neun Mal den Gong. Damit wird die Zeremonie offiziell eröffnet. Unter den Kapuzen beginnen die Männer und Frauen mit einem Singsang, der abrupt verstummt, als sich die Tür an der Kopfseite des Raumes öffnet. Der Mastro betritt den Raum. Mit beiden Händen umfasst er ein langes Messer, dessen Spitze nach oben zeigt. Mit jedem seiner langsamen Schritte betont er die Würde seines Amtes. Durch die dunkelrote Farbe unterscheidet sich seine Kleidung von der der anderen. Die Anwesenden neigen den Kopf.

Der Mastro stellt sich an die Spitze des Altars. Mit kräftiger Stimme spricht er einige kurze Sätze in einer fremden Sprache. Zuletzt stimmen alle Männer und Frauen lautstark mit ein.

Viktor steht in der Rangfolge an zweiter Stelle. Er ist die rechte Hand des Mastros. Jetzt schlägt er erneut den Gong. Durch eine Seitentür führen zwei Kapuzenmänner eine junge Frau in den Raum. Das ist Milena. Viktor hat sie für diese Nacht ausgesucht und vorbereitet. Neben der Willigkeit spielt das Aussehen der Frauen eine zentrale Rolle. Viktor ist davon überzeugt, eine gute Auswahl getroffen zu haben. Seine Prüfungen, die er den Neuankömmlingen abverlangt, sind hart. Die junge Frau hat sie bestanden.

Milenas lange schwarze Haare sind gefärbt, durchzogen mit roten Strähnen. Ihre Kleidung ist komplett schwarz: ein Umhang über einem kurzen Rock mit hohen Stiefeln. Ihr Gesichtsausdruck wirkt apathisch, als ihre beiden Begleiter sie vor den Mastro zum Altar bringen. Die Blicke aller Kapuzenträger sind auf Milena gerichtet. Ihr Umhang wird vorne am Hals durch Bänder zusammengehalten. Das Messer in der rechten Hand, stellt sich der Mastro direkt vor die Frau. Unbeweglich lässt sie es zu, dass er sich mit der Klinge seines Messers ihrem Hals nähert. Dann durchschneidet er die Haltebänder ihres Umhangs, der kurz darauf über ihre Schultern zu Boden gleitet. Milenas nackter Oberkörper wird sichtbar. Sie trägt weder Bluse noch BH. Viktor betrachtet mit Wohlwollen ihre entblößten Brüste. Der Mastro legt das Messer auf den kleinen Tisch. Dann ergreifen seine Hände den Rock der Frau. Mit einem Ruck hat er den Klettverschluss, der den kurzen Wickelrock zusammenhält, geöffnet. Er wirft das schwarze Stück Stoff achtlos zur Seite. Wie für die Zeremonie üblich, trägt die Frau kein weiteres Kleidungsstück unter dem Rock. Der Mastro macht eine einladende Bewegung Richtung Altar. Milena weiß, was sie zu tun hat. Nur noch mit Stiefeln bekleidet, legt sie sich rücklings auf den Altar. Die Arme am Körper, die Beine ausgestreckt.

Der Anführer in der roten Robe greift nach dem Gefäß auf dem Tisch. Darin befindet sich eine rote schleimige Flüssigkeit, in die er Zeige- und Mittelfinger hineintaucht. Seine Finger werden zum Pinsel, mit dem er kunstvoll ein Symbol unterhalb von Milenas Bauchnabel zeichnet. Dann umkreisen seine Finger ihre Brüste und hinterlassen dort eine rote Spur. Der Mastro tritt zurück und murmelt erneut eine kurze Abfolge bekannter Sätze.

Nachdem er verstummt, reicht er das Gefäß an den Kapuzenträger, der direkt neben ihm steht. Der Mann taucht seine Finger in das Gefäß und reicht es an seinen Nachbarn weiter. Auf diese Weise wandert der Behälter von Hand zu Hand. Während der Zeremonie hat sich der nackte Körper auf dem Altar nicht bewegt. Alle Augenpaare hinter den Kapuzenschlitzen sind weiterhin auf Milena gerichtet. Gemeinsam bemalen die Anwesenden Arme und Beine der vor ihnen liegenden Frau. Viktor Thum hat als Letzter mit seinem Finger Hand an Milena gelegt. Auf einmal verzieht sie flüchtig ihren Mund zu einem Grinsen.

Ob es ihr gefällt, im Mittelpunkt unseres Interesses zu stehen?, ist ein Gedanke von ihm.

Die Messe erreicht ihren ersten Höhepunkt. Der Mastro verschwindet mit gesetzten Schritten in einem kleinen Nebenraum. Zuvor hat er einen Geldschein aus seiner Robe gezogen und diesen vor der Tür in ein Kästchen gelegt. Der Mastro wird der Frau nichts schuldig bleiben. Jetzt ist es Milenas Bestimmung, ihm zu folgen. In dieser Nacht ist sie dazu erwählt, die Sinne des Mastros mit ihrem Körper zu erfreuen. Viktor hat sie darauf vorbereitet, welchen besonderen Anforderungen sie heute zu genügen hat. Die Ansprüche des Mastros werden ihr nicht weniger abverlangen als das Äußerste.

Viktor hat den Eindruck, dass Milena länger braucht, sich vom Altar zu erheben, als vorgesehen. Zwei Vermummte nehmen sich ihrer an und führen sie zu dem Raum, in dem der Mastro bereits auf sie wartet. Bildet sich Viktor das nur ein, oder wirkt Milenas Gangbild in den Stiefeln etwas ungeschickt? Oder sogar im Ansatz unwillig?

Die junge Frau verschwindet im Nebenraum. Ihre Begleiter verschließen von außen hinter ihr die Tür. Der Mastro hat das Recht, ungestört Milenas Wildheit in unverbrauchter Heftigkeit zu genießen. Erst danach wird sich Milena den anderen anwesenden Männern und Frauen widmen. Gleichzeitig und nacheinander, wie es die Rangordnung vorgibt. Und alle werden sie der Frau ihren Lohn bezahlen. Viktor wird die Messe in dieser Nacht befriedigt verlassen. Er folgt dem Mastro an zweiter Stelle.

Milenas Kreischen wertet er zunächst als Ausdruck ihrer Hemmungslosigkeit. Dann hört Viktor den Mastro, laut und unwirsch: „Du blöde Schlampe, bist du total verrückt geworden?!"

Die Frau schreit aus voller Kehle. Es folgt ein schmerzverzerrtes Brüllen des Anführers. Viktor vermutet sofort, dass Milena den Mastro an empfindlicher Stelle getreten hat. In diesem Moment fliegt bereits die Tür auf, und Milena stürzt heraus. Ihr Gesicht hat einen irren Ausdruck angenommen.

Wieder stößt sie einen anhaltenden kräftigen Schrei aus.

Mit einer Kraft, die ihr Viktor nicht zugetraut hätte, stößt Milena einen Kapuzenträger zur Seite und rennt an zwei weiteren überraschten Männern vorbei.

„Lasst das Miststück nicht entkommen!", herrscht Viktor die Umstehenden an. Einer der Männer packt Milena am Arm und reißt sie herum. Die Frau holt mit voller Kraft aus und schlägt dem Vermummten ins Gesicht. Da greifen bereits weitere Arme nach der Frau, die in wilder Panik um sich tritt. Der Übermacht ist sie jedoch nicht gewachsen. Milena wird zu Boden gerissen, wo sie von gewichtigen Männerkörpern festgehalten wird.

Viktor durchflutet eine gewaltige Anspannung. Die Frau hat die Zeremonie, für die er die Verantwortung hat, in den Dreck gezogen. Und sie hat es gewagt, sich dem Mastro mit Gewalt zu widersetzen. Er tritt auf die am Boden liegende Frau zu, deren Schreien in ein Wimmern übergegangen ist.

Verächtlich schaut er auf sie herab und verkündet mit drohender Stimme: „Dir werde ich beibringen zu gehorchen!"

*

Zwischendurch flammt Milenas Widerstand wieder auf. Sie spannt ihren Körper an und versucht sich loszureißen. Dabei schreit sie mehrfach: „Nein! Nein!"

Zwei Kapuzenträger haben die kniende Frau gepackt und ihr die Arme auf den Rücken gedreht. Noch immer trägt sie nichts weiter als das Paar Stiefel am Körper. Ein Entkommen ist nicht möglich. Wie mit Schraubzwingen haben die kräftigen Männer sie im

Griff. Viktor steht daneben und gibt die Kommandos. Der Mastro hat ihm freie Hand für die Züchtigung der Ungehorsamen gegeben.

Viktor hat angeordnet, Milena in diese kleine Kammer zu bringen. Hier befindet sich das sogenannte „Taufbecken", ein großes metallenes Gefäß, das schon häufiger dazu gedient hat, Ungehorsame auf den richtigen Weg zurückzuführen. Das „Taufbecken" steht auf dem Boden und ist fast vollständig mit Wasser gefüllt. Auf einen Wink von Viktor wird Milena vor das Gefäß gezerrt.

„Spüre deine Kleinheit und erlange Demut und Respekt", äußert Viktor mit pathetischer Stimme.

Von hinten ergreift er ihren Kopf und stößt ihn nach vorne in das „Taufbecken". Kraftvoll drückt er Milenas Kopf unter Wasser. Er spürt ihren vergeblichen Widerstand. Gleich sind die Luftreserven aufgebraucht, und die Todesangst erreicht den ersten Höhepunkt. Viktor hat die Zeit im Blick. Unvermittelt zieht er ihren Kopf aus dem Wasser. Die Frau japst, hustet und prustet. Viktor hat seinen Griff gelockert, die Frau wirft den Kopf hin und her. Noch ist ihr Widerstand erkennbar.

Noch einmal packt Viktor ihren nassen Kopf und befördert ihn unter Wasser.

Nicht mehr lange, dann hat er ihren Eigensinn vollständig gebrochen. Ihr Körper wird wieder bereit sein, zumindest zu empfangen.

13

Mein Leitungsposten beim Sozialpsychiatrischen Dienst besteht natürlich nicht nur aus Schreibkram. Das kommt mir nur manchmal so vor. In Wirklichkeit habe ich außerhalb meines Büros häufig mit Menschen zu tun. Mit Patienten, Angehörigen oder Mitarbeitern anderer Institutionen. So habe ich mich jeden Freitag selbst für die psychiatrische Notfallbereitschaft auf dem Gebiet der Landeshauptstadt eingeteilt. Oft ist es die Polizei, die mich zu einem Notfall mit einem psychisch Kranken ruft. In Begleitung einer Krankenschwester oder einer Sozialarbeiterin fahre ich dann vor Ort. Obwohl ich fast nie davon Gebrauch machen muss, verschafft mir der Umstand, dass ich Taekwondo beherrsche, ein sicheres Gefühl.

Heute ist wieder Freitag. Ich wandere in meinem Büro im Gesundheitsamt auf und ab und spreche dabei ins Diktafon. Ein Schreiben an den Sozialdezernenten zur Aufstockung von Personalstellen. Als ich meiner Sekretärin die Kassette in die Hand drücke, betritt Jannik Wagner das Vorzimmer.

„Hallo Rasputin", begrüße ich ihn. „Kann ich was für dich tun?"

Jannik ist Sozialarbeiter und wird von allen Kollegen Rasputin genannt. Er hat einen gewaltigen dunklen Vollbart, lange gelockte Haare und manchmal auch einen grimmigen Gesichtsausdruck.

„Nein, diesmal habe ich es auf deine reizende Sekretärin abgesehen", antwortet er. Und als er Mockies irritierten Gesichtsausdruck bemerkt, fügt er hinzu:

„Ich wollte mir nur einige Unterlagen von Ihnen ausborgen, Frau Mock."

„Etwas anderes würden Sie auch nicht von mir bekommen", ist Mockies nüchterner Kommentar, bei dem ich mir ein Grinsen kaum verkneifen kann. Solche zweideutigen Sätze, völlig staubtrocken vorgetragen, traut man ihr auf den ersten Blick gar nicht zu.

Jannik ist ein interessanter Typ, der es schafft, trotz seines ungewöhnlichen Aussehens schnell Kontakt zu anderen Menschen aufzubauen. Er ist Esperanto-Sprecher und kennt daher Anna. Über sie hat er vor einem Dreivierteljahr Kontakt zu mir aufgenommen. Seit fast acht Monaten arbeitet er für den Sozialpsychiatrischen Dienst der Region Hannover, in einer unserer Beratungsstellen hinter dem Hannoverschen Hauptbahnhof. Neben Esperanto spricht er noch gut Französisch, was ihm teilweise bei der Verständigung mit afrikanischen Bewohnern eines Flüchtlingswohnheims im Einzugsbereich der Beratungsstelle sehr nützlich ist. Auf eigenen Vorschlag hilft er momentan für einige Wochen in der Zentrale des Sozialpsychiatrischen Dienstes im Gesundheitsamt aus.

„Und? Schon einen Notfalleinsatz gehabt, Mark?", grient Rasputin.

„Nein, bis jetzt ist alles ruhig."

In diesem Augenblick klingelt mein Handy, das ich mit einem Clip am Hosengürtel trage. Man soll die Ruhe nicht beschwören …

Ich eile in mein Büro zurück und nehme das Gespräch an. Tatsächlich ein Notfall!

Die Sekretärin unserer Sozialpsychiatrischen Beratungsstelle in der Südstadt ist am Apparat und erklärt mir, dass sie Frau Jäger, eine besorgte Bürgerin, in der Leitung habe. Ich übernehme das Gespräch.

"Es geht um meine Nachbarin", höre ich eine aufgeregte Frau Jäger sagen. "Ich glaube, die tut sich heute noch was an."

"Was genau haben Sie denn beobachtet?"

"Ich war gerade im Hinterhof, da gucke ich nach oben und sehe sie auf dem Fensterbrett sitzen. Die Beine baumeln nach außen. Ihre Wohnung ist immerhin im zweiten Stock."

"Und was ist dann passiert?"

"Sie hat plötzlich ganz laut merkwürdige Sachen gerufen wie ‚Sie kommen, sie kommen' und ‚Satan ist in mir'. Ich hab mich so erschrocken und ihr zugerufen, sie soll vom Fensterbrett runter in die Wohnung zurück. Sie hat mich angeguckt, als wenn sie mich erst jetzt erkennt. Danach ist sie zum Glück wieder in ihrer Wohnung verschwunden und hat das Fenster verschlossen. Ich bin dann rauf in den zweiten Stock und hab bei ihr geklingelt. Sie muss hinter ihrer Wohnungstür gestanden haben, drinnen sagte sie was von ‚Tot, tot'. Dann hat sie die Tür aufgerissen und gleich wieder zugeknallt."

"Wie heißt denn Ihre Nachbarin, und wo wohnt sie?"

"Drimalla. Milena Drimalla." Die Wohnung liegt im östlichen Teil der Lutherstraße und befindet sich damit in der Südstadt von Hannover.

Ich verspreche Frau Jäger, so schnell wie möglich zu kommen. Der Einsatzort ist nur wenige Autominuten vom Gesundheitsamt entfernt.

Ich bitte meine Sekretärin, Saskia Ahlborn zu informieren. Sie arbeitet hier im Haus als Sozialarbeiterin meiner Abteilung. Heute begleitet sie mich bei allen Notfalleinsätzen. Währenddessen überprüfe ich schnell im PC unsere elektronische Patientendatei. Bisher kein Eintrag zu "Milena Drimalla".

Dann schnappe ich mir den Notfallkoffer, winke im Vorübergehen Mockie kurz zu und treffe mich im Foyer mit Saskia Ahlborn, einer stattlichen und sympathischen Mittfünfzigerin.

Mein blauer VW Golf parkt direkt vor dem Gesundheitsamt. Während der Fahrt zur Lutherstraße informiere ich Saskia über alle wichtigen Details.

„Irgendwie habe ich das Gefühl, dass heute noch was Dramatisches passiert", prophezeit Saskia.

Ich horche auf. Leider hat Saskia bisher mit ihren Prognosen immer sehr gut gelegen.

*

Ein typisches Wohnviertel mit langen Häuserreihen auf beiden Seiten. Schmucklose vier- und fünfstöckige Wohngebäude. Die Lutherstraße ist zugeparkt mit Autos. Für Notfalleinsätze habe ich eine Sonderparkgenehmigung. Ich stelle meinen Wagen im eingeschränkten Halteverbot ab. Die Straße ist nach Luther benannt und die Frau hat den Satan in sich – welche Ironie.

Zahlreiche Klingelknöpfe zu beiden Seiten der Haustür. Trotz mehrmaligen Drückens bei „Drimalla" macht dort niemand auf. Ich klingle bei „Jäger".

„Ja, wer ist da?", ertönt es aus der Gegensprechanlage.

„Seifert, Sozialpsychiatrischer Dienst."

Ein Summen. Wir betreten das relativ enge Treppenhaus und eilen in die zweite Etage. Frau Jäger, Ende fünfzig, erwartet uns bereits im Türrahmen ihrer Wohnung. Eine kurze Begrüßung, Saskia stellt sich selbst vor.

„Wissen Sie, ob Frau Drimalla inzwischen das Haus verlassen hat?", möchte ich wissen.

"Sie ist noch da. Ich habe eben ihre Stimme in der Wohnung gehört."

Der Eingang zur Wohnung von Milena Drimalla liegt direkt gegenüber. Saskia drückt auf den Klingelknopf. Ich höre Schritte und ein Hämmern in der Wohnung. Dann eine aufgeregte Stimme: „Nein, nein!"

Die Tür bleibt verschlossen. Saskia klingelt erneut. Trippelschritte in der Wohnung, ein Gemurmel unverständlicher Sätze. Saskia guckt durch den Briefkastenschlitz in die Wohnung.

„Ich sehe sie", raunt mir meine Mitarbeiterin zu. Dann klopft sie mehrmals an die Wohnungstür und ruft: „Hallo, Frau Drimalla. Mein Name ist Ahlborn. Ich bin Sozialarbeiterin von der Region Hannover. Neben mir steht Herr Dr. Seifert, er ist Arzt. Ihre Nachbarin macht sich große Sorgen um Sie. Und wir sind gekommen, um zu gucken, ob wir Ihnen helfen können."

Es dauert eine Weile, bis sich ein kleines Fenster in der Wohnungstür öffnet. Eine Frau mit rotgesträhnten schwarzen Haaren, wohl Mitte zwanzig, guckt uns durch die kleine Öffnung an. Ihr Blick wirkt geistesabwesend, so als befände sie sich zum Teil in einer ganz anderen Welt.

„Würden Sie uns bitte in Ihre Wohnung lassen, damit wir uns mal unterhalten können? Im Treppenhaus ist es schwierig, so ein Gespräch zu führen", äußert Saskia, zu der die Patientin offenbar Vertrauen gewinnt.

Der Blick der jungen Frau erscheint mir etwas klarer. Milena Drimalla nickt kurz und öffnet langsam die Tür.

„Danke, dass Sie uns gleich verständigt haben. Wir werden uns in Ruhe mit Frau Drimalla unterhalten und sehen, wie wir ihr am besten helfen können", sage ich zu Frau Jäger. Die freundliche Nachbarin lächelt mich an und entschwindet in ihrer Wohnung.

Die Patientin steht im Flur, verlagert ihr Gewicht von einem Bein aufs andere, reibt ihre Hände an den Oberschenkeln. Zur langen schwarzen Jeans trägt sie ein weißes langärmeliges T-Shirt.

„Hilfe ist gut", murmelt sie. „Aber ich sterbe ..."

Sie dreht sich um und geht wortlos in ein Zimmer, das rechts vom Flur abgeht. Wir treten ein. Ich ziehe die Wohnungstür hinter uns zu. Eine kleine Zweizimmerwohnung.

Milena steht in ihrem Wohnzimmer. Einfach, aber modern eingerichtet. Sie wendet den Kopf von links nach rechts. Es macht den Eindruck, als würde sie einem Geräusch oder einer Stimme lauschen. Das ganze Verhalten wirkt psychotisch. Die junge Frau scheint unter Wahngedanken und akustischen Halluzinationen zu leiden.

Gerade möchte ich sie etwas fragen, da rennt sie an mir vorbei in den gegenüberliegenden Raum. Es ist die Küche, in der ein Tisch steht, auf dem sich ein Brett mit einem rohen Stück Fleisch und einem Fleischklopfer aus Metall befindet. Das könnte eine Erklärung für das Hämmern in der Wohnung gewesen sein. Das Küchenfenster geht zum Hinterhof, hier hat die Patientin wahrscheinlich vorhin auf dem Fensterbrett gesessen. Jetzt steht das Fenster wieder offen. Während sich Milena an den Küchentisch setzt, gehe ich behutsam an ihr vorbei und schließe das Fenster. Nicht, dass sie noch einmal auf die Idee kommt, da herauszuklettern zu wollen.

Saskia kommt zum Eingang der Küche und spricht sanft auf Milena ein. Die Frage, warum sie sich auf das

Fensterbrett gesetzt hat, beantwortet Milena mit: „Ich brauche viel, viel Luft ..."

Saskia schafft es, mit Milena in eine Art Gespräch zu kommen. Das meiste, was die junge Frau von sich gibt, bleibt unverständlich. Aber sie wirkt auf einmal viel ruhiger. Ich halte mich ganz im Hintergrund, weil ich befürchte, dass ein weiterer Gesprächspartner sie eher ängstigen würde.

Mein Handy klingelt. Jetzt kommt der nächste Notfall. Ohne überhaupt aufs Display zu gucken, nehme ich das Gespräch an. Aber es ist kein Notfall. Es ist Anna, die mir zwischendurch ein paar liebe Worte sagen will.

„Tut mir leid, ich kann jetzt nicht. Ich bin gerade im Einsatz", sage ich möglichst leise. Und da ich sie abrupt abwimmeln muss, füge ich als Abmilderung hinzu: „Amatinjo, vi estas parto de mi."

Milenas Angriff kommt völlig unerwartet. Blitzschnell ergreift sie mit der rechten Hand den metallenen Fleischklopfer, springt vom Stuhl und stürzt mit einem unmenschlichen Schrei auf mich los. Ich lasse das Handy fallen. Milena reißt den rechten Arm hoch. Ohne zu zögern stößt sie den Fleischklopfer nach vorne in Richtung meines Kopfes. Ich werfe den Kopf zur Seite und lasse mich fallen. Der gewaltige Schlag geht ins Leere. Das ist noch einmal gutgegangen! Mitgerissen von der Wucht ihres Schlages stürzt Milena über mich. Sofort registriere ich, dass sie erneut mit der Waffe ausholt. Ich schnelle mit dem Oberkörper hoch und umgreife ihre beiden Handgelenke. Es gelingt mir, sie an einem weiteren Schlag zu hindern.

„Tot! Tot!", schreit sie, während wir uns auf dem Boden wälzen. Sie ist sehr kräftig für ihre schlanke Statur, und ich muss alle Register meiner Kampfsporterfahrung ziehen, um mich erfolgreich gegen ihre Angriffe zu wehren. Sie strampelt und versucht mich zwischendurch sogar zu beißen. Es ist ein äußerst unwürdiges Spektakel, diese kranke geängstigte Frau körperlich überwältigen zu müssen. Aber es bleibt mir zum Selbstschutz gar nichts anderes übrig. Schließlich gelingt es mir, sie auf dem Bauch zu liegen zu bringen und ihre Arme festzuhalten. Von einer Sekunde zur anderen erlahmt jegliche Gegenwehr. Die junge Frau wirkt, als würde sie sich schicksalsergeben allem hingeben, was jetzt noch auf sie zukommt.

„Ich sterbe, ich sterbe ... Satan ist in mir", haucht sie mit leiser Stimme.

Saskia hat inzwischen über ihr Handy die Polizei verständigt und um sofortige Amtshilfe gebeten. Das Polizeikommissariat in der Südstadt ist glücklicherweise nicht weit entfernt.

Ich versuche Milena zu beruhigen, dass sie keine Angst vor uns zu haben braucht.

Bei unserer Rangelei sind die Ärmel ihres T-Shirts nach oben gerutscht. Mir fällt auf, dass sie Hämatome an beiden Unterarmen hat, die nicht von unserem aktuellen Kampf herrühren können. Außerdem hat sie am rechten Unterarm eine kleine Tätowierung. Ein fünfzackiger Stern, in dem sich fünf Buchstaben befinden. Eine Art Logo. Die Buchstaben – W H S N Y – sind in Spiegelschrift geschrieben und könnten ebenso gut Y N S H W bedeuten. Ich kann damit nichts anfangen.

Zehn Minuten später sind zwei Polizisten vor Ort, die sich behutsam darum kümmern, dass Milena weder uns noch sich selbst etwas antut.

„Ich will sterben", teilt sie den Polizisten mit.

Milena braucht dringend stationäre psychiatrische Hilfe. Das teilt Saskia ihr vorsichtig mit. Für die Südstadt von Hannover ist als psychiatrisches Versorgungskrankenhaus die Klinik Dr. Ludendorff in Ilten zuständig.

„Nicht in die Psychiatrie! ... Nein, nie!", lehnt Milena eine Aufnahme dort ab.

Wir haben keine andere Wahl. Wegen akuter Eigen- und Fremdgefährdung rege ich eine Zwangseinweisung an. Ich verfasse handschriftlich ein ärztliches Zeugnis auf einem Formblatt. Ein hinzugerufener Ordnungsbeamter verfügt die Einweisung.

Saskia ist in der Zwischenzeit noch einmal zu Frau Jäger gegangen. Von ihr hat sie erfahren, dass Milena Drimalla vor zwei Jahren allein aus Ostdeutschland nach Hannover gezogen ist. Bis vor Kurzem soll die Patientin hier in der Stadt als Verkäuferin gearbeitet haben. Schon längere Zeit hätte sich die junge Frau merkwürdig verhalten, aber nie so verrückt wie heute.

14

Ronald Dannenberg blickt liebevoll in das Gesicht der Frau, die sich im Bett neben ihm räkelt. Sie lächelt ihn an.

„Ich bin so glücklich mit dir, Ronald", flüstert Leonore Voigt. „Und deshalb brauche ich dich in Zukunft jeden Tag."

Ronalds Finger erkunden noch einmal spielerisch Leonores Körper, der ihm wohlvertraut ist. Die Kleidung der beiden liegt verstreut auf dem Teppichboden des Schlafzimmers.

„Ich liebe dich", murmelt Ronald, während er nacheinander ihre nackten Brustwarzen küsst. „Ein Leben mit dir stelle ich mir wunderschön vor."

Die Anfang dreißigjährige Krankenschwester legt ihre Arme um seinen Hals und zieht ihn zu sich heran. Seine Lippen streichen zärtlich über ihr Gesicht und erreichen ihren Mund. Er spürt erneut ihre Hingabe, als sie ihn leidenschaftlich mit der Zunge küsst.

Zum zweiten Mal an diesem Nachmittag schafft es Leonore, Ronald in einen glückseligen Zustand zu versetzen.

Noch ganz erschöpft von ihrem innigen Zusammensein bekundet Ronald: „Gut, dass wir uns heute in deiner Wohnung getroffen haben. Im Krankenhaus geht das einfach nicht mehr."

Leonore nickt zustimmend: „Wenn ich noch an die Situation mit Frau Faber denke."

„Ich verstehe immer noch nicht, wie es mir passieren konnte, dass ich mein Dienstzimmer nicht abgeschlossen habe. Sie muss mitbekommen haben, dass ich in mein Zimmer gegangen bin, und wollte mich wohl noch was fragen."

„Und du meinst nicht, dass sie zuvor schon wusste, dass ich dort auf dich gewartet habe?"

„Wahrscheinlich nicht. Vielleicht hat sie sogar vorher geklopft, und wir haben es überhört. Schon unangenehm, dass sie uns so gesehen hat."

Leonores Mimik bekommt eine ernste Note: „Die Heimlichkeit halte ich nicht mehr lange aus. Bitte Ronald, wenn du mich liebst, dann komm ganz zu mir."

„Im Moment wäre das ganz ungünstig. Eine Trennung von meiner Frau in den nächsten Monaten könnte meine Aussicht auf die Chefarztnachfolge sicherlich verschlechtern."

Leonore nickt verständnisvoll.

„Da hast du recht. Das dürfen wir auf keinen Fall gefährden."

Ronald richtet sich im Bett auf und sieht Leonore ins Gesicht.

„Ich will ganz ehrlich zu dir sein, damit ich dir keine falschen Hoffnungen mache und dich nachher erheblich enttäusche", äußert Ronald, wobei er sich verlegen am Hinterkopf kratzt. „Ich habe weniger Geld, als du vielleicht denkst. Erst vor Kurzem habe ich durch eine Dummheit eine nicht unbeträchtliche Summe in den Sand gesetzt."

„Aber ich liebe dich doch nicht wegen deines Geldes, Ronald", versucht ihn die Krankenschwester zu beruhigen. „Und als zukünftiger Chefarzt klagst du sowieso auf hohem Niveau."

Ronald ist es wichtig, mit offenen Karten zu spielen: „Es ist Ulrike, die das Geld in unsere Ehe bringt. Und eigentlich kommt das Geld von ihrem Vater. Er ist Unternehmer in Frankfurt, der nach Ulrikes gescheiterter Ehe mit Mark Seifert gegenüber Psychiatern wie mir äußerst reserviert ist. Außerdem habe ich, wie du weißt, einen 21-jährigen Sohn, der ziemlich überzogene Ansprüche hat. Also ein Traumpartner bin ich weiß Gott nicht."

Er setzt sich mit dem Rücken zu ihr auf die Bettkante.

„Mach dir keine Sorgen, das ist alles kein Problem für mich", verkündet Leonore und schmiegt sich von hinten an ihn. „Ich sehe nicht den reichen Chefarzt in dir, sondern den engagierten Psychiater, der sich für die weltweite Drogenbekämpfung einsetzt."

„Meine kleine Leonore, ich glaube, du hebst mich gerade auf einen Sockel, den ich nicht verdiene", sagt Ronald kopfschüttelnd, wobei sein Tonfall verrät, dass ihm die Sichtweise der jungen Frau durchaus gefällt.

Während sie beide Arme um seine Brust legt, äußert sie: „Du hast schon so viele Andeutungen über dein Anti-Heroin-Projekt gemacht. Ich würde so gerne mehr davon erfahren."

*

Ronald Dannenberg ist froh darüber, dass Leonore ein anderes Thema anschneidet. Bereitwillig erzählt er ihr von dem geplanten Projekt, das er zusammen mit seiner Frau erdacht hat. Bei Leonore Voigt kann er sich darauf verlassen, dass sie sämtliche Informationen für sich behält. Bevor er anfängt, sucht er seine Kleidungsstücke zusammen und zieht sich wieder an. Das Projekt hat eine ernsthafte Bedeutung für ihn. Da hätte er es als unpassend empfunden, wenn er darüber in nacktem Zustand referiert hätte. Er ist erleichtert, als sich Leonore ebenfalls anzieht.

„Wie du vielleicht weißt, stammen derzeit ungefähr neunzig Prozent des weltweit konsumierten Heroins von Mohnfeldern aus Afghanistan", erklärt Dannenberg. „Jährlich werden dort zwischen 6.000 und 8.000 Tonnen Rohopium produziert."

„Ja, und Rohopium wird aus dem Saft unreifer Samenkapseln des Schlafmohns gewonnen", nickt Leonore, „so etwas weiß man als Krankenschwester in der Psychiatrie."

„Richtig. Die Mohnsorten, die in Afghanistan angebaut werden, sind sehr morphinreich. In Europa hingegen gibt es Mohnsorten mit nur geringem Morphingehalt – mit lediglich einem Prozent des Opiums, das sich im afghanischen Mohn befindet. Meine Frau mit ihren guten biologischen Kenntnissen ist darauf gestoßen, dass es möglich wäre, diese europäischen Mohnsorten in die in Afghanistan einzukreuzen."

„Na, schön. Aber das werden die Opiumbauern wohl kaum zulassen."

„Von sich aus natürlich nicht. Aber die Vorstellung, mit dieser biologischen Erkenntnis eine natürliche Waffe gegen die Drogenherstellung in der Hand zu haben, hat unsere Ideenproduktion beflügelt."

„Jetzt bin ich aber gespannt ..."

„Genau zu der Zeit, wenn die Bauern ihren Opium-Mohn aussäen, könnte die NATO das Saatgut aus Europa mit Flugzeugen großflächig über den afghanischen Anbauflächen verteilen. Beide Mohnsorten würden dann zeitgleich keimen und aufwachsen. Die europäischen Sorten würden sich auf Kosten der afghanischen ausbreiten. Denn bis zum Blütenstadium sind die unterschiedlichen Mohnarten von den Bauern nicht zu unterscheiden."

„Und um wie viel würde sich dadurch der Opium-Ertrag verringern?"

„Zunächst mindestens um fünfzig Prozent, wenn nicht mehr. Es wird zu einer Fremdbefruchtung durch Insekten und Windbestäubung kommen. Wenn verschiedene Mohnsorten nebeneinander wachsen, tritt eine erhebliche Sortenvermischung ein. Die morphinarmen werden sich in die morphinreichen Sorten einkreuzen und damit Jahr für Jahr den Opiumertrag verringern. Damit wird den Drogenbaronen in Afghanistan der Hahn zugedreht."

Leonore hat alle Details interessiert aufgenommen.

„Der Plan ist total genial. Damit wirst du weltberühmt", bekundet Leonore begeistert. Dann fügt sie mit skeptischem Unterton an: „Aber geht das Projekt nicht zu Lasten der armen Bauern, die sich mit dem Mohnanbau mühsam ihren Lebensunterhalt erwirtschaften müssen?"

Ronald lächelt selbstbewusst.

„Darüber haben wir uns natürlich auch Gedanken gemacht. Als Ersatz für die verlorenen Einnahmen aus der Opiumproduktion könnte der Mohnsamen den Bauern zu subventionierten Preisen zur Ölgewinnung abgekauft werden."

„Perfekt", lobt Leonore und umarmt Ronald. „Ich bin wahnsinnig stolz auf dich."

„Jetzt müssen Ulrike und ich nur noch das Auswärtige Amt und die UNO von der Richtigkeit unseres Projektes überzeugen. Denn auch wenn momentan zunehmend synthetische Drogen auf den Markt drängen, Heroin hat immer noch eine große Bedeutung."

Leonore hat Ronald mit sich ins Wohnzimmer gezogen. Dort dirigiert sie ihn sanft zu sich auf die Couch.

„Schon wieder bist du bei Ulrike ...", sagt sie und macht dazu einen Schmollmund.

„Sei nicht böse", antwortet Ronald wie zur Entschuldigung. „Ich bin so hin- und hergerissen und habe dir und Ulrike gegenüber ein richtig schlechtes Gewissen. Weil ich auch für sie viel empfinde. Ich habe ihr eine Menge zu verdanken. Sie wirkt mitgenommen, klagt in letzter Zeit über Albträume ... vielleicht wegen der bevorstehenden Projektpräsentation."

„Du hast dir selbst eine Menge zu verdanken", kontert Leonore. „Denk auch mal nur an dich – an uns."

Ronald sieht die junge Frau unentschlossen an: „Ich weiß nicht ..."

15

Oberricklingen, einer der südlichen Stadtteile von Hannover, verfügt über einen Friedhof mit ungefähr 30.000 Gräbern.

Das Szenario entspricht genau den Erwartungen, die junge Menschen haben, wenn sie Kontakt zu dunklen Mächten aufnehmen. Es ist Vollmond und kurz nach Mitternacht. Drei Gestalten huschen über den Stadtfriedhof Ricklingen. Der Mond taucht Bäume, Büsche und Gräber in ein gespenstisches Licht.

Der Anführer der kleinen Gruppe bleibt zwischen zwei grandios wirkenden Grabsteinen stehen. Er dreht sich zu den beiden anderen um, die ebenfalls angehalten haben.

„Wir sind am richtigen Ort. Eure Prüfung kann beginnen", verkündet Viktor Thum mit feierlicher Stimme und nimmt den Rucksack von seinen Schultern.

Alexander Dannenberg und Rebekka Kemper sind wie Viktor Thum vollständig in Schwarz gekleidet. Viktor holt eine Schachtel, deren Deckel mit kleinen Löchern versehen ist, aus dem Rucksack und gibt sie Alexander.

„Öffne den Deckel!", befiehlt ihm Viktor.

Alexander entfernt einen Klebestreifen, der den Deckel an der Schachtel befestigt. Viktor hat plötzlich eine Taschenlampe in der Hand. Der Lichtstrahl fällt auf den Inhalt der Schachtel. Unzählige Mehlwürmer, die dort übereinanderkriechen.

„Greift zu und esst! Ekel ist eine Eigenschaft der Schwachen. Esst und werdet stark", kommandiert der Anführer.

Mit Freude betrachtet er die Gesichter von Alexander und Rebekka im Licht der Taschenlampe.

Alexander zögert einen kurzen Moment, dann schnappt er sich einen Wurm aus der Schachtel und verschlingt ihn, ohne weiter nachzudenken.

„Erwartet nicht zu viel, die kleinen Freunde schmecken nach nichts", frohlockt Viktor. „Und jetzt bist du dran, mein Täubchen. Zeig deinem Freund, dass du doppelt so hungrig bist."

Rebekka ergreift gleich mehrere Würmer und schiebt sie sich in den Mund.

„Du gefällst mir", ist Viktors Kommentar, der anschließend Alexander ermuntert: „Lang zu. Die Schachtel muss leer werden."

Es dauert eine Weile, bis Alexander und Rebekka sämtliche Würmer vertilgt haben. Viktor bereitet währenddessen die nächste Prüfung vor. Er hat einen Becher gefüllt, den er Rebekka reicht. Dieses Mal ist sie die Erste.

„Stoß auf mich an, wie es sich für eine Schwester gehört. Heute kredenze ich meinen eigenen Natursekt."

Rebekka setzt den Becher an, dessen Inhalt nach Urin riecht. Dann trinkt sie einen gewaltigen Schluck. Viktors Augen fahren dabei wohlgefällig über die Rundungen der jungen Frau, die er für sich mit der Taschenlampe vorteilhaft ausleuchtet.

Alexander steht seiner Freundin bei der Prüfung nicht nach und leert den Rest des Bechers.

„Du gefällst mir immer mehr", lobt Viktor ihn. „Brüder müssen sich aufeinander verlassen können. Und hieran sehe ich, dass es so ist."

*

Alexander Dannenberg rutscht auf der Sitzfläche der Wohnzimmercouch nach vorne und schaut seinen Vater triumphierend an: „Du hast richtig gehört. Ich habe mich entschlossen, meine wertvolle Zeit, die ich deiner Meinung nach mit Nichtstun verbringe, den dunklen Mächten zu widmen. Und nicht nur ich, sondern Rebekka ebenfalls!"

Seine erneuten Geldforderungen sind zuvor wieder ins Leere gelaufen.

Rebekka, die auf der Couch neben ihm sitzt, macht ein ängstliches Gesicht.

„Wir dürfen darüber nicht sprechen", flüstert sie.

Alexander geht darüber hinweg, als hätte er Rebekkas Bedenken nicht gehört.

Ihnen jeweils in einem Sessel gegenüber sitzen Ronald und Ulrike Dannenberg. Das Ehepaar hatte sich das Gespräch mit Alexander und seiner Freundin, die spontan in Waldhausen zu Besuch gekommen waren, anders vorgestellt.

„Spinnst du eigentlich total?!", schreit Ronald aufgebracht seinen Sohn an, der süffisant lächelt. „Der Kontakt zu so einer satanischen Sekte ist absolut gefährlich. Und dass du auch noch Rebekka mit in die Sache reinziehst! Gerade Frauen werden von solchen Sekten sexuell ausgebeutet und erniedrigt."

Alexander lehnt sich zurück und antwortet betont ruhig: „Du hast davon die große Ahnung, was?"

„Dein Vater hat recht", mischt sich Ulrike mit besorgter Miene ein. „Ich habe schon so viel Fürchterliches über solche Sekten gelesen."

Alexander sieht seinen Vater verächtlich an: „Du hast es nötig. Die ganze Psychiatrie ist doch eine einzige Teufelei. Du sperrst Menschen gegen ihren Willen auf deinen Stationen ein, lässt sie dort fesseln und verabreichst ihnen mit Gewalt Medikamente."

„Das kannst du nicht im Ernst mit deiner Sekte vergleichen ...", äußert Ronald fassungslos.

„Oh doch!", ist Alexanders Antwort. „Da werden Menschen bevormundet und im Namen der Medizin zu ihrem vermeintlichen Glück gezwungen. Anderssein wird mit Psychoterror bekämpft, bis der Schwache kapituliert. Und du ...", er blickt Ulrike an, „unterstützt das teuflische System kräftig vonseiten der Pharmaindustrie."

„Meine Arbeit in der Forschung hat mit deinen kruden Vorstellungen über Pharma-Unternehmen überhaupt nichts zu tun", empört sich Ulrike. „Hör auf, dich wie ein pubertärer Trotzkopf aufzuführen!"

Plötzlich steht Alexander auf und ergreift Rebekkas Hand.

„Komm, wir gehen", sagt er zu seiner Freundin und zieht sie hinter sich her aus dem Wohnzimmer.

Ronald springt auf und ruft seinem Sohn hinterher: „Komm mal wieder zu Verstand und halte dich von dieser Sekte fern!"

Alexander und Rebekka verlassen das Haus. Auf dem Weg durch den Vorgarten sagt die junge Frau: „Du hättest deinem Vater und deiner Stiefmutter nichts darüber sagen dürfen."

„Es hat mich halt gereizt, ihre blöden Gesichter zu sehen. Und unsere neuen Freunde werden nichts davon erfahren."

I

Das Mädchen hatte nach eigener Wahrnehmung eine sehr schöne Kindheit, auch wenn es sich jetzt nicht mehr an viele Einzelheiten erinnern konnte.

Dann passierte dieses schreckliche Ereignis, das sich in ihr Gehirn einbrannte. Sie konnte sich später noch gut entsinnen, wie sie neben ihrer lachenden Mutter zum Auto ihrer Eltern gegangen war. Das Mädchen war zehn. Vater saß bereits hinter dem Lenkrad. Wie immer wollte das Mädchen auf die Fahrerseite, wo es sich hinten auf dem Kindersitz anschnallte. Mutter saß vorne auf der Beifahrerseite und scherzte mit Vater. Es war ein sonniger Tag, den ihre Eltern mit ihr für einen Ausflug nutzen wollten.

Vater lenkte das Auto über eine Landstraße. Zu beiden Seiten konnte das Mädchen Bäume und Felder sehen. Was dann genau passierte, wurde ihr später erzählt. Aus einer Seitenstraße schoss ein junger Mann mit seinem Wagen. Der Mann hatte das Auto der Familie offenbar übersehen. Er rammte Vaters Auto auf der Beifahrerseite. Das Mädchen hörte einen fürchterlichen Knall, dann geriet ihr Wagen ins Schleudern und überschlug sich mehrfach. Der Wagen stürzte in einen Seitengraben und blieb dort mit den Rädern nach oben liegen. Fensterscheiben waren zersplittert. Vater schrie ganz laut, Glasscherben hatten sein Gesicht zerschnitten. Mutter gab keinen Ton mehr von sich. Nach und nach kamen immer mehr Menschen zu dem Wagen. Relativ schnell erschienen Rettungssanitäter und ein Arzt an der Unfallstelle. Polizei sperrte die Straße ab. Vater blutete im Gesicht und an den

Armen, ein Arzt kümmerte sich um ihn und sagte etwas von „inneren Verletzungen". Wie durch ein Wunder war dem Mädchen nichts passiert. Aber Mutter war nicht mehr zu helfen. Sie starb noch am Unfallort. Ihr Tod hatte für das Mädchen und die Beziehung zu ihrem Vater weitreichende Folgen.

16

Das Logo, das ich auf Milena Drimallas Unterarm gesehen habe, geht mir nicht aus dem Kopf. Ich sitze am Schreibtisch meines Büros im Gesundheitsamt. Mit Bleistift habe ich das Logo auf ein Stück Papier gemalt. Ein fünfzackiger Stern mit den Buchstaben W H S N Y spiegelverkehrt. Das Zeichen sagt mir nichts. Im Internet habe ich zu der Buchstabenkombination nichts finden können, weder vor- noch rückwärts.

Die Patientin ist inzwischen auf einer geschlossenen Station der Klinik Dr. Ludendorff, Abteilung für Allgemeinpsychiatrie.

Das Telefon klingelt. Meine Sekretärin fragt, ob ich Zeit für Jannik Wagner habe, der in meinem Vorzimmer steht.

„Kann gerne hereinkommen", teile ich Mockie mit.

Nach einem kurzen Klopfen betritt der bärtige Sozialarbeiter mein Büro und schließt hinter sich die Tür. Ich erhebe mich und merke in diesem Moment, dass etwas nicht stimmt. Jannik schaut an mir vorbei. Sein erschrockener Blick ist auf meinen Schreibtisch gerichtet. Auf das Blatt Papier mit dem unbekannten Logo.

„He, Rasputin. Was ist denn mit dir los?"

Er wirkt beunruhigt, schüttelt den Kopf.

„Ach nichts."

„Kennst du dieses Logo?"

Es ist offensichtlich, dass er damit etwas anfangen kann.

„Dazu kann ich dir nichts sagen", behauptet Jannik wenig überzeugend.

Jetzt wird es aber wirklich merkwürdig. Was um alles in der Welt hat es mit diesem Logo auf sich?

„Komm, Jannik", sage ich mit ernster Stimme. „Dazu muss man nicht Psychiater sein, um zu sehen, dass dieses Logo dir einen regelrechten Schreck versetzt hat."

Wir setzen uns an meinen runden Besuchertisch.

„Hat das Zeichen mit einem unserer Patienten zu tun?", erkundigt sich Jannik vorsichtig.

„Ganz genau. Eine junge Frau mit psychotischen Symptomen hatte dieses Zeichen als Tätowierung auf ihrem Unterarm. Saskia und ich mussten wegen akuter Eigen- und Fremdgefährdung ihre Zwangseinweisung veranlassen."

Ich schildere ihm kurz die näheren Umstände. Dann frage ich erneut, was das Logo bedeutet.

Es scheint Jannik große Überwindung zu kosten, als er antwortet: „Es ist das Zeichen der ‚Nesankta Homaro'."

In meinem Kopf rotieren die Gedanken. „Nesankta Homaro" ist Esperanto und bedeutet „Unheilige Menschheit".

„Was soll das sein? Eine Esperanto-Gruppe von Atheisten?", möchte ich wissen.

Rasputin macht seinem Spitznamen Ehre und setzt einen finsteren Blick auf: „Es handelt sich um eine satanische Sekte, die 1967 in den USA gegründet wurde."

Ich warte darauf, dass er mir noch mehr verrät. Aber er guckt mich nur an.

„Nun lass dir nicht jedes Wort aus der Nase ziehen. Was hat es mit dieser Sekte auf sich?"

Jannik behält seinen Rasputin-Blick konsequent bei. Nach einer gefühlten Ewigkeit nickt er kurz, wirkt einen Hauch lockerer und sagt: „Wir sind schließlich beide Esperantisten und können uns gegenseitig vertrauen. Aber du musst mir versprechen, dass das, was ich dir jetzt erzähle, auch unter uns bleibt!?"

„Selbstverständlich", versichere ich ihm. Ich bin äußerst gespannt, was Jannik über diese satanische Sekte aus den USA zu berichten hat.

„Der Amerikaner John Wright hat die Sekte zur Flower-Power-Zeit gegründet. Als Gegenbewegung zu einer prüden Gesellschaft, die traditionell christlich geprägt war. 1966 war der erste in den USA komplett auf Esperanto gedrehte Spielfilm herausgekommen – ‚Incubus', ein Horrorfilm mit William Shatner in der Hauptrolle. Einige Optimisten hatten in den Sechzigerjahren die Hoffnung, Esperanto könnte demnächst zur Weltsprache werden."

„Ja, den Film kenne ich. Den hat Anna auf DVD."

„Der Film muss eine Inspiration für John Wright gewesen sein. Für den Namen seiner Sekte und deren Inhalte. Er dachte, dass eine weltumfassende Bewegung, wie er sie ins Leben rufen wollte, auch eine neue Weltsprache sprechen müsste. Zu dieser Zeit hatten satanische Gruppen in den USA großen Zulauf. Das Gleiche galt offenbar für die ‚Nesankta Homaro', zumal John Wright ein sehr charismatischer Typ ist."

„Die Gruppe ‚Nesankta Homaro' ist mir überhaupt nicht geläufig."

„Kein Wunder. Bis in die Siebzigerjahre war die Sekte noch für die Öffentlichkeit in bestimmten Kreisen präsent, was die USA und Europa angeht. Danach verschwand sie praktisch von der Bildfläche. John Wright muss schon von Anfang an gepredigt haben, dass die Geheimhaltung von Standorten und Namen oberstes Gebot für die Sekte ist. Als Erkennungszeichen hat er den fünfzackigen grünen Stern der Esperanto-Bewegung gewählt und ihn auf den Kopf gestellt, sodass sich oben zwei Hörner bilden. Was auf den ersten Blick wie fünf Buchstaben darin aussieht, sind nur drei. N S H, spiegelverkehrt in satanischer Manier, als Abkürzung für ‚Nesankta Homaro'. Das vermeintliche ‚W' am Anfang ist in Wirklichkeit eine stilisierte weibliche Brust, das ‚Y' am Ende ein männliches Geschlechtsteil."

„Sind alle Mitglieder der Sekte Esperanto-Sprecher?"

„Nein, überhaupt nicht. Ganz am Anfang muss Wright, der tatsächlich Esperanto spricht, einige Mitglieder dazu bewogen haben, die Sprache zu erlernen. Er hat die Bewegung streng hierarchisch gegliedert und allen Rangstufen eine Bezeichnung auf Esperanto gegeben. So nannte er sich selbst ‚Grandmastro', also Großer Gebieter. Für Schwarze Messen hat er verbindliche Formeln auf Esperanto eingeführt. Es ist ihm aber nicht gelungen, Esperanto über diese wenigen Formeln hinaus bei seinen Sektenmitgliedern zu verbreiten. Wright hat die Esperanto-Bewegung nie für sich gewinnen können. Kein Wunder, da Wrights Sekte eine Pervertierung der humanistischen Esperanto-Idee darstellt. Ich sage nur Unterdrückung, Fanatismus und Rücksichtslosigkeit."

„Und die ‚Nesankta Homaro' gibt es offensichtlich auch in Deutschland ...!?"

„Der Grandmastro ist in den Siebzigerjahren nach Europa übergesiedelt und lebt jetzt, soweit ich weiß, in der Nähe von Amsterdam. Seine Sekte hat sich über die Jahrzehnte in zahlreichen Ländern Europas verbreitet, unter anderem in Deutschland. Überall spricht die Sekte die jeweilige Landessprache. Die Begriffe und Formeln auf Esperanto werden teilweise von den

Sektenmitgliedern unreflektiert übernommen, ohne dass sie ihre Bedeutung verstehen."

„Wie das Nachplappern von Sprüchen auf Latein, ohne die Sprache zu beherrschen", fällt mir als Vergleich ein.

„So ungefähr", stimmt Jannik zu.

„Und wenn alles so geheim ist ... woher weißt du davon?"

Ich merke, wie sich Janniks Haltung augenblicklich verkrampft. Da habe ich ihn deutlich in eine unangenehme Situation hineinmanövriert. Seine genauen Informationen wird er kaum aus dem Internet bezogen haben ...

„Vor zehn Jahren hatte ich eine rebellische Phase. Ich war 23 und konnte es in Hildesheim einfach nicht mehr aushalten. 23 Jahre hatte ich dort verbracht, geprägt durch eine katholische Schule. Ich bin nach Hamburg gezogen und wollte endlich was vom Leben spüren. Die Kerle haben in Hamburg gezielt, aber ganz vorsichtig Kontakt zu mir aufgenommen. Damals war ich bereits Esperantist. Diese geheimnisvolle Gruppe mit dem Namen auf Esperanto machte mich neugierig. Ich dachte zunächst, dahinter verbirgt sich eine Esperanto-Bewegung mit herrlich anarchischen Ideen."

„Bist du in die Sekte eingestiegen?"

„Ja, ich war drei Jahre dabei. Am Anfang voller Begeisterung, dann zunehmend mit Abscheu."

Der Spitzname Rasputin passt immer besser zu ihm, geht mir durch den Kopf.

„Was hat dich denn daran begeistert?", möchte ich wissen.

„Die vermeintliche Freiheit. Tu, was du willst! Hingabe statt Enthaltsamkeit, Aufhebung von sexuellen

Tabus zur Erlangung totaler Befriedigung, Wegfall lustfeindlicher Zwänge und Normen. Ich habe Rituale ausgeübt, bei denen ich plötzlich spürte, wie mächtig ich bin."

„Und was für Mitglieder hat die Sekte?"

„Aus unterschiedlichen Schichten. Hauptsächlich Männer. Unverheiratete, Geschiedene, Ehemänner, deren Frauen nichts von den satanischen Aktivitäten ihres Partners ahnen. Aber auch Paare und einzelne Frauen. Da sind gutsituierte Bürger dabei, die ein geheimes Doppelleben führen. Lust auf Verbotenes, wie ‚sex and drugs'. Aber auch junge Typen und psychisch Gestörte, die einfach neugierig sind und hier scheinbar Halt finden. Zu bestimmten Anlässen treffen sich die Mitglieder vermummt an geheimen Orten und zelebrieren Schwarze Messen."

Ich hatte solche Geschichten über geheime satanische Gruppen immer für merklich übertrieben gehalten.

„Was führt Frauen in diesen Kreis?", interessiert mich.

„Größtenteils werden die Frauen für ihr sexuelles Entgegenkommen bezahlt. Sie bekommen zum Teil kostenlos Unterkunft gewährt, leben manchmal sogar mit männlichen Sektenmitgliedern zusammen. Grundsätzlich können Frauen sich auch Männer zur Befriedigung ihrer Bedürfnisse erwählen."

Milena Drimalla taucht vor meinem geistigen Auge auf. Jetzt wird mir klar, warum sie mich von einer Sekunde zur anderen aggressiv attackiert hat. Mein Satz am Handy zu Anna auf Esperanto hat möglicherweise bei ihr schlechte Erfahrungen mit der Sekte reaktiviert. Es könnte sein, dass sie mich für einen Vertreter der „Nesankta Homaro" gehalten hat.

„Spricht die Tätowierung am Unterarm der Patientin dafür, dass sie eine überzeugte Anhängerin der Sekte ist oder war?", vergewissere ich mich.

„Unsere Patientin muss auf jeden Fall Mitglied der ‚Nesankta Homaro' sein. Aber möglicherweise eigensinnig, sehr ambivalent oder schon länger – zumindest schleichend – psychisch krank. Denn es ist zwar nicht verboten, sich das Zeichen auf den Körper zu tätowieren, aber es wird auch nicht gerne von der Führung gesehen – wegen des Risikos bei der Geheimhaltung."

Es ist denkbar, dass Milena unabhängig von ihrer Sektenmitgliedschaft schwer psychotisch erkrankt ist. Ihr gesamtes Verhalten deutet allerdings für mich eher darauf hin, dass sie traumatische Erlebnisse durchgemacht hat.

Jetzt muss ich wissen, in welcher Beziehung Jannik aktuell zu der „Nesankta Homaro" steht.

„Ich habe vor sieben Jahren jeglichen Kontakt zur Sekte abgebrochen", bekundet Rasputin. „Es wurde Toleranz und Gleichberechtigung gepredigt, aber Unterdrückung und Ausnutzung praktiziert. Neueinsteiger mussten sich Ekelprüfungen unterziehen, um später in der Lage zu sein, abgestumpft an jeglichen satanischen Ritualen teilzunehmen. Da wollte ich nicht mehr mitmachen. Ich hatte der Sekte bis dahin meine Fähigkeiten als Hacker zur Verfügung gestellt. Erfolgreiches Hacken der Internetseiten von Kirchen und Behörden, Tarnung und Absicherung der eigenen Website der Sekte. Als Hacker hatte ich es mir angewöhnt, mir Tarnnamen zuzulegen. Für die Sekte habe ich weiterhin stets unter falschem Namen gearbeitet. Ich bin aus Hamburg geflüchtet und zwei Jahre in Bayern untergetaucht. Das unerlaubte Entfernen von der Sekte gilt als Todsünde. Und natürlich ist es absolut verboten, gegenüber Außenstehenden auch nur ein Wort über die ‚Nesankta Homaro' zu verlieren. Meine Befürchtung war, als Aussteiger von der Sekte gefunden und ‚bestraft' zu werden."

„Wie hast du es geschafft, dass sie dich nicht aufgespürt haben?"

„In Bayern habe ich mein Aussehen total verändert. Früher hatte ich extrem kurze Haare und ein glattrasiertes Gesicht. Ich habe mir einen gewaltigen Vollbart und lange Haare wachsen lassen. Wenn sie noch leben würde, hätte mich damit auf der Straße selbst meine Mutter nicht erkannt. Ich habe dort unten zunächst Unterkunft bei einem Esperantisten gefunden. Seitdem bin ich ein glühender Anhänger des ‚Pasporta Servo'."

Der „Pasporta Servo" ist ein weltweites Netzwerk von Esperanto-Sprechern, die bereit sind, Esperantisten kostenlos bei sich übernachten zu lassen.

„Jetzt verstehe ich, warum du hartnäckig dein ‚Rasputin-Outfit' pflegst", äußere ich. „Wie ging's nach deinem Aufenthalt in Bayern weiter?"

„Als ich dort unbehelligt blieb, wurde ich mutiger. Ich bin wieder in meine Heimatstadt Hildesheim zurückgekehrt. Als studierter Diplom-Sozialpädagoge habe ich in Hildesheim gearbeitet. Jahre später habe ich Anna auf einem Esperanto-Treffen kennengelernt. Sie hat mir den Tipp gegeben, mich bei dir zu bewerben. Ich bin nach Hannover gezogen, nachdem ich letztes Jahr hier im Sozialpsychiatrischen Dienst meine Arbeit aufgenommen habe."

Meine Gedanken schwenken erneut zu Milena Drimalla um. Es wäre sicherlich hilfreich, wenn die Ludendorff-Klinik die vermuteten Hintergründe für das gestörte Verhalten der Patientin kennen würde. Aber ohne Janniks Erlaubnis ist es natürlich nicht möglich, seine vertraulichen Informationen über die „Nesankta Homaro" an die Klinik weiterzugeben.

17

Der Mann hat sein Auto in einer ruhigen Straße abgestellt, auf der zu beiden Seiten prächtige Villen in großzügig angelegten Gärten stehen. Er geht langsam an den Wohnhäusern in Hannover-Waldhausen vorbei. Vor ihm ist der Stadtwald Eilenriede zu sehen. Der Mann hat das Ziel seiner Erkundung erreicht. Eine Straße, die direkt am Wald entlangführt. Dadurch stehen nur auf einer Straßenseite schöne alte Wohnhäuser. Es ist Ende Mai, die hochgewachsenen Bäume zeigen ein sattes Grün. Eine dichte Hecke hinter einer kleinen Mauer schützt das Haus der Dannenbergs vor ungebetenen Besuchern. Am Ende einer Auffahrt ist eine Doppelgarage zu sehen. Die Straße ist abgelegen und wenig befahren. Ähnlich günstige Verhältnisse wie vor drei Wochen bei Claudia Faber.

Jetzt am Mittag dürfte keiner zu Hause sein. Wie selbstverständlich betritt der Mann das Grundstück der Dannenbergs. Er geht durch den großen Garten zur Hinterseite des Hauses. Eine Terrasse mit einem stabilen Rankgitter aus Holz, darüber ein Balkon, diverse Blumenbeete und ein großer Baumbestand. Der Mann hat sich darüber informiert, dass sich am Haus keine Videokameras befinden. Allerdings gibt es an mehreren Stellen Bewegungsmelder, die später auf bewegliche Wärmequellen mit Einschalten der Beleuchtung reagieren. Er macht einige Fotos von Haus und Garten. Die wichtigsten Einzelheiten hat er mit einem Blick erfasst. Sofort hat er Ideen entwickelt, wie er seinen Plan praktisch umsetzen kann. Er ist äußerst zufrieden.

Problemlos verlässt er das Grundstück und geht zurück zu seinem Wagen.

Er fährt über die vierspurige Hildesheimer Straße in den nächstgelegenen Stadtteil, die Südstadt. Dort stellt er sein Auto in einer Nebenstraße ab. Die nächsten Tage soll es trocken bleiben. Das ist ganz wichtig.

Zu Fuß erreicht er den Gehweg auf der Hildesheimer Straße. Hier prägen Geschäfte, Apotheken und Restaurants das Bild der kilometerlangen Straße. Jetzt sind viele Menschen unterwegs. Der Mann steuert auf den „Fantasy-Shop" zu. Dieser mittelgroße Laden hat sich vollständig der fiktiven Welt des Fantasy-Genres verschrieben und verkauft entsprechende Figuren, Spiele und Bücher. Gerade als der Mann den Laden betreten will, hört er hinter sich eine Stimme, die er zunächst nicht genau zuordnen kann: „Bist du das etwa, Viktor ...? Viktor Thum?"

Der Mann dreht sich um und sieht in das fragende Gesicht eines Mannes, den er in diesem Moment als früheren Mitschüler erkennt.

„Natürlich, du bist es", beantwortet sich sein ehemaliger Mitschüler selbst die Frage. Und da dieser merkt, dass sein Gegenüber ihn nicht sofort mit Namen erkennt, fügt er hinzu: „Ich bin es, Florian Bodensiek. Wir sind zusammen zur Schule gegangen."

„Ja, natürlich erinnere ich mich, Florian", behauptet Viktor Thum, der keine große Lust auf einen Smalltalk verspürt.

Denn bereits Florians nächste Frage zielt in eine Richtung, die Viktor gerne im Dunkeln lassen möchte:

„Was machst du denn hier, alter Junge?"

„Ich arbeite im ‚Fantasy-Shop'. Oder besser gesagt ... ich helfe gelegentlich hier aus. Tut mir leid, Florian, dass ich jetzt keine Zeit für dich habe."

*

Das Klopfen an der Bürotür schreckt Dr. Ronald Dannenberg auf. Sofort klickt er die Internetseite auf seinem Bildschirm weg und ruft „Herein!". Dann blickt er vom Stuhl seines Schreibtisches zur Tür.

Ein junger Assistenzarzt, der auf einer der geschlossenen Stationen in der Allgemeinpsychiatrie arbeitet, betritt den Raum. Er händigt Ronald ein zweiseitiges Schreiben aus. Eine ärztliche Stellungnahme zur Verlängerung des Unterbringungsbeschlusses für einen suizidal gefährdeten Patienten. Ronald liest sich das Schreiben durch und unterschreibt es als zuständiger Facharzt. Dann verabschiedet sich der junge Arzt und verlässt eilig das Büro.

Ronald muss kurz grinsen. Ein Besuch von Leonore Voigt wäre ihm lieber gewesen. Aber er hat sich vorgenommen, hier in der Klinik ab jetzt eine Art Sicherheitsabstand zu ihr einzuhalten. Was beiden nicht leichtfällt.

Seinen Körper durchfährt eine innere Unruhe. Mit der rechten Hand massiert er seinen Nacken. Danach widmet er sich erneut der zuvor weggeklickten Webseite. Er zögert, als er sich für die Höhe seines nächsten Einsatzes im Online-Casino entscheiden muss. Es ist schwer, sich gegen den Drang zu wehren. Aber er schämt sich dafür, dass er es nicht einmal versucht.

18

Viktor Thum läuft über den Rasen zum hinteren Teil des Grundstücks. Es ist dunkel, aber weiterhin warm. Viktor hat noch einiges über die Gewohnheiten der Dannenbergs in Erfahrung gebracht. Aus einem seitlichen Fenster im Erdgeschoss dringt Licht. Ein heruntergezogenes Rollo verhindert, dass er in den Raum hineinblicken kann. Das muss das Arbeitszimmer sein, in dem sich um diese Zeit nur Ronald Dannenberg aufhalten wird.

Auf dem Balkon wird gerade eine Tür geöffnet. Dahinter befindet sich das Schlafzimmer. Viktor erkennt Ulrike Dannenberg, die augenscheinlich ein Nachthemd trägt. Die Frau löscht das Licht. Später wird die Tür sicherlich wieder geschlossen – sollte die Frau einschlafen, spätestens von ihrem Mann.

Viktor lässt sich Zeit. Es dauert nicht lange, da hört er leise Schnarchgeräusche. Die Apothekerin hat einen anstrengenden Tag hinter sich und daher keine Einschlafprobleme. Ihr Mann hält sich immer noch im Arbeitszimmer auf. Jetzt ist der richtige Moment!

Viktor trägt dunkle Kleidung. Er zieht sich eine Latexmaske über den Kopf, die ein durch Narben gezeichnetes Männergesicht darstellt. Dann legt er Handschuhe an. Langsam nähert er sich der Terrasse. Wie erwartet, schaltet der Bewegungsmelder die Beleuchtung an. Da die Frau schläft, wird sie nichts bemerken. Er ist durchtrainiert und verfügt über langjährige Erfahrungen, wie man schnell in fremde Häuser eindringt. Problemlos klettert er an dem robusten Rankgitter, das an den Balkon grenzt, nach oben. Von dort zieht er sich an der Balkonumrandung hoch und lässt sich leise auf den Boden des Balkons gleiten. Er richtet sich zu voller Größe auf. Ein Schritt, dann steht er vor der offenen Schlafzimmertür.

*

Da ist ein leises Geräusch, das sie nicht zuordnen kann. Dr. Ulrike Dannenberg schlägt die Augen auf und sieht diesen bedrohlichen Schatten. Die Angst reißt sie aus dem Schlaf wie eine kalte Dusche. Ulrikes Oberkörper schnellt hoch, im selben Moment brüllt sie los: „Hilfe! Hilfe! Ronald, Hilfe!"

Der Schatten verschwindet von der Balkontür. Für einen Moment glaubt sie das Gesicht eines vernarbten Mannes zu sehen. Sie schreit weiter aus Leibeskräften, sitzt dabei zitternd in ihrem Bett, unfähig, sich daraus zu entfernen.

„Ronald! Ronald!"

Sie kann nicht verstehen, warum ihr Mann so lange braucht, um ihr zu Hilfe zu kommen. Sekunden vergehen wie eine Ewigkeit.

„Hilfe! Schnell ... Hilfe!"

Endlich öffnet sich die Tür zum oberen Flur und Ronald erscheint. Sein Gesicht hat einen besorgten wie erstaunten Ausdruck. Ulrike laufen Tränen über die Wangen. Ihr Mann stürmt auf sie zu und legt seine Arme beschützend um sie. Sie zittert und weint.

„Um Himmels willen, Schatz, was ist denn passiert?", sagt er liebevoll und versucht sie zu beruhigen.

„Ich war schon eingeschlafen ... Und plötzlich habe ich einen Schatten gesehen."

Ronald zieht sie fest an sich heran: „Du hast wieder schlecht geträumt. Beruhige dich."

Ulrike zieht ihren Kopf zurück und schaut ihren Mann zweifelnd an: „Nein, das war kein Traum. Das war Realität. Da stand ein Mann auf unserem Balkon. Er sah aus wie eines dieser Monster aus den Horrorfilmen."

Ronald klingt weiterhin besorgt, aber etwas nachsichtig: „Ich verstehe, dass dich dieses Bild aus einem Horrorfilm fürchterlich erschreckt hat. Aber du wirst sehen, da ist nichts. Ich gucke gleich mal nach."

„Sei vorsichtig, nicht dass dir etwas passiert."

„Keine Angst, Schatz", lächelt Ronald und geht auf den Balkon. „Also im Garten kann ich niemanden entdecken."

„Mir fällt ein, dass ich Licht im Garten gesehen habe. Der Bewegungsmelder muss angesprungen sein."

„Du weißt, dass wir das blöde Ding mal nachjustieren müssen. Wie oft hat schon eine der Katzen aus der Nachbarschaft das Ding ausgelöst."

Ulrike steht weiterhin unter Anspannung. Aber nach einer Weile kann Ronald sie allein lassen, um sich im Garten umzusehen.

Als er zurückkommt, teilt er mit: „Ich habe alles abgesucht, aber nichts Auffälliges entdeckt."

Ulrike versucht sich ein Lachen abzuringen: „Vielleicht habe ich das alles ja wirklich nur geträumt."

Ronald ist über ihre Einschätzung erleichtert: „Morgen bei Tageslicht schaue ich mir erneut alles an. Wobei ... wenn ich dann auf irgendwelche Spuren in unseren Blumenbeeten stoße, war ich das wahrscheinlich selbst heute Nacht."

Ich warte darauf, dass sich Katharina über „Skype" bei mir meldet. Im Arbeitszimmer meiner Dreizimmerwohnung hocke ich vor dem Bildschirm meines PCs. Schon seit einigen Jahren wohne ich im Hannoverschen Zooviertel, einem zentral gelegenen Stadtteil, nicht weit entfernt von Eilenriede, Stadtpark und Erlebnis-Zoo.

Anna hat heute keine Zeit für mich. Mir geht meine Bewerbung um den Chefarztposten in der SANECO Klinik Dr. Ludendorff durch den Kopf. Die Stelle wird zum 1. September frei. Erst für Juli sind die Vorstellungsgespräche angesetzt. Es ist typisch für Krankenhäuser, dass sie die Besetzung ihrer ärztlichen Leitungsposten nicht nahtlos hinbekommen. Ein merkwürdiges Phänomen. Wenn die Wahl auf mich fällt, kann ich bei der Region Hannover erst zum Jahreswechsel kündigen. In diesem Fall müsste die Klinikleitung einige Monate kommissarisch besetzt werden. Am besten mit Ronald Dannenberg. Nein, das ist gemein.

Ich finde, dass ich gut für den Posten geeignet wäre. Schließlich habe ich seit Jahren eine vertragsärztliche Behandlungsermächtigung und bin kontinuierlich im Training, was den Umgang mit psychiatrischen Notfällen angeht.

Es klingelt. Katharina ruft über „Skype" an. Na endlich. Ich nehme das Gespräch an. Katharina ist prächtig drauf. Sie erzählt begeistert über einen Trip in die Blue Mountains. Dann verändert sich ihre Stimme, als sie sagt: „Ich habe vorhin mit Mama gesprochen. Es ging ihr gar nicht gut. Sie hatte gestern Nacht einen fürchterlichen Albtraum. Ein Horrortyp kam vom Balkon in ihr Schlafzimmer und wollte ihr was antun. Sie war immer noch richtig fertig. War wohl nicht der erste Albtraum in den letzten vierzehn Tagen. Haben die Albträume etwas mit dir zu tun? Habt ihr euch wieder wegen Ronald gestritten?"

„Wir haben uns nicht gestritten. Wie kommst du denn darauf? Und an Ronald verschwende ich keinen einzigen Gedanken."

„Was ist denn mit Mama los? Ich mache mir echt Sorgen."

Katharina klingt tatsächlich mitgenommen. Warum belastet Ulrike unsere Tochter mit ihren schlechten Träumen? Das ist doch unfair. Katharina muss den seelischen Ballast ihrer Mutter Tausende Kilometer von uns entfernt mit sich herumschleppen, ohne etwas tun zu können. Wenn Ulrike mit jemandem Ärger hat, dann wohl eher mit Ronalds psychiatriefeindlichem Sprössling.

Ich versuche Katharinas Sorgen zu zerstreuen: „Soll ich deine Mutter nachher mal anrufen und fragen, was mit ihr ist?"

„Nein, lass das sein. Ich glaube, sie hat keine Lust, mit dir über ihre Albträume zu reden."

Ich werde mich nicht aufdrängen. Schließlich hat Ulrike ihren eigenen Psychiater im Haus.

20

Stefan Hansen, Geschäftsführer der Klinik Dr. Ludendorff, hat in einem der bequemen Ledersessel Platz genommen. Sein Gesprächspartner im Sessel gegenüber ist Dr. André Wildhagen, Mitglied der SANECO-Konzerngeschäftsführung Nord, verantwortlich für die Bereiche Personal, Leistungsentwicklung und Unternehmenskommunikation.

Das imposante Bürogebäude befindet sich an den Alsterarkaden in Hamburg, unmittelbar am Neuen Wall, nur ein paar Schritte von Rathaus und Binnenalster entfernt. Jedes Mal, wenn Hansen hier in der Zentrale zu Gast ist, beeindruckt ihn der herrliche Blick über die Dächer von Hamburg.

„Es ist immer höchst aufschlussreich, mit Ihnen persönlich zu plaudern", bekundet Wildhagen. „Das hat mich in der anstehenden Personalfrage erheblich weitergebracht."

Hansen bewundert den elegant gekleideten Hamburger Manager, der seine Tatkraft und sein enormes Durchsetzungsvermögen anderen durchgängig zu zeigen vermag. Wildhagen, Mitte vierzig, wirkt deutlich jünger, als er ist.

„Freut mich zu hören", entgegnet der fünfzigjährige Hansen, der Wildhagens Bemerkung als Kompliment wertet. „Meinen Kenntnisstand gebe ich gerne an den Konzern weiter. Wobei Dannenberg nur Andeutungen gemacht hat, wie er sich sein Anti-Heroin-Projekt in Afghanistan vorstellt."

Wildhagen zieht die Mundwinkel nach unten: „Ihre Infos über Dannenberg reichen mir völlig aus.

Im Vorstand hatte man bereits Wind von der Sache bekommen und mich darauf angesprochen. Dannenbergs Projekt gefällt uns ganz und gar nicht."

„Das dachte ich mir schon", ist Hansens Kommentar, der mittlerweile ein Gespür für die Interessenlage in Hamburg entwickelt hat.

„Dieses irrwitzige Afghanistan-Abenteuer würde auf internationaler Ebene kräftig politischen Ärger machen. Und wenn dann der Initiator des Ganzen Chef eines unserer Häuser ist …?! Das muss nicht sein! SANECO hat keine Lust, den Unmut irgendwelcher Islamisten auf sich zu ziehen. Ist es möglich, Dannenberg von seinem Plan abzubringen?"

„So wie ich ihn kenne, wird das sehr schwierig sein."

„Hab ich mir schon gedacht", äußert Wildhagen mit einem Nicken. „Dieses bescheuerte Anti-Heroin-Projekt … absolut überflüssig. Außerdem wollen wir uns nicht selbst den Kundenstrom abgraben."

Als Hansen leicht irritiert guckt, grinst Wildhagen ihn an: „Keine Angst. Meine letzte Bemerkung war nur ein Scherz."

Der Geschäftsführer der Iltener Klinik versteht.

„Dannenbergs Konkurrent Seifert halte ich übrigens ebenfalls für keine gute Wahl", ergänzt Hansen. „Der hat seit Jahren den ambulanten sozialpsychiatrischen Blick. Wahrscheinlich wenig rentabel für unsere Klinik, wenn es um die Bettenauslastung geht."

„Zum Glück haben wir noch einen vielversprechenden Kandidaten aus Hamburg. Wir sollten uns einmal vertraulich mit Dr. Pahland zusammensetzen."

B

Das Gift verbreitete sich im ganzen Körper. Susanne Ewert spürte Krämpfe im Bauch. Ein eiskalter Mantel legte sich um ihr Herz, das immer schneller schlug. Jeder Atemzug fiel ihr schwer. Im Rückenmark ein stechendes Kribbeln. Sie roch den Schweiß, der überall ihre Haut bedeckte. Das Schlimmste war die Manipulation ihres Gehirns. Aber sie kannte die Ursache der Vergiftung. Das Gift, das ihr die Verfolger in die Cola gemischt hatten. Vor neun Tagen in einem Imbiss – mitten in der Innenstadt von Hildesheim. Gestern war überraschend das Jugendamt bei ihr aufgetaucht und hatte ihr die Kleine weggenommen. Tränen schossen ihr bei diesem Gedanken in die Augen. Die Pharmamafia hatte dem Amt Informationen zugespielt über Susannes Kampf gegen ihren Nachbarn. Mehrfach war Susanne mit Georg Matuschak im Hausflur aneinandergeraten. Die Frau hatte dem Verräter Matuschak ihre Wut ins Gesicht gebrüllt. Bei der Wortwahl war sie nicht zimperlich gewesen.

    Das Jugendamt hatte gestern die Polizei und einen Psychiater mitgebracht. Susannes Angaben über das Gift in der Cola bezeichnete der Psychiater gegenüber den Polizisten als „Verfolgungswahn". Der Kerl wollte Susanne einreden, sie müsse in die Klinik. Aber das hatte sie abgelehnt. In der Psychiatrie wäre sie erneut Versuchskaninchen für Medikamente.

    Susannes Angst wurde immer größer. Heute traute sie sich nicht mehr aus der Wohnung. Hildesheim war für sie ein gefährliches Pflaster. Nur zu gut war ihr bewusst, dass die Pharmamafia draußen auf sie wartete.

Als Kind hatte Susanne Kraft daraus geschöpft, wenn ihre Mutter ihr etwas vorgelesen hatte. Auf Französisch. Wunderschöne Geschichten. Mutter kam aus Frankreich und hatte ihr oft von ihrer Heimat erzählt.

Susanne bemerkte wieder die Strahlung. Sofort wechselte die Frau das Zimmer.

„Hör endlich auf damit, du Schwein!", schrie sie aus Leibeskräften.

Matuschak hatte den Hochfrequenzsender in seiner Wohnung installiert. Damit bestrahlte er Susanne durch die Wand, um seine Nachbarin gefügig zu machen. Das funktionierte aber nur, wenn Susanne längere Zeit auf einer Stelle verharrte. Folglich war sie besonders im Schlaf gefährdet. Susanne achtete darauf, dass sie in Bewegung blieb. Nachts wechselte sie häufig das Zimmer. Sie verrückte den Schrank und das Sofa, um dort nach neuen Abhörgeräten zu suchen.

Vater war früher ebenfalls viel unterwegs gewesen – beruflich. Er hatte Mutter in Frankreich kennengelernt und mit nach Deutschland genommen. Nach seinem Tod war Mutter nach Frankreich zurückgekehrt. Susanne wünschte sich, dass ihre Eltern jetzt bei ihr wären. Mutters traditionelle katholische Werte wollte Susanne an die nächste Generation weitergeben und hatte Jasper auf eine katholische Schule geschickt.

Erneut spürte sie die Strahlung mit brutaler Härte. Matuschak war es gelungen, die Dosis zu erhöhen. Gierig fraßen sich die Strahlen in ihr Gehirn. Sie dachte wieder an Mutters Geschichten. Susanne musste zur Fifi werden. Wenn nur Jasper hier wäre, um sie zu unterstützen. Aber ihren 18-jährigen Sohn hatte sie seit Tagen nicht zu Gesicht bekommen. Mit Jasper konnte sie auch Französisch sprechen. Die Geschichten, die sie von Mutter kannte, hatte sie ihm auf Französisch vorgelesen. Warum nur gingen ihr jetzt diese Gedanken durch den Kopf? Es war ein Zeichen, das sie sofort verstand.

Susanne musste auf der Stelle handeln, wenn die Strahlen sie nicht völlig verrückt machen sollten.

„Ich mache dich fertig, du Bastard!", tobte Susanne. „Jetzt ist Schluss mit deinen Machenschaften."

Im Werkzeugkasten fand sie einen Hammer. Ohne weiter zu überlegen, stürmte sie aus ihrer Wohnung in den Hausflur und schlug mit dem Hammer gegen Matuschaks Tür.

„Los, mach auf, du Verbrecher! Ich werde dir ein für alle Mal das Handwerk legen!"

Der Hochfrequenzsender musste zerstört werden. Und wenn Matuschak sich ihr in den Weg stellte, würde sie ihn töten.

21

Hannover-Südstadt.

Viktor Thum steigt in seinen Wagen, den er im westlichen Teil der Lutherstraße abgestellt hat.

Sein Auftrag benötigt ein konsequent durchgeplantes Vorgehen. Er wird Ulrike Dannenberg töten. Auf eine ähnlich erfolgreiche Art, wie es ihm bei Claudia Faber gelungen ist. Aber noch stehen Methode und Zeitpunkt der Tötung nicht endgültig fest. Und es wird nicht bei der Vernichtung dieser beiden Personen bleiben ...

Viktor startet den Wagen und biegt links in die Hildesheimer Straße ein. Er fährt nach Süden, Richtung Waldhausen.

*

Das wechselhafte Wetter vom Mai setzt sich Anfang Juni fort. Nach einigen kühlen Regentagen ist es wieder sonnig und heiß in Hannover. Das Sommerwetter soll aber nur wenige Tage anhalten.

Dr. Ulrike Dannenberg hat die letzten Nächte mit Albträumen zu kämpfen gehabt. Mehrfach ist der Mann mit dem Narbengesicht in ihren Träumen aufgetaucht. Einmal hat er versucht, sie mit einer Drahtschlinge zu erdrosseln. Ein anderes Mal ist er mit einer Axt in ihrem Schlafzimmer erschienen. Wenn sie schreiend aufgewacht ist, hat Ronald neben ihr gelegen und sie sanft beruhigt. So schrecklich die Träume auch sind, Ulrike ist klargeworden, dass es sich um keine realen Erlebnisse handelt. Ronalds Erklärung als Psychiater leuchtet ihr ein. Vielleicht verarbeitet ihr Unterbewusstsein damit die bevorstehenden Gespräche mit dem Auswärtigen Amt und der UNO. Wer weiß, ob Ulrike und Ronald sich durch ihr Anti-Heroin-Projekt nicht weltweit mächtige Feinde machen? Aber noch haben die offiziellen Gespräche nicht stattgefunden.

Ulrike ist froh, heute Abend einmal abschalten zu können. Mit Corinna Schmidt, einer langjährigen Freundin, will sie zum Klönen und Baden an die Ricklinger Kiesteiche fahren. Die Badeteiche liegen am südlichen Rand von Hannover und sind von Waldhausen mit dem Fahrrad in einer knappen Viertelstunde gut zu erreichen. Ulrike hat den Termin schon vorgestern mit allen abgesprochen, damit nicht wieder etwas dazwischenkommt. In der Vergangenheit sind ihre Pläne häufiger durch spontane Aktivitäten von Ronald oder Alexander zunichte gemacht worden.

Corinna holt Ulrike mit dem Fahrrad in Waldhausen ab. Zusammen radeln die beiden am Döhrener Turm vorbei Richtung Maschsee. Corinna ist ein unkomplizierter Mensch und mit ihren ewig struppigen kurzen roten Haaren eine auffällige Erscheinung. Wobei ihr schallendes Lachen eine erfrischend ansteckende Wirkung hat. Ulrike bedauert, nicht mehr Zeit mit ihrer Freundin verbringen zu können.

„Und du schläfst in letzter Zeit so schlecht?! Das deutet eigentlich auf ein vernachlässigtes Liebesleben hin", verkündet Corinna in einem fröhlichen Plauderton. „Aber wenn ich eure Einträge bei Facebook richtig deute, ist Ronald immer noch bis über beide Ohren in dich verliebt. Daran kann es also nicht liegen."

„Nein, Ronald hat bestimmt nichts mit meinen Albträumen zu tun", bestätigt Ulrike.

Die beiden Frauen biegen hinter dem Südufer des Maschsees auf einen Fahrradweg ab, der zu einem Parkplatz für Besucher der Badeteiche führt. Sie überqueren noch eine Fußgängerbrücke über die Leine und erreichen dahinter den Freibadeplatz Ricklinger Masch.

Das sommerliche Wetter hat zahlreiche Besucher angelockt, die sich auf der Liegewiese rund um den Badeteich niedergelassen haben. An verschiedenen Stellen sind Holzkohlegrills aufgebaut. Der verlockende Geruch von gegrillten Würstchen und Steaks schlägt ihnen entgegen. Im Wasser tummeln sich zahlreiche Schwimmer. Das Ufer des Sees ist weitgehend zugewachsen mit Weiden, Erlen, Eschen und Kletten, zwischen denen einige Zugänge zum Wasser verblieben sind.

Ulrike und Corinna entscheiden sich für einen Liegeplatz in der Nähe des Wassers. Auf einer mitgebrachten Decke breiten sie ihre Utensilien aus. Ulrike hat eine Luftmatratze dabei, die sie zusammen mit Corinna aufpustet.

Im Bikini setzen sich die Frauen nebeneinander und geraten ins Plaudern. Corinna erzählt einige unterhaltsame Geschichten von ihrem Mann und ihren zwei Kindern. Ulrike muss mehrfach laut auflachen. Die Anspannung der letzten Tage fällt vollständig von ihr ab. Wie üblich hat Corinna gleich Kontakt zu einem Ehepaar hergestellt, das neben ihnen auf einer Strandmatte liegt: Kirsten und Adrian. Corinnas Erzählstil animiert zum Zuhören.

„Ich möchte noch mal mit der Luftmatratze ins Wasser. Kommst du mit?", fragt Ulrike ihre Freundin. Corinna liebt es, am Wasser herumzuliegen und zu plaudern. Aber eine begeisterte Schwimmerin ist sie nicht.

„Wenn es dir nichts ausmacht, quatsche ich hier noch ein bisschen und komme dann nach", antwortet Corinna.

„Aber du kommst nach, versprochen?", meint Ulrike und macht sich mit ihrer Luftmatratze auf den Weg.

„Klar, bis gleich!", ruft ihr Corinna hinterher. Ob Corinna wirklich nachkommt, ist mehr als fraglich, wenn sie sich festgequatscht hat.

Es ist inzwischen spät am Abend, aber zu dieser Jahreszeit zum Glück lange hell. Im Wasser sind nur noch einzelne Schwimmer.

Ulrike taucht vorsichtig ins Wasser ein, das ihr anfänglich eiskalt vorkommt. Einen Moment später empfindet sie die Temperatur schon als angenehm. Sie legt sich mit dem Bauch auf die Luftmatratze, die sie mit kräftigen Ruderbewegungen beider Arme zur Mitte des Badesees manövriert. Hinter sich hört sie einige Badende in Ufernähe.

Obwohl es warm ist, bekommt sie plötzlich am ganzen Körper eine Gänsehaut. Ulrike registriert dieses Phänomen irritiert. An der Außentemperatur kann es nicht liegen. Es ist immer noch angenehm warm. Was ist auf einmal los mit ihr? Ein Zittern geht durch ihren Körper. Es fühlt sich an wie der Zustand, den sie in ihren Albträumen durchlebt hat. Aber sie träumt nicht. Sie ist mit ihrer Freundin an den Ricklinger Kiesteichen und verbringt hier einen wunderschönen Abend. Aus dem Augenwinkel sieht sie einen Schwimmer mit einer dunklen Badekappe und einer Taucherbrille. Das Zittern wird stärker. Panik macht sich in ihrem Körper breit und krampft ihr den Magen zusammen. Hier im Wasser fühlt sie sich auf einmal allein und schutzlos. Ein Bild taucht vor ihrem geistigen Auge auf. Der Schwimmer hinter ihr verwandelt sich in den Mann mit dem Narbengesicht. Alles Unsinn! Aber trotzdem ist es besser, wenn sie schnellstmöglich ans Ufer zurückkehrt. Durch entsprechende Ruderbewegungen wendet sie die Matratze. Das Ufer ist gar nicht weit entfernt. Die Bäume am Rand verhindern einen Sichtkontakt zu Corinna, die bestimmt noch auf ihrer Decke sitzt und sich intensiv mit Kirsten und Adrian unterhält. Hinter sich hört Ulrike Schwimmbewegungen. Sie dreht den Kopf zurück und erkennt sofort, dass der Mann direkt auf sie zuhält. Das ist kein Zufall! Er will ihr etwas antun! Sie muss sich ans Ufer retten. Will um Hilfe schreien. Von einer Sekunde zur anderen ist Ulrike wie gelähmt – unfähig zu schreien, unfähig, weiter mit den Armen zu rudern. Sie spürt, dass der Mann die Luftmatratze erreicht und sie mit einer ruckartigen Bewegung ins Wasser befördert.

Ulrikes Kopf taucht unter Wasser. Sie hat die Augen weit aufgerissen und erkennt einen Schatten, der sich ihr nähert. In diesem Augenblick schießt ihr Kopf über die Wasseroberfläche. Sie spürt, dass Arme nach ihren Beinen greifen. Ein grauenhafter Gedanke erfüllt sie: Der Kerl will sie unter Wasser ziehen.

„Hilfe ... Hilfe!"

Sie ergreift die Luftmatratze, tritt mehrfach kraftvoll zu. Es kommt ihr vor, als habe sie zweimal den Kopf des Mannes getroffen.

„Hilfe! ... Mord! Mord!"

Adrian ist gleich beim ersten Hilferuf am Uferrand aufgetaucht und hat sich ins Wasser gestürzt. Mit schnellen Kraulbewegungen nähert er sich Ulrike.

Corinna und Kirsten stehen am Ufer und blicken ängstlich herüber.

Ulrike merkt, dass der Angreifer von ihr abgelassen hat. Sie schwimmt ihrerseits auf Adrian zu. Als sie ihn erreicht, schlingt sie erleichtert ihre Arme um ihn.

*

Ulrike sitzt wie ein Häufchen Elend am Ufer des Badesees. Corinna hat sich neben ihr niedergelassen und hält ihre Hand. Um sie herum stehen Adrian, Kirsten und etwas weiter entfernt zwei jüngere Frauen, die bereits ihre Hilfe angeboten haben.

„Was ist denn genau passiert?", erkundigt sich Corinna.

„Ein Mann hat meine Luftmatratze umgeworfen. Dann habe ich ihn an meinen Beinen gespürt."

„So ein Blödmann. Ich kann solche Scherze überhaupt nicht leiden."

„Das war kein Scherz, Corinna. Ich wäre von dem Mann bestimmt unter Wasser gezogen worden, wenn ich ihm nicht gegen den Kopf getreten hätte."

„Hast du den Typ erkannt?"

„Nein. Ich glaube, er trug eine Badekappe und eine Taucherbrille. Von seinem Gesicht habe ich eigentlich gar nichts gesehen … Und trotzdem hatte ich kurz vorher das Gefühl, als würde das Narbengesicht aus meinen Albträumen kommen … und mich umbringen wollen."

Corinna streichelt Ulrikes Oberarm.

„Die Bilder aus deinen Albträumen haben bestimmt sofort die Angst bei dir ausgelöst, dass dich der Schwimmer umbringen will. Es sind doch bisher glücklicherweise immer nur Träume gewesen – wenn auch ganz fürchterliche. Ich kann gut verstehen, dass dich das Umwerfen der Luftmatratze sehr erschreckt hat."

Kirsten mischt sich ein: „Mir ist das hier auch schon einmal passiert, dass mich so ein Witzbold von der Luftmatratze ins Wasser befördert hat."

Corinna grinst: „Auf jeden Fall hat er gleich von dir gewaltig die Quittung für seinen vermeintlichen Scherz erhalten." Womit Corinna auf Ulrikes Fußtritte gegen den Kopf des Mannes anspielt.

Ulrike ist merklich ruhiger geworden. Vielleicht wollte sie der Mann überhaupt nicht unter Wasser ziehen, sondern hat nur zufällig in dem Durcheinander ihre Beine berührt. Dann wiederum wäre ihre Reaktion mit den Fußtritten doch etwas heftig gewesen.

„Habt ihr gesehen, wo der Typ abgeblieben ist?", fragt Ulrike in die Runde.

Adrian schüttelt den Kopf, und Kirsten meint: „Ich habe bei der ganzen Aktion überhaupt nicht mehr auf den Kerl geachtet. Aber ich glaube, er ist schnell weggeschwommen und muss dann wohl ziemlich rasch irgendwo an Land gegangen sein."

22

Frau Jäger aus der Lutherstraße entwickelt sich langsam zum Seismographen für psychische Erschütterungen ihrer näheren Umgebung. Sonja Mock stellt einen als „dringend" deklarierten Anruf der besorgten Endfünfzigerin zu mir ins Büro durch.

Etwas weitschweifig berichtet mir Frau Jäger von einem weiteren Nachbarn, der in den letzten Tagen mehrfach sturzbetrunken durchs Treppenhaus gewankt und heute in diesem Zustand knapp vors Auto gelaufen ist.

„Sie haben doch damals der Frau Drimalla auch so schnell geholfen", krönt sie ihre Schilderung mit einem Lob, das mich offenbar zu einem erneuten sofortigen Ausrücken ermuntern soll. „Hat denn *Herr* Drimalla Sie inzwischen erreicht?"

„Herr Drimalla? Nein. Wer ist das?"

„Ach, der Bruder meiner Nachbarin. Ich kenn ihn eigentlich auch nicht. Aber er rief mich vor ein paar Tagen mit dem Handy zu Hause an."

Ich horche auf.

„Wieso hat er Sie denn angerufen?"

„Er sagte, er wisse, dass ich die Nachbarin seiner Schwester bin. Er wohne in Ostdeutschland und mache sich Sorgen, weil er sie nicht erreichen könne. Ob ich wisse, wo sie ist."

„Und was haben Sie ihm gesagt?"

„Dass seine Schwester in die Klinik Dr. Ludendorff eingewiesen wurde."

„Aber Sie sagten, er wollte sich noch bei mir melden?!"

„Ja. Er war ganz aufgeregt ... wie es dazu kommen konnte, dass seine Schwester in der Psychiatrie gelandet ist. Da habe ich ihm gesagt, dass Sie als einweisender Arzt ihm das sicher am besten erzählen könnten – Dr. Seifert, Notarzt vom Sozialpsychiatrischen Dienst in der Weinstraße." Sie stockt und scheint einen Moment zu überlegen. „War das jetzt falsch? Frau Drimalla hat doch sicher nichts dagegen, wenn Sie ihrem Bruder Auskunft geben ...?!"

„Sie haben alles richtig gemacht, Frau Jäger", bestätige ich, wobei mir noch einfällt: „Woher wusste der Bruder aus Ostdeutschland eigentlich, dass Sie die Nachbarin seiner Schwester sind?"

„Das habe ich ihn zum Schluss auch gefragt", kommt ihre eifrige Antwort. „Seine Schwester hat mich beim letzten Telefonat mit ihm erwähnt. ,Meine nette Nachbarin Frau Jäger' hat sie mich genannt. Das hat mich richtig gefreut."

Ich brumme zustimmend und denke: Schau an, ihr Ruf ist Frau Jäger sogar bis nach Ostdeutschland vorausgeeilt.

Am Ende unseres Gesprächs verspreche ich ihr, dass sich der Sozialpsychiatrische Dienst um ihren alkoholisierten Nachbarn kümmern wird.

Nach dem Telefonat mit Frau Jäger schießt mir sofort ein verrückter Gedanke durch den Kopf. Hat Milena Drimalla überhaupt einen Bruder? Oder war das die Sekte, die nach dem Verbleib ihres Mitglieds geforscht hat?

Sehe ich jetzt schon Gespenster? Wenn der Anrufer tatsächlich der besorgte Bruder ist, ist es nicht ungewöhnlich, dass er mich bisher nicht kontaktiert hat. Ich an seiner Stelle würde die behandelnde Klinik anrufen und nicht den einweisenden Notarzt. Zumal ein Notarzt in der Regel gar nicht dazu autorisiert ist, im Nachhinein einem Angehörigen telefonisch Auskunft zu erteilen.

Der Gedanke, Ronald Dannenberg anzurufen, um ihn zu fragen, ob sich in der Klinik irgendwann der Bruder einer seiner Patientinnen telefonisch gemeldet hat, erscheint mir absurd.

Ich entscheide mich dafür, die kriminalistischen Gedankenspielchen zu beenden und meine Aufmerksamkeit lieber auf den Mann mit dem Alkoholproblem in der Lutherstraße zu richten.

23

„Es freut mich, dass Sie es so schnell einrichten konnten, zu uns zu kommen", strahlt Dr. André Wildhagen und begrüßt seinen eintretenden Gast mit einem herzlichen Händedruck.

„Das war doch selbstverständlich", entgegnet Dr. Martin Pahland ebenso freundlich.

„Darf ich Ihnen Herrn Hansen vorstellen?! Er ist Geschäftsführer der Klinik Dr. Ludendorff und für zwei Tage in Hamburg zu Besuch."

Nach der Begrüßung nehmen die drei Männer in den Ledersesseln von Wildhagens Büro Platz.

Dr. Pahland, Ende dreißig, groß, kurze blonde Haare, steht Wildhagen in seinem selbstsicheren Auftreten keineswegs nach. Im Umgang mit den beiden Männern aus der SANECO-Führungsetage gibt er sich wortgewandt und verschafft sich Sympathiepunkte durch einige humorvolle Bemerkungen. Wie Hansen erfährt, weiß Wildhagen eine Menge Details über Pahlands Werdegang. Der Hamburger Oberarzt hat sich bereits in allen Bereichen der Psychiatrie durch wissenschaftliche Publikationen profilieren können. Trotzdem hätte Pahland, wie Wildhagen anerkennend bemerkt, stets seine praktische Arbeit am Patienten einer universitären Laufbahn vorgezogen. Am Rande bekommt Hansen mit, dass sich die Ehefrauen von Pahland und Wildhagen durch gemeinsame sportliche Aktivitäten ihrer Kinder kennen.

„Lassen Sie uns offen über Ihre Bewerbung für den Chefarztposten in unserer Iltener Klinik sprechen", kommt Wildhagen zum Grund ihres heutigen Treffens. Er vertraut dem Hamburger Psychiater, den er wegen seiner fachlichen Qualitäten und der Wesensverwandtschaft mit seiner eigenen Person schätzt. Vorsichtig macht er Pahland deutlich, dass die SANECO-Geschäftsführung große Bedenken hat, Ronald Dannenberg die ärztliche Klinikleitung zu übertragen. Als Gründe nennt er unter anderem Dannenbergs geplantes Engagement für ein ominöses Drogenprojekt in Afghanistan. Bei einem weiteren Bewerber, Mark Seifert, hätte SANECO ebenfalls Zweifel.

„Ich möchte gerne aus erster Hand mehr erfahren ... über Ihre Motivation, warum Sie sich für den Leitungsposten in Ilten bewerben", sagt Wildhagen lächelnd. „Schließlich liegen Welten zwischen Hamburg und dieser kleinen Stadt in der Region Hannover."

Pahlands Antwort stößt auf vollste Zufriedenheit seiner beiden Zuhörer. Er spricht von Herausforderung und Neuanfang, skizziert seine Vorstellungen, mit denen er die Klinik erfolgversprechend – inhaltlich wie ökonomisch – auf Kurs halten will.

Ein wichtiger Punkt im heutigen Gespräch ist für Hansen die Eignung von Pahland als Person. Schließlich hätte Hansen später täglich mit ihm in der Klinik zu tun.

Problemlos zählt Pahland zahlreiche seiner Eigenschaften auf, die ihn für den Chefarztposten qualifizieren.

Mit Blick auf Wildhagen bekundet Pahland: „Ich will genauso offen sein wie Sie zu mir. Mit Ihrer kritischen Einschätzung gegenüber dem Kollegen Dannenberg haben Sie leider recht ... und zwar noch aus ganz anderen Gründen." Er macht eine Pause, die verdeutlichen soll, wie schwer ihm die nächsten Sätze fallen. „Ich weiß, dass Dannenberg gerne um größere

Summen Geld spielt, was ihn verletzlich und angreifbar macht. Wissen Sie, ich will niemanden schlechtmachen. Aber ich mache mir wirklich Sorgen um das Ansehen Ihrer Klinik."

Wildhagen nickt wohlwollend: „Nichts anderes habe ich erwartet."

24

Dr. Ronald Dannenberg geht über den Flur der geschlossenen Station. Ein längerer Schlauch, von dem rechts und links Türen zu den Patientenzimmern abgehen. Es ist früher Nachmittag. Ein Teil der Patienten ist um diese Zeit bei der Beschäftigungstherapie. Ronald ist für die allgemeinpsychiatrische Station als Oberarzt zuständig. Ein Patient kommt ihm entgegen, der ihn freundlich begrüßt. Im Stationszimmer hat Ronald erfahren, dass Milena Drimalla weiterhin an keinen therapeutischen Gruppenaktivitäten teilnimmt. Die Patientin hat sich nach Angaben des Pflegepersonals in ihr Zimmer zurückgezogen.

Gleich nach ihrer Aufnahme ist sie gegenüber zwei Pflegern handgreiflich geworden. Ein Amtsrichter hat sie auf der Station angehört und ihre geschlossene Unterbringung in der Klinik Dr. Ludendorff für mehrere Wochen verfügt. Zu den Geschehnissen im Vorfeld ihrer Zwangseinweisung hat Milena bisher keine verwertbaren Angaben gemacht. Einen Tag nach ihrer stationären Aufnahme hatte sich Mark Seifert telefonisch bei Ronald gemeldet und ihm einige allgemeine Vermutungen mitgeteilt. Möglicherweise könnten die Symptome der Patientin auf traumatische Erlebnisse zurückzuführen sein. Ein überflüssiger Anruf! Darauf war Ronald schon selbst gekommen.

Ronald hat sich heute spontan dazu entschlossen, mit Milena ein Gespräch zu führen. Er geht am Zimmer des Stationsarztes vorbei. Der junge Kollege ist gerade wie die anderen Assistenzärzte auf einer Fortbildungsveranstaltung in der Fachbibliothek der Klinik. Also wird Ronald die Patientin ohne den Stationsarzt aufsuchen.

Eine junge Krankenschwester begleitet einen Patienten aus dem Aufenthaltsraum in sein Zimmer. Als sie Ronald erkennt, begrüßt sie ihn mit einem breiten Lächeln. Erneut nimmt Ronald mit Wohlgefallen zur Kenntnis, dass er bei seinen Mitarbeitern gerngesehen ist. Vor drei Wochen hat er zufällig das Gespräch zweier Krankenschwestern mitbekommen, die sich darin einig waren, am liebsten Ronald als neuen Chefarzt haben zu wollen.

Ronald klopft an Milenas Zimmertür. Als keine Reaktion erfolgt, probiert er es noch einmal. Er glaubt ein zaghaftes „Ja" zu hören und öffnet die Tür.

Milena liegt angezogen auf dem Bett. Der Raum bietet Platz für zwei Patienten, aber zurzeit wird er als Einzelzimmer genutzt. Ein kleiner Tisch mit zwei Stühlen, ein Schrank, ein Waschbecken, direkt neben dem Eingang die Toilette. Der übliche Standard auf dieser allgemeinpsychiatrischen Akutstation.

„Guten Tag, Frau Drimalla. Ich würde mich gerne mit Ihnen unterhalten."

Die Frau richtet sich langsam im Bett auf und schaut den Oberarzt unsicher an.

Ronald versucht durch ein vorsichtiges Lächeln das Vertrauen von Milena zu erwecken.

„Sie kennen mich doch. Mein Name ist Dannenberg. Ich bin der zuständige Oberarzt. Wir haben uns zuletzt vor zwei Tagen bei der Oberarztvisite gesehen. Es wäre schön, wenn wir uns zum Gespräch gemeinsam an den Tisch setzen könnten."

Milena streicht sich mit der rechten Hand durch ihr schwarzes Haar, bei dem die braune Naturfarbe schon wieder im Ansatz zu erkennen ist. Bei der Handbewegung der Frau fällt Ronalds Blick zum wiederholten Mal auf ihre Tätowierung am Unterarm. Er hat seine Mitarbeiter angewiesen, Milena bis auf Weiteres keine Fragen über die Bedeutung dieses Zeichens zu stellen.

Ronald ist erleichtert, als die Frau das Bett verlässt und sich mit ihm an den Tisch setzt. Der erste Schritt ist getan. Der Psychiater will Zug um Zug das Vertrauen der Patientin gewinnen.

„Ich brauche Luft, ganz viel Luft", äußert Milena ungefragt.

Ronald ist klar, dass er viel Geduld benötigt, um mit der psychisch gestörten Frau ins Gespräch zu kommen. Sehr behutsam wird er ausloten, was die Frau bereit ist preiszugeben.

*

Der Streit geht wieder einmal um Geld.

Alexander Dannenberg ist am späten Nachmittag ohne Vorankündigung im Haus seines Vaters und seiner Stiefmutter aufgetaucht. Er hat es nicht für nötig gehalten zu klingeln, sondern hat gleich die Haustür mit seinem Schlüssel geöffnet. Sein Vater ist noch nicht von der Klinik zurückgekehrt.

Dr. Ulrike Dannenberg hat bereits bei der Begrüßung von Alexander ein reserviertes Gesicht gezogen. Die letzten Besuche ihres Stiefsohnes endeten stets mit einem heftigen Wortwechsel. Heute verläuft sein Besuch nicht anders. Nur dass sich Alexanders Geldforderungen dieses Mal nicht an Ronald, sondern an Ulrike richten.

Das lautstark geführte Gespräch findet im Wohnzimmer statt. Nachdem Alexander es abgelehnt hat, sich zu setzen, ist auch Ulrike mitten im Raum stehengeblieben.

„Ich musste mir schon bei einem Freund was leihen, um über die Runden zu kommen", beklagt er sich. „Aber ich bin schließlich nur dein Stiefsohn. Deine ganze Kohle darf so oder so nur deine liebe Katharina ausgeben."

Ulrike geht Alexanders wehleidiges Klagen fürchterlich auf die Nerven.

„Hör endlich auf, Katharina ins Spiel zu bringen! Von deinem Vater weiß ich, dass du mit den Unterhaltsleistungen, die er dir zahlt, bestimmt nicht schlecht dastehst."

„Ach, fick dich!", stößt Alexander angewidert hervor und zeigt seiner Stiefmutter dabei den ausgestreckten Mittelfinger seiner rechten Hand.

„Das geht jetzt wirklich zu weit", äußert Ulrike, die ihren Stiefsohn nach dieser Entgleisung des Hauses verweisen will. Da erscheint plötzlich Ronald im Türrahmen des Wohnzimmers. In der Hitze des Gefechtes haben Ulrike und Alexander das Aufschließen der Haustür überhört.

Ronalds Gesichtsausdruck lässt keinen Zweifel zu, dass er den Höhepunkt der Auseinandersetzung genau mitbekommen hat. Schützend stellt er sich vor Ulrike und fährt seinen Sohn an: „Was fällt dir eigentlich ein, in dieser Fäkalsprache Ulrike anzubrüllen?! Da macht sich der schlechte Einfluss dieser Sekte wohl schon bemerkbar!"

Alexander ist merklich überrascht, unvermittelt zusätzlichen Gegenwind von seinem Vater zu bekommen. Er benötigt einige Sekunden, bis ihm das Passende für einen Gegenangriff einfällt: „Na, sieh mal einer an ... Ich bin aber nicht der Einzige in der Familie, der mit dieser ach so schlimmen Sekte verkehrt."

Triumphierend blickt Alexander seinen Vater an, der erstaunt die Augenbrauen zusammenzieht.

„Was willst du damit sagen?"

„Tu nicht so scheinheilig! Ich habe zufällig mitbekommen, dass du dich mit Viktor Thum getroffen hast ... Warum warst du bei ihm?"

Ronald schweigt zunächst, schnappt dabei den verwunderten Blick von Ulrike auf.

„Um was geht es hier eigentlich?", fragt sie irritiert.

Ronald nimmt sie in den Arm, dann erklärt er deutlich: „Viktor Thum ist ein Mitglied der Sekte, mit der sich Alexander seit neuestem rumtreibt. Ich war bei dem Kerl und habe ihm gesagt, dass die Sekte Alexander in Ruhe lassen soll. Aber es scheint offensichtlich nichts geholfen zu haben ..."

Alexander kaut auf seiner Unterlippe, zögert, dann fragt er: „Woher weißt du von Viktor – und wo er sich aufhält?"

Ronald schüttelt den Kopf und macht eine abschließende Handbewegung: „Das ist eine alte Geschichte. Die geht dich nichts an."

*

Anna Sonnenberg ist spät ins Bett gekommen. Noch lange hat sie mit Mark telefoniert. Morgen wird er wieder bei ihr übernachten. Die letzten Wochen vor den Sommerferien hat Anna wie immer viel für die Schule zu tun. Mark und sie haben in den vergangenen sieben Tagen nur wenig Zeit füreinander gehabt. Spätestens in den Ferien ab Ende Juni wird sich das ändern.

Mitten in der Nacht reißt sie das Klingeln aus dem Schlaf. Sie hat gerade intensiv geträumt und weiß im ersten Moment gar nicht, was los ist.

Es klingelt Sturm an ihrer Haustür. Da muss jemand unten vor dem Haus stehen und wie ein Verrückter immer wieder den Klingelknopf drücken. Wer um alles in der Welt ist das? Zunächst fällt ihr Mark ein. Aber derart bescheuert, sie nachts aus dem Bett zu klingeln, ist er nicht. Ein Notfall? Benötigt jemand da draußen ihre Hilfe? Oder ist es ein Klingelstreich übermütiger Jugendlicher?

Nach der nervigen Klingelei ist einige Sekunden Ruhe. Anna wankt aus dem Bett in den Wohnungsflur zur Gegensprechanlage. Erneut beginnt eine Serie von Klingeltönen. Fünf oder sechs Mal kurz hintereinander. Anna hat nicht mitgezählt. Pause. Anna ruft in die Gegensprechanlage: „Hallo, wer ist da?"

Als Antwort klingelt es abermals mehrfach unmittelbar hintereinander.

„He, was soll das?!", erkundigt sich Anna mit einer Mischung aus Ärger und Besorgnis. „Was ist los?"

Danach bleibt es still. Weder erfolgt ein weiteres Klingeln, noch erhält sie eine Antwort auf ihre Fragen.

Anna geht ins Wohnzimmer und guckt durchs Fenster nach unten auf die Straße. Dort parkt ein Auto neben dem anderen. Dann entdeckt sie im Dunkeln eine Gestalt, die trotz des sommerlichen Wetters eine Kapuze trägt. Anna vermutet eine Art Kapuzenshirt. Von der Größe her muss es sich um einen Mann handeln. Die Gestalt biegt um eine Straßenecke und verschwindet aus Annas Blickfeld. Mit großer Wahrscheinlichkeit wird es dieser Typ gewesen sein, der sie mit seinem Klingeln aufgeweckt hat.

Anna kehrt in ihr Bett zurück. Sie ist völlig aufgewühlt und kann nicht wieder einschlafen.

C

Für Susanne Ewert hatten sich die schlimmsten Befürchtungen bewahrheitet. Es war der Pharmamafia gelungen, sie zwangsweise in die Psychiatrie einzuweisen.

Georg Matuschak hatte die Tür zu seiner Wohnung geöffnet und war ängstlich vor ihrem Hammer zurückgewichen. Sie hatte seine Wohnung nach dem Hochfrequenzsender durchsucht, aber den Höllenapparat nicht gefunden. Verzweifelt hatte sie einige Löcher in die Wand seines Schlafzimmers gehauen, weil sie unter dem Putz geheime Leitungen zu ihrer Wohnung vermutete. Während ihrer Suche musste es ihm gelungen sein, die Polizei zu informieren. Die Polizei und das Ordnungsamt steckten mit der Mafia unter einer Decke. In Handschellen wurde Susanne in die Nervenklinik Hildesheim gebracht.

Das psychiatrische Krankenhaus befand sich in einem abgelegenen Ort am Rand der Hildesheimer Oststadt. An der Landstraße nach Goslar, am Galgenberg. Ein Haupthaus und zahlreiche Flachdachbungalows beherbergten die psychiatrischen Stationen. Susanne erschauderte bei dem Namen, der auf das hinwies, was ihr bevorstand. Der Galgenberg. Schon im 14. Jahrhundert wurden dort Menschen hingerichtet. Den Vögeln zum Fraß ließ man die Toten am Galgen hängen.

Polizeibeamte und Sanitäter schleppten Susanne ins Haupthaus. Auf eine geschlossene Station im Erdgeschoss. Susanne wurde in ein Zimmer gebracht, in welchem sie ein junger Stationsarzt ausfragte. Dr. Klaus

Angerer tat ganz freundlich – so, als wollte er ihr helfen. Mit ihm hatte sie früher noch nie zu tun gehabt. Aber sie kannte diese Art von jungen Ärzten. Es war eine heimtückische Masche, um ihr Vertrauen zu erschleichen. Am Ende ging es immer um dasselbe. Die Ärzte wurden dafür geschmiert, dass sie neue Psychopharmaka an den Patienten ausprobierten.

„Warum haben Sie in der Wohnung Ihres Nachbarn mit dem Hammer gegen die Schlafzimmerwand geschlagen, Frau Ewert?", fragte Dr. Angerer mit vorgeschobener Sachlichkeit.

Susanne hielt sofort dagegen. Empört schrie sie den Arzt an: „Das weißt du alles ganz genau! Mein Zweitname ist nicht umsonst Brindacier. Ich habe herausgefunden, dass der Sender in Matuschaks Wohnung ist!"

„Welcher Sender?", gab sich der Arzt unwissend.

Susanne war nicht bereit, sich für dumm verkaufen zu lassen. Der Arzt auf der Station war eingeweiht. Eine Kooperation mit ihm war sinnlos.

Als sie nicht mehr antwortete, verzichtete der Arzt schließlich auf eine Fortführung des Verhörs. Er kündigte an, sie körperlich untersuchen zu wollen. Wozu? Sie war nicht krank.

„Fass mich nicht an! Ich zieh mich nicht aus!", stellte sie mit lauter Stimme klar.

Angerer wagte nicht, die Untersuchung ihres Körpers durchzuführen. Er äußerte, dass er noch seinen zuständigen Oberarzt hinzuziehen werde. Sie kannte diesen Psychiater schon von früheren Aufenthalten. Jedes Mal hatte er bisher seine Assistenten angewiesen, Susanne mit Medikamenten vollzupumpen.

Es wiederholte sich wie erwartet. Der Psychiater warf einige Blicke auf sie, versuchte vergeblich ein Gespräch mit ihr zu beginnen. Dann teilte er ihr mit, dass sie ab sofort ein Neuroleptikum schlucken müsse.

„Das ist Gift!", protestierte Susanne. „Ich will keine Gehirnwäsche!"

„Für den Fall, dass Sie sich weigern, das Medikament oral einzunehmen, müssen wir es Ihnen spritzen", entgegnete der Psychiater mit einer stimmlichen Besorgnis, die auf Susanne unecht wirkte.

Sie wusste, dass sie im Moment die Unterlegene war. Der Übermacht der Feinde würde sie sich beugen müssen. Trotzdem ließ sie sich nicht dazu herab, den Giftbecher freiwillig zu leeren. Fifi würde bis zum Letzten kämpfen.

Mehrfach forderte der Stationsarzt sie auf, den kleinen Plastikbecher mit der durchsichtigen Flüssigkeit zu trinken. Sie nahm den Becher in die Hand und schüttete Angerer den Inhalt ins Gesicht.

Der Arzt zog sich zurück und gab im Verborgenen seine Befehle. Er stimmte die folgende Aktion mit dem Oberarzt ab.

Susanne hatte sich in den hintersten Winkel des Stationsflurs zurückgezogen. Die anderen Patienten sollten sehen, dass sie niemandem etwas tat. Ganz offensichtlich war das Personal der Aggressor.

Durch die Stationstür kamen Pfleger anderer Stationen. Sie rotteten sich mit dem Personal dieser Station zusammen. Der Pulk aus Pflegern, Krankenschwestern, Stations- und Oberarzt näherte sich der Patientin. Angerer übernahm die Rolle des Sprechers. Wahrscheinlich ließ der Oberarzt ihn das Szenario üben.

„Ich lasse mir das Zeug nicht spritzen", bekam er von Susanne seine Abfuhr.

Das war das Signal. Pfleger wollten nach der Patientin greifen. Jetzt war es recht und billig, sich zu wehren. Als sie die Arme eines Pflegers wegdrückte, wurde sie von dem Mob gepackt. Sie schaffte es noch, einem der Angreifer gegen das Schienbein zu treten. Dann wurden ihre Beine von den Gegnern festgehalten. Die Feinde trugen sie in ein Zimmer, in dem bereits ein Bett mit Hand-, Bauch- und Fußgurten stand. Auf dem Bett spritzte ihr Angerer das Medikament in den Gesäßmuskel. Nach der Injektion versuchte sie erneut, sich gegen ihre Peiniger zur Wehr zu setzen. Ihr Verteidigungsangriff wurde im Keim erstickt. Die Ärzte ordneten an, Susanne im Bett anzugurten.

„Ich bin nicht krank! Ihr macht mich dazu!", schrie sie voller Verzweiflung und bäumte sich in den Gurten auf. Die Injektion eines weiteren Medikaments ließ sie in Schlaf verfallen.

Ihren Kampf setzte sie in den nächsten Tagen fort. Ein Verbleib in der Psychiatrie war für sie unerträglich. Ein Richter kam zu ihr auf die Station und bestätigte ihre Zwangsunterbringung für einige Wochen.

Susanne hatte darum gebeten, dass ihre Kinder sie nicht auf der Station besuchen sollten. Auf keinen Fall wollte sie von ihnen in diesem erbärmlichen Zustand gesehen werden. Zumindest diese Bitte wurde ihr gewährt.

Die Konzentration fiel Susanne zunehmend schwerer. Sie hatte das Gefühl, als wenn sich eine Betonglocke über ihren Kopf gelegt hatte, die jegliche Kommunikation mit der Außenwelt behinderte. Ihre Erkenntnisse von den Plänen der Gegner wurden zerhackt. Trotzdem schaffte sie es zwischendurch immer wieder, sich zu überlegen, auf welche Weise ihr die Flucht aus der Psychiatrie in Hildesheim gelingen könnte.

Ich habe heute rechtzeitig Feierabend gemacht. Bevor ich abends zu Anna fahre, schaue ich bei mir zu Hause nach dem Rechten. Ich hole die Post aus dem Briefkasten, koche mir einen Becher Kaffee und mache es mir im Wohnzimmer auf dem Sofa bequem.

Während ich an meinem heißen Kaffee nippe, widme ich mich der Post. Insgesamt vier Umschläge. Die ersten beiden enthalten Rechnungen, der dritte Werbung. Den letzten Umschlag kann ich von außen nicht richtig zuordnen. Meine Anschrift ist aufgedruckt und beginnt mit dem Wort „Sinjoro". Das ist Esperanto und bedeutet „Herr", wobei es korrekterweise „Herrn" und damit „Sinjoron" heißen müsste. Aber ich will nicht pingelig sein. Offenbar hat mir jemand auf Esperanto geschrieben. Ein Absender steht nicht auf dem Umschlag.

Vorsichtig öffne ich das Kuvert. Darin befindet sich lediglich ein Blatt Papier. Nichts Handschriftliches, alles gedruckt.

Ohne Anrede steht dort: „Malfeliĉo atendas vi. Nun la lastaj tagoj venos kun via amatino. Ŝi forlasos vi por ĉiam."

Der Text ist tatsächlich auf Esperanto, bedeutet übersetzt: „Unglück erwartet dich. Jetzt werden die letzten Tage mit deiner Geliebten kommen. Sie wird dich für immer verlassen."

Auffällig ist allerdings, dass der Text den gleichen Fehler enthält wie auf dem Umschlag. Der Verfasser hat immer vergessen, an das Akkusativ-Objekt ein „n" zu hängen. Anstatt „vi" müsste es richtig „vin" heißen. Ein Anfängerfehler.

Insofern beherrscht der Autor nicht Esperanto, hat sich aber die Mühe gemacht, seine Nachricht – wenn auch stümperhaft – in die Plansprache zu übersetzen. Und was soll das Ganze? Na ja, der Absender bekundet damit, dass er genau weiß, dass ich mit der Esperanto-Lehrerin Anna befreundet bin. Dass er unsere Vorlieben kennt. Als Verfasser kommt praktisch jeder in Betracht, der die „Hannoverschen Nachrichten" liest. Der Artikel über Anna und mich und unsere Liebe zu Esperanto war ja kaum zu übersehen.

Etwas erschreckt bin ich über den Umstand, dass der Brief direkt an meine Privatadresse geschickt worden ist. Ich bemühe mich, meine Adresse geheim zu halten. Sie steht weder im Telefonbuch noch im Internet. Andererseits ist mir klar, dass es kein Kunststück ist, mich vom Gesundheitsamt auf dem Weg nach Hause ins Zooviertel zu verfolgen – zumal ich in der Regel mit der Stadtbahn fahre.

*

Ich bin inzwischen bei Anna eingetrudelt. Wir haben es vorgezogen, auf der Stelle gemeinsam im Bett zu verschwinden. Ich merke, wie sehr sie mir die letzten Tage gefehlt hat. Nicht auszudenken, wenn sie mich wirklich für immer verlassen würde.

Ich streichle über ihr Gesicht, von dem ich mir wünsche, dass es mich noch lange anlächelt.

Anna schaut mich an und zieht die rechte Augenbraue hoch: „Du machst den Eindruck, als wenn du mir etwas sagen willst?!"

„Dass ich dich liebe."
„Und sonst?"
Anna merkt sofort, wenn mich etwas beschäftigt. Also raus damit. Ich frage: „Hast du einen geheimen Verehrer mit hellseherischen Fähigkeiten?"
„Was??"
„Das war nicht ernst gemeint. Aber ich habe heute eine merkwürdige Nachricht erhalten, dass du mich bald für immer verlassen wirst."

Ich erzähle ihr von dem geheimnisvollen Brief auf Esperanto, von dem ich nicht weiß, ob er tatsächlich der dämliche Witz eines neidischen Nebenbuhlers oder der Drohbrief eines nicht minder bescheuerten Typen ist. Auf jeden Fall ist es wichtig, dass Anna und ich darüber reden.

Anna guckt beunruhigt. Sie erzählt mir ebenfalls von einem unangenehmen Erlebnis. Vergangene Nacht ist sie durch ein Klingeln geweckt worden. Wahrscheinlich von einem Kerl mit einem Kapuzenshirt.

„Ob nun schlechter Scherz oder Drohung. Wenn beide Ereignisse miteinander im Zusammenhang stehen sollten, dann hat unser Gegenspieler eins damit zum Ausdruck gebracht. Er weiß genau, an welchen Orten er uns finden kann."

26

Anna Sonnenberg ist beruhigt, dass in den folgenden Tagen nichts Unangenehmes passiert. Mit Mark hat sie vereinbart, dass er die nächste Zeit bei ihr in Linden wohnt. Zwar hätte sie auch zu Mark ziehen können, aber sie hatte keine Lust, ihre ganzen Schulordner ins Zooviertel mitzunehmen.

Als sie nachmittags nach Hause kommt, ist Mark noch nicht da.

Das Telefon klingelt. Am Display erkennt sie, dass es Jannik Wagner ist. Erfreut nimmt Anna das Gespräch an.

„Ich wollte mich noch mal wegen der Exkursion deiner Klasse melden", nennt Jannik gut gelaunt den Grund seines Anrufes. „Ich habe inzwischen alles organisatorisch abgeklärt. Deine Klasse kann am 25. Juni um 9 Uhr zu mir ins Gesundheitsamt in die Weinstraße kommen. Eine Ärztin aus dem Team Begutachtung steht dann ebenfalls als Ansprechpartnerin zur Verfügung."

„Lieb, dass du dich so schnell darum gekümmert hast", freut sich Anna.

Sie hat Jannik vorige Woche auf dem Esperanto-Treffen gefragt, ob es möglich wäre, dass sie ihn kurz vor den Sommerferien mit ihrer Französisch-Klasse aus dem Hermann-Hesse-Gymnasium im Gesundheitsamt besucht. Es handelt sich dabei um eine 10. Klasse, denen Jannik Verschiedenes aus seiner alltäglichen Arbeit mit Französisch sprechenden Patienten erzählen könnte.

Schnell hört Jannik am Telefon heraus, dass Anna etwas bedrückt. Auf seine besorgte Nachfrage hin erzählt sie ihm von dem nächtlichen Klingeln und dem Brief auf Esperanto.

„Wende dich sofort an mich, wenn du weitere Hilfe brauchst. Ich bin immer für dich da", verspricht der Sozialarbeiter – und Anna ist klar, dass er es wirklich ernst meint.

„Danke. Zum Glück ist Mark erst einmal bis auf Weiteres bei mir eingezogen."

Eine kurze Pause, dann antwortet Jannik: „Das ist eine gute Entscheidung ... Ich frage mich, wer euch mit derartigem Scheiß belästigt!? Aber da stimme ich euch zu: Bei solch groben Fehlern in dem Schreiben scheidet ein Esperantist schon mal aus ..."

*

Der Gesprächstermin in Berlin über die Möglichkeiten zur Reduzierung des Morphinanbaus in Afghanistan ist vonseiten des Auswärtigen Amtes kurzfristig verschoben worden. Die Nachricht erreicht Dr. Ronald Dannenberg telefonisch. In sein Büro in der Klinik Dr. Ludendorff wird ein Anruf aus Berlin durchgestellt. Als Gründe, warum das Gespräch nicht zum vereinbarten Termin stattfinden kann, nennt der Anrufer „Erkrankung eines leitenden Mitarbeiters" und „eine andere leider nicht vorhersehbare Angelegenheit". Wegen eines neuen Termins werde man sich „natürlich rechtzeitig wieder melden".

Gleich im Anschluss an das Telefonat mit dem Auswärtigen Amt ruft Ronald seine Frau an ihrem Arbeitsplatz an. Äußerst schlecht gelaunt informiert er sie über die unangenehmen Neuigkeiten.

Als Ulrike am späten Nachmittag zu Hause eintrifft, wird sie bereits von Ronald erwartet. Ihm steht die

Enttäuschung ins Gesicht geschrieben. Ulrike nimmt ihn in den Arm und drückt ihn fest an sich.

„Ich weiß, wie schwer dich das trifft", sagt sie mitfühlend. „Dein ganzer Zeitplan für die Chefarztbewerbung hängt daran. Kann denn der Termin in Berlin noch vor dem offiziellen Bewerbungsgespräch in Ilten stattfinden?"

„Ich weiß es nicht. Ich bin total enttäuscht ... Das Bewerbungsgespräch ist am 9. Juli. Im Zweifelsfall kann ich dort nur Vorläufiges zu unserem Anti-Heroin-Projekt sagen."

„Meinst du, die Gründe für die Terminverschiebung sind nur vorgeschoben? Dass die in Berlin aufgrund unserer Vorinformationen Zweifel an dem Ganzen bekommen haben?"

„Keine Ahnung, was das zu bedeuten hat. Wir müssen es erst mal so hinnehmen ..."

Ulrike überlegt, ob das Auswärtige Amt vielleicht befürchtet, dass die großflächige Aussaat morphinarmer Mohnsorten durch die NATO – regelmäßig jedes Jahr durchgeführt – auch den Anbau von Getreide und anderen Früchten auf Feldern in Afghanistan empfindlich stören könnte, was wiederum schnell die Empörung der Weltöffentlichkeit auf den Plan rufen würde.

„Möglicherweise gibt es solche Befürchtungen", stimmt Ronald ihr zu. „Umso eher wäre es notwendig, dass wir diese Bedenken persönlich ausräumen. Schließlich kannst du genau darlegen, dass sich Weizen oder Hackfrüchte gut gegen Mohnpflanzen durchsetzen können."

„Momentan häufen sich bei uns wirklich die Probleme", murmelt Ulrike. „Ich mache mir ebenso viele Gedanken um Alexander und seine Kontakte zu dieser satanischen Sekte ... Du kennst dieses Sektenmitglied Viktor Thum von früher?"

Ronald scheint durch seine Frau hindurchzublicken, so als wäre er gedanklich noch beim vorherigen Thema.

„Ja, das liegt ungefähr zwei Jahre zurück. Ich hatte mit ihm dienstlich in der Klinik zu tun." Ronald stockt. „Wegen der Schweigepflicht habe ich gegenüber Alexander nichts weiter dazu gesagt. Aber du solltest wissen, worum es geht."

„Das ist eine gute Idee ..."

„Viktor Thum ist einer der Anführer der Sekte in Hannover. Er hatte einen abenteuerlichen Mix aus verschiedenen Drogen geschluckt und war darunter knallpsychotisch geworden. Ich hatte mit ihm kurz nach der stationären Aufnahme zu tun. Im Drogenrausch erzählte er mir völlig unkontrolliert irgendwelche Storys über seine Sekte."

„Kannst du mir Einzelheiten erzählen?"

„Es ist besser, keine Details zu kennen. Grundsätzlich ging es um Rituale und sexuelle Ausschweifungen. Aber mit dem Ausplaudern dieser vertraulichen Infos hatte er offenbar gegen eines der obersten Gesetze der Sekte verstoßen."

„Du hast also etwas gegen ihn in der Hand?"

„Natürlich stehe ich unter ärztlicher Schweigepflicht. Und konkrete Inhalte, die er mir im psychotischen Zustand anvertraut hat, habe ich nicht in die Krankenakte geschrieben. Das erschien mir fachlich und ethisch nicht angebracht." Ronald verzieht die Mundwinkel nach unten. „Leider konnte ich ihn bei unserem Vier-Augen-Gespräch letzte Woche nicht dazu bringen, die Finger von Alexander zu lassen."

Ulrike ergreift Ronalds Hände und sieht ihn leicht vorwurfsvoll an: „Warum hast du mir nicht vorher gesagt, dass du zu diesem Viktor Thum Kontakt aufnimmst?"

Ronald blickt betroffen nach unten: „Ich wollte dich weder ängstigen noch durch verbotenes Wissen in Gefahr bringen."

*

Der Mann folgt Anna Sonnenberg in sicherem Abstand, ohne dass sie ihn bemerkt. Es ist ihm wichtig, nicht von ihr entdeckt zu werden. Am Nachmittag nach Schulschluss ist sie vom Hermann-Hesse-Gymnasium in Linden-Süd mit der Stadtbahn bis zur Haltestelle „Markthalle" in die City von Hannover gefahren. Es ist heiß und schwül, dunkle Wolken kündigen ein bevorstehendes Gewitter an. Zahlreiche Menschen in luftiger Kleidung tummeln sich auf den Gehwegen vor der Markthalle und dem Alten Rathaus. Eine Menschenansammlung steht vor dem mehrstöckigen Immobilien-Center der Stadtsparkasse.

Der Mann registriert, dass Anna auf die Buchhandlung „Decius" an der Marktstraße Ecke Karmarschstraße zusteuert. Vor dem überdachten Eingang der Buchhandlung ist ein Ständer mit preisreduzierten Büchern. Anna bleibt dort stehen und sieht sich kurz einige der angebotenen Bücher an.

Mit seiner Digitalkamera macht der Mann mehrere Bilder von der jungen Lehrerin, die gleich darauf in der Buchhandlung verschwindet.

Zufrieden schaut sich der Mann die Bilder auf dem Display an. Anna ist im Profil gut zu erkennen. Der Bildhintergrund wird später bei den Adressaten keinen Zweifel zulassen, wo und wann das Bild aufgenommen worden ist.

II

Nach dem grauenhaften Autounfall nahm Vaters Schwester das Mädchen vorübergehend bei sich auf. Vater musste wegen innerer Verletzungen stationär im Krankenhaus behandelt werden. Das Mädchen wollte zunächst nicht wahrhaben, dass ihre Mutter bei dem Unfall ums Leben gekommen war. Nach einigen Tagen sagte sie plötzlich zu ihrer Tante „Mama". Ihre Mütter verschwammen für sie zu einer Person. Hier versammelten sich sämtliche Herzlichkeit und Fürsorge, die das Mädchen jemals in ihrem Leben erfahren hatte. Mütter waren lieb, aber sie verschwanden immer schnell aus dem Leben. So war es auch dieses Mal. Als Vater aus dem Krankenhaus entlassen wurde, holte er das Mädchen von der Tante weg. Vater wollte sich um alles, was seine Tochter anging, alleine kümmern.

„Du bist jetzt meine einzige Frau", hatte er zu ihr gesagt und sie ganz fest an sich gedrückt.

Das Mädchen ging in die 4. Klasse der Grundschule, war nach dem Unterricht bis 17 Uhr im Hort. Als sie nach Hause kam, wartete Vater bereits auf sie. Aber es war nicht mehr wie früher, als Mutter noch lebte. Vater wurde ein anderer Mensch. Der plötzliche Tod seiner Frau und die gut sichtbaren Narben in seinem Gesicht, die vom Unfall herrührten, waren sicherlich die Gründe für diese Veränderung. Früher hatte Vater viel gelacht und sich in seiner Freizeit oft mit anderen Menschen getroffen. Ausflüge mit dem Auto gehörten zum Wochenendprogramm. Jetzt zog er sich weitgehend von anderen Menschen zurück. Auch in den folgenden

Jahren hatte er nie wieder eine Beziehung zu einer anderen Frau. Das Mädchen war der Mittelpunkt seines Lebens. Er nannte sie zärtlich „mein kleiner Engel".

Wenn er sie ins Bett brachte, streichelte er ihre Hände, ihre Haare und ihr Gesicht. Am Anfang hatte er sie nur auf die Wange geküsst. Aber dann küsste er eines Abends ihren Mund und flüsterte ihr zu: „Papa liebt dich über alles in der Welt."

Das Mädchen spürte, dass sie für ihren Vater eine ganz wichtige Person war. Sie war verunsichert, dass Vater sie in einer Weise geküsst hatte, wie er es früher nur bei Mutter getan hatte. Aber auf der anderen Seite gefiel ihr die Bedeutung, die sie damit bekam.

Am nächsten Abend setzte er sich wieder an ihr Bett. Fast wie selbstverständlich küsste er sie erneut auf den Mund.

„Wir haben nur uns", sagt er leise. „Aber mir kannst du vertrauen. Ich werde dich immer beschützen."

Es überraschte sie, als er auf einmal zu ihr unter die Bettdecke kroch. Sie spürte seinen warmen Körper neben sich. Seine Hand streichelte ihr Gesicht und fuhr anschließend ganz langsam über ihr Nachthemd. Dann zog er sie fest an sich.

In den folgenden Jahren wurde die körperliche Nähe zu ihrem Vater immer intensiver. Für das Mädchen, das im häuslichen Rahmen nur noch „Engelchen" hieß, war es zur Selbstverständlichkeit geworden, dass Vater sie nachts regelmäßig besuchte. Er behandelte sie jetzt wie eine erwachsene Geliebte.

„In der Welt draußen würde niemand unsere Liebe verstehen. Daher muss sie immer unser Geheimnis bleiben!", hatte Vater ihr eingebläut.

Das Mädchen brauchte eine Weile, bis sie erkannte, zwischen welchen Gefühlen sie hin- und hergerissen war. Vater war ein liebevoller Mensch, der sich um sie kümmerte und ihr jeden Wunsch von den Augen ablas. Trotzdem spürte sie zunehmend eine Abneigung gegen sein körperliches Verlangen. Wenn er nachts in ihr Zimmer kam, gab sie vor, schon vorzeitig ihre Regelblutung bekommen zu haben. Oder unter starken Magenschmerzen und Übelkeit zu leiden.

Als er merkte, dass sie Ausflüchte suchte, damit er nicht zu ihr ins Bett stieg, fing er an zu weinen und machte ihr Vorwürfe: „Du weißt, wie sehr ich deine Liebe brauche. Ohne dich bin ich verloren... Und habe ich nicht immer alles für dich getan? Ich bin wirklich total traurig. Was habe ich dir getan, dass du mich jetzt mit Liebesentzug bestrafst?!"

Das Mädchen fühlte sich schuldig und undankbar. Ihr Vater hatte sein Leben auf sie abgestellt. Hatte er nicht ein Recht auf ihr Entgegenkommen? Ihr Verhalten kam ihr auf einmal egoistisch vor.

Bis zu ihrem 18. Geburtstag schaffte sie es, den körperlichen Wünschen ihres Vaters entgegenzukommen. Zuletzt empfand sie dabei großen Widerwillen. Verstand und Gefühl fochten unerbittlich miteinander. Die Beziehung zu ihrem Vater war unnatürlich und selbstverständlich zugleich. Das Mädchen suchte mit aller Kraft nach einer Möglichkeit, diesem Dilemma zu entrinnen.

Mit sechzehn hatte sie ihren Realschulabschluss geschafft und eine Ausbildung angefangen. Als sie volljährig wurde, beendete sie die Ausbildung vorzeitig und verließ ihre bisherige Welt.

Ihren Entschluss setzte sie spontan und ohne Absprache mit ihrem Vater um. Alles geschah innerhalb von Tagen und erinnerte an eine Flucht. Während ihr

Vater bei der Arbeit war, verstaute sie die wichtigsten Sachen in einem Koffer und einer Umhängetasche. Sie ging aus dem Haus und kehrte nie wieder zurück. Es sollte ein Neuanfang in jeder Hinsicht sein. Bisher hatte sie in einer beschaulichen Welt gelebt, jetzt fuhr sie mit dem Zug in die Großstadt Hamburg.

Ihrem Vater hatte sie einen Brief auf dem Wohnzimmertisch hinterlassen: „Mach Dir keine Sorgen um mich. Ich möchte endlich selbstständig werden und habe mir in Hamburg einen neuen Ausbildungsplatz gesucht. Für meine Selbstständigkeit ist es wichtig, dass wir uns in nächster Zeit nicht mehr sehen."

Von Hamburg aus hatte sie ihn noch einmal angerufen. Erst hatte er gebettelt, dass sie auf der Stelle zu ihm zurückkommen müsse. Als er merkte, dass sie sich nicht umstimmen ließ, wurde er ärgerlich und schnauzte sie an: „Dann bleib doch weg! Du wirst schon sehen, was du davon hast! Ich werde dir nicht hinterherlaufen, für mich bist du gestorben!"

Die Heftigkeit seiner Reaktion überraschte sie. Seine Worte klangen wie der Zorn eines betrogenen Liebhabers, der seine untreue Geliebte für alle Zeiten verdammt.

Was hatte das Mädchen angerichtet? Er war immer gut zu ihr. Aber sie hatte es nicht mehr gewollt.

Sie beendete das Telefonat und fühlte die aufkommende Wut, die sich gegen sie selbst richtete.

27

Dr. Ulrike Dannenberg ist ein sportlicher Mensch. Sie joggt regelmäßig um den Maschsee und fährt möglichst mit dem Fahrrad zur Arbeit. Die Strecke von Waldhausen zum Gebäude der Forschungsabteilung des Pharmakonzerns Toba im Stadtteil Bult führt streckenweise durch den Stadtwald Eilenriede. Den Weg auf dem Fahrrad empfindet Ulrike als sehr angenehm.

Der Wetterbericht hat bereits gestern vorhergesagt, dass es heute trocken bleiben soll. Es ist 7:30 Uhr morgens. Ulrike verabschiedet sich zu Hause mit einem Kuss von Ronald, der mit Blick aus dem Fenster meint: „Mit dem Fahrrad zur Arbeit wie immer, Schatz?"

„Natürlich. Im Gegensatz zu den letzten Tagen wird es heute stabil bleiben."

Ulrike schultert den gepackten Rucksack und wirkt dadurch nicht unbedingt wie die leitende Apothekerin auf dem Weg zum Arbeitsplatz.

Ihr Fahrrad steht in der Doppelgarage. Sie öffnet das Garagentor und zieht das Rad vorsichtig neben ihrem BMW-Cabrio aus der Garage, die sie für Ronald offen lässt. Ihr Mann wird in einer Viertelstunde mit seinem Mercedes zur Iltener Klinik fahren.

Sie schiebt das Rad durch die Pforte vor der Garagenauffahrt. Auf dem abgesenkten Gehweg besteigt sie ihr Gefährt und schaut nach links und rechts. Auf der gegenüberliegenden Straßenseite stehen keine Häuser, sondern nur die Bäume der Eilenriede. Neben ihrer Garagenauffahrt parkt links ein silberner Personenwagen, dahinter ein blauer Lieferwagen mit laufendem Motor. Vorsichtig fährt sie auf die Straße. Plötzlich hört sie schräg hinter sich einen Motor aufheulen. Reifen quietschen! Im Augenwinkel sieht sie links den blauen Wagen auf sich zuschießen. Reflexartig hat sie den Lenker nach rechts herumgerissen. Ulrike stürzt mit dem Rad auf den Gehweg. Wenige Zentimeter daneben fegt der Lieferwagen wie ein Geschoss an ihr vorbei. Um ein Haar hätte er sie erwischt. Der Wagen hält nicht, sondern rast mit unverminderter Geschwindigkeit davon. Der Zusammenprall hätte tödlich für sie enden können.

Ulrike liegt auf dem Gehweg. Das rechte Knie und der rechte Ellenbogen schmerzen. Ihr Blousson ist nach dem Sturz am rechten Ärmel aufgerissen. Vor Schmerz und Wut schießen ihr Tränen in die Augen.

Sie tastet ihren Körper ab. Ernsthafte Verletzungen hat sie offenbar nicht. Es dauert einige Sekunden, bis sie realisiert hat, was vorgefallen ist.

Der bringt mich fast um und begeht Fahrerflucht, ist ihr erster Gedanke.

Ihr zweiter Gedanke geht in eine andere Richtung: Ein geplanter Mordanschlag! Der verfluchte Dreckskerl muss direkt auf sie gewartet haben.

Kein Passant auf der Straße, der ihr zu Hilfe kommen könnte.

„Ronald! Ronald!", ruft Ulrike und läuft auf ihr Haus zu.

*

Dr. Ronald Dannenberg öffnet die Haustür. Offensichtlich hat er das Rufen seiner Frau gehört. Sein

Gesicht nimmt augenblicklich einen erschrockenen Ausdruck an, als er Ulrike auf sich zukommen sieht.

„Was ist passiert?", fragt er. „Bist du mit dem Rad gestürzt?"

Ulrike fällt ihrem Mann um den Hals.

„Ich wäre beinahe überfahren worden!"

Ronald erwidert die Umarmung seiner Frau und erkundigt sich, was genau vorgefallen ist.

„Was war das für ein Wagen?"

Ulrike überlegt: „Eine Art Lieferwagen. Hinten mit einer Aufschrift, die ich nach dem Sturz so schnell nicht lesen konnte ... Der Wagen war auf jeden Fall blau, dunkelblau."

„Und die Automarke?"

„Keine Ahnung. Aber er hatte keins der bekannten deutschen Logos."

„Hast du dir die Nummer gemerkt?"

„Nein. Aber ich glaube, ich habe ein H gesehen. Vielleicht noch eine 3. An die anderen Buchstaben und Zahlen kann ich mich nicht erinnern."

„Und hast du den Fahrer erkannt?"

„Bevor ich auf die Straße gefahren bin, habe ich kurz nach links geguckt. Das muss ein Mann gewesen sein, der am Steuer des blauen Lieferwagens saß. Irgendwie sah sein Gesicht merkwürdig aus. So maskenartig ... Haarfarbe weiß ich nicht."

Ronald blickt seine Frau skeptisch an: „Das ist leider nicht viel. Ein Mann in einem dunkelblauen Lieferwagen, vermutlich aus Hannover."

„Ronald, wir müssen zur Polizei gehen!"

„Das war bestimmt keine Absicht von dem Kerl", wertet ihr Mann den Vorfall. „Aber du hast recht. Ein absolut gefährlicher Fahrstil von dem Typen. Du hättest tot sein können. Mit seiner Fahrerflucht darf der Kerl im Grunde nicht durchkommen."

Ronald führt seine Frau zunächst ins Haus, wo er fürsorglich überprüft, ob sie bei dem Sturz verletzt worden ist. Erleichtert stellt er fest, dass Ulrike nur einige leichte Schürfwunden davongetragen hat.

Ulrike bleibt dabei, den Vorfall bei der Polizei anzeigen zu wollen.

Ronald stimmt ihr zu: „Ich komme mit dir. Vielleicht findet die Polizei Zeugen, die den Wagen beobachtet haben und ihn genauer beschreiben können. Der Fahrer sollte auf jeden Fall zur Rechenschaft gezogen werden."

*

Für den Hannoverschen Stadtteil Waldhausen ist die Polizeiinspektion Süd zuständig. Ronald ist mit Ulrike zum Hauptgebäude der Polizeiinspektion in der Kastanienallee in Döhren gefahren.

In einem Büro sitzen sie einem uniformierten Polizisten gegenüber – Polizeikommissar Daniel Rogge. Mit ernster Miene hört sich der junge Polizist die aufgeregt vorgetragene Schilderung der Apothekerin an. Ronald versucht seine Frau zu beruhigen, indem er gelegentlich ihre Hand nimmt. Zwischenzeitlich stellt Rogge einige kurze Nachfragen. Er nimmt das Vorgetragene zu Protokoll, tippt es gleich in den PC ein.

„Wie kommen Sie darauf, dass der Fahrer den Vorsatz hatte, Sie zu überfahren?"

Ulrike stutzt für einen kurzen Moment, dann antwortet sie: „Er ist genau in dem Augenblick losgefahren, als ich mit dem Rad Richtung Straße gestartet bin."

„Könnte das auch Zufall gewesen sein? ... Hat der Fahrer zum Beispiel zu Ihnen geschaut, während Sie auf Ihr Rad gestiegen sind?"

„Das weiß ich nicht. Ich habe die meiste Zeit woanders hingesehen", gesteht Ulrike zu. „Aber mein Gefühl sagt mir, dass das kein Zufall war! ... Vor ein paar Tagen hatte ich schon mal ein Erlebnis, das mich fürchterlich erschreckt hat. Ein unbekannter Mann hat mich auf einem der Ricklinger Badeteiche von der Luftmatratze gestoßen. Möglicherweise wollte er mich unter Wasser ziehen ... Damals war ich mir noch unsicher, deshalb bin ich nicht zur Polizei gegangen."

Rogges Gesichtsausdruck spiegelt Interesse wider. Er lässt sich den Vorfall am Badesee erläutern. Ulrike berichtet, dass der Fremde sein Vorhaben gar nicht erst in die Tat umsetzen konnte, weil sie ihm zuvor gegen den Kopf getreten hätte.

Der Polizist lächelt verlegen: „Daraus lässt sich natürlich nicht viel machen. Die Geschichte mit der Luftmatratze klingt nicht unbedingt nach einer versuchten Straftat."

„Aber das passt doch alles zusammen!", widerspricht Ulrike. „Das bilde ich mir schließlich nicht ein!"

*

Ronald Dannenberg steht mit Daniel Rogge auf dem Flur der Polizeiinspektion. Sie sprechen leise miteinander. Währenddessen führt eine Kollegin von Rogge das Gespräch mit Ulrike in dem Büroraum weiter.

„Sie glauben nicht, dass Ihre Frau geplanten Angriffen ausgesetzt ist ...?", stellt der Polizist fest.

„Reale Angriffe? Nein, das halte ich für unwahrscheinlich. Aber dennoch ist meine Frau schlimmen angstmachenden Erlebnissen ausgesetzt", bekundet Ronald. „Sie leidet seit einiger Zeit jede Nacht unter Albträumen. Mit ganz scheußlichen Inhalten. Verfolgung und Bedrohung. Ein Kerl mit einem Narbengesicht geistert immer wieder durch ihre Träume. Selbst im Wachzustand fällt es ihr manchmal schwer, sich von diesen schrecklichen Bildern zu distanzieren."

Rogge nickt verständnisvoll: „Gut, dass Sie Psychiater sind. Da können Sie Ihre Frau noch am ehesten unterstützen."

Ronald zuckt mit den Schultern: „Für die eigene Frau kann ein Psychiater leider weniger tun, als Sie denken. Aber ich habe zumindest eine Vermutung, woher ihre Albträume kommen. Momentan stehen meiner Frau und mir schwer kalkulierbare Herausforderungen bevor. Persönlicher und beruflicher Art. Ich kann hier nicht näher darauf eingehen. Aber der psychische Druck, der auf meiner Frau lastet, ist offenbar größer als vorher gedacht."

„Heißt das, Sie gehen davon aus, dass Ihre Frau den Vorfall mit dem Lieferwagen ... überbewertet?!"

„Na ja, gefährlich war die Situation sicherlich schon – aber bestimmt vom Fahrer ungewollt. Trotzdem wäre ich beruhigt, wenn der Mann von Ihnen gefunden würde." Ronald macht ein skeptisches Gesicht. „Aber bei den wenigen Hinweisen dürfte das schwierig sein, oder?"

Rogge atmet hörbar ein und aus: „Wie tun unser Bestes, Herr Dr. Dannenberg."

28

Jannik Wagner führt Anna Sonnenberg und ihre Französisch-Klasse durch die Räumlichkeiten des Gesundheitsamtes. In einem Konferenzraum im zweiten Stock nehmen die Schüler Platz. Der bärtige Sozialarbeiter spricht sehr gut Französisch. Er berichtet von seiner Arbeit mit arabischen und schwarzafrikanischen Patienten, mit denen er sich nur über die französische Sprache angemessen austauschen kann. Dabei geht es unter anderem um den Kontakt zu Flüchtlingen, die in ihrem Heimatland traumatischen Erlebnissen ausgesetzt waren. Komplizierte Sachverhalte erläutert er der Klasse in Deutsch.

Eine Amtsärztin schildert Begutachtungssituationen mit Französisch sprechenden Probanden, denen die Abschiebung in ihr Heimatland droht. Die Schülerinnen und Schüler hören aufmerksam zu, einzelne von ihnen stellen Jannik oder der Ärztin noch einige Fragen.

Anna ist mit dem Verlauf der Exkursion äußerst zufrieden. Am Ende der Veranstaltung, als die Klasse den Konferenzraum wieder verlässt, legt sie freundlich ihre Hand auf Janniks rechten Oberarm: „Danke für deine Unterstützung. Das hast du prima aufgezogen."

„Hab ich gern für dich gemacht", sagt Jannik mit einem Lächeln. „Du siehst: Wenn wieder was sein sollte, stehe ich sofort zu deiner Verfügung."

Anna folgt ihrer Klasse, dreht sich noch einmal zu dem Sozialarbeiter um: „Morgen beginnen die Schulferien. Dann kann ich endlich so richtig ausspannen!"

29

Annas Wünsche nach einem geruhsamen Ferienbeginn sind total den Bach runtergegangen. Meine Privatpost, die ich mit zu Anna genommen habe, enthält wieder einen ekelhaften Brief. Aber diesmal in Deutsch: „Der endgültige Abschied steht bevor. Du wirst nie wieder froh. Für Annas Tod habe ich mir etwas Besonderes ausgedacht. Ich bin ihr schon ganz nah."

Besonders erschreckt hat mich das Foto, das der unbekannte Absender mit in den Umschlag gepackt hat. Es zeigt Anna vor einer Buchhandlung.

Anna und ich sitzen eng umschlungen auf ihrer Wohnzimmercouch. Wir sind fassungslos. Brief und Foto lassen nur eine Interpretation zu. Jemand droht, Anna zu töten. Was er jederzeit tun kann. Und er will damit gezielt mich treffen.

„Das Foto ist von letzter Woche. Da stand ich vor ‚Decius' in der Marktstraße und habe nicht gemerkt, dass mich der Kerl verfolgt. Mark, er kann überall auf mich warten."

Ich spüre Annas innere Anspannung. Ihr Puls rast, sie atmet hörbar ein und aus.

„Ich lasse dich keine Minute mehr allein", behaupte ich spontan und küsse zärtlich ihre Wange. In ihrem sonst so fröhlichen Gesicht entdecke ich tiefe Sorgenfalten, die Skepsis ausdrücken. Mein Versprechen ist natürlich unrealistisch. Ich kann Anna nicht rund um die Uhr bewachen. Mein Magen krampft sich zusammen, und ich bemerke zusätzlich einen unangenehmen Druck im Unterbauch. Mein Körper drückt aus, was ich momentan empfinde. Angst – Angst um Annas Leben.

*

Am nächsten Morgen frühstücken wir beide zusammen in Annas Wohnung. Der Drohbrief geht mir nicht aus dem Kopf. Mir kommt der Gedanke, Hauptkommissar Thomas Stelter anzurufen. Wir kennen uns inzwischen ganz gut, und ich hätte in dieser Situation gerne seine Unterstützung.

Ich habe Glück. Stelter sagt mir am Telefon, dass ich gerne heute Mittag zu ihm ins Büro kommen kann. Mit Anna vereinbare ich, dass sie heute zunächst das Haus nicht verlässt. Es trifft sich gut, dass sie Ferien hat und nicht zur Schule muss. Ich fahre am Vormittag noch ins Gesundheitsamt.

Von dort sind es drei U-Bahn-Stationen zum Hauptgebäude der Polizeidirektion Hannover im zentralen Stadtteil Calenberger Neustadt. An der Waterloostraße 9, im vierten Stock eines weißen fünfstöckigen Gebäudes, befindet sich Stelters Büro. Der Hauptkommissar holt mich persönlich unten am Eingang ab und geleitet mich in die vierte Etage.

„Wenn ich die Zeitung richtig verfolge, haben Sie Claudia Fabers Mörder offenbar noch nicht geschnappt?!", äußere ich auf dem Weg nach oben.

„Stimmt. Leider keine heiße Spur bisher", antwortet Stelter knapp. Kein angenehmes Thema für die zuständige Mordkommission.

Als wir sein Büro betreten, kommt uns seine Kollegin Andrea Renner entgegen, die mich kurz begrüßt.

„Ich geh dann mal zur Mittagspause, Thomas", erklärt sie und entschwindet.

Das Büro der beiden Polizisten ist nüchtern, aber zweckmäßig eingerichtet. Zwei Schreibtische mit Bildschirm, Tastatur, PC. Zwei Schränke, Regale, an den Wänden Mainstream-Poster. Einmal die Skyline von Manhattan, dann Impressionen von der Weltausstellung in Hannover. Die Blumentöpfe auf der Fensterbank müssten mal wieder gegossen werden.

Stelter bittet mich, vor seinem Schreibtisch Platz zu nehmen. Dann setzt er sich ebenfalls.

„Sie haben schon am Telefon erwähnt, dass Sie zwei Drohbriefe erhalten haben", kommt Stelter gleich zur Sache.

Ich habe beide Schreiben mitgebracht und erzähle ihm auch von dem Mann mit dem Kapuzenshirt, der es vermutlich war, der nachts bei Anna geklingelt hat. Das Foto mit Anna vor der Buchhandlung lege ich zu den Schreiben.

Stelter hört aufmerksam zu, fährt zwischendurch mit der rechten Hand über seine spärlichen grauen Haare, die dadurch etwas wirr vom Kopf abstehen. Dabei kaut er dezent auf seiner Unterlippe herum. Diese Gesten und Mimik habe ich bei ihm bereits häufiger beobachtet und sie als Ausdruck hoher innerer Konzentration gewertet. Mir gefällt, dass er sich voll auf meine Geschichte einlässt.

„Haben Sie einen Verdacht, wer hinter diesen massiven Drohungen stecken könnte?", fragt er am Ende meiner Ausführungen.

Ich schüttle den Kopf.

„Keine Ahnung. Es gibt immer mal Patienten, die wütend sind, weil ich an ihrer Zwangseinweisung mitgewirkt habe. Aber momentan habe ich niemanden vor Augen, der deswegen meine Partnerin umbringen würde."

„Jemand, der Ihnen die glückliche Beziehung zu Frau Sonnenberg nicht gönnt? War ja mit Artikel und Bild groß in der Zeitung ..."

„Hinweise in diese Richtung habe ich keine", erwidere ich, wobei Stelters Gedanke einiges für sich hat. Deshalb füge ich hinzu: „Ausschließen lässt sich so eine Konstellation natürlich nie."

„Haben Sie Feinde im beruflichen Bereich?"

„Nein. Weder innerhalb des Sozialpsychiatrischen Dienstes noch in der Zusammenarbeit mit den anderen Teams der Region Hannover gibt es derartige Konflikte, dass daraus eine Todfeindschaft resultieren könnte."

„Könnte der Absender der Drohbriefe aus dem Umfeld von Frau Sonnenberg kommen? Schule? Esperanto-Szene? Wir beide wissen, dass hier in der Vergangenheit schon einmal das Problem lag. "

„Darüber hat sich Anna auch schon reichlich Gedanken gemacht. Aber derzeit gibt's da offenbar nichts."

„Ich lasse die Drohbriefe mal in unserem Labor untersuchen. Vielleicht finden die Kollegen Fingerabdrücke oder DNA-Spuren des Absenders. Aber ... wenn der Täter wie ein Profi vorgeht, hat er Papier, Umschlag und Foto immer mit Einmalhandschuhen angefasst. Zu viel Hoffnung würde ich mir da nicht machen."

Ich zeige auf das Foto von Anna vor der Buchhandlung. Der Verfolger muss hinter ihr auf der Marktstraße gestanden haben.

„Gibt es nicht genau an dieser Stelle eine Überwachungskamera?", fällt mir dazu ein.

„Stimmt. Hier hat die Polizeidirektion eine Videokamera installiert. Aber nach fünf Stunden wird die

Aufzeichnung automatisch überschrieben." Der Hauptkommissar kratzt sich mit der Hand über dem rechten Ohr und zieht dabei ein grimmiges Gesicht: „Für uns als Polizei ist es im Augenblick verdammt schwierig, Ihnen wirklich effektiv zu helfen. Es gibt keine Anhaltspunkte, wo der Feind zu suchen ist ... Möglicherweise ist die Drohung sehr ernst zu nehmen, vielleicht aber auch nicht ... Und wie das immer so ist: Bei diesem Sachstand haben wir nicht die Kapazitäten, Frau Sonnenberg die nächsten Wochen unter Polizeischutz zu stellen."

„Mir ist schon klar, dass vieles äußerst vage ist. Ich will allerdings kein Risiko eingehen, wenn es um Annas Leben geht."

„Aus meiner Sicht wäre es das Beste, wenn Frau Sonnenberg für einige Wochen von der Bildfläche verschwindet und an einen sicheren Ort umzieht, wo sie der Täter nicht finden kann. Da gerade Schulferien sind, müsste das doch gehen."

Stelters Vorschlag gefällt mir.

„Sie haben recht. Ich werde Anna außerhalb von Hannover in Sicherheit bringen. Das verschafft uns zunächst einmal Ruhe."

*

Im Anschluss an das Gespräch mit Hauptkommissar Stelter fahre ich zurück ins Gesundheitsamt. Hier muss ich einige wichtige Terminsachen erledigen. Heute mache ich nach Dienstschluss nicht den Schlenker über meine Wohnung, sondern fahre direkt zu Anna nach Linden. Da ich inzwischen einen Zweitschlüssel für Annas Wohnung habe, brauche ich nicht zu klingeln. Ich stehe vor ihrer Wohnungstür im zweiten Stock und bekomme einen kleinen Schreck. Durch die Tür höre ich leise eine tiefe Männerstimme. Wen hat Anna zu Besuch angesichts der Bedrohung ihres Lebens? Die Stimme klingt ruhig und gleichmäßig.

Ich schließe die Tür auf und betrete den schmalen Wohnungsflur. Im nächsten Augenblick habe ich die Stimme erkannt.

„Hallo Rasputin", rufe ich. „Machst du jetzt auch Hausbesuche in Linden? Das ist doch gar nicht dein Einzugsgebiet!"

Anna sitzt mit Jannik Wagner auf der Couch im Wohnzimmer.

Als sie mich bemerkt, kommt sie mir entgegen und begrüßt mich liebevoll mit einem Kuss. Sie wirkt deutlich entspannter als heute Morgen. Jannik ist ebenfalls aufgestanden und drückt mir die Hand. Im Gesundheitsamt haben wir uns den ganzen Tag nicht gesehen.

„Ich hatte Anna heute angerufen, um zu fragen, ob alles okay ist. Sie hat mir von dem zweiten Drohbrief erzählt. Eine absolut fürchterliche Belastung! Da hab ich mir gedacht, ich muss auf jeden Fall persönlich vorbeikommen", erklärt Jannik den Grund seines Hierseins.

Ein guter Freund, auf den man sich verlassen kann.

„Danke, dass du dich um uns sorgst", äußere ich erfreut.

Wir setzen uns, und ich erzähle von meinem Termin bei der Polizeidirektion Hannover.

„Du musst für die nächste Zeit untertauchen", sage ich zu Anna, „sonst habe ich keine ruhige Minute mehr."

„Das hatte Jannik auch schon vorgeschlagen, bevor du kamst. Meine Ferien hatte ich mir eigentlich anders vorgestellt", verkündet sie wenig amüsiert.

Ich überlege mit Anna, ob es sinnvoll ist, dass sie vorübergehend zu ihren Eltern nach Köln zieht. Aber die Chance, dass ihr Verfolger sie bei ihrer Familie aufspürt, ist groß.

Jannik schlägt plötzlich mit einem lauten Klatschen die Hände zusammen.

„Mir kommt da eine Idee!", verkündet er und zeigt ein breites Grinsen. „Pasporta Servo! Damals hat mich ein Esperantist in Bayern in einer vergleichbaren Situation bei sich aufgenommen. Jetzt bin ich dran. Ich verstecke Anna bei mir."

Janniks Vorschlag finde ich alles andere als genial:

„In deiner Wohnung in Hannover wird der dämliche Psychopath sie sofort finden! Als befreundeter Esperantist gehört deine Wohnung mit zu den ersten Zielen, die der Verfolger ins Visier nehmen wird."

Rasputin lässt sich von meinem Einwand nicht beirren und grinst beharrlich weiter: „He, Mark. Du solltest inzwischen wissen, dass ich ein cleveres Kerlchen bin. Natürlich habe ich nicht im Ernst daran gedacht, Anna in meiner Hannoverschen Wohnung unterzubringen. Meine Schwester hat ein Ferienhaus in Hildesheim. Da ist Anna absolut sicher."

Jannik erklärt uns, dass seine Schwester vor Jahren das Ferienhaus ihrer verstorbenen Eltern übernommen hat. Es liegt einen Kilometer entfernt vom Hildesheimer Badesee Tonkuhle Blauer Kamp, abgeschieden in einem Waldstück. Das Haus ist zurzeit unbewohnt, weil Janniks Schwester mit ihrer Familie den Urlaub dieses Jahr auf Mallorca verbringt. Darüber hinaus hätte dieses Versteck gleich Urlaubscharakter mit echtem Erholungswert.

Nachdem uns Jannik die Lage des Ferienhauses genau beschrieben hat, verflüchtigt sich meine Skepsis.

Die Idee ist tatsächlich genial. Die Entfernung zwischen Hannover und Hildesheim beträgt nur 35 Kilometer. Trotzdem wäre Anna total aus dem Blickfeld ihres Verfolgers verschwunden. Der ganze Plan steht und fällt allerdings damit, dass Anna ungesehen dort ankommt.

Anna ist ebenfalls Feuer und Flamme von dem Vorschlag. Ich werde wahrscheinlich nicht mitkommen können. In den Sommerferien haben alle Eltern von schulpflichtigen Kindern ihren Urlaub genommen, und wir sind im Sozialpsychiatrischen Dienst personell etwas ausgedünnt. Aber ich muss schließlich nicht untertauchen. Die Morddrohung richtet sich ausschließlich gegen Anna. Und irgendwie werde ich es schon schaffen, sie für ein paar Tage in Hildesheim zu besuchen. Hauptsache, sie ist in Sicherheit – an einem Ort, an dem es sich auch aushalten lässt.

Als sich Jannik verabschiedet, drückt Anna ihm freundschaftlich einen Kuss auf die Wange: „Ich bin total erleichtert. Du hast mich gerettet."

Der Retter verlässt die Wohnung. Ich lege von hinten die Arme um Annas Taille und hauche ihr ins Ohr: „Ich hoffe, es gibt für mich keinen Grund zur Eifersucht, wenn du schon in meiner Anwesenheit Männer küsst."

Anna dreht sich zu mir um und schmiegt ihren Körper an mich. Dabei legt sie diesen unnachahmlichen Augenaufschlag hin. Wobei ich ihren Gesichtsausdruck als ziemlich verrucht empfinde. Ihre Hände ergreifen langsam Besitz von mir. Dann beweist sie mir, dass ich wirklich keinen Grund zur Eifersucht habe …

III

Das 18-jährige Mädchen hatte keinen Ausbildungsplatz in Hamburg, wie sie ihrem Vater geschrieben hatte. Aber es war ihr wichtig, dass er glaubte, dass sie auf eigenen Füßen stand, und sie endgültig ziehen ließ.

Der Neubeginn in einer fremden Großstadt war schwer. Wohin sollte sich die junge Frau wenden? Bei ihrem Vater hatte sie praktisch umsonst gelebt und einen Teil der damaligen Ausbildungsvergütung angespart. Lange würde das Geld in Hamburg nicht reichen. Käme sie dort allein zurecht?

Aber sie schien Glück zu haben. Schon vor dem Hauptbahnhof in Hamburg sprach sie ein Mann an, ob sie Interesse hätte, sich mit Fotos etwas Geld zu verdienen. Sie erzählte ihm, dass sie noch keine Bleibe hätte. Der Mann bot ihr an, dass sie bei ihm übernachten könne. Er sagte, er heiße Fred und sei Fotograf. Sie nahm den Vorschlag an und fuhr mit in seine Wohnung im Stadtteil St. Georg. Das Gästezimmer beherbergte eine Ausziehcouch, die er ihr zur Verfügung stellte. Als sie sich zum Schlafen hinlegte, kroch Fred unter ihre Bettdecke und fing an, sie am ganzen Körper zu streicheln. Bereitwillig erfüllte sie seine Wünsche und gab ihm alles, was er unausgesprochen von ihr einforderte – ihr Entgegenkommen für seine Unterstützung, so wie sie es von zu Hause gewohnt war. Am nächsten Morgen drückte der Mann ihr einen Geldschein in die Hand: „Für dich. Das war mir die Nacht wert", sagte er ohne größere Gefühlsregung. Die junge Frau überlegte einen Moment, ob sie das Geld annehmen sollte. Da sie jedoch knapp bei Kasse war, entschloss sie sich, es zu behalten. Anschließend fuhr Fred mit ihr in ein nahegelegenes Fotostudio, wo sie sich in erotischen Posen nackt von ihm fotografieren ließ.

Im Studio lernte sie Mara kennen, die ebenfalls für Aufnahmen gekommen war. Sie berichtete Mara, dass sie in Hamburg dringend auf der Suche nach einer Wohnung und einem festen Verdienst sei. Dabei erfuhr sie, dass Mara mit ihrem Körper noch auf andere Weise regelmäßig Geld verdiente – als Prostituierte in einem Sex-Club in St. Pauli, wo permanent neue Frauen gesucht würden.

Der Gedanke, als Prostituierte Geld zu verdienen, erschreckte sie zunächst. Auf der anderen Seite war durch ihr Erlebnis mit Fred eine Hemmschwelle gefallen. Er hatte sie für etwas bezahlt, was sie ihrem Vater jahrelang umsonst gegeben hatte. Nach kurzem Zögern nahm sie über Mara Kontakt mit dem Sex-Club auf.

Dem Betreiber des Clubs schien sie zu gefallen. Er riet ihr, sich für die Tätigkeit einen neuen Namen zuzulegen. Ihr Vater hatte sie während ihres engen Zusammenlebens „Engelchen" genannt. Daran orientierte sie sich, als sie sich den Namen „Angelina" gab. Der Name sollte es ihr ermöglichen, ihre zukünftige Arbeit und ihr Privatleben zu trennen.

Mit Hilfe von Mara schaffte sie es, schnell eine kleine möblierte Wohnung zu finden. Mara war es auch, die sie im Club „einarbeitete" und ihr sagte, wie sie mit den Kunden umzugehen hätte.

Der erste Kunde, den sie mit auf ihr Zimmer nehmen musste, war ein leicht angetrunkener Mann um die sechzig. Er bemühte sich gar nicht erst, freundlich zu sein, sondern forderte die Leistungen ein, für die er bezahlt hatte. Ihr fehlte die Erfahrung, um seinen Wünschen gerecht zu werden. Es war ganz anders als mit ihrem Vater. Der Kunde bemerkte sofort ihre Unsicherheit und ließ sie seine Überlegenheit spüren. Als er ging, sagte er: „Das hab ich schon mal besser erlebt."

Der Umgang mit den nächsten Kunden machte ihr ziemlich schnell klar, was sie zu tun hatte, um Männer, die sie bezahlten, vollkommen zufriedenzustellen. Dabei entwickelte sie Strategien, ihren Körper ohne wirkliche Gefühlsbeteiligung als Instrument für ihre Sex-Arbeit einzusetzen.

Größere Anteile des Geldes, das sie einnahm, musste sie an den Club abführen, für den im Hintergrund eine Truppe männlicher Beschützer arbeitete. Ihr wurde bewusst, dass hauptsächlich andere an ihr verdienten. Aber ihr fehlte der Antrieb, sich ein anderes Umfeld zu suchen. Was sollte sie stattdessen machen? Und wofür lohnte es sich, schon wieder einen ungewissen Neuanfang zu wagen?

Für den Clubbetreiber war sie nur ein Stück Fleisch. Bei einem Streit hatte er ihr an den Kopf geknallt: „Spiel dich nicht auf! Du bist nicht mehr wert als ein Stück Fliegenschiss!"

Und ihr Gefühl gab ihm recht. Zwar bezahlten die Männer sie, aber gleichzeitig bemerkte sie am Verhalten und den Bemerkungen zahlreicher Kunden, dass sie Angelina verachteten. Sie war lediglich eine Nutte, die in einem schmierigen Bordell einer Tätigkeit nachging, die auf der untersten sozialen Stufe angesiedelt war. Ihr Leben hatte praktisch den Tiefpunkt erreicht.

30

Ich verbringe die Nächte wieder in meiner eigenen Wohnung im Zooviertel.

Anna ist inzwischen in Hildesheim. Eine verrückte Aktion! Zur Verwirrung eines etwaigen Verfolgers war Anna zunächst kreuz und quer mit dem Wagen durch Hannover gefahren. Sie traf sich mit Jannik an einem vorher vereinbarten Ort. Dort zog sie sich vollständig um, stülpte sich eine Perücke über und tarnte sich zusätzlich mit einer Sonnenbrille. Dann brachte Jannik sie zum Ferienhaus seiner Schwester. Ein Nachbar von Anna hatte vorher unauffällig zwei ihrer Koffer aus dem Haus geschafft (natürlich vollgepackt bis zum Anschlag!) und Jannik übergeben.

Damit es ihr nicht langweilig wird, hat Anna zahlreiche Bücher und ihr Notebook (mit einigen Spielen darauf) mitgenommen. Drahtlosen Zugang zum Internet hat Anna über ihr Smartphone, für das sie sich vorher eine ganz neue SIM-Karte besorgt hat. Gleich nach ihrer Ankunft hat sie mich damit angerufen. Alles in Ordnung. Für einige Wochen ist sie sicher. Aber sie kann dort schließlich nicht ewig bleiben. Was machen wir, wenn die Schule wieder anfängt? Ich hoffe, dass ihr Verfolger bis dahin einen Fehler macht und sich enttarnt.

Drei Tage, nachdem Anna in Hannover von der Bildfläche verschwunden ist, finde ich den nächsten Brief dieses Psychopathen in meinem Briefkasten. Das gleiche Muster: Kein Absender, alles gedruckt, mit der Post verschickt – abgestempelt in Hannover.

„Pech für dich. Ich finde Anna überall. Für ihre Auslöschung lasse ich mir Zeit."

Das Schreiben regt mich mehr auf, als mir lieb ist. Was ist das für ein Psychopath, der einen Mord vorher ankündigt? In erster Linie übt er damit starken Druck aus. Aber warum will mich der Typ in Angst und Schrecken versetzen?

Das Schreiben werde ich Stelter aushändigen und gegenüber Anna nicht erwähnen. Es reicht, wenn ich mich aufrege.

Am nächsten Morgen fahre ich wie üblich ins Büro im Gesundheitsamt. Sonja Mock stellt ein Telefonat zu mir durch. Die Ärztin der Sozialpsychiatrischen Beratungsstelle in der Südstadt ist am Apparat.

„Ich wollte Ihnen mitteilen, dass jemand über Nacht zwei Außenwände unserer Beratungsstelle vollgesprayt hat. Jedes Mal in Rot ‚Psychiatrie = Mord'", berichtet die Ärztin.

Ich nehme die Information über die Schweinerei zur Kenntnis und bitte die Kollegin, unseren Gebäudeservice zu informieren.

Eigentlich kein Drama, aber ich kann mich erinnern, dass jemand letzten Monat einige Wände der Ludendorff-Klinik auf ähnliche Weise verunziert hat. Klingt alles recht psychiatriefeindlich. Dabei kann es sich natürlich um unterschiedliche Täter handeln.

Ich greife zum Telefonhörer: „Bitte fragen Sie Herrn Wagner, ob er gleich zu mir ins Büro kommen kann, Mockie."

Es dauert nicht lange, und Jannik Wagner sitzt mir gegenüber. Wir sprechen einige Details über Annas Verbleib in Hildesheim durch. Dabei verlasse ich mich ganz auf Jannik, da ich das Ferienhaus nur vom Hörensagen kenne.

Danach erzähle ich ihm, was ich gerade von der Ärztin unserer Beratungsstelle in der Südstadt erfahren habe.

„Wie steht eigentlich die Sekte der ‚Nesankta Homaro' zur Psychiatrie?", kommt mir in den Sinn.

„Da besteht eine natürliche Feindschaft", verkündet Rasputin mit bösem Lachen. „Für die Sekte ist Psychiatrie Ordnungsmacht und Lustkiller zugleich. Schließlich verdammen Psychiater Drogenkonsum und warnen vor Traumatisierung durch satanische Rituale. Das ist wie Öl und Wasser."

„Ich bin mitverantwortlich, dass ein Sektenmitglied ... Milena Drimalla ... in die Psychiatrie zwangseingewiesen wurde. Jetzt wird die zuständige Beratungsstelle in der Südstadt beschmiert und ich erhalte Briefe, die die Ermordung meiner Partnerin ankündigen. Könnte das die Rache der ‚Nesankta Homaro' sein?"

„Da bin ich völlig überfragt. Meine Erfahrungen mit der Sekte beschränken sich weitgehend auf Hamburg. Die Gruppen in den einzelnen Städten agieren absolut unabhängig voneinander."

„Mit eigenen Anführern?"

„Genau. Das ‚Hoheitsgebiet' einer Gruppe wird als Arealo bezeichnet. Das Arealo Hamburg wird von einem anderen Mastro geführt als das Arealo Hannover."

„Hat es in Hamburg Übergriffe auf psychiatrische Institutionen gegeben?"

Rasputin fährt mit beiden Händen durch seine zottelige Haarpracht und schaut mich stumm an. Er ist sichtlich nervös. Über das Thema „Nesankta Homaro" redet er ungern, das ist mir klar.

„Nein. Während meiner Zeit in Hamburg gab es keine Auseinandersetzungen mit der Psychiatrie", beantwortet er meine Frage nach einer unendlich langen Pause von dreißig Sekunden. „Das Arealo in Hamburg verfolgte ganz andere Interessen als das in Hannover."

Die Andeutung macht mich neugierig: „Was war denn in Hamburg?"

„Die Geschäftemacherei stand dort total im Vordergrund. Die Sekte organisierte geheime Exklusiv-Veranstaltungen für reiche Geschäftsleute und Politiker. Im Stil einer Schwarzen Messe konnten sich gut zahlende Kunden mit willigen Frauen vergnügen – mit satanisch kostümierten Prostituierten, die alle Wünsche ihrer Kunden bereitwillig erfüllten. Der Geschäftsname, unter dem die Sekte solche Orgien anbot, lautete bezeichnenderweise ‚Devil's Sex Company'."

„Und in Hannover?"

„Gibt es so was nicht."

„Sondern ...?"

Und als Jannik erneut stockt, setze ich nach: „Du kannst mir vertrauen. Ich halte die Klappe. Was weißt du über Hannover?"

„Nicht viel. In Hannover läuft es anders. Schwarze Messen und Sexspielchen dienen hier ausschließlich der Bedürfnisbefriedigung der Sektenmitglieder."

„Das muss doch alles organisiert und finanziert werden?"

„Da steckt der Mastro von Hannover dahinter. Ein Typ, der gutes Geld mit krummen Geschäften macht. Wahrscheinlich Drogen und Prostitution. Zur Tarnung betreibt er offiziell eine Fantasy-Ladenkette."

Ich schwanke zwischen Neugier und Abscheu. Da existiert eine dunkle Parallelwelt – und das mitten in Hannover!

„Neue Mitglieder werden durch persönliche Ansprache oder über das Internet angeworben", erklärt

Jannik weiter. „Es werden auch in Hannover junge Prostituierte in die Sekte eingeschleust ... Die Bezahlung der Frauen ist übrigens ein Spezifikum der ‚Nesankta Homaro', dient geschickt der moralischen Entlastung der männlichen Mitglieder."

„Niemand wird ausgenutzt, wird ja für alles bezahlt ..."

„Genau. Wenn ich manchmal meine Robe ansehe, grusele ich mich vor mir selbst."

Wie bitte? Habe ich mich da verhört, oder hat Rasputin wirklich angedeutet, dass er seine Satansrobe aufbewahrt hat?

„Du hast deine Robe noch?", frage ich vorsichtig nach. Ich erwarte jetzt ein klärendes „Nein", aber mein verlegen grinsendes Gegenüber tut mir nicht den Gefallen:

„Ja, auch wenn es verrückt klingt. Ich habe das Ding immer aufbewahrt. Momentan liegt es gut versteckt in meiner Wohnung."

Mein Gesichtsausdruck muss völlig entgeistert wirken.

„Was soll das denn?", entfährt es mir. „Ich dachte, du hast mit der Sekte absolut gebrochen!"

„He, guck nicht so bestürzt." Rasputin zeigt mir beschwichtigend die beiden Innenflächen seiner Hände. „Ich find's ja selbst etwas merkwürdig. Nach meinem Abgang aus Hamburg hab ich die Robe für den Fall behalten, dass mich die Sekte aufspürt. Die Robe sollte dann vortäuschen, dass ich überhaupt nicht ausgestiegen bin. Damit hab ich mich in den ersten Jahren sicherer gefühlt."

Und als ich immer noch skeptisch wirke, ergänzt er:

„Okay, ich geb's zu. Ist natürlich irrationaler Quatsch. Aber deshalb liegt das Ding noch bei mir rum."

Ich versuche seine Argumentation nachzuvollziehen. Als Psychiater sollte mir das gelingen!

31

Ronald Dannenberg betrachtet mit Wohlgefallen die Silhouette des nackten Frauenkörpers, der sich vor dem heruntergezogenen Rollo des Schlafzimmerfensters abzeichnet.

„Wo willst du hin, Leonore?", fragt er die junge Krankenschwester, die gerade das Bett verlassen hat und langsam zur Schlafzimmertür geht.

„Mir ist heiß geworden. Ich hol was aus der Küche zur Abkühlung", verkündet sie lachend. „Ich hoffe, du bereust bisher nicht, dass du meiner spontanen Einladung gefolgt bist."

Ronald liegt in ihrem Bett und stößt ein behagliches Grunzen aus. Leonore Voigt hat ihn erst mit einem selbstgekochten Vorgericht überrascht und ihm anschließend den feurigen Hauptgang im Schlafzimmer serviert.

„War gar nicht so einfach, mich diesen Abend zu dir abzuseilen", ruft er ihr nach. „Aber dein scharfes Menü war ganz nach meinem Geschmack."

„Ich brauche dich", flüstert Leonore, als sie mit zwei gefüllten Gläsern aus der Küche zurückkehrt. „Ich bin viel zu oft allein."

Sie leert ihr Glas Cola und reicht ihm das andere Glas. Ebenfalls mit Cola. In seiner Gegenwart verzichtet sie konsequent auf Alkohol.

Ronald trinkt die Hälfte aus und zieht Leonore anschließend zu sich ins Bett.

„Jetzt hätte ich gerne noch ein Dessert", murmelt Ronald.

„Da hätte ich gerade eine üppige Portion anzubieten", entgegnet Leonore gespielt unschuldig. In den folgenden zwanzig Minuten beweist sie ihm, dass sie nicht zu viel versprochen hat. Danach liegen sie sich erschöpft, aber glücklich in den Armen.

„Hier war ich bestimmt nicht zum letzen Mal", scherzt Ronald, wobei er merkt, dass für Leonore ihre gemeinsame Beziehung alles andere als oberflächlich ist.

„Gibt es für uns eine gemeinsame Zukunft?", fragt sie mit ruhiger Stimme.

„Glaubst du, so ein wundervolles Geschöpf wie dich könnte ich jemals wieder verlassen?", stellt er eine Gegenfrage.

„Ich meine das wirklich ernst. Ronald, du bedeutest mir so viel. Da muss ich wissen, wie es mit uns weitergeht."

„Die nächsten Wochen ist alles noch unklar. Berlin hat den Termin mit uns verschoben ... Ich muss mich im Moment viel um Ulrike kümmern. Sie steht wegen unseres Anti-Heroin-Projekts sehr unter Druck und leidet unter Albträumen. Ich glaube, manchmal kann sie Traum und Wirklichkeit nicht mehr unterscheiden. Sie bezieht alle möglichen Vorfälle auf sich und fühlt sich dadurch verfolgt."

Leonore schüttelt den Kopf: „Deine Frau dreht ja echt ab."

„Ja, leider. Erst durch den heutigen Abend mit dir konnte ich wieder positive Energie tanken."

Leonore küsst ihn leidenschaftlich.

„Ronald, liebst du mich wirklich?"

Seine Antwort kommt wie aus der Pistole geschossen: „Natürlich."

*

Ulrike Dannenberg beendet das Telefonat und legt den Hörer auf die Basisstation. Nachdenklich geht sie ins

Wohnzimmer ihres Hauses und setzt sich aufs Sofa. Momentan ist sie allein. Ronald macht in der Klinik Überstunden.

Die Unsicherheit, was da um sie herum vor sich geht, ist unerträglich. Ulrike hat Polizeikommissar Rogge angerufen und nach dem Stand der Ermittlungen gefragt.

„Da ist tatsächlich kurz vor dem Vorfall mit Ihnen ein blauer Lieferwagen gestohlen worden, auf den Ihre Beschreibung passen könnte", hat Rogge ihr mitgeteilt. „Wir haben den Wagen gefunden, aber von dem Dieb fehlt jede Spur."

Während des Telefonats hat Ulrike den Eindruck gehabt, dass Rogge daran zweifelt, dass der Fahrer ganz bewusst versucht hat, sie zu töten.

Das Telefonat geht ihr nicht aus dem Kopf. Hilflos schüttelt sie den Kopf. Es klingt so, als wenn die Polizei vermutet, dass der Autodieb in der Hektik des Geschehens nur zufällig dicht an Ulrike vorbeigerast wäre. Ronald sieht das ähnlich. Er versucht Ulrike zu beruhigen, indem er bei den Geschehnissen mit der Luftmatratze und dem Lieferwagen von „unglücklichen Zufällen" spricht. Wahrscheinlich hat sich Rogge bei der Anzeigenaufnahme von Ronalds Auffassung beeinflussen lassen.

Manchmal möchte sich Ulrike am liebsten vollständig in ihren vier Wänden verschanzen. Ronald hingegen meint, dass sich ihre Ängste noch ausweiten, wenn sie „Vermeidungsverhalten" an den Tag legt. Er ermuntert sie, sich nicht verrückt machen zu lassen. Zur Arbeit fährt sie allerdings seit dem letzten Vorfall mit dem Auto.

Inzwischen ist Alexander wieder gelegentlich zu Besuch in Waldhausen gewesen. Er hat sich bei ihr für seine verbale Entgleisung entschuldigt. Ulrike geht davon aus, dass Ronald dahintersteckt. Es ist ihrem Mann wichtig, dass sie sich nicht noch zusätzlich über ihren Stiefsohn aufregen muss. Sie hat mitbekommen, dass Ronald mit Alexander über sie spricht. Ronald möchte, dass sein Sohn Rücksicht auf sie nimmt – wegen ihrer angeschlagenen Verfassung.

Ulrike fasst einen Entschluss. Sie wird versuchen, übermorgen einen Tag Urlaub zu nehmen. Das ist der Freitag, und sie hätte damit ein verlängertes Wochenende. Vielleicht kann sie mit Corinna in aller Ruhe zum Shoppen gehen.

*

Es hat geklappt. Ulrike Dannenberg hat diesen Freitag frei. Sie wird sich um 12 Uhr mit ihrer Freundin Corinna in der „Ernst August Galerie" treffen, dem großen Einkaufszentrum in unmittelbarer Nähe des Hannoverschen Hauptbahnhofs.

Morgens frühstückt sie mit Ronald, der sie zufrieden anlächelt: „Ich wünsch dir einen schönen Tag. Freut mich, dass du in der Stadt mal auf ganz andere Gedanken kommen willst ... Gerade auch nach deinem Ärger mit Frau Pajak."

Karina Pajak ist die ehemalige Putzfrau der Dannenbergs. Von ihr haben sie sich vor Wochen im Streit getrennt, aber die Frau hat gestern zum wiederholten Mal angerufen und Ulrike am Telefon beleidigt.

Nach dem Frühstück macht sich Ronald auf den Weg in die Klinik. Um den Urlaubstag voll auszuschöpfen, fährt Ulrike schon um 10 Uhr mit der Stadtbahn in die Innenstadt. Es soll warm werden. Ulrike trägt eine sommerliche Bluse zur Jeans, hat ansonsten lediglich eine Handtasche dabei.

An der U-Bahn-Station „Kröpcke", Hannovers zentralem Platz, steigt sie aus. Es ist Anfang Juli. Ferienzeit. Die Sonne hat sich gegen die Wolken durchgesetzt, und die ersten Gäste sitzen im Café draußen. Hannovers City bietet neben Restaurants und Kneipen für jeden etwas: Modegeschäfte, Buchläden, Kaufhäuser, Schnickschnack-Lädchen, dazu schräge Straßenkunst und ein paar imposante Gebäude wie die Oper, das Anzeiger-Hochhaus oder den Hauptbahnhof. Ulrike liebt den Charme dieser überschaubaren Großstadt. Viel zu selten nimmt sie sich die Zeit, Hannovers schöne Seiten zu genießen.

An der Fußgängerzone Große Packhofstraße reiht sich ein Bekleidungs- und Schuhgeschäft an das andere. Außerdem ist hier das „Karstadt"-Sporthaus zu finden. Beim Betreten des Gebäudes überkommt Ulrike eine innere Anspannung. Noch vor Kurzem hat sie um ihr Leben gebangt. Ein unbekannter Angreifer ist wie aus dem Nichts auf sie zugestürzt. Jetzt geht sie ohne Begleitung durch die Stadt. Wie kann sie nur so unvorsichtig sein? Ronald hat ihr Mut gemacht. Sie hat sich von ihm beeinflussen lassen und ihre Ängste zurückgestellt. Im Erdgeschoss überlegt sie, ob sie zu Hause besser aufgehoben wäre. Andererseits ist sie in der Öffentlichkeit wahrscheinlich sicherer als allein in Waldhausen.

Sie versucht, die zermürbenden Gedanken zu unterbrechen. Mit Ronald hat sie besprochen, sich in solchen Fällen gedanklich an einen sicheren Ort zu begeben. Das Bild ihres Elternhauses in Frankfurt. Ihr Vater, bei dem sie sich als Kind absolut sicher gefühlt hat. Es funktioniert. Sie wird ruhiger.

Schuhe und Kleidung für den Laufsport sind gleich hinter dem Eingang im Erdgeschoss zu finden. Joggen und Fahrradfahren, das sind Ulrikes Sportarten. Sie setzt sich auf einen der Hocker und probiert zwei verschiedene Laufschuhe an. Das Gefühl, beobachtet zu werden, ist plötzlich da. Sie schaut sich um. Ein Mann mit lockigen braunen Haaren hat sich auf einen der Hocker in der benachbarten Herrenabteilung gesetzt. Um die vierzig, geblümtes Hemd, Shorts. Bindet sich einen Schuh zu. Als er ihren Blick bemerkt, lächelt er sie freundlich an. Scheint harmlos zu sein. Mehrere Kundinnen stöbern in den Schuhregalen herum. Die sind unverdächtig. Sie kann den Feind nicht ausmachen, aber sie spürt die Gefahr. Augenblicklich gerät ihr gesamter Körper unter Spannung. Sie steht auf, befürchtet, gleich zu hyperventilieren, stellt die anprobierten Schuhe zurück.

„Wir werden das heute erledigen", hört sie leise hinter sich eine Männerstimme.

Jetzt nicht durchdrehen! Nur mit klarem Kopf lässt sich die Situation meistern. Vielleicht ist alles nur Einbildung. Ein Typ Anfang dreißig in einem schwarzen kurzärmeligen T-Shirt fällt ihr auf. Aus dem Augenwinkel hat sie ihn schon vorhin bemerkt. Sie ist sich nicht sicher, ob er sie die ganze Zeit heimlich beobachtet hat. Im Moment dreht er ihr die Schulter zu und hat ein Smartphone am Ohr. Er hat offenbar nicht bemerkt, dass sie dicht an ihn herangetreten ist.

„Ich hab sie", murmelt er gerade in diesem Moment.

Ulrike ist irritiert. Was meint er damit? Er wendet den Kopf, und ihre Blicke treffen sich.

„Ich hab die Jacke in meiner Größe gefunden", setzt er schnell ergänzend hinzu. Danach geht er zum Ständer mit den Trainingsjacken und nimmt eine davon kritisch prüfend in die Hand.

Ulrike geht in den hinteren Teil der Etage. Hier ist ein Fanshop von Hannover 96. Sie bleibt dort eine Weile stehen und überprüft, ob ihr jemand aus der Laufsport-Abteilung gefolgt ist. Sie kann niemanden entdecken. Langsam geht sie zu den Laufschuhen zurück. Der schwarzgekleidete Mann mit dem Smartphone ist verschwunden. Trotzdem bekommt sie hier drinnen schlecht Luft. Sie verlässt das Sporthaus und geht langsam die Fußgängerzone entlang Richtung Marktkirche, dort will sie die Buchhandlung in der Altstadt besuchen.

Mit einem Mal fängt sie leise an zu lachen. Das sind doch Hirngespinste. Sie will heute einen angenehmen Urlaubstag in der Stadt verbringen und hält harmlose Kunden für bedrohliche Verfolger. Ronald hat recht: einen Schritt zur Seite treten und alles noch einmal selbstkritisch unter die Lupe nehmen.

In der Fußgängerzone ist schon erstaunlich viel los. Kaufwillige eilen an einem Straßenmusiker vorbei, der zur Gitarre ein Beatles-Lied singt: *„You better run for your life if you can, little girl ..."*

Ist der Text ein Wink des Schicksals? Ein schreckliches Ereignis kommt ihr in den Sinn. Es muss an die zwanzig Monate her sein. In der Nähe des Hauptbahnhofs Hannover wurde auf offener Straße eine junge Frau erstochen. Der Mörder wurde trotz Phantombild im Internet nie gefunden.

Vor Ulrike trottet eine Gruppe japanischer Touristen, die wahrscheinlich zur Marktkirche geführt werden. Hannover ist Partnerstadt von Hiroshima. Ulrike überholt die Japaner bei der „Galeria Kaufhof" und erreicht das Ende der Fußgängerzone an der

Schmiedestraße. Die Fußgängerampel zeigt Rot, Ulrike stellt sich zwischen eine Gruppe von Wartenden direkt an den Bordstein. Sie muss die belebte Straße überqueren, um zur Marktkirche oder zur Buchhandlung zu gelangen. In der Mitte der Straße ist eine Fußgängerinsel, zu beiden Enden mit Hinweisschildern. Aber noch ist Rot. Ulrike hört ein Stimmengewirr und dreht sich um. Die Japaner haben ebenfalls die Fußgängerampel erreicht. Schräg hinter sich in der Menschenansammlung sieht Ulrike plötzlich einen Mann mit einem schwarzen kurzärmeligen T-Shirt. Der Typ aus dem Sporthaus, diesmal in Begleitung einer weiteren Person.

Die Autos auf der Schmiedestraße fahren in der Regel zügig an der Fußgängerampel vorbei. Ein roter Sportwagen nähert sich, dahinter ein silberner Kombi. Der Sportwagen beschleunigt, will offenbar noch die Grünphase nutzen. Ulrike spürt eine Berührung am Rücken. Wenn sie jetzt ein Mann auf die Fahrbahn schubst, ist sie verloren. Ein tödlicher Unfall.

Ulrike reagiert sofort. Sie wirft sich mit einem Schrei nach rechts zur Seite, prallt gegen den Passanten neben sich. Der rote Sportwagen saust vorbei. Vom eigenen Schwung mitgerissen, torkelt sie auf die Straße. Der Fahrer des silbernen Kombis macht eine Vollbremsung und reißt das Steuer nach links, um Ulrike auszuweichen. Dabei kollidiert der Wagen laut krachend frontal mit dem Hinweisschild auf der Fußgängerinsel und kommt abrupt zum Stehen.

Ulrike sackt auf der Straße zusammen, fällt auf beide Knie. Tränen laufen ihr die Wangen hinunter. Sie schreit vor Schreck und Erleichterung: „Die wollten mich ermorden! Ich lebe noch, aber die wollten mich ermorden ..."

Um die Fußgängerampel entsteht ein großes Durcheinander. Passanten rennen hin und her, sprechen die schreiende Frau und den Fahrer des Kombis an. Eine Frau verständigt mit ihrem Handy die Polizei, während ein Mann die Szenerie mit seinem Smartphone filmt.

Ulrike greift nach der Hand einer Frau und fleht sie an: „Retten Sie mich vor dem Mann in Schwarz … Passen Sie auf, dass er mir nichts tut! Bitte, helfen Sie mir!"

*

Polizeioberkommissar Ingo Böhm rutscht auf seinem Schreibtischstuhl nach vorne und macht eine beschwichtigende Geste. Dabei schaut er Ulrike Dannenberg an.

„Bitte fahren Sie etwas herunter, Frau Dr. Dannenberg!", versucht der Polizist ihren aufgeregten Redefluss zu unterbrechen. „Denn so kommen wir hier kein Stück weiter."

Seine Kollegin, Polizeikommissarin Janett Othmer, die seitlich neben ihm sitzt, unterstützt seine Aufforderung mit einem stummen Nicken.

Ulrike sitzt den beiden Polizisten am Schreibtisch gegenüber. In einem kleinen Büroraum im hinteren Teil der Polizeiinspektion Mitte in der Herschelstraße.

Die Versuche, sie zu beruhigen, machen Ulrike nur ärgerlicher. Sie hat den Eindruck, dass ihre Ängste von der Polizei nicht ernst genommen werden.

„Wie oft soll ich Ihnen das noch sagen!?", hält die Apothekerin dagegen. „Die sind hinter mir her. Ein Mann mit einem Narbengesicht. Und heute sein Komplize mit einem schwarzen T-Shirt. Die haben mich verfolgt und wollten mich im Menschengewühl verdeckt vor ein Auto schubsen ... Es hätte wie ein Unfall ausgesehen!"

„Frau Dr. Dannenberg", steigt jetzt die Kommissarin ein. „Keiner der befragten Zeugen hat gesehen, dass eine Person in Ihrer Nähe Anstalten gemacht hätte, sie zu schubsen. Eine Frau hat ausgesagt, dass sie direkt hinter Ihnen stand und Sie eventuell aus Versehen mit der Hand oder dem Unterarm am Rücken berührt hat."

„Aber die Männer, die mich umbringen wollen, waren da! Ich bin ihnen mit meiner Reaktion nur zuvorgekommen", äußert Ulrike verzweifelt. „Ich habe vorher bei ‚Karstadt' zufällig ihre Absprachen mitgehört."

Böhm erkundigt sich, was genau Ulrike gehört hat. Als sie ihm den ungefähren Wortlaut wiedergibt, macht er keinen überzeugten Eindruck.

„Natürlich kann man die Äußerungen, die ich aufgeschnappt habe, auch anders deuten", gesteht ihm Ulrike zu. „Aber angesichts der Anschläge, denen ich bereits ausgesetzt war, bekommen die Äußerungen doch eine ganz gefährliche Note."

Der Polizeibeamte wirkt zunehmend ungeduldiger.

„Im Augenblick sehe ich nur, dass Sie es waren, die an der Fußgängerampel ohne Vorwarnung Ihren Nebenmann schreiend angestoßen haben und anschließend auf die Fahrbahn geraten sind. Sie können von Glück sagen, dass es bei dem Fahrer, der Ihnen ausweichen musste, nur bei einem Sachschaden geblieben ist."

Bei Böhms letzten Worten sinkt Ulrike auf ihrem Stuhl in sich zusammen und verfällt in ein Jammern:

„Ich halt das nicht mehr aus. Warum glaubt mir keiner?! Ich kann nicht mehr ..."

Danach bricht ihre innere Haltung vollkommen zusammen. Sie fängt an zu weinen und ist nicht mehr in der Lage aufzuhören.

Nach einer Pause macht ihr der Oberkommissar den Vorschlag, sich von ihrem Mann abholen zu lassen. Aus dem Protokoll von Ulrikes letzter Anzeige weiß er, dass Ronald Dannenberg Psychiater ist. Heulend lehnt Ulrike Böhms Vorschlag energisch ab: „Ich möchte auf keinen Fall, dass mich mein Mann in dieser Verfassung sieht. Dann hält er mich für völlig durchgedreht und glaubt mir gar nichts mehr ... Ich will nicht, dass Sie ihn anrufen!!"

*

Kommissarin Othmer ist bei Ulrike Dannenberg geblieben, während sich Oberkommissar Böhm mit einem Kollegen im Nachbarbüro berät. Die Büros im hinteren Bereich der Polizeiinspektion bieten die Möglichkeit, Gespräche im vertrauten Rahmen zu führen. Der übliche Publikumsverkehr findet im vorderen Bereich statt.

„Ich glaube, Frau Dannenberg ist psychisch völlig überlastet", stellt Böhm fest. „Jetzt hat sie so eine Art Nervenzusammenbruch. So können wir die gar nicht gehen lassen ... Aber sie hat uns angefleht, nicht ihren Mann zu verständigen. Wenn der jetzt hier auftaucht, klappt sie uns womöglich ganz zusammen."

„Dann bleibt uns nur eins ...", meint sein Kollege.

32

Die zunehmende Wärme scheint den Hannoveranern aufs Gemüt zu schlagen. Heute fährt Rita Wienert mit mir zu Einsätzen im Rahmen der psychiatrischen Notfallbereitschaft. Rita, Ende dreißig, ist Krankenschwester und arbeitet wie ich in der Zentrale des Sozialpsychiatrischen Dienstes in der Weinstraße.

Der erste Einsatz führt uns in eine Wohnung im Stadtteil Stöcken, wo wir eine Krisenintervention bei einer Frau mit selbstverletzendem Verhalten durchführen. Als Nächstes müssen wir in die Nordstadt zu einem Mann, der vor einem Supermarkt zunächst laut mit Gott gesprochen und sich anschließend komplett ausgezogen hat. Der Einsatz endet mit einer Einweisung des Patienten in die Psychiatrie Langenhagen.

Wir sind gerade auf der Rückfahrt zu unserer Dienststelle, als mein Handy klingelt. Ich reiche im Fahren das Handy an Rita weiter, die das Gespräch annimmt.

Aus ihren kurzen Antworten entnehme ich, dass es sich um den dritten Notfalleinsatz handelt.

„Ja, ist gut. Herr Dr. Seifert und ich sind in ein paar Minuten bei Ihnen", beendet Rita das Telefonat.

„Wo sind wir gleich?", frage ich erwartungsvoll.

„In der Polizeiinspektion Mitte. Dort befindet sich eine Frau in den Vierzigern mit einem Nervenzusammenbruch. Ist wohl ziemlich durcheinander, hat in diesem Zustand einen Autounfall in der Innenstadt verursacht. Die Polizei bittet um Abklärung, wie aus psychiatrischer Sicht weiter mit ihr verfahren werden soll."

Den Namen der Frau hat der Polizist nicht genannt. Rita hat auch nicht danach gefragt, weil wir im Auto keine vorherige Recherche in unserer elektronischen Patientendatei durchführen.

Fünf Minuten später sind wir bereits am Einsatzort. Ich parke den Golf direkt vor der Polizeiinspektion.

Rita und ich betreten das Gebäude. Wie üblich habe ich meinen schwarzen Notfallkoffer dabei.

In der Polizeiinspektion herrscht Hektik. Zwei Uniformierte eilen an uns vorbei nach draußen. Hinter einer langen Theke, die den Besucherbereich von den PC-Arbeitsplätzen abgrenzt, stehen zwei Polizistinnen und verhandeln mit einigen Besuchern. Es wird laut diskutiert. Einer der Besucher hat einen osteuropäischen Akzent.

Am Schreibtisch sitzt ein weiterer Polizist, der sich erhebt, als er Rita und mich sieht, und gleich auf uns zukommt. Wir stellen uns vor. Mit ihm hat Rita telefoniert: Oberkommissar Böhm.

„Ist ja prima, dass Sie so schnell kommen konnten", freut er sich. „Die Frau, um die es geht, sitzt hinten im Büro mit einer meiner Kolleginnen."

Danach erzählt er uns von einer Frau, die immer wieder behauptet, dass zwei Männer sie an einer Ampel vor ein fahrendes Auto stoßen wollten. Die Polizei hätte aber mehrere glaubwürdige Zeugen befragt, die zuverlässig ausgesagt haben, dass an dieser Behauptung nichts dran sei.

„Also auf mich als medizinischer Laie macht die Frau einen hysterischen Eindruck", schließt Böhm seine Darstellung.

„Wie heißt sie denn?", möchte ich wissen.

„Dannenberg, Dr. Ulrike Dannenberg."

„Auch das noch!"

Mich trifft der Schlag. Aber mit seiner Einschätzung, dass sie etwas hysterisch ist, liegt Böhm dann gar nicht so falsch.

„Kennen Sie die Frau?"

„Oh ja …"

Böhm grinst wissend: „Das klingt so, als ob Sie mit ihr schon näher zu tun hatten."

„Ich habe sie sogar geheiratet …", gestehe ich seufzend.

„Was?! Sie sind ihr Mann – der Psychiater, der sie nicht abholen soll? Ich dachte, ihr Mann heißt auch Dannenberg."

„Ich bin ihr Ex. Sie heiratet immer Psychiater."

Rita hat die Brisanz der Situation erkannt: „Willst du einen deiner anderen ärztlichen Kollegen aus unseren Beratungsstellen bitten, dass er hier für dich einspringt? Als Psychiater kannst du schlecht deine Ex-Frau behandeln."

„Stimmt schon …", gebe ich ihr recht.

Böhm ist verunsichert: „Heißt das, dass Sie jetzt wieder gehen und wir auf einen anderen Psychiater warten müssen?"

Fachlich wäre das die angemessene Vorgehensweise. Aber ich schwanke innerlich hin und her. Als Vater ihrer Tochter muss ich mich schon um sie kümmern. Außerdem reizt es mich ein klein wenig, aus erster Hand zu erfahren, was da mit meiner Ex los ist.

„Wegen der Dringlichkeit mache ich heute mal eine Ausnahme. Ich spreche mit Frau Dannenberg", erkläre ich dem Oberkommissar. „Meine Ex-Frau und ich haben inzwischen die notwendige emotionale Distanz."

„Und Sie meinen, das funktioniert wirklich?", fragt Böhm zaghaft.

„Das klappt schon. Ich kann Berufliches und Privates gut trennen."

Rita guckt mich mit einer Mischung aus Ungläubigkeit und Entsetzen an. Ihr scheint meine Entscheidung nicht zu behagen.

Ich muss ihr eine Begründung anbieten: „Es ist nicht so einfach, am Freitagmittag kurz vor Feierabend einen ärztlichen Kollegen für eine Spontanvertretung zu gewinnen."

Rita überzeugt mein Argument natürlich überhaupt nicht.

„Meine Meinung dazu kennst du", murmelt sie. „Aber du bist der Chef."

Ich signalisiere Böhm, dass ich bereit bin, mit meiner Ex-Frau zu sprechen.

*

Um Peinlichkeiten bei allen Beteiligten möglichst gering zu halten, habe ich mit Böhm und Rita abgemacht, dass ich allein mit Ulrike spreche.

Ich warte mit Rita auf dem Flur, während Böhm die Bürotür öffnet und seine Kollegin Othmer aus dem Büro bittet. Von meinem Standort kann ich Ulrike zwar nicht sehen, aber hören. Sie reagiert empört, nachdem Böhm ihr mitteilt, dass jetzt ein Psychiater zu ihr komme, den sie kenne und der sie in ihrer angespannten Situation hoffentlich unterstützen könne: „Sie haben einen Psychiater geholt. Sie halten mich für verrückt?! Ich lass mich doch nicht psychiatrisch analysieren!"

Böhm tritt auf den Flur zurück und macht zu mir eine einladende Handbewegung: „Dann viel Glück!"

Ich erscheine im Türrahmen und sehe Ulrike vor einem Schreibtisch eines karg eingerichteten Büros sitzen.

Sie blickt mich fassungslos an: „Mark?!! Mit dir spreche ich über meine Beobachtungen kein Wort."

Diese Zurückhaltung hätte ich mir einmal während unserer Ehe gewünscht! Ulrike war grundsätzlich anderer Meinung und konnte reden wie ein Wasserfall.

„Hallo, Ulrike", begrüße ich sie mit einem angedeuteten Lächeln. „Bis vor zwei Minuten wusste ich auch nicht, dass du es bist, die vielleicht meine Unterstützung gebrauchen kann ..."

Ich bemerke auf Anhieb, dass sie unter Strom steht und darunter leidet. Ihre Frisur ist ein sicherer Hinweis. Ulrike wirkt ungekämmt, ihre mittellangen braunen Haare fallen ihr ungeordnet ins Gesicht.

„Du als Psychiater kannst mir bei meinem Problem am wenigsten helfen", hält sie mich auf Abstand.

Trotz der zahlreichen Streitigkeiten am Ende unserer Ehe kann ich es schlecht aushalten, wenn es ihr nicht gutgeht. Im Gegensatz zu Anna (ebenfalls eine quirlige Vielrednerin!) fehlte Ulrike stets der lockere Optimismus. Sie wollte anderen helfen und wirkte dabei oft verkrampft.

„Herr Böhm hat mir erzählt, dass du vor Kurzem schon einmal Anzeige erstattet hast", versuche ich einen Anknüpfungspunkt über die nüchternen Fakten zu finden. „Zu dem Zeitpunkt hast du wie heute vermutet, dass dich jemand töten will."

Ulrike verzieht ärgerlich ihren Mund.

„Ich habe keine Lust, dir Belege dafür zu liefern, dass ich unter Verfolgungswahn leide", mault sie mich an. „Also lass mich in Ruh."

„Komm schon, ich bin hier, um dir zu helfen ..."

Ulrike macht einige hektische Handbewegungen. Sie kommt langsam wieder in Fahrt.

„Ich habe nicht vor, mich umzubringen oder andere Menschen aus meiner Umgebung anzugreifen. Es besteht insofern keine akute Eigen- oder Fremdgefährdung, weswegen du mich in die Klinik einweisen musst", verkündet sie temperamentvoll. „Eigentlich wollte ich nur einen schönen Tag mit meiner Freundin Corinna verbringen ... Aber der habe ich bereits per Handy wieder abgesagt, als ich auf dem Weg zur Polizeiwache war."

Ulrike ist völlig fertig.

„Ich möchte dir helfen", ist mein ehrliches Angebot. „Was kann ich für dich tun?"

„Ich will jetzt nach Hause."

„Ich fahre dich dorthin. Mir ist wichtig, dass du dort gut ankommst."

„Der psychiatrische Aufpasser ...?"

„Nein, der Mann, der dich mal geheiratet hat, weil du ihm etwas bedeutet hast."

Sie verdreht die Augen. Da habe ich für ihren Geschmack wohl zu dick aufgetragen.

„Werd bitte nicht sentimental, Mark. Bitte nicht", wehrt sie meinen Anflug von Vergangenheitsverklärung ab. „Aber ich nehme dein Angebot an. Daran siehst du, wie schlecht es mir gehen muss, dass ich mich in einer derartigen Situation ausgerechnet von dir nach Hause fahren lasse."

Na ja, immerhin nimmt sie meine Hilfe an. Ich habe also die Erwartungen von Oberkommissar Böhm erfüllt und nicht zu viel versprochen.

*

Rita, Ulrike und ich steigen vor der Polizeiinspektion Mitte in meinen VW Golf. Ulrike hat sich gleich wie in einem Taxi hinten auf die Rückbank gesetzt und Rita den Beifahrersitz überlassen. Ich fahre beim Gesundheitsamt vorbei, wo ich Rita absetze. Dann geht es die Hildesheimer Straße hinunter bis nach Waldhausen.

Das freistehende Einfamilienhaus am Rand der Eilenriede löst bei mir sofort jede Menge alter Erinnerungen aus, wobei insbesondere die letzten alles andere als angenehm sind. Ich stelle den Wagen direkt vor dem Haus ab, in dem ich selbst viele Jahre zusammen mit Ulrike und Katharina gewohnt habe. Den Kauf dieses nicht ganz preiswerten Eigenheims hatten wir Ulrikes Vater zu verdanken, einem wohlhabenden Unternehmer aus Frankfurt, der uns großzügig finanziell unterstützte. Nach unserer Trennung bin ich ausgezogen, und Katharina ist bei ihrer Mutter geblieben. Mein Verhältnis zu Katharina hat darunter nicht gelitten. Wir haben uns regelmäßig gesehen, und das nicht nur an jedem zweiten Wochenende – bis Katharina für ein Jahr als Au-pair-Mädchen nach London gegangen ist.

Wie selbstverständlich begleite ich Ulrike ins Haus. Sie macht einen leicht verlegenen Eindruck und sagt zu meiner Überraschung: „Komm, magst du dich noch für einen Moment zu mir ins Wohnzimmer setzen?"

Für mich ist das völlig in Ordnung. Ich wäre auch ungern postwendend wieder abgerauscht und hätte sie mit ihren Ängsten alleingelassen.

„Gerne", antworte ich und folge ihr in das große Wohnzimmer, das sich seit meinem Auszug nicht nennenswert verändert hat. Das Ecksofa aus schwarzem Leder und die dazugehörigen Sessel, der Wohnzimmertisch und die Regalwand aus Erle, das haben Ulrike und ich gemeinsam ausgesucht. Neu hingegen sind ein überdimensionierter Flachbildfernseher mit Blu-ray-Spieler und ein 5.1-Heimkino-Surround-System.

Ulrike hat meinen Blick darauf richtig gedeutet:

„Die Teile hat Ronald angeschafft. Manchmal verwandelt er damit unser Wohnzimmer in ein Kino oder Konzerthaus."

Ich setze mich zu ihr aufs Sofa. Über die Vorfälle, in denen sie ihr Leben bedroht sah, will sie nicht sprechen.

„Katharina hat mir erzählt, dass du in letzter Zeit auch unter Albträumen leidest?", versuche ich es von anderer Seite.

Zögerlich schildert mir Ulrike einige der Trauminhalte, von denen sie erstaunlich viele Details behalten hat. Irgendwann ist die Gestalt eines Mannes mit einem Narbengesicht dazugekommen.

„Ronald meint, dass die angstmachenden Träume mit unserer momentanen Belastungssituation zu tun haben. Das Anti-Heroin-Projekt – Katharina hat es dir gegenüber sicher schon erwähnt."

„Ja. Aber Einzelheiten sind mir nicht bekannt."

„Das sollen sie auch nicht", grient sie. „Aber mich belastet noch etwas ganz anderes. Alexander ist immer schon ein schwieriger Mensch gewesen, aber es hat sich verschärft. Vor ungefähr zwei Monaten ist er Mitglied einer satanischen Sekte geworden und wirkt seitdem noch unzugänglicher."

Meine inneren Alarmglocken fangen an zu läuten.

„Wie heißt denn die Sekte?", möchte ich wissen.

„Keine Ahnung. Den Namen hat er wohl nur Ronald gegenüber erwähnt. Und Ronald hat angedeutet, dass es für mich besser wäre, möglichst wenig über diese satanische Sekte zu wissen. Er hatte mit denen schon vor Jahren dienstlich zu tun."

Es gibt natürlich diverse satanische Gruppierungen, da muss es sich bei Alexanders Sekte nicht unbedingt um die „Nesankta Homaro" handeln.

„Ulrike, was sind deine konkreten Befürchtungen in Bezug auf Alexander?"

„Dass er durch die negative Veränderung seiner Persönlichkeit andere Menschen in Gefahr bringt. Dazu würde ich dir gerne etwas zeigen."

Sie führt mich in den ersten Stock, wo Alexander noch ein eigenes Zimmer hat.

„Sein Zimmer spricht für sich allein", erklärt sie und fordert mich auf, ihr in Alexanders altes Reich zu folgen.

Ich staune nicht schlecht. An den Wänden hängen Poster, wie ich sie nur aus Kinder- und Jugendzimmern kenne: Motive aus der japanischen Manga-Serie „Yu-Gi-Oh!" und den „Superman"-Comics, dazwischen Filmplakate von „Die Wilden Kerle" und „Star Wars". In zwei Regalschränken stehen massenhaft zusammengebaute Lego-Modelle von Raumschiffen, Fluggeräten und Fahrzeugen aus „Star Wars" und „Batman", dazu die passenden Figuren. Auf der Fensterbank liegt ein „Laser-Schwert" aus Plastik neben einem „Yu-Gi-Oh!"-Kartenspiel.

„Alexander hat diese Sachen nicht mit in seine eigene Wohnung genommen, weil dort angeblich nicht genug Platz dafür ist", erläutert mir Ulrike. „In Wirklichkeit ist es ihm peinlich, wenn seine Kumpels ihn besuchen und darüber lachen könnten."

„Aber er hängt daran ...?"

„Ja. Deshalb besucht er uns auch häufiger. Er wollte nie richtig erwachsen werden und Verantwortung übernehmen. Und anstatt sich über eine Berufsausbildung normal weiterzuentwickeln, ist er jetzt in einer Ersatzwelt gefährlicher Satanisten gelandet, der er nichts entgegenzusetzen hat."

„Du meinst, er ist leicht verführbar?"
Ulrike nickt.

Auf dem Schreibtisch steht eine ungefähr zwanzig Zentimeter hohe Figur einer leicht bekleideten Manga-Kriegerin in Stiefeln mit einem Schwert in der Hand. Daneben liegt der Original-Karton, aus dem ein Kassenbon herausguckt. Ich bin neugierig, was so eine Figur kostet. Sage und schreibe 115,90 Euro, gekauft im April dieses Jahres im „Fantasy-Shop" in der Hildesheimer Straße in Hannover-Südstadt.

„Und jetzt guck dir das an", sagt Ulrike und deutet auf zwei Bücher, die auf der Bettcouch liegen.

Das erste Buch ist die „Ur-Pippi" von Astrid Lindgren, in dem erstmals vor sechs Jahren das Original-Pippi-Manuskript aus dem Jahre 1944 veröffentlicht worden ist. Dazu habe ich einen Bezug, weil ich selbst erst vor einigen Monaten „Pippi Langstrumpf" auf Esperanto gelesen habe.

Das zweite Buch trägt den Titel „Satanismus – Die Freiheit des Menschen" von Thomas Ashley. Ich blättere darin herum. Einiges ist mir über das Buch bekannt. Der Autor stellt seine atheistische Weltanschauung dar, die durch Überwindung einengender Konventionen mehr Lebensfreude und Toleranz verspricht. Die Warnungen vor der Gefährlichkeit des Satanismus beruhen nach seiner Meinung lediglich auf unwahren Schauergeschichten.

„Da siehst du die unsägliche Verknüpfung von Naivität und der Suche nach alternativen Lebensinhalten. Das Buch von Astrid Lindgren hat Alexander seiner Freundin Rebekka noch vor gar nicht langer Zeit geschenkt, weil sie sich dafür interessierte. Jetzt lesen die beiden mit Faszination diese satanische Ideologie."

Das passt alles zu dem, was mir Katharina über ihren Stiefbruder Alexander dezent angedeutet hat. In Opposition zu seinem Vater, dessen psychiatrische Tätigkeit er total ablehnt, lebt er in einer anderen Welt, in der neben Superhelden und Kämpfern aus einer Märchenwelt offenbar zunehmend dunkle Gestalten aus Fleisch und Blut die Oberhand gewinnen.

Ulrike holt aus einem Regal zwei DVD-Hüllen und zeigt sie mir. Zwei Horrorfilme ab achtzehn.

„Ich hab mal in die Filme reingeguckt. Eklige Gewaltszenen, ich musste mich fast übergeben. Und so was zieht er sich seit einigen Monaten in seinen kindlichen Schädel rein. Ich habe Angst, dass er auf solch eine Weise irgendwann bei einer Schwarzen Messe einen Menschen abschlachten könnte."

„Ist er euch gegenüber schon einmal gewalttätig geworden?"

„Nein, nie! Das Thema habe ich vor Kurzem mit Ronald besprochen. Er sagt – trotz aller Feindseligkeiten zwischen Alexander und uns – sein Sohn würde uns nie körperlich angreifen."

*

Es ist die richtige Entscheidung gewesen, Ulrike nach Hause zu fahren und sich ausreichend Zeit für ein Gespräch zu nehmen. Bereits während meines Aufenthaltes in Waldhausen ist meine Notfallbereitschaft vorbei. Freitags endet der Dienst schon um 13 Uhr.

Beim Abschied ist Ulrike merklich ruhiger, und wir nehmen uns zum ersten Mal seit langer Zeit wieder in den Arm.

„Danke, Mark", sagt sie und gibt mir einen Kuss auf die Wange. „Manchmal bist du netter, als ich dich in Erinnerung habe."

„Lass das nicht Ronald hören", antworte ich grinsend. „Der wird nach diesem Wahnsinnskompliment sonst noch eifersüchtig."

Zwanzig Minuten später sitze ich wieder in meinem Büro im Gesundheitsamt. Meine Sekretärin ist längst in ihrem verdienten Feierabend.

Ich starre auf den Bildschirm meines PCs und lasse die Ereignisse des heutigen Vormittags auf mich wirken. Nach und nach kommen mir immer neue Einfälle. Der Mord an Claudia Faber geht mir durch den Kopf. Gibt es da Parallelen zu den Vorfällen, mit denen Ulrike in letzter Zeit konfrontiert war? Claudia fühlte sich ebenfalls verfolgt, aber die Bedrohung erschien mir damals nicht wirklich existent.

Leider hat Ulrike nicht mit mir über die Geschehnisse sprechen wollen, die sie als Bedrohung erlebt. Sicher weiß ich nur, dass sie unter Albträumen leidet, die sie bis in die Realität verfolgen. Oder die Realität verfolgt sie bis in ihre Träume. Im Gegensatz zu Claudia hat sie keine psychiatrische Vorerkrankung.

Und dann gibt es noch die Drohbriefe an mich, die sich gegen Anna richten. Aber in diesem Fall ist das Muster ein anderes. Die beabsichtigte Tötung wird schriftlich angekündigt. Davon ist mir bei Claudia oder Ulrike nichts bekannt.

Schließlich gehen meine Gedanken wieder in die andere Richtung. Kann es sein, dass ich anfange, zwischen vermeintlich ähnlichen Konstellationen vorschnell verrückte Zusammenhänge herzustellen? Der paranoide Psychiater, der sämtliche Beobachtungen in einen bedrohlichen Gesamtzusammenhang bringt?!

In allen drei Fällen ist bereits die Polizei eingeschaltet und kümmert sich um die Aufklärung. Da kann eigentlich nichts anbrennen. Bei Claudia fahndet die Polizei nach einem Raubmörder. Bei der heutigen Geschichte mit Ulrike an der Fußgängerampel hat die Polizei ein Verbrechen ausgeschlossen. Im Fall Anna hat die Polizei die Drohbriefe auf Fingerabdrücke oder DNA-Spuren untersucht, leider ohne brauchbare Hinweise zu finden.

Schon bin ich in Gedanken wieder bei Anna. Die Todesdrohungen gegen sie und ihre Flucht nach Hildesheim habe ich ständig präsent. Manchmal leidet darunter meine Konzentration, die ich für das in ein paar Tagen stattfindende Auswahlverfahren um die Chefarztnachfolge dringend benötige.

Gleich nach Dienstschluss werde ich Anna anrufen und fragen, ob es ihr gutgeht.

D

Bereits drei Wochen wurde Susanne Ewert gegen ihren Willen in der Nervenklinik Hildesheim gefangen gehalten. Die geschlossene Station kam ihr wie ein Gefängnis für zwanzig Insassen vor. Neben ihrem Zimmer bestand Susannes Welt zurzeit lediglich noch aus einem großen Gemeinschaftsraum und einer Küche. Ausgang gab es nur unter Bewachung von Pflegern oder Krankenschwestern. Sie hatte es immerhin geschafft, Jasper mehrfach zu schreiben.

Der Oberarzt hatte sie zur Medikamenteneinnahme gezwungen. Nachdem ihr Dr. Angerer die Medikamente am Aufnahmetag gespritzt hatte, war ihre Gegenwehr erlahmt. Unter dem Druck des Personals schluckte sie seitdem das Nervengift in flüssiger Form. Die Betonmauer um ihren Kopf war immer stärker geworden. Ihre steifen Bewegungen erinnerten an das Gangbild eines Roboters. Der Fernseher im Aufenthaltsraum war ihre einzige Verbindung zu den Geschehnissen in der Außenwelt. Manches nahm sie nur in Bruchstücken wahr. Sie freute sich darüber, dass Frankreich im Endspiel Brasilien besiegte und Fußballweltmeister wurde. Frankreich verband sie mit Heimat und Sicherheit. Der niedersächsische Ministerpräsident wollte Bundeskanzler werden. Dazwischen immer wieder der lügende US-Präsident und Monica Lewinsky. Alle unehrlich und korrupt. Sie vertraute niemandem. Politik und Pharmaindustrie steckten unter einer Decke. Georg Matuschak war nur ein kleines Rädchen im Spiel um Macht und Geld. Aber Susanne blieb ihren Prinzipien treu. Trotz ihrer Beeinträchtigungen machte sie den Ärzten bei jeder Visite klar, dass sie nicht bereit war, ihr Wissen über die Intrigen der Mafia zu verleugnen.

Der Oberarzt gestand schließlich ein, dass die Gehirnwäsche misslungen war.

„Die bisherige Medikation hat Sie leider nur in Ihrer Beweglichkeit eingeschränkt, aber nicht von Ihren Ängsten befreit", sagte er bei der Oberarztvisite zu Susanne. „Wir werden daher die Medikation umstellen und Ihnen eines der ganz neu auf den Markt gekommenen Neuroleptika verordnen. Ich hoffe, dass es Ihnen darunter merklich besser gehen wird."

*

Claudia Gundlach hatte in den letzten Wochen immer wieder versucht, das Vertrauen der schwerkranken Frau zu gewinnen. Die junge Krankenschwester mochte die Patientin, die seit einigen Wochen aufgrund eines richterlichen Beschlusses auf Claudias Station untergebracht war.

Susanne Ewert quälte sich mit paranoiden Gedanken und fühlte sich sogar auf der Station verfolgt. Teilweise lebte sie in einer Fantasiewelt und nahm darin die Identität einer anderen Person an. Die Neuroleptika hatten ihre Symptome nicht unterdrücken können. Dafür hatte sie zunehmend unerwünschte Nebenwirkungen.

„Sie tun nur so freundlich, um mich auszuhorchen", warf die misstrauische Patientin der Krankenschwester vor. Susanne Ewert trug selbst dazu bei, dass sie auf der Station sehr isoliert war. Die Patientin wollte nicht von Angehörigen auf der geschlossenen Station besucht werden. Offenbar schämte sie sich für ihre

Verfassung. Trotzdem tauchte ihr 18-jähriger Sohn Jasper auf der Station auf. Claudia war dabei, als er die Mitarbeiter beschimpfte: „Meine Mutter wird hier mit Medikamenten gefoltert! Sie ist nicht psychisch krank. Erst der Druck, der ständig auf sie ausgeübt wird, macht sie krank."

Susannes Sohn ließ sich von Dr. Angerer nicht beruhigen. Jasper stürmte auf den Stationsarzt los, packte ihn mit beiden Händen an den Kragenenden seines weißen Kittels und schüttelte ihn kräftig durch. Pfleger gingen dazwischen und schützten den Arzt vor dem aufgebrachten Besucher.

„Finger weg, ihr Psycho-Schweine!", schrie Jasper wütend, der auf Claudia hilflos und verzweifelt wirkte. Danach verließ er freiwillig die Station. Als Reaktion auf sein Verhalten erhielt er bis auf Weiteres Hausverbot.

Susanne Ewert hatte mitbekommen, wie ihr Sohn mit dem Stationsarzt aneinandergeraten war. Claudia war überrascht, als die Patientin auf sie zukam und sagte: „Meine Befürchtung ist eingetroffen. Deshalb will ich nicht, dass mich Jasper besucht ... Er versucht mir zu helfen und gerät in die Fänge der Psychiatrie."

Claudia war erleichtert, dass der noch junge Oberarzt Susannes Medikation auswechselte. Dr. Ronald Dannenberg kannte sich gut mit Psychopharmakologie aus und war insbesondere neuen innovativen Medikamenten gegenüber sehr aufgeschlossen.

Das Medikament, das er Susanne verordnete, war ein neues atypisches Neuroleptikum. Die wissenschaftlichen Studien des Herstellers belegten, dass es auch bei bisher therapieresistenten Psychosen erfolgreich und wesentlich nebenwirkungsärmer war.

Wegen der hohen Kosten wurde es allerdings nicht als Medikament der ersten Wahl eingesetzt. Claudia hoffte, dass es der gequälten Frau darunter endlich besser gehen würde.

Das Verhältnis zu ihrem Oberarzt empfand Claudia als zwiespältig. Fachlich hielt sie große Stücke auf ihn. Mit großem Engagement kümmerte er sich um seine Patienten und leitete kompetent seine Assistenzärzte an. Aber Claudia erkannte auch Risse in Dannenbergs Persönlichkeit. Auf der geschlossenen Station stand sie regelmäßig in engem Kontakt mit ihm. Trotz Rasierwasser und Pfefferminz roch sie häufig seine leichte Alkoholfahne. Er trank offenbar massiv zu Hause, wahrscheinlich auch heimlich in seinem Dienstzimmer. Das musste auch anderen Mitarbeitern aufgefallen sein. Aber niemand sprach darüber. Gelegentlich dachte sie, dass es ihre Pflicht wäre, das Alkoholproblem ihres Oberarztes offenzulegen. Aber warum sollte sie diesen unangenehmen Schritt tun – und nicht ihre pflegerische Stationsleitung? Die Karriere des engagierten Oberarztes könnte darunter erheblich leiden. Mit seiner Ehefrau gab es wohl öfters Streit. Ob das Alkoholproblem der Grund dafür war, wusste Claudia nicht.

In der Klinik pflegte Dannenberg gute Kontakte zu Pharmavertretern. Er sorgte dafür, dass die Klinik Anwendungsbeobachtungen für neue Psychopharmaka machte. Für ihren Aufwand, Patienten auf diese Medikamente einzustellen und den Wirkungsverlauf zu dokumentieren, erhielt die Klinik von den Herstellern angemessene Vergütungen. Dafür wiederum tätigte die Klinik außerplanmäßige Anschaffungen, die auch den Patienten zugutekamen. Einer der Pharmavertreter, die regelmäßig die Klinik besuchten, war Patrick

Faber. Die Vorteile, die Dannenberg mit Faber für die Klinik aushandelte, festigten den Stand des Oberarztes bei einigen seiner Mitarbeiter. Andererseits konnten derartige Kontakte zur Pharmaindustrie – trotz offizieller Verträge – schnell in den Geruch der „unerlaubten Vorteilsnahme" geraten.

Claudia war froh, dass sie sich als Krankenschwester keine weiteren Gedanken darüber machen musste.

33

Rebekka Kemper sieht ihren Freund aufgeregt an. Vor zehn Minuten ist sie in seiner Wohnung eingetroffen. Alexander Dannenberg sitzt entspannt neben Rebekka auf der Couch.

„Du hast mir erzählt, dass dein Vater Viktor vor dem Fantasy-Laden abgefangen und mit ihm gesprochen hat", sagt sie in ängstlichem Tonfall. „Das kann doch gefährlich für uns werden!"

„Es ist aber nichts passiert ..."

„Wenn dein Vater versucht hat, Viktor zu veranlassen, uns aus der ‚Nesankta Homaro' auszuschließen, bringt uns das in große Schwierigkeiten. Viktor kann sich an fünf Fingern abzählen, dass einer von uns beiden deinem Vater gesagt hat, dass wir Mitglied der ‚Nesankta Homaro' sind."

Alexander nickt gelassen: „Ich weiß nicht, was genau mein Vater zu ihm gesagt hat. Aber Viktor hat mitbekommen, dass ich der Hinweisgeber war."

„Es ist uns verboten, Außenstehende einzuweihen", äußert Rebekka erschrocken. „Mich wundert, dass Viktor das bisher so hingenommen hat."

„Wahrscheinlich liegt es daran, dass sich Viktor und mein Vater schon vorher kannten. Ich habe meinem Vater offenbar nichts Neues erzählt."

Rebekka macht ein erstauntes Gesicht. „Hat Viktor dich auf die Sache angesprochen, Alex?"

„Ja. Er war schon ‚not amused'. Hat mir klar gesagt, dass ich ab jetzt die Klappe halten soll. In Zukunft würde er mein Verhalten nicht mehr tolerieren. Aber damit war's für beide Seiten okay."

Rebekka schmiegt sich an ihren Freund. „Bitte halte dich daran, Alex. Ich habe große Angst, dass uns sonst etwas passiert."

*

Ronald Dannenberg hat den Arm um die Schultern seiner Frau gelegt und spaziert langsam mit ihr auf dem Wanderweg durch die Eilenriede. Von vorne nähern sich schnell zwei Joggerinnen, die einem Mann mit einem bellenden Hund ausweichen.

Ronald berichtet seiner Frau von dem heutigen Bewerbungsgespräch in der Klinik. Zunächst musste er vor einem ausgesuchten Zuhörerkreis einen wissenschaftlichen Vortrag halten über den aktuellen Stand der Depressionsbehandlung. Danach fand im vertraulichen Rahmen das Gespräch mit der Findungskommission statt, die unter anderem aus einem Mitglied der Konzerngeschäftsführung aus Hamburg, dem Geschäftsführer und dem Personalleiter der Iltener Klinik und einem Chefarzt eines anderen SA-NECO-Krankenhauses bestand. Ronald hatte auch Mark Seifert und Martin Pahland als Mitbewerber getroffen, die das gleiche Verfahren zu durchlaufen hatten.

„Ich habe mich so gut wie möglich verkauft und bin zudem auf unser Anti-Heroin-Projekt eingegangen, obwohl unser neuer Termin mit dem Auswärtigen Amt erst nächste Woche ist", resümiert Ronald. „Überrascht hat mich, dass die Findungskommission auf unsere Afghanistan-Pläne etwas reserviert reagiert hat."

„Wie ist denn dein Gefühl? Hast du den Posten?" Ulrike streichelt im Gehen seine Wange.

„Ich bin mir nicht mehr ganz so sicher wie vor dem Bewerbungsgespräch. Aber was soll's! Ich hab alles in die Waagschale geworfen, mehr kann ich nicht tun. Jetzt muss ich die Entscheidung abwarten."

„Wann bekommst du die Nachricht?"

„Wohl in den nächsten Tagen."

Hinter sich hören sie Laufschritte und ein Keuchen. Ulrike zuckt zusammen. Ronald dreht sich um und sieht einen Mann um die vierzig in Trainingskleidung herankommen.

„Ein Jogger, total harmlos", raunt er Ulrike zu.

Der Mann läuft an ihnen vorbei und entfernt sich.

„Ich bin wirklich etwas mit den Nerven runter", gesteht sie ein.

„Kein Wunder", sagt Ronald verständnisvoll. „In der letzten Zeit ist viel zusammengekommen. Wenn wir Klarheit haben, wie meine Bewerbung und unser Gespräch in Berlin ausgegangen sind, bringt das wieder mehr Ruhe in unseren Alltag ... Mir ist schon klar, dass du unter der Angst leidest, dass dir wirklich jemand etwas antun will. Aber demnächst kann ich mir endlich die Zeit nehmen, mich richtig um dich zu kümmern."

*

Der Juli entwickelt sich in diesem Jahr zu einem echten Sommermonat. Für die nächsten vierzehn Tage sind für Hannover durchgängig Temperaturen um die dreißig Grad vorhergesagt worden.

Viktor Thum sitzt auf einer Bank in der Eilenriede und genießt den Schatten der Bäume. Nach außen macht er einen völlig entspannten Eindruck, aber innerlich ist er äußerst konzentriert. Momentan steht

Ulrike Dannenberg im Mittelpunkt seiner Überlegungen. Mehrfach hat er die Pläne für sein weiteres Vorgehen modifiziert. Noch gibt es einige Unklarheiten bei der Ausführung seines Auftrags. Eindeutig ist weiterhin das Ziel. Er wird Ulrike Dannenberg töten. In Gedanken spielt er mehrere Varianten durch. Wenn es nach ihm geht, wird die Frau länger und qualvoller sterben als Claudia Faber.

Viktor kommt zum Ausgang seiner Überlegungen zurück: die Beobachtung seines Opfers Ulrike Dannenberg. Dabei macht er einen Gedankensprung, der ihm selbst merkwürdig erscheint.

Als Jugendlicher hatte er häufig die Nachbarstochter beobachtet und genau herausgefunden, welche Gewohnheiten und Vorlieben sie hatte. Er verehrte sie und wollte sie um jeden Preis als Freundin. Schon damals war er in der Lage, zielgerichtet seine Pläne umzusetzen. Seinem jüngeren Bruder hatte er es zu verdanken, dass sie nicht lange seine Freundin blieb. Viktor hatte seinen verhassten Bruder zusammengeschlagen, eine angemessene Strafe für dessen arrogantes Verhalten. Dieser hatte nichts Besseres zu tun, als sich Viktors Freundin als schwer misshandeltes Opfer zu präsentieren. Danach ging seine Freundin verschreckt auf Distanz zu Viktor. Er hatte sie für immer verloren.

Viktor unterbricht abrupt seine Erinnerungen, die er mit einer Niederlage verbindet. Inzwischen ist er es gewohnt, andere zu besiegen. Die Angelegenheit mit Ulrike wird er erfolgreich beenden. Dazu sind noch einige Absprachen nötig.

34

Stefan Hansen, der Geschäftsführer der Ludendorff-Klinik, hat Ronald Dannenberg zu einem Gesprächstermin in sein Büro gebeten. Der Personalleiter Dirk Mollenhauer wird ebenfalls anwesend sein.

Auf dem Weg durch den Klinikpark ins Verwaltungsgebäude muss sich Ronald eingestehen, dass er sehr aufgeregt ist. Was Hansen und Mollenhauer mit ihm besprechen wollen, liegt auf der Hand. Sie werden ihm das Ergebnis der Bewerbungsgespräche mitteilen. Jetzt geht es um alles oder nichts! Ronald hat ein Fifty-fifty-Gefühl. Insbesondere Dr. Wildhagen, der Mann aus der Hamburger Chefetage, hatte im Bewerbungsgespräch sehr kühl auf Ronalds Ausführungen reagiert. Andererseits ist Ronald in der Mitarbeiterschaft ein geschätzter Oberarzt – das kann in Ilten weder Hansen noch Mollenhauer verborgen geblieben sein.

Die Empfangshalle des Verwaltungsgebäudes ist repräsentativ eingerichtet. Ein Kronleuchter an der Decke, mehrere Sitzgruppen aus Leder mit dazu passenden flachen Tischen aus Massivholz, an den Wänden aussagekräftige Gemälde eines psychisch kranken Künstlers, der hier vor Jahren erfolgreich behandelt worden ist. Der Konzertflügel am Rand der Vorhalle wird für kulturelle Veranstaltungen in der Klinik genutzt.

Ronald betritt das Vorzimmer des Geschäftsführers. Die Sekretärin verzieht den Mund zu einem aufgesetzten Lächeln. Ist sie über das Ergebnis der anstehenden Besprechung informiert?

„Gehen Sie bitte durch, Herr Hansen erwartet Sie", teilt sie nüchtern mit.

Ronald wird zunehmend unruhiger. Die Befürchtung, dass seine beruflichen Pläne an der Klinik geplatzt sind, wird größer.

Hansen und Mollenhauer erwarten ihn mit neutraler Miene. Sein Gespür als Psychiater sagt ihm sofort, dass sie ihm eine Absage erteilen wollen.

Nach einer Begrüßung mit Handschlag setzen sich die drei Männer an den Besprechungstisch des geräumigen Büros, das vom Stil seiner Einrichtung her der Vorhalle des Verwaltungsgebäudes in nichts nachsteht.

Das folgende Gespräch nimmt Ronald weitgehend wie in Trance wahr.

Hansen teilt Ronald mit, dass die Entscheidung für die Chefarztnachfolge nicht auf ihn gefallen ist.

„Sollte der Vertrag mit dem von uns ausgesuchten Kandidaten allerdings nicht zustande kommen, sind Sie selbstverständlich als Ersatzbewerber weiterhin im Rennen", sagt der Geschäftsführer in bemüht wohlwollend klingendem Tonfall.

Dann ist Mollenhauer an der Reihe.

„Ich habe Ihren Einsatz für die Patienten unserer Klinik stets bewundert", erklärt ihm der Personalleiter, wobei Gestik und Mimik das Gesagte nicht wirklich unterstützen. „Es tut mir insofern leid, dass Sie es nicht geworden sind. Ich hoffe aber, dass Sie uns trotzdem weiterhin mit Ihrem bewährten Engagement als Oberarzt in Ilten zur Verfügung stehen."

Ronald hat das Gefühl, den Boden unter den Füßen zu verlieren. Über Jahre hat er sich als der ewige Verlierer gefühlt. Jetzt hat er kurz davor gestanden, endlich einen wichtigen Schritt nach vorn zu machen. Und wieder ist alles umsonst. Er ist maßlos enttäuscht. Was für ein Gesichtsverlust vor den Klinikmitarbeitern!

Seine Einschätzung der Atmosphäre des Bewerbungsgespräches hat sich als richtig erwiesen. Dem Mann aus der Hamburger Führungsetage hat er nicht gefallen. Das hat ihm das Genick gebrochen!

„Können Sie mir schon sagen, auf wen Ihre Wahl gefallen ist?", bringt er mühsam hervor.

Der Personalleiter schüttelt den Kopf: „Die offizielle Bekanntgabe ist erst möglich, wenn das Verfahren formal abgeschlossen und der Einstellungsvertrag unterschrieben ist."

Die Antwort hat Ronald erwartet. Auf einmal überkommt ihn die Befürchtung, dass sich die Findungskommission für Mark Seifert entschieden hat. Mark als sein neuer Chef? Das könnte er nicht ertragen.

Ronald muss seine berufliche Lebensplanung vollkommen überdenken. Dafür benötigt er Zeit.

Noch am selben Tag schafft er es, sich spontan für zwei Wochen Urlaub zu nehmen. Sein Oberarztkollege, der ihn regelmäßig vertritt, hat keine schulpflichtigen Kinder mehr und nimmt insofern seinen Urlaub außerhalb der Sommerferien. Ein glücklicher Umstand für Ronald, der es im Moment keinen Tag länger in der Ludendorff-Klinik ausgehalten hätte.

*

Vier Tage später ...

Obwohl es langsam auf 21:30 Uhr zugeht, ist es draußen noch hell. Viktor Thum verharrt angespannt im Flur des Hauses, in dem sich außer ihm nur noch eine Person aufhält. Er weiß, dass Ronald Dannenberg bei einem Stammtischtreffen niedergelassener Psychiater ist. Ulrike Dannenberg hält sich in einem der Räume im ersten Stock auf. Von der Straße aus hatte Viktor die Frau durch ein Fenster an der Vorderseite des Hauses gesehen. Ohne Probleme war er anschließend in das Gebäude gelangt.

Er muss sich absolut leise verhalten, damit sie ihn nicht hört. Er trägt zu seinen Einmalhandschuhen Allerweltskleidung: weißes T-Shirt, blaue Jeans. Aber sein Gesicht ist bei näherem Hinsehen auffällig. Erneut hat er sich der Latexmaske mit dem Narbengesicht bedient. Eine kleine Umhängetasche, quer über die Schulter gehängt, enthält alle notwendigen Utensilien, die er in den nächsten Minuten brauchen wird.

Er wirft vorsichtig jeweils einen Blick in die Räume im Erdgeschoss: Wohnzimmer, Küche, Arbeitszimmer, Gästetoilette.

Ulrike Dannenberg ist zwar einige Jahre älter als Claudia Faber, dafür aber deutlich durchtrainierter. Das hat er bei der Planung für sein heutiges Vorgehen berücksichtigt. Er wird sie von hinten überraschen, ehe sie sich wehren oder um Hilfe rufen kann.

Jetzt gibt es zwei Möglichkeiten. Entweder er schleicht sich nach oben und erwischt die Frau dort. Oder er wartet, dass sie wieder nach unten kommt. Bei der ersten Variante besteht die Gefahr, dass die Frau gerade oben im Türrahmen erscheint, während er noch auf der Treppe ist. Früher oder später wird sie ins Wohn- oder Arbeitszimmer im Erdgeschoss zurückkehren. Dann ist er im Vorteil.

Er betritt das Wohnzimmer, legt seine Umhängetasche in eine Ecke und holt sich daraus das Tuch und die kleine Flasche. Sobald er die Frau überwältigt hat, kommt der zweite Teil seines Plans. Gedanklich bereitet er sich auf jegliche Eventualitäten vor.

Es ist so weit! Er hört Schritte auf der Treppe im Flur. Ohne Hast geht Ulrike Dannenberg die Stufen nach unten. Viktor presst sich mit dem Rücken an die Wand neben der Wohnzimmertür, damit ihn die Frau vom Flur aus nicht sehen kann. Aber sie will nicht ins Wohnzimmer. Viktor registriert, dass sie ins Arbeitszimmer gegangen ist. Nach einigen Minuten hört er das Tippen auf einer Tastatur. Viktor nickt, sie sitzt also am PC.

Was sagt ihm seine Erinnerung? Der Schreibtisch steht vor dem Fenster. Das bedeutet, dass Ulrike mit dem Rücken zur Tür sitzt. Das ist der günstige Moment, auf den er gewartet hat! Jetzt muss er schnell handeln.

Lautlos betritt er den gefliesten Flur und strebt auf das Arbeitszimmer zu, dessen Tür offensteht. Er hört die Frau, aber er sieht sie nicht. Das Arbeitszimmer geht rechts vom Flur ab, direkt vor dem Hauseingang. Erst wenn er im Türrahmen steht, kann er in den Raum hineinblicken. Das Tastaturgeklapper garantiert, dass sie noch vor dem PC sitzt. Außerdem übertönt es jedes leise Geräusch. Damit hat Ulrike Dannenberg keine Chance, ihren Angreifer zu hören.

Die kleine Flasche enthält selbst hergestelltes Chloroform. Viktor tränkt das Tuch in seiner Hand ausreichend mit der sofort betäubenden Flüssigkeit.

Mit einem schnellen Schritt steht er im Türrahmen des Arbeitszimmers. Die Apothekerin sitzt mit dem Rücken zu ihm auf einem Drehstuhl, schreibt gerade eine E-Mail. Sie schaut hoch und sieht offenbar in diesem Moment das Spiegelbild ihres Widersachers in der Fensterscheibe. Sofort dreht sie den Stuhl herum und springt auf. Mit vor Schreck geweiteten Augen erkennt sie den Mann mit dem Narbengesicht.

Viktor hastet mit drei Schritten auf sie zu und presst ihr das Tuch mit dem Betäubungsmittel auf Mund und Nase. Postwendend erlahmt ihre Gegenwehr. Der Körper der Frau erschlafft und gleitet in Viktors Armen auf den Teppichboden des Zimmers.

Der Mann atmet erleichtert durch und genießt seinen Triumph. Es hat geklappt! Ulrike Dannenberg ist in seiner Hand.

Das Fesseln und Knebeln seines Opfers erledigt er zielstrebig und routiniert. Bevor er sie wegschafft, muss er noch etwas im Haus erledigen.

Heute ist Montag, der 15. Juli.

35

Anna ist einfach zauberhaft. Gut, dass ich zu ihr gefahren bin.

„Du bist das Liebste, was ich habe", gestehe ich ihr, bevor ich sie erneut leidenschaftlich küsse.

„Zumindest in Europa", antwortet sie in Anspielung auf meine Tochter, die sich momentan in Australien aufhält.

Zurzeit überhäufen sich bei mir die Ereignisse. An zwei Wochenenden habe ich unter strenger Geheimhaltung Anna in ihrem Hildesheimer Versteck besucht und dort übernachtet. Das kleine gemütliche Ferienhaus, vollständig mit Strom- und Wasseranschluss ausgestattet, lässt tatsächlich Urlaubsatmosphäre aufkommen. Direkt nebenan liegen zwei weitere Ferienhäuser, die zumindest am Wochenende bewohnt sind. Um jederzeit mobil zu sein, darf Anna den Motorroller von Janniks Schwester benutzen. Aber die tausend Meter zum idyllisch gelegenen Badesee Tonkuhle geht sie gerne zu Fuß und schwimmt dort regelmäßig im See, der sich mitten in einem Erholungsgebiet mit Liegewiesen befindet. An den Wochenenden bringe ich Anna Lebensmittel und Getränke aus Hannover mit. Zwischenzeitlich haben wir den Grund für Annas Aufenthalt in Hildesheim einfach vergessen, zumal keine neuen Drohbriefe mehr bei mir eingegangen sind – was mich freut und gleichzeitig verwundert.

An unserem ersten Wochenende habe ich Anna eine gute Nachricht mitgebracht. Die Personalabteilung der Region Hannover ist auf mich zugekommen und gewährt mir eine Gehaltszulage, damit ich beim Sozialpsychiatrischen Dienst bleibe.

Die folgende Woche ist turbulent gewesen: Mein Bewerbungsgespräch in Ilten, Querelen um zwei zum Scheitern bedrohte Gesundheitsprojekte, die üblichen Notfalleinsätze. Zwischendurch habe ich abends bei Ulrike zu Hause angerufen, um zu fragen, wie es ihr geht. Ronald ist am Apparat gewesen und hat mich abgewimmelt: „Es passt gerade schlecht. Aber es geht ihr wie immer." Da habe ich gleich darauf verzichtet, es noch einmal auf Ulrikes Handy zu versuchen.

Dazu ist am Freitag das Telefonat mit dem Personalleiter der Ludendorff-Klinik gekommen. Mit der Nachricht, dass ich den Chefarztposten nicht bekommen habe, gehe ich in mein zweites Wochenende mit Anna. Na ja, das kann ich verkraften. Meine Bewerbung ist sowieso etwas halbherzig gewesen, und finanziell hat es sich gelohnt. Die Zulage von der Region Hannover behalte ich trotzdem.

Mein heutiger Arbeitstag im Sozialpsychiatrischen Dienst führt mich am späten Nachmittag nach Laatzen. Nach dem Termin habe ich Feierabend. Es ist Dienstag, der 16. Juli. Die Rückfahrt mit der Stadtbahn Richtung Norden führt mich durch Waldhausen. In der Bahn entscheide ich spontan, an der Haltestelle „Döhrener Turm" in Waldhausen auszusteigen. Es bietet sich an, persönlich bei Ulrike vorbeizuschauen. Wenn ich vorher anrufe, werde ich sowieso vertröstet.

Nach einem kleinen Fußmarsch, der mich durch eine vertraute Wohngegend mit zahlreichen Villen führt, erreiche ich Ulrikes Haus. Das Tor der Doppelgarage ist geschlossen. Ich durchquere den Vorgarten, der genauso gepflegt aussieht wie früher. Die Haustür besteht vollständig aus Massivholz, ich kann aber durch eine längliche Fensterglasscheibe links neben der Tür in den leeren Flur gucken. Ich drücke auf den Klingelknopf und warte.

Als keine Reaktion erfolgt, versuche ich es noch einmal. Vielleicht haben Ulrike und Ronald das Klingeln überhört.

Es dauert etwas, bis ich durch die Scheibe Ronald im Flur auftauchen sehe. Er kommt offenbar aus dem Arbeitszimmer. Ist wohl sehr in seine Arbeit am PC vertieft gewesen. Seiner Mimik nach zu urteilen komme ich wieder ungelegen. Ich winke ihm zu. Für einen Moment habe ich den Eindruck, er könnte mich vor der verschlossenen Tür stehen lassen. Aber dann öffnet er und schaut mich verwundert an: „Hallo, Mark. Mit dir habe ich überhaupt nicht gerechnet. Du bist ja schon lange nicht mehr hier gewesen ..."

Ulrike hat ihm offensichtlich von meinem Besuch vor gut anderthalb Wochen nichts erzählt.

„Hallo, Ronald", begrüße ich ihn. „Ich bin zufällig hier vorbeigekommen und wollte kurz zu Ulrike."

Ronald spielt am Bügel seiner Hornbrille und wirkt alles andere als begeistert.

„Möchtest du etwas Bestimmtes von Ulrike?", entgegnet er und macht keine Anstalten, mich ins Haus zu bitten.

„Ich habe mitbekommen, dass es ihr nicht so gutgeht", antworte ich und füge schnell als Quelle meines Wissens hinzu: „Katharina hat mir über ‚Skype' von Ulrikes anhaltenden Albträumen berichtet. Sie fühlt sich anscheinend sogar tagsüber bedroht."

„Ich glaube, das hat Katharina überbewertet. Ulrike geht es ganz gut."

„Na prima!", sage ich leicht ungeduldig. „Dann spricht doch nichts dagegen, wenn ich ein paar Worte mit ihr wechsle."

Ronald gehen offenbar die Argumente aus, mich nicht ins Haus zu lassen.

Aber da habe ich mich getäuscht!

„Das geht leider nicht. Ulrike ist nicht zu Hause", behauptet er. Da ich ungläubig gucke, ergänzt er postwendend: „Sie übernachtet heute bei ihrer Freundin."

Das klingt für mich wie eine billige Ausrede.

„Ach, sie ist bei Corinna Schmidt?!", ziehe ich einen Schluss, den ich selbst innerlich anzweifle.

„Ja, ja", stimmt er mir hastig zu und wirkt erleichtert, als ich daraufhin Anstalten mache zu gehen.

„Grüß bitte Ulrike von mir", verabschiede ich mich. „Es wäre nett, wenn du ihr morgen ausrichtest, dass ich mich demnächst wieder bei ihr melde."

Ronald verspricht, meine Botschaft zu übermitteln, und macht nach einem „Na, dann mal tschüss" die Tür wieder zu.

Ich verlasse das Grundstück und gehe einige Schritte nachdenklich die Straße an der Eilenriede entlang. Ronald hat sehr nervös auf mich gewirkt. Irgendetwas stimmt da nicht! Mein Handy habe ich dabei. Am besten, ich spreche mit Ulrike persönlich.

Ich bleibe stehen und wähle ihre Handynummer. Leider hat sie ihr Handy ausgeschaltet, und ich erreiche nur die Mailbox. Als Nächstes besteht die Möglichkeit, sie über ihre Freundin Corinna zu erreichen. Da mein Handy keinen Internetzugang besitzt, rufe ich die Telefonauskunft an. Corinna und Eckhardt Schmidt in der Yorkstraße, Hannover – für die Auskunft kein Problem.

Corinna ist gleich am Apparat.

„Mark, das ist aber eine Überraschung. Wir haben uns ja lange nicht gesprochen", höre ich jetzt diese Sätze in ähnlicher Form zum zweiten Mal.

Als ich sie frage, ob ich mit Ulrike sprechen könne, reagiert sie irritiert: „Ulrike ist nicht bei mir."

„Hattet ihr vereinbart, dass sie heute bei euch übernachtet? Ronald hat mir das erzählt."

„Nein. Ich habe schon seit Tagen kein Wort mehr mit ihr gewechselt", ihre Stimme klingt besorgt. „Ist sie verschwunden? Hoffentlich ist ihr nichts passiert!"

„Das ist mir auch nicht klar, was das zu bedeuten hat. Aber keine Angst, ich kriege das raus. Wenn es Neuigkeiten gibt, melde ich mich sofort wieder."

*

Nach dem Telefonat mit Corinna kehre ich gleich um und stehe erneut vor Ulrikes Haustür. Energisch klingle ich zweimal kurz hintereinander. Diesmal ist Ronald schneller an der Tür und öffnet umgehend.

„Du hast mich angelogen, Ronald! Ulrike ist nicht bei Corinna – und sie hatte es auch nie vor!", werfe ich ihm anstelle einer Begrüßung ärgerlich an den Kopf.

Ronalds Körper verkrampft sich schlagartig. Er presst seine Lippen zusammen und zieht hörbar die Luft durch die Nase ein.

„Nun spiel dich hier nicht auf!", entgegnet er wütend und steckt mir zurückweisend beide Handflächen entgegen. „Dann habe ich Ulrike eben falsch verstanden, und sie ist woanders hingefahren. Was geht dich das überhaupt an?"

„Eine ganze Menge! Die Mutter meiner Tochter fühlt sich seit einiger Zeit bedroht, und plötzlich ist sie verschwunden. Und ihr Ehemann kann mir nicht sagen, wo sie geblieben sein könnte!"

Ich gerate zunehmend in Wallung, während Ronald einen Gang herunterfährt.

„Es gibt für alles eine harmlose Erklärung. Du kannst beruhigt nach Hause fahren, Mark. Ich ruf dich die Tage an und erklär dir dann das Ganze."

„Willst du mich verarschen, Ronald?!", werfe ich ihm gereizt vor und setze dabei einen Fuß in seinen Hausflur. „Ich verschwinde hier erst wieder, wenn du mir plausibel erklärt hast, wo sich Ulrike jetzt aufhält."

„Einverstanden", sagt Ronald, dessen Gegenwehr mit einem Mal zusammenbricht. „Komm rein."

Er führt mich ins Arbeitszimmer, bietet mir den Stuhl neben dem Schreibtisch an und nimmt selbst auf dem Drehstuhl Platz. Der PC ist eingeschaltet, der Monitor zeigt im Standby-Modus ein schwarzes Bild.

Ronald fängt an zu zittern, wischt sich Tränen aus den Augen. Er wirkt wie ausgewechselt.

„Tut mir leid, dass ich dich angelogen habe, Mark. Aber es ist etwas Grauenhaftes passiert!"

„Wo ist Ulrike?", ist das Einzige, was mich interessiert.

„Sie ist entführt worden."

„Was?!!" Vor Entsetzen richte ich mich im Sessel auf. „Wann war das?"

„Das muss gestern Abend gewesen sein. Als ich vom Psychiater-Stammtisch nach Hause kam, sah ich einen Briefumschlag, der mit Klebeband an unserer Haustür befestigt war. Darin fand ich ein Schreiben der Entführer."

„Kannst du mir das Schreiben zeigen?"

Ronald holt ein gefaltetes Din-A4-Blatt aus der obersten Schreibtischschublade hervor und gibt es mir zögernd. Darauf steht ein gedruckter Text: „Deine Frau ist in unserer Gewalt. Wenn du sie lebend wiederhaben willst, befolge strikt jede unserer Anweisungen: Keine Kontaktaufnahme zur Polizei!! Sobald du oder eine Person deiner Umgebung die Polizei einschaltet, töten wir deine Frau auf der Stelle. Geh an deinen PC, die weiteren Instruktionen erhältst du per Mail. Wage nicht, unsere Anweisungen zu umgehen. Wir beobachten dich und dein Umfeld rund um die Uhr."

Ich bin fassungslos. Ulrike hat sich verfolgt gefühlt, und jetzt ist sie tatsächlich verschleppt worden.

„Hast du schon ein Lebenszeichen von ihr?", ist natürlich meine nächste Frage.

„Ja, sie ist Gott sei Dank am Leben. Die Entführer haben mir gestern spätabends noch eine Mail geschickt mit neuen Anweisungen und einem Foto von Ulrike. Heute bekam ich eine weitere Mail mit einem Link zu einer Webseite, auf der ich mir ein Video von Ulrike anschauen konnte."

Ronald zeigt mir auf dem Monitor die E-Mail der Entführer, in der sie ihm mitteilen, dass er seine Frau bei ihrem Arbeitgeber krankmelden soll, damit von dort keine lästigen Nachfragen kommen. Der Anhang ist ein Bild, auf dem Ulrike gefesselt in einem undefinierbaren Raum zu sehen ist.

„Ich habe heute Morgen bei der Personalabteilung von Toba angerufen und gesagt, dass Ulrike eine Woche wegen Krankheit ausfällt. Dann habe ich eine Arbeitsunfähigkeitsbescheinigung mit dem Stempel unserer Institutsambulanz gefälscht und an Toba abgeschickt. So wie Ulrike zuletzt drauf war, gehen ihre Mitarbeiter wahrscheinlich davon aus, dass sie unter einem psychovegetativen Erschöpfungszustand leidet."

Als Nächstes klickt Ronald auf die Webseite mit dem Video, in dem die Entführer die gefangene Ulrike vorführen. Was ich zu sehen bekomme, kann ich kaum aushalten. Der Raum, in dem sie sich befindet, wirkt wie ein Verlies. Ulrike, bekleidet mit Bluse und Jeans, hockt auf einer Matratze, starrt unsicher in die Kamera. Um ihr rechtes Handgelenk trägt sie eine Eisenschelle, die durch eine vielgliedrige Kette mit einem Metallring an der Wand verbunden ist. Mit ängstlicher Stimme gibt sie einen vorgefertigten Text wieder:

„Ronald, sie werden mich umbringen, wenn du dich nicht genau an alles hältst, was sie von dir verlangen ... Ich bin an einem Ort, an dem mich keiner finden würde. Schalte nicht die Polizei ein ...! Für ein Lösegeld von einer Million Euro lassen sie mich wieder frei. Du hast genau drei Tage Zeit, das Geld zu besorgen."

Eine weitere E-Mail der Entführer enthält die genaue Anweisung, das Lösegeld in nicht durchnummerierten 100-Euro-Scheinen zu besorgen. Außerdem kündigen die Entführer an, sich in drei Tagen um 18 Uhr wieder zu melden.

„Natürlich kann ich nicht mal kurz eine Million locker machen", kommentiert Ronald die Lösegeldforderung. „Ich habe daher Ulrikes Vater in Frankfurt angerufen. Er wird das Geld besorgen."

Allein was die Nutzung des Internets angeht, sind hier sicher Profis am Werk. Ich gehe davon aus, dass sich die Täter anonym ohne Rückverfolgungsmöglichkeiten im Internet bewegen, sodass eine Identifikation ihrer IP-Adresse und ihres Standortes nicht möglich ist. Folglich können sie auch Videos ins weltweite Netz stellen, ohne erkannt zu werden.

Ronalds Mailadresse ist für die Täter leicht herauszubekommen, sie steht auf der Website der von ihm privat unterstützten Kampagne „Drogenfreies Leben".

„Weißt du, wo sich Ulrike aufgehalten hat, als sie entführt wurde?"

„Sicherlich zu Hause. Als ich gegen 23:30 Uhr hier eintraf, stand die Terrassentür im Wohnzimmer auf. Einbruchspuren habe ich nicht gefunden. Ich vermute, dass Ulrike entweder gerade im Wohnzimmer an der geöffneten Tür stand, als die Täter kamen, oder sie hat in ihrer Fahrigkeit aus Versehen vergessen, die Tür zu schließen."

„Wer konnte wissen, dass du an diesem Abend beim Psychiater-Stammtisch sein würdest?"

„Da gehe ich regelmäßig hin, um den Kontakt zu den niedergelassenen Kollegen zu pflegen. Jeder, der über einen gewissen Zeitraum meine Gewohnheiten ausspioniert, könnte das wissen. Das wissen sogar einige deiner Mitarbeiter im Sozialpsychiatrischen Dienst. Daran nehmen nämlich für gewöhnlich auch zwei deiner Beratungsstellen-Ärzte teil ... Aber jetzt mache ich mir große Vorwürfe, dass ich gestern nicht zu Hause geblieben bin."

Ich stehe auf und lege ihm die Hand auf die Schulter. Er sieht mich an, als wäre er dankbar für diese Geste.

„Deshalb habe ich dich vorhin angelogen", entschuldigt er sich überflüssigerweise. „Ich wollte um jeden Preis die Bedingungen dafür herstellen, dass Beschaffung und Übergabe des Lösegelds ohne Störungen von außen ablaufen können, damit Ulrike nichts passiert."

„Sollten wir nicht trotzdem erwägen, die Polizei einzuschalten? Die haben sicher jede Menge Erfahrung, bei Entführungen im Verborgenen zu operieren."

Ronald reißt seine Augen erschrocken weit auf.

„Auf keinen Fall! Ich habe höllische Angst, dass die Kerle sie umbringen, wenn auch nur der geringste Verdacht besteht, dass wir die Polizei ins Spiel gebracht haben. Bitte Mark, du musst mir schwören, dass du kein Sterbenswörtchen zur Polizei sagst. Ich weiß, dass du gute Verbindungen zur Kripo hast. Aber es geht um das Leben von Ulrike! Das Geld kann die Familie sicher verschmerzen, aber nicht ihren Tod!"

Ronald setzt mit einer Hand seine Brille ab und wischt sich mit der anderen über beide Augen. Er will seine Tränen vor mir verbergen.

„Willst du dafür verantwortlich sein, dass die Verbrecher die Mutter deiner Tochter töten?", verstärkt er vor Angst seinen moralischen Druck auf mich. Was gar nicht mehr nötig ist. Er hat mich überzeugt. Ich glaube, er hat völlig recht. Mir erscheint das Risiko ebenfalls sehr hoch, dass eine Kontaktaufnahme mit der Polizei von den Entführern bemerkt wird und Ulrike unser Vorgehen büßen muss.

„Ich verspreche dir, dass ich während des gesamten Zeitraums, in dem Ulrike in der Hand der Entführer ist, kein Wort über die Entführung gegenüber der Polizei verliere."

„Bitte schwöre es", verlangt Roland mit Nachdruck. Dabei fixieren mich seine Augen mit einer Intensität, die keinen Widerspruch duldet.

„Also schön. Ich schwöre es."

Ronalds Körperhaltung entspannt sich. Er scheint über mein Versprechen erleichtert zu sein. Wir vereinbaren, Katharina und Corinna irgendeine plausible

Geschichte zu erzählen, mit der wir ihnen Ulrikes Abwesenheit erklären. Bleibt noch Alexander. Sollte er spontan hier auftauchen, macht Ronald es von der Situation abhängig, inwieweit er ihn informiert.

„Hast du einen Verdacht, wer Ulrike erst bedroht und dann entführt haben könnte?", frage ich Ronald.

„Eine ähnliche Geschichte ist mir von Claudia Faber bekannt. Bevor sie in ihrem Haus ermordet wurde, fühlte sie sich verfolgt."

„Darüber stand nie etwas in der Zeitung. Das wusste ich gar nicht ... Aber vielleicht haben Ulrikes Ängste und ihre Entführung überhaupt nichts miteinander zu tun. Warum sollte jemand erst versuchen, sie zu töten, wenn er sie eigentlich entführen will? Zumal sich meine finanziellen Aussichten kurz vor der Entführung sogar verschlechtert haben. Aber das ist eine andere Geschichte."

Meine Frage, ob er jemanden in Verdacht hat, ist noch unbeantwortet.

„Ronald, ich will ganz offen mit dir reden. Ulrike hat mir erzählt, dass Alexander Kontakt zu einer satanischen Sekte hat. Könnte es da einen Zusammenhang geben?"

Meine Frage hinterlässt bei meinem Gegenüber einen ungläubigen Gesichtsausdruck.

„Alexander benimmt sich teilweise wie ein Arschloch. Aber er ist doch kein Verbrecher! So gut kenne ich meinen Sohn."

„Und die Sekte?"

„Solche satanischen Sekten sind sicher gefährlich, weil sie Menschen psychisch und mit körperlicher Gewalt unterdrücken und dadurch möglicherweise traumatisieren. Frauen werden sexuell ausgenutzt ... Aber die Entführung von Nicht-Sektenmitgliedern zur

Erpressung von Lösegeld passt meiner Meinung nach nicht ins Profil."

„Du hast also keine Vermutung ...?"

„Doch. Es könnte mit unserem Anti-Heroin-Projekt zu tun haben. Wenn durch unsere Ideen die Opiumproduktion gedrosselt wird, hat das auf nationaler und internationaler Ebene enorme Auswirkungen. Unter Umständen haben wir unterschätzt, dass wir uns damit schon im Vorfeld Feinde machen ... Übermorgen wäre unsere Präsentation im Auswärtigen Amt in Berlin gewesen. Nach Ulrikes Entführung habe ich den Termin abgesagt. Wenn Ulrikes Ängste wirklich einen realen Hintergrund haben, dann könnte hier eine Erklärung liegen. Erst versetzen die Angreifer Ulrike in Todesangst, und als das nicht ausreicht, verschleppen sie sie, um uns psychisch und finanziell fertigzumachen – in der Hoffnung, dass wir anschließend unsere Pläne ruhen lassen."

Auf mich wirkt diese Theorie etwas hergeholt. Aber für Ronald ist sie bestimmt erträglicher als die Vorstellung, sein Sohn könnte in die schrecklichen Vorfälle verwickelt sein.

„Anna und ich sind übrigens ebenfalls Bedrohungen ausgesetzt. In den letzten Wochen erhielt ich drei anonyme Nachrichten, die die Ermordung von Anna ankündigen. Aber der Täter hat die Schreiben nicht wie bei dir über das Internet, sondern ganz konventionell mit der Post verschickt."

„Wie habt ihr darauf reagiert?"

„Einer meiner Sozialarbeiter, der mit mir in der Weinstraße arbeitet, kennt Anna über die Esperanto-Szene und hat ihr ein geheimes Versteck in Hildesheim zur Verfügung gestellt. Da ist sie sicher."

„Na, zum Glück." Ronald runzelt die Stirn. „Ein männlicher Mitarbeiter in der Weinstraße? Ulrike hat immer gesagt, bei dir in der Zentrale des Sozialpsychiatrischen Dienstes würden nur Frauen arbeiten ...?"

„Das ist sonst auch so. Der Mitarbeiter hilft nur vorübergehend für einige Monate in der Zentrale aus."

Bei Jannik fällt mir Milena Drimalla ein. Ich nutze die Möglichkeit, Ronald persönlich gegenüberzusitzen, und erkundige mich, wie es ihr geht. Als einweisender Arzt darf ich das schließlich fragen.

„Sie ist immer noch äußerst verschlossen, hat zwischendurch Wahngedanken. Ich vermute, sie war früher schon unterschwellig krank, und irgendwelche – möglicherweise traumatischen – Erlebnisse haben bei ihr eine schwere Psychose angetriggert."

„Hat sie Angehörige?"

„Ob sie Geschwister hat, weiß ich nicht mehr so genau. Aber mein Stationsarzt hat mit ihrem Vater telefoniert, der allein in Ostdeutschland lebt. Der Mann bestätigte, dass seine Tochter schon früher merkwürdig gewesen ist."

„Hat er sie mal bei euch besucht?"

„Darüber ist mir nichts bekannt." Ronald guckt mich äußerst skeptisch an. „Du interessierst dich auf einmal für eine Krankenhausbehandlung. Könnte das bedeuten, dass wir uns demnächst häufiger in der Klinik wiedersehen werden?"

Ich brauche einige Sekunden, bis ich kapiere, worauf Ronald hinauswill. Offenbar nutzt er meine Fragen als Aufhänger, um herauszubekommen, ob die Wahl für den Chefarztposten auf mich gefallen ist. Er ist es also nicht geworden. Das wollte er wohl ausdrücken mit seiner Anspielung, dass sich seine „finanziellen Aussichten" sogar kürzlich verschlechtert hätten.

„Falls du das meinst ...? Ich werde nicht dein neuer Chef. Ich habe von eurer Verwaltung eine Absage bekommen."

Ronald zieht ein Gesicht, dem ich Überraschung und Erleichterung entnehme. Da war es also wieder, das „Konkurrenzding", wie Katharina es nannte.

„Du weißt überhaupt nicht, wen sie ausgewählt haben?", frage ich ungläubig. „Als langjähriger Mitarbeiter kennst du doch bestimmt jemanden, der dir trotz Verschwiegenheitspflicht verraten hätte, wer Weinholds Nachfolger wird."

„Klar." Seine Stimme klingt resigniert. „Aber als mir Hansen und Mollenhauer mitteilten, dass ich aus dem Rennen bin, war mir alles egal. Ich habe zwei Wochen Urlaub genommen und wollte von der Klinik nichts mehr hören und sehen."

Wenn Ronald freiwillig darauf verzichtet zu erfahren, wer ihm seinen begehrten Posten weggeschnappt hat, muss er innerlich schon einen ziemlichen Knacks bekommen haben.

„Es ist demnach der dritte Bewerber geworden", stelle ich fest.

„Ja, Martin Pahland aus Hamburg", brummt Ronald. Für einen Moment hat er anscheinend die Entführung von Ulrike vergessen.

Sekunden fühlen sich an wie Minuten – und Minuten wie Stunden. Die Zeit vergeht quälend langsam.

Obwohl draußen heller Tag ist, herrscht in dem Raum eine bedrückende Düsterheit. Nur durch ein kleines engmaschig vergittertes Fenster im oberen Bereich einer Wand fällt etwas Licht. Der nackte Steinfußboden und die kargen schmutzigen Wände geben dem fast leeren Raum den Charakter eines Gefängnisses aus längst vergangenen Zeiten. Verstaubte Spinnennetze in sämtlichen Ecken deuten darauf hin, dass der Kellerraum seit längerem nicht mehr genutzt worden ist, zumindest nicht von Menschen, denn Käfer und andere Insekten gibt es hier genug.

Vor einer Wand liegt eine Matratze, daneben mehrere Decken. Es ist kühl und feucht in dem Raum. Dr. Ulrike Dannenberg hat sich auf der Matratze in eine Decke gehüllt und zum wiederholten Male versucht, etwas zu schlafen. Aber sie ist trotz Erschöpfung seit Stunden wach, kann nicht abschalten. Immer wieder tauchen die Bilder auf. Der Mann mit dem Narbengesicht, der plötzlich in ihrem Arbeitszimmer steht und sie betäubt. Ihr Weg ins Ungewisse, gefesselt und geknebelt mit verbundenen Augen im Kofferraum eines Wagens, dann die Ankunft an einem unbekannten Ort, der ihr Gefängnis wird. Wieder wird sie betäubt und erwacht in diesem düsteren Raum. Um ihren rechten Unterarm legt sich eine Eisenschelle mit einer Kette, die an einem Ring an der Wand festgemacht ist. Der Mann hat nicht wirklich ein Narbengesicht. Ulrike ist klargeworden, dass er eine Latexmaske trägt. Er gibt ihr Anweisungen und filmt sie mit seinem Smartphone, während sie einen Text für Ronald aufsagen muss. Die Stromversorgung für das Gebäude ist offenbar abgeschaltet, trotzdem gibt es Licht. Der Mann hat zwei tragbare batteriebetriebene LED-Laternen mitgebracht. Neben der Matratze steht eine Campingtoilette.

„Benutz die und mach hier keine Sauerei", hat ihr der Mann befohlen.

Unter Aufsicht hat sie gegessen und getrunken. Der Mann hat den Inhalt einer Tüte vor ihr ausgekippt: geschnittenes Graubrot, Scheibenkäse, kleine Margarinepäckchen und eine Plastikflasche Wasser, dazu Messer und Teller, ebenfalls aus Plastik.

„Beschmier dir den Kram selbst!"

Die Reste hat er später wieder eingesammelt.

Jetzt ist sie allein, starrt auf die verschlossene Tür, offenbar aus Stahl. Der Mann hat hinter sich abgeschlossen. Vorher hat er mit der Hand auf die LED-Laternen geklopft und sie über den Berührungsmechanismus zum Erlöschen gebracht. Neben den Laternen stehen einige volle Plastikflaschen Wasser, für Ulrike unerreichbar. Daneben liegt ein Stirnband mit einer LED-Kopfleuchte, das der Mann getragen haben muss, als er die bewusstlose Ulrike durch das dunkle Gebäude hierher geschleppt hat. Beim Verlassen des Raumes hatte er eine große Taschenlampe in der Hand. Ulrikes Blick geht in die andere Ecke des Raumes, in der sie schemenhaft die Sneaker sieht, die der Mann ihr ausgezogen hat.

Die Kette, die Ulrike mit der Wand verbindet, ist relativ kurz und schränkt ihren Bewegungsradius erheblich ein, erlaubt ihr gerade die Campingtoilette zu benutzen.

Plötzlich springt sie auf, dreht sich zum verschlossenen Fenster um, schreit sich die Kehle aus dem Leib:
„Hilfe! Ich bin hier gefangen! Hilfe! Hilfe! ... Hiilfe!"
Dann sackt sie zusammen. Das hat sie schon mehrfach probiert. Der Mann hat recht.

„Du kannst so laut schreien, wie du willst! Hier hört dich keiner", hat er höhnisch beim Rausgehen verkündet. Der Keller scheint Teil eines verlassenen Gebäudes zu sein, wahrscheinlich in einer abgelegenen Gegend.

Ihre Gedanken verdichten sich auf ein Ziel: Flucht! Aber momentan stehen die Chancen schlecht. Der Raum ist durch eine Stahltür gesichert, ihre Hilferufe dringen nicht nach draußen, das einzige Fenster ist vergittert. Es gibt in dem Raum keinen Gegenstand, den sie als Schlagwaffe benutzen könnte. Selbst das Plastikmesser wird wieder eingesammelt. Der Mann hat Ulrike befohlen, dass sie sich auf beide Unterschenkel setzen muss, wenn er in ihrer Nähe ist. Damit verhindert er, dass sie ihm unvermittelt einen Fußtritt verpasst. Außerdem ist der Mann ihr an Körperkraft deutlich überlegen. Bei einer körperlichen Auseinandersetzung würde sie immer den Kürzeren ziehen. Auch die Eisenkette ist nicht lang genug, um sie ihm in einem günstigen Moment um den Hals zu schlingen.

Trotzdem hat sie den Eindruck, dass der Mann mit ihr spielt. Dass er nur darauf wartet, dass sie die vermeintliche Freiheit ihres linken Armes und ihrer Beine dazu nutzt, ihn zu attackieren – um ihm damit einen Grund zu liefern, sie mit massiver Gewalt in die Schranken zu weisen. Das Gesicht des Mannes hat Ulrike wegen der Maske noch nie gesehen, aber die Art, wie er sie behandelt, spricht Bände. Sie spürt, wie wichtig es für ihn ist, seiner Umwelt durch körperliche Stärke seine Macht zu demonstrieren. Das macht ihn zu einer ernsthaften Gefahr. Sie muss vorsichtig sein, darf ihn nicht zu Gewalttätigkeiten ermuntern.

Die schwere Eisenschelle um ihren Unterarm wird starr durch einen verschließbaren Mechanismus zusammengehalten, rutscht Ulrike über das Handgelenk bis zu den Mittelhandknochen. Zwar bietet der Durchmesser der Eisenschelle Ulrikes Handgelenk eine gewisse Bewegungsfreiheit, aber die Konstruktion ist immer noch zu eng, um sich daraus befreien zu können.

In ihre Fluchtgedanken mischt sich Resignation. Realistisch betrachtet, ist ein Entkommen nicht möglich. Zuletzt würde alles an der verschlossenen Tür oder ihrem maskierten Peiniger scheitern. Sie muss ihre Hoffnung darauf setzen, dass ihr Entführer Wort hält und sie freilässt, sobald Ronald das Lösegeld hat. Sie weiß, dass ihr Mann sich das Geld über ihren Vater besorgen wird.

37

Ich bin abends in meine Wohnung im Zooviertel zurückgekehrt. In Waldhausen kann ich Ronald momentan nicht unterstützen. Wir sind so verblieben, dass er mich über wesentliche Neuigkeiten im Zusammenhang mit Ulrike gleich informiert.

Der Verdacht, dass die satanische Sekte in die Entführung und die anderen mysteriösen Vorfälle verwickelt ist, geht mir nicht aus dem Kopf. Ronald hat beteuert, dass er keine konkrete Person benennen könnte, die einen Grund hätte, Ulrike ernsthaft Schaden zuzufügen. Durch Katharina und Ulrike weiß ich, dass Alexander ein gespanntes Verhältnis zu seinem Vater und seiner Stiefmutter hat. Er hat ständig das Gefühl, finanziell zu kurz zu kommen. Hat er vielleicht in seiner Verärgerung unbedachte Äußerungen im Kreis seiner neuen Sektenfreunde gemacht, die diese Informationen eiskalt ausgenutzt haben? Alexander ist gegenüber der Psychiatrie sehr negativ eingestellt, er könnte der Sekte alles Mögliche über die Arbeit seines Vaters erzählt haben – sogar über das Anti-Heroin-Projekt, dessen Ziele den Satanisten bestimmt nicht schmecken. Da hätte Ronald teilweise wieder recht mit seiner Hypothese.

Wenn Ulrike nicht übertrieben hat und sie tatsächlich vor ihrer Entführung ganz gezielt in Angst und Schrecken versetzt worden ist, dann muss es zwischen Täter und Opfer eine persönliche Beziehung geben.

Natürlich drängt sich mir eine weitere Befürchtung auf, wenn ich an das letzte Gespräch mit Ulrike denke: Der in gefährliche Kreise abdriftende Alexander als treibende Kraft des Ganzen, der sich durch die Entführung seiner Stiefmutter das Geld verschafft, das ihm die Familie nie freiwillig gegeben hätte. Ich werde das im Auge behalten ...

Ach was!, verwerfe ich meine Befürchtung. Alexander steckt vermutlich in einer schwierigen Phase mit Ablösungsproblemen und einem dicken Autoritätskonflikt, nicht mehr und nicht weniger.

Weder Ulrike noch Ronald haben mir den Namen der Sekte genannt, der sich Alexander angeschlossen hat. Ich erinnere mich, dass Rasputin erzählt hat, dass der Hannoversche Anführer der „Nesankta Homaro" eine Kette von Fantasy-Läden betreibt. Alexander hatte in seinem Zimmer eine auffällige und teure Figur stehen, die im „Fantasy-Shop" in der Hildesheimer Straße gekauft worden ist. Das heißt natürlich nicht, dass er deswegen etwas mit der „Nesankta Homaro" zu tun hat. Aber es ist ein dezenter Hinweis, dem ich nachgehen werde.

Mein Interesse richtet sich immer wieder auf die „Nesankta Homaro". Ich hätte gerne mehr Hintergrundwissen über das Arealo der Sekte in Hannover. Da gibt es nur einen, den ich fragen kann: Jannik Wagner.

Ich versuche ihn auf seinem Festnetzanschluss und per Handy zu erreichen. Zu Hause scheint er nicht zu sein, sein Handy ist ausgeschaltet. Schade. Dann werde ich ihn gleich morgen früh im Gesundheitsamt ansprechen.

Zwar hatte ich schon überlegt, mir ein paar Tage frei zu nehmen, aber das kann ich immer noch machen. Morgen gehe ich auf jeden Fall regulär zur Arbeit. Ich habe Schriftkram im Büro zu erledigen, und das lenkt mich jetzt am effektivsten von den Ängsten um Ulrike ab. Und Ronald habe ich geschworen, mich nicht an die Polizei zu wenden. Insofern lasse ich Hauptkommissar Stelter unbedingt außen vor.

Zu dieser späten Stunde erreicht mich noch ein Anruf über „Skype". Es ist Katharina, bei der in Australien wegen der achtstündigen Zeitverschiebung bereits der Morgen des nächsten Tages ist.

„Ich habe gestern mehrfach versucht, Mama oder Ronald zu erreichen. Aber es hat nie geklappt", beschwert sie sich.

Ich erzähle ihr, dass Ronald mit Ulrike spontan für eine Woche an die Nordsee verreist ist, damit die beiden total abschalten können angesichts der Aufregungen in der letzten Zeit. Um das zu erreichen, hätten sich beide entschlossen, ihr Handy abzuschalten und auf das Internet zu verzichten.

„Ronald hatte diese Idee ganz überraschend, deshalb hat dir Mama nichts erzählt. Das sollte ich übernehmen", versuche ich ihr eine einleuchtende Erklärung anzubieten.

„Dann hat Mama es also Ronald zu verdanken, dass sie eine schöne Woche fernab des Trubels genießen darf", freut sich Katharina, ohne zu ahnen, dass ihre Äußerung für mich sehr makaber klingt. „Aber ich dachte, diese Woche haben die beiden ihre Projektpräsentation in Berlin ...?"

„Die Präsentation musste erneut kurzfristig verschoben werden. Dadurch hatten die beiden auch Zeit."

Nach dem Gespräch mit Katharina fühle ich mich äußerst mies. Ein derartiges Lügengebäude habe ich meiner Tochter noch nie aufgetischt.

*

Nach dem Aufwachen ist mein erster Gedanke bei Ulrike. Ronald hat versprochen, mich auf dem Laufenden zu halten. Da er weder angerufen noch eine E-Mail geschickt hat, kann ich davon ausgehen, dass sich die Entführer nicht wieder gemeldet haben. Gerne würde ich ihn nach dem Namen der Sekte fragen. Aber ihn deswegen anrufen werde ich jetzt nicht. Gestern habe ich schon gemerkt, dass er äußerst ungern darüber spricht. Ich entschließe mich, ihm diese Frage per E-Mail zu stellen. Dann kann er selbst in Ruhe entscheiden, wann und ob er diese Frage zu seinem Sohn beantwortet.

Heute Morgen bin ich früh an meinem Arbeitsplatz. Schnell versuche ich mein Vorzimmer zu durchqueren, aber Sonja Mock entgeht nicht das kleinste Anzeichen von Besorgnis in meinem Gesicht.

„Sie sehen mitgenommen aus, Chef ...?", sagt sie einfühlsam und schaut mich dabei auffordernd an. „Ich merke immer sofort, wenn Sie schlechte Nachrichten mit sich herumschleppen."

Ein halbdienstliches Gespräch mit meiner Sekretärin hat mir in der Vergangenheit öfters den Rücken gestärkt. Aber in diesem Fall kann ich nicht offen mit ihr reden. Ich muss die Entführung von Ulrike für mich behalten.

„Sie haben das gleich erkannt, Mockie. Mit Ihrer Menschenkenntnis sollten Sie in der Psychiatrie arbeiten", versuche ich es auf die scherzhafte Art. „Sie wissen doch, dass ich mich vor einiger Zeit um eine andere Stelle beworben habe. Die erste schlechte Nachricht ist: Ich habe eine Absage bekommen. Die zweite ist: Sie müssen mich weiterhin aushalten."

„Tut mir leid, dass Ihre Zukunftspläne nicht nach Wunsch verlaufen", äußert sie mit einem verlegenen

Lächeln. „Aber wenn ich das so sagen darf: Ich freue mich riesig, dass Sie mir erhalten bleiben."

Mockie hat wirklich etwas Aufbauendes an sich.

„Ohne Sie wäre ich in der Ludendorff-Klinik verloren gewesen", gebe ich ihr kleines Kompliment zurück. Anschließend bitte ich sie, Jannik Wagner in mein Büro zu schicken.

Bevor er kommt, fahre ich noch meinen PC hoch und greife über das Internet auf mein privates Mailpostfach zu. Da ist tatsächlich eine Antwort von Ronald: „Ich verstehe nicht, warum der Name wichtig ist. Aber bitte: Nesankta Homaro."

Fünf Minuten später blickt mich ein mit Zottelhaaren umrahmtes bärtiges Gesicht fragend an. Ich habe Jannik an meinen runden Tisch gebeten und frage ihn zunächst, ob der „Fantasy-Shop" in der Hildesheimer Straße der „Nesankta Homaro" gehört. Jannik bestätigt diesen Zusammenhang ohne Zögern.

Dann erzähle ich ihm, dass ich vermute, die „Nesankta Homaro" könnte hinter einigen bedrohlichen Übergriffen auf meine Ex-Frau stecken, wobei als Verbindungsglied ihr Stiefsohn als neues Sektenmitglied infrage käme. Die Entführung spare ich bei meinen Angaben aus.

„Ich würde gerne mehr über den geheimnisvollen Anführer – den Mastro – des Arealos Hannover wissen. Bis zu welchem Ausmaß wären ihm kriminelle Aktivitäten zuzutrauen?"

Der Sozialarbeiter presst seine Lippen demonstrativ zusammen.

„Komm, Jannik. Ich würde dich nicht fragen, wenn es nicht um schwerwiegende Vorfälle geht."

„Warum geht deine Ex-Frau nicht zur Polizei, wenn sie irgendwelchen Angriffen ausgesetzt ist?"

„Da war sie schon. Aber niemand glaubt ihr so richtig. Da kann im Moment niemand etwas für sie tun."

„Und jetzt bist du der Retter in der letzten Not?", fragt er ungläubig. „Du weißt nicht, mit wem du dich bei der ‚Nesankta Homaro' einlässt."

„Deshalb wende ich mich ja an dich. Ich würde mit allen Informationen von dir weiterhin streng vertraulich umgehen. Meine Ex und ihr Mann wissen sowieso von der Existenz der Sekte."

„Also schön. Nach meinem Ausstieg habe ich die getarnten Websites der ‚Nesankta Homaro' weiterhin in großen Abständen besucht, um grob zu wissen, was läuft – als Vorsichtsmaßnahme für mich. Bei meiner Hackervergangenheit sind die Sicherungssysteme kein Problem. Mein Hauptinteresse lag ursprünglich auf Hamburg, später nach meinem Umzug auf Hannover. Bezüglich irgendwelcher Straftaten habe ich für Hannover nur vage Andeutungen herausgelesen."

„Bedeutet was?"

„Dass ich eigentlich nichts weiß ... Aber ich vermute, dass es neben Drogenhandel und Prostitution um Einbrüche in Häuser oder Diebstahl teurer Autos gehen könnte. Der Mastro des Arealos Hannover nennt sich Leon, das ist wie bei allen Mitgliedern aber nur ein Tarnname. Leon gibt die Befehle, macht sich aber die Hände nicht selbst dreckig. Das Geld lässt er von seinen Leuten verdienen, wobei nicht jeder Handlanger Mitglied der Sekte ist. Im Rang unter ihm steht der ‚Patro'. Davon gibt es zwei, Patro Ron und Patro Zoran. Von beiden habe ich in der Vergangenheit schon verächtliche Sätze über die Psychiatrie gelesen. Wenn ich das richtig deute, ist Ron der mächtigere der beiden Patros."

„Und wie und wo treffen sich die Sektenmitglieder?"

„Jetzt willst du es auch genau wissen, was?", stöhnt Jannik. „Aber wahrscheinlich kommt es schon nicht mehr darauf an ..."

Er berichtet, dass sich die „Nesankta Homaro" mehrfach im Jahr an geheimen Orten zu Schwarzen Messen treffen würde. Ort und Zeit sind auf einer passwortgeschützten Website abrufbar.

„Die Sektenmitglieder tragen bei den Schwarzen Messen Roben, die Gesicht und Körper vollständig verbergen. Unverhüllt nehmen in der Regel nur einzelne auserwählte Frauen teil. Die Roben dienen dazu, dass sich ein Mitglied in die Zeremonie einbringen kann, ohne sein Gesicht zeigen zu müssen."

„Sehen diese Gewänder denn alle gleich aus?"

„Nur der Mastro trägt Rot, alle anderen Schwarz. Worüber die Robe Auskunft gibt, sind lediglich der Rang und das Arealo, zu dem ihr Träger gehört."

Jannik erläutert, dass die meisten Mitglieder im Rang eines „Fratos" sind, wie er damals. Darunter gäbe es aber noch andere Ränge.

„Hattest du mit Vertretern des Arealos Hannover persönlichen Kontakt?"

„Ganz wenig. Zweimal im Jahr finden Schwarze Messen von besonderer Bedeutung statt. Hier kommen Mitglieder sämtlicher Arealos aus Norddeutschland zusammen. Wobei anzumerken ist, dass nur in drei norddeutschen Großstädten Arealos der ‚Nesankta Homaro' existieren – in Hamburg, Hannover und Bremen. Die Arealos wechseln sich als Gastgeber regelmäßig ab. In Hannover habe ich damals viele Roben, aber keine Gesichter gesehen."

Er ergänzt, dass diese besonderen Messen im „Monat des Anti-Christen" im Dezember und im

„Monat der Freude" im Juli stattfinden. Der Monat sei vorgegeben, nicht der genaue Tag.

„Der ‚Monat der Freude' bietet den Schwarzen Jüngern die größte Chance, ihre Zeremonie in einer warmen Nacht durchführen zu können", verdeutlicht Ronald und grinst anschließend: „Wegen der Sommerferien ist jedes Jahr unklar, wer wirklich kommen wird ... Übrigens verkaufen einige Mitglieder ihrem Umfeld die eintägige Abwesenheit über Nacht als Dienstreise."

Janniks Informationen verdeutlichen, wie gut durchorganisiert die Treffen sein müssen. Außerdem wird mir klar, dass er sich Zugang zu geheimen, im Internet aktuell ausgetauschten Informationen des Arealos Hannover verschaffen könnte.

„Könntest du für mich im Internet herausbekommen, ob sich die ‚Nesankta Homaro' in Hannover in den vergangenen zwei Monaten mit Ulrike und Ronald Dannenberg beschäftigt hat? Und mit Claudia Faber oder Anna und mir?"

Jannik macht einen schiefen Mund.

„Gibst du dem Leiter des Sozialpsychiatrischen Dienstes den kleinen Finger, nimmt er gleich die ganze Hand", stöhnt er. „Aber okay, ich versuche es."

E

"Lass mich gehen, was willst du noch? Willst du meine Tage zählen?", sang Susanne Ewert zum wiederholten Mal eine Textzeile aus dem Lied „Out Of The Dark" von Falco, ihrem Lieblingssänger, der Anfang dieses Jahres bei einem Autounfall in der Dominikanischen Republik tödlich verunglückt war. Sie ging langsam den Stationsflur entlang, blieb abrupt stehen und machte den gleichen Gang in entgegengesetzter Richtung.

Claudia Gundlach kam ihr entgegen. Susanne wechselte in eine andere Strophe des Liedes:

„Muss ich denn sterben, um zu leben?"

„Ich glaube, es ist besser, wenn Sie das Singen in der Mittagszeit unterlassen, Frau Ewert. Einige Ihrer Mitpatienten wollen nach dem Mittagessen schlafen", sagte Claudia freundlich.

Die Patientin neigte den Kopf leicht zur Seite.

„Das war nicht Frau Ewert, die da gesungen hat. Das war die Fifi. Aber ich werde die Fifi bitten, mit dem Singen aufzuhören", entgegnete die Patientin in einem kindlich anmutenden Plauderton.

Der Krankenschwester war aufgefallen, dass sich Susanne Ewert nach der Umstellung auf das atypische Neuroleptikum verändert hatte. Die Patientin konnte sich wieder flüssig bewegen und hatte geringfügig an Gewicht zugenommen, ihre ablehnend-aggressive Haltung war einer harmlos wirkenden Naivität gewichen. Trotzdem machte sie weiterhin Äußerungen, die sich nur mit dem Fortbestehen ihres hartnäckigen Wahnsystems erklären ließen.

„Ob Frau Ewert oder Fifi die Mittagsruhe einhält, soll mir gleich sein", grinste Claudia.

„Falcos Autounfall war Selbstmord", behauptete die Patientin. „Kurz vorher hat er ‚Muss ich denn sterben, um zu leben?' gesungen ..., hatte Alkohol, Koks und so im Blut. Der arme Mann stand echt unter Druck und konnte es ohne Betäubung nicht mehr aushalten."

„Über Falco müssen wir uns ein andermal unterhalten, ich muss zur Besprechung ins Stationszimmer", entschuldigte sich Claudia. „Der Oberarzt ist auch da."

„Dann fragen Sie ihn bitte gleich, wie lange ich noch hierbleiben muss. Mir geht das wie Falco, ich kann die enge Welt dieser Station nicht ertragen."

„Das besprechen Sie am besten persönlich mit den Ärzten." Claudia bewegte sich Richtung Stationszimmer.

„Bis zur Wahl will ich hier raus sein. Ein neuer Bundeskanzler könnte härtere Gesetze gegen die Pharmamafia durchsetzen", rief Susanne der Krankenschwester hinterher. „Glauben Sie denn, dass Schröder den Kohl ablöst?"

Claudia verzichtete auf eine Prognose für die kommende Bundestagswahl in ein paar Wochen und betrat das Stationszimmer.

Dort saßen die Mitarbeiter in einem Kreis zur Übergabe zusammen. Der Oberarzt war dabei, um sich mit dem Krankenpflegepersonal über einige schwierige Behandlungen auszutauschen. Claudia setzte sich zu ihren Kollegen. Der Stationsarzt Dr. Angerer war kürzlich für drei Wochen in Urlaub gegangen. Vertreten wurde er von einem jungen sympathischen Assistenzarzt von der Nachbarstation, Dr. Mark Seifert. Er war ebenfalls in der heutigen Runde anwesend.

Claudia mochte den gutaussehenden braunhaarigen Arzt, der gerade diesen Monat seinen dreißigsten Geburtstag gefeiert hatte. Er befand sich in der Facharztweiterbildung und orientierte sich bei der Behandlung seiner Patienten bereitwillig an Dr. Dannenberg, seinem zuständigen Oberarzt, mit dem ihn auch privat eine Freundschaft verband. Wie viele seiner ärztlichen Kollegen wohnte Seifert in Hannover und pendelte zu seinem Arbeitsplatz in der Hildesheimer Klinik.

Dannenberg war es wichtig, heute erneut über die weitere Therapie von Susanne Ewert zu sprechen. An Seifert gewandt meinte er: „Du kennst sie ja noch nicht so lange, Mark. Unter der Umstellung auf das Atypikum geht es ihr merklich besser. Der Umgang mit ihr ist viel angenehmer, weil sie insgesamt ruhiger geworden ist. Ihre Beschimpfungen des Personals haben aufgehört. Das leicht kindliche Verhalten scheint zu ihrer Primärpersönlichkeit zu gehören. Trotzdem kann ich die Gefährdung anderer Personen immer noch nicht ausschließen."

Seifert guckte den Oberarzt interessiert an: „Woran machst du das fest, Ronald?"

„Mir hat sie gestern im Vorübergehen erzählt, dass es ‚die Fifi dem Nachbarn irgendwann gewaltig zeigen' werde. Damit meint sie ihren Nachbarn, den sie für einen Handlanger der Mafia hält."

„Wie sollen wir darauf reagieren?"

„Du gehst mit dem Atypikum noch einmal rauf. Zwar liegen noch nicht viele Erfahrungen mit höheren Dosierungen vor, aber der Verlauf zeigt, dass wir auf dem richtigen Weg sind. Ich spekuliere darauf, dass der Wahn darunter komplett verschwindet."

„Das klingt schlüssig", stimmte Mark ihm zu.

Am Ende der Besprechung bekam Claudia mit, dass Dannenberg mit seinem Stationsarzt einige private Sätze wechselte: „Wie geht's Ulrike und der Kleinen?"

„Ulrike will demnächst wieder anfangen, halbtags zu arbeiten ... und Katharina freut sich mächtig, dass sie Anfang September endlich eingeschult wird."

38

Es muss der 17. Juli sein, vormittags. Am Abend des 15. Juli ist Ulrike Dannenberg aus ihrem Haus entführt worden. Sie orientiert sich in ihrem düsteren Gefängnis an der Helligkeit, die in dem kleinen Fenster verschwindet und mit Sonnenaufgang zurückkehrt. Draußen wird es wieder sehr heiß werden, wenn die Wettervorhersage vom Wochenanfang noch Gültigkeit hat. Von der Wärme ist hier unten nichts zu spüren. Gelegentlich läuft Ulrike ein eiskalter Schauer über den Rücken, obwohl sie sich auf ihrer Matratze in zwei Decken gehüllt hat. Für ihren rechten Arm ist es am angenehmsten, wenn er auf dem Boden liegt. Es ist das Gewicht der Eisenkette, das ihr auf die Dauer zu schaffen macht. Bis zum 19. Juli soll Ronald das Lösegeld beschafft haben, so lange muss sie mindestens noch an diesem schrecklichen Ort ausharren.

Sie hört Geräusche an der Tür, ein Schlüssel dreht sich im Schloss. Die Tür öffnet sich nach innen, der Mann erscheint mit der Taschenlampe und leuchtet sie in dem düsteren Raum an. Mit zwei Handbewegungen hat er die LED-Laternen angeschaltet. Er trägt ein schwarzes T-Shirt, Jeans und Turnschuhe, dazu die Maske mit dem Narbengesicht und Einmalhandschuhe. Seine Befehle sind kurz und knapp.

Ulrike muss sich auf ihre Unterschenkel setzen, er holt aus einer Umhängetasche eine Plastiktüte mit Lebensmitteln, die er vor ihr auf den Boden schüttet. Wieder Brotscheiben, Käse, kleine Margarinepäckchen, Plastikmesser und -teller. Zudem stellt er ihr mehrere Plastikflaschen Wasser hin. Sie hat Hunger und Durst. Gierig trinkt sie eine der Flaschen leer, beschmiert sich die Brote, stopft sie hektisch in sich hinein, in der Angst, er könnte sie ihr vorzeitig wieder wegnehmen. Aber er lässt sie ausreichend essen und trinken, schaut ihr dabei zufrieden zu. Wahrscheinlich genießt er es, mit der Nahrungszuteilung Macht auf sie auszuüben wie auf ein angekettetes Tier. Sie weiß nicht, ob sie es noch lange hier unten aushalten kann, ohne durchzudrehen.

Ronald hat oft die Auffassung vertreten, dass selbst der schwierigste Psychopath auf irgendeiner Schiene zu erreichen ist. Nachdem sie sich sattgegessen hat, beginnt sie vorsichtig auf ihn einzureden, um mit ihm ins Gespräch zu kommen.

„Sie haben erreicht, was Sie wollten. Ich bin vollständig in Ihrer Hand ..."

Seine Antwort ist nur ein gelangweiltes Grunzen.

Ulrike versucht, ihn bei seiner Selbstbewunderung zu packen. Sie redet auf ihn ein, macht ihm Zugeständnisse, verzichtet auf anklagende Formulierungen.

„Was soll das blöde Gequatsche?!", weist er sie zurecht, kommt ihr jedoch gleichzeitig körperlich näher.

Ulrike bemerkt seine Körpersprache, fühlt sich zum Weiterreden motiviert.

„Mir geht es hier unten verdammt schlecht. Ich quäle mich mehr, als Sie sich vielleicht vorstellen können", teilt sie nachdrücklich mit und starrt auf das Narbengesicht, wobei sie langsam mit dem linken Bein ihre Sitzhaltung lockert. „Sie haben bestimmt Frauen in Ihrer Umgebung, die Ihnen was bedeuten ... und die auf Ihre menschliche Unterstützung angewiesen sind. Kommen Sie, seien Sie menschlich, lassen sich mich frei."

Der Mann stößt ein grimmiges Lachen aus: „Bist du verrückt geworden?!"

Ulrike lässt nicht locker.

„Ich verspreche Ihnen, dass ich nicht die Polizei einschalte, wenn Sie mich jetzt gehen lassen. Mein Mann würde alles für mich tun und auf mich hören, wenn ich ihm abverlange, ebenfalls auf eine Strafverfolgung zu verzichten."

„Ich weiß, dass dein Mann alles für dich tut", entgegnet der Mann und kommt noch näher.

„Ich appelliere an Ihre Menschlichkeit, noch können Sie menschliche Größe zeigen, indem Sie vorzeitig aus der Sache aussteigen!"

Zur Unterstützung ihrer letzten Worte hat sie den stehenden Mann mit beiden Händen an den äußeren Hosenbeinen berührt. Ihre hastige Bewegung ist eine Geste des Bettelns und der Unterwerfung. Der Mann wertet die Berührung offenbar als Angriff auf seine Person. Plötzlich stößt seine linke Hand nach unten und packt die Frau an der rechten Schulter. Mit der rechten offenen Hand schlägt er ihr brutal in das ungeschützte Gesicht. Obwohl Ulrike augenblicklich zurückfährt, zieht er sie erneut an sich heran und schlägt von Neuem zweimal mit der Hand links und rechts auf ihr Gesicht ein. Danach schubst er sie kraftvoll nach hinten auf die Matratze.

„Wage nie wieder, mich anzupacken, sonst bekommst du schon früher, was du verdienst!", brüllt er sie an.

Ulrike kann nicht anders, die Überraschung und der Schmerz lösen einen Weinkrampf bei ihr aus. Sie spürt das warme Blut, das ihr aus der aufgeplatzten Unterlippe über das Kinn läuft.

So ein Schwein!, schießt ihr durch den Kopf. Ich habe ihn nicht körperlich angegriffen, und er misshandelt mich trotzdem.

Er sammelt die Reste der Lebensmittel und das Plastikmesser ein. Kurze Zeit später löscht er das Licht und verschwindet.

Er ist gefährlicher und cleverer, als sie gedacht hat. Zwischenzeitlich war sie tatsächlich der Meinung gewesen, ihn mit ihrem Gerede zu beeindrucken, denn er hatte mitgespielt. Letztendlich hat sich nur ihre Befürchtung von gestern bewahrheitet. Er hat sie dahin gebracht, dass sie ihm einen Vorwand liefert für eine Demonstration seiner körperlichen Stärke. Ihre Worte, die ihn bei seiner Menschlichkeit packen sollten, haben ihn in keiner Weise berührt.

39

Das Gespräch heute Morgen in meinem Büro mit Jannik Wagner hat mir verdeutlicht, dass die „Unheilige Menschheit" ein nicht zu unterschätzender Gegner ist. Jannik hat den Fantasy-Laden in der Hildesheimer Straße als „einen Anlaufpunkt für Sektenmitglieder" bezeichnet. Den Laden würde ich mir gerne einmal ansehen ... am besten gleich heute am späten Nachmittag.

Eigentlich hatte ich mir vorgenommen, in meinem Büro zu bleiben und Schreibarbeiten zu erledigen. Aber wie das so ist ... Ich muss noch zu einem wichtigen Gespräch ins Neue Rathaus und bin dort bis zur Mittagspause. Der ungefähr zehnminütige Fußweg zurück zum Gesundheitsamt führt mich durch die Grünanlagen des Maschparks. Gerade in diesem Moment klingelt mein Handy. Es ist Ronald.

„Hallo, Mark, kann ich sprechen?", fragt er vorsichtig.

Ich gucke mich um. Die nächsten Spaziergänger sind weit weg. Trotzdem gehe ich einige Schritte auf die große Rasenfläche, um sicher zu sein, dass ich keine ungebetenen Zuhörer habe.

„Ja, schieß los", ermuntere ich ihn.

Ronald teilt mit, dass ihm die Entführer erneut eine E-Mail geschickt haben. Sie schreiben, dass es Ulrike gesundheitlich gutgeht. Außerdem weisen sie darauf hin, dass sie keine Verlängerung ihres Ultimatums für die Beschaffung des Lösegelds akzeptieren werden.

„Die Mail endet zum wiederholten Mal mit der Androhung, Ulrike bei Verständigung der Polizei sofort zu töten", sagt er mit belegter Stimme. „Was betonen die Kerle das immer?! Ulrike ist das Liebste, was ich auf der Welt habe. Da werde ich alles unterlassen, was ihr Leben gefährden kann. Und du hast mir geschworen, dass du dich ebenso daran hältst ..."

„Du kannst dich auf mich zu hundert Prozent verlassen", beruhige ich ihn und bedanke mich für die Information.

Nach dem Ende des Telefonats überkommt mich ein merkwürdiges Gefühl. Ronald hat etwas gesagt, was mich für den Bruchteil einer Sekunde stutzig gemacht hat. Aber was? Ich schaue in den strahlend blauen Himmel dieses heißen Sommertages, aber das Wetter passt nicht zu meiner augenblicklichen Stimmung. Obwohl ... es soll heute noch Regen geben. Ich steuere auf die Parkbank im Schatten zu, von der sich gerade zwei Männer erheben, die dort wohl Teile ihrer Mittagspause verbracht haben. Der Schatten tut meinen grauen Zellen gut. Entgegen meiner sonstigen Gewohnheit setze ich mich in die Mitte der Bank, um möglichst allein nachdenken zu können. Aber ruhig sitzen kann ich nicht, meine Hände sind in ständiger Bewegung.

Die Mitteilung von Ronald ist nicht sensationell gewesen. Die Entführer haben lediglich den Druck noch einmal erhöht. Was war es dann? Ein junges Paar schlendert an mir vorbei, offenbar enttäuscht, dass die Bank besetzt ist. Ich sehe, wie sie stehen bleiben und sich intensiv küssen, als wären sie allein. Genau das hat mir gefehlt. Ronald hat gesagt: „Ulrike ist das Liebste, was ich auf der Welt habe." Genau der gleiche Satz ist gerade vor Kurzem gefallen. Und zwar von mir selbst. Ich habe ihn zu Anna gesagt, als ich sie in Hildesheim besucht habe. Gibt es einen Zusammenhang zwischen der Bedrohung von Ulrike und der angedrohten Ermordung von Anna? In beiden Fällen sind die Opfer für ihre Partner „das Liebste, was sie auf der Welt haben". Für jedermann gut nachzulesen auf Facebook oder in den „Hannoverschen Nachrichten". Und da ist Claudia Faber, die sich ebenfalls bedroht fühlte, bevor sie ermordet wurde. „Das Liebste auf der Welt" war für die alleinstehende Witwe möglicherweise ihr eigenes Leben. Mit einem Mal scheint es einen roten Faden zwischen den Verbrechen zu geben. Und der Faden reicht zurück in die Vergangenheit. Mir fällt der Satz wieder ein, den uns vor ungefähr fünfzehn Jahren ein 18-jähriger junger Mann hasserfüllt entgegengeschleudert hat: „Irgendwann nehme ich euch auch das Liebste auf der Welt. So wie ihr es mit meiner Mutter getan habt."

Der Name des jungen Mannes ist mir leider entfallen. Er war der Sohn einer Patientin. Vielleicht zwei Mal habe ich mit ihm persönlich zu tun gehabt. Da habe ich nach fünfzehn Jahren weder sein Aussehen noch seine Stimme parat. Es könnte sein, dass er ganz kurz geschnittene Haare hatte. Damals ging es um diese tragische Angelegenheit in Hildesheim. Und die Adressaten seines Hasses waren Ronald, Claudia und ich.

Innerlich aufgeregt zeichne ich mit der rechten Fußspitze rasante Kreise auf den Boden vor mir. Mir fällt auf, dass mich eine Frau mittleren Alters aus sicherer Entfernung kopfschüttelnd anblickt. Wahrscheinlich meint sie, ich käme aus der Psychiatrie.

Die Geschichte mit dem jungen Mann ist fünfzehn Jahre her. Seitdem habe ich nie mehr etwas von ihm gehört. Kann es sein, dass er sich nach so langer Zeit an uns rächen will, indem er uns „das Liebste" nimmt?

Aber warum erst jetzt? Er müsste jetzt Anfang dreißig sein. Das Fatale ist, wenn ich ihm auf der Straße begegne, ich würde ihn nicht erkennen. Aber damit würde auch der Mord an Claudia Faber ins Bild passen.

An weitere Einzelheiten über den damals 18-Jährigen erinnere ich mich nur äußerst schwach. Irgendwie war er psychisch auffällig. Ich glaube, er hatte sogar Kontakte nach Hannover. Und wer sagt, dass er nicht inzwischen Berührungen mit der „Nesankta Homaro" hat?

Meine nächsten Schritte sind klar. Zunächst werde ich herausfinden, wie der Name des Mannes ist. Das dürfte nicht schwierig sein. In einem Ordner zu Hause habe ich bestimmt den alten Zeitungsartikel über seine Mutter aufbewahrt. Sobald ich den Namen kenne, überprüfe ich, ob es zu ihm vielleicht Einträge in der elektronischen Patientendatei des Sozialpsychiatrischen Dienstes gibt.

Ich stehe auf und setze meinen Rückweg zum Gesundheitsamt weiter fort.

*

Das könnte eine heiße Spur sein! Mockie nimmt erstaunt zur Kenntnis, dass ich heute früher Feierabend mache.

„Wenn Sie so früh nach Hause gehen, führen Sie etwas im Schilde, Chef", verabschiedet sie mich mit einem Kommentar, der es auf den Punkt bringt.

Ich betrete gerade meine Wohnung, da klingelt mein Handy.

Es ist Anna.

„Ich hatte noch versucht, dich im Büro zu erreichen, aber Frau Mock sagte mir, du wärest schon gegangen."

Anna hat offenbar Redebedarf.

„Allein ist es auf Dauer etwas langweilig in dem Ferienhaus. Und Drohbriefe sind zum Glück nicht mehr gekommen", sagt sie mit unzufriedenem Ton. „Wie schätzt du das ein, wann kann ich mein Versteck wieder verlassen? Ich könnte etwas Gesellschaft gut gebrauchen."

„Momentan geht das gar nicht. Ich will dich nicht beunruhigen, aber in Hannover halte ich dein Leben für gefährdeter denn je! Hier sind nämlich inzwischen weitere schreckliche Dinge passiert. Wobei ... ich habe erstmals eine brauchbare Idee, wer hinter dem Ganzen stecken könnte."

Um ihr den Ernst der Lage zu verdeutlichen, berichte ich von Ulrikes Entführung und der strikten Auflage, die Polizei herauszuhalten. Danach erläutere ich ihr meine Hypothese von dem jungen Mann, der sich an Claudia, Ronald und mir rächen will.

„Gegen dich persönlich hat der Täter nichts. Er will mich treffen", ist mein Resümee, von dem ich merke, dass es Anna überhaupt nicht tröstet.

Sie stockt einen Moment.

„Und das nach fünfzehn Jahren?", fragt sie ungläubig. „Er hat die fünfzehn Jahre wohl kaum im Gefängnis gesessen."

„Na gut, das kann ich nicht beantworten. Aber seit über zehn Jahren habe ich mit Claudia nichts mehr zu tun gehabt. Was sollte sonst der Zusammenhang zwischen ihr und uns sein?"

„Schade, dass du dich an sein Aussehen nicht mehr erinnerst ..."

„Bemerkenswert ist das Muster, mit dem der Täter vorgeht. Er lässt sich viel Zeit, um mit dem Opfer zu spielen, indem er die Frauen vorher in Angst versetzt."

„Auf jeden Fall hast du mich überzeugt, und ich bleibe in meinem goldenen Käfig. Der ist mir lieber als ein Sarg", nimmt Anna es mit Galgenhumor.

Ich bin wirklich froh, dass Anna dort in Sicherheit ist.

„Amatinjo, vi estas parto de mi", flüstere ich zärtlich ins Telefon.

40

Der große Flachdach-Bungalow, umrahmt von Büschen und Platanen, steht mitten im Park der Klinik Dr. Ludendorff. Hier sind die beiden geschlossenen Stationen der Allgemeinpsychiatrie untergebracht. Über eine kleine Zufahrtsstraße durch den Park ist der Bungalow für Krankenwagen direkt erreichbar.

Am Nachmittag fängt es leicht an zu regnen. Einige Patienten und Besucher haben im Park der Klinik unter Bäumen Schutz gesucht. Der Regen bringt eine leichte Abkühlung mit sich.

Gerrit Ude und Tibor Rost haben ihren Wagen auf einem der Besucherparkplätze abgestellt. Der Auftrag, den sie von Viktor Thum erhalten haben, ist sehr präzise. Die beiden Männer steigen aus und gehen im Park mit schnellen Schritten durch den Regen Richtung Bungalow. Jeder hat eine Aufgabe zu erledigen.

Tibor bleibt zurück und stellt sich unter einen der Bäume. Von dort aus erkundet er das Gelände um die geschlossenen Stationen. Mit seinem Smartphone macht er mehrere Bilder.

Gerrit betritt den Bungalow durch den Haupteingang und gelangt in einen Flur, von dem zwei Türen aus Sicherheitsglas abgehen. Dahinter befinden sich die geschlossenen Stationen. Durch die Glastüren kann er einen langen Gang sehen. Auf beiden Seiten des Ganges sind die Patientenzimmer. Gerrit weiß, dass Milena Drimalla in einem dieser Zimmer auf der geschlossenen Station 2 liegt. Jetzt heißt es etwas Geduld haben.

Schon fünf Minuten später kommt aus dem Park ein Mann durch den Haupteingang in den Vorflur, wahrscheinlich ein Besucher. Er will auf Station 2. Gerrit tut so, als würde er den Flur nur als Schutz vor dem Regen nutzen.

Der Besucher drückt den Klingelknopf neben der Stationstür.

Eine Krankenschwester erscheint und schließt die Tür auf.

„Ich möchte Frau Bergmann besuchen", sagt der Mann und wird anschließend problemlos hereingelassen.

„Ganz hinten durch, linkes Zimmer."

Gerrit hat sich an die Wand des Flurs gedrückt, wodurch er für die Krankenschwester im toten Winkel steht. Die Tür schließt sich hinter dem Besucher und rastet mit einem Klacken ein. Für Gerrit ist klar, dass geschlossene allgemeinpsychiatrische Stationen nicht im Entferntesten den Sicherheitsstandard einer Justizvollzugsanstalt haben.

Gerrit lässt sich etwas Zeit, dann tritt er vor die Glastür und klingelt. Der Stimme nach zu urteilen ist es dieselbe Mitarbeiterin wie eben, die mit freundlichem Gesichtsausdruck die Tür aufschließt und Gerrit erwartungsvoll anschaut.

„Ich bin ein Bekannter von Frau Bergmann und hätte sie gerne besucht", sagt Gerrit mit größter Selbstverständlichkeit.

„Oh, Frau Bergmann bekommt heute aber viel Besuch", stellt die Krankenschwester mit einem Lächeln fest. Sie lässt Gerrit auf die Station und gibt auch ihm einen Hinweis, in welchem Zimmer sich die Patientin aufhält.

Der langgezogene Gang liegt vor ihm. Im hinteren Bereich ist der Aufenthalts-, Fernseh- und Speiseraum für Patienten, gleich vorne rechts geht das Stationszimmer ab, in dem das Krankenpflegepersonal die Medikamente aufbewahrt und Übergabebesprechungen durchführt. Die Mitarbeiterin, die Gerrit auf die Station gelassen hat, verschwindet in ihrem Dienstzimmer.

Gerrit geht den Gang einige Schritte entlang, kehrt aber gleich wieder um und betritt das Stationszimmer. Ein Krankenpfleger führt dort ein Gespräch mit einer Patientin, die Krankenschwester von eben hantiert am geöffneten Medikamentenschrank. Neben der Tür hängt eine Stecktafel mit Patientennamen, die unter anderem Auskunft über Zimmernummer und Ausgangsregelung gibt. Gerrit ist zufrieden. Mit einem Blick hat er erkannt, dass Milena Drimalla in Zimmer 6 liegt. Das ist in der Mitte des Ganges.

Die Schwester hat Gerrit bemerkt und unterbricht ihre Tätigkeit am Medikamentenschrank.

„Kann ich etwas für Sie tun?", erkundigt sie sich.

Gerrit hat gleich eine Antwort parat. Er fragt nach der Besuchertoilette. Die Krankenschwester gibt bereitwillig Auskunft.

Den Toilettenraum sucht er kurzfristig auf, danach schaut er sich auf dem Gang um. Als niemand auf dem Flur zu sehen ist, huscht er nach einem kurzen Anklopfen schnell in Zimmer 6. Dort liegt Milena Drimalla mit offenen Augen auf ihrem Bett. An einem kleinen Tisch sitzt eine Mitpatientin. Auf Bitten von Gerrit, in süßlich-freundlichem Ton vorgetragen, verlässt sie den Raum. Das Fenster zum Park in dem leicht stickigen Zimmer ist auf Kipp, ganz öffnen lässt es sich wegen der Weglaufgefahr offenbar nicht.

Gerrit lächelt selbstbewusst. Als er auf Milena zugeht, starrt sie ihn ungläubig an.

*

Gerrit Ude verlässt wie selbstverständlich Milenas Zimmer. Lange hat er sich dort nicht aufgehalten. Zwei Frauen, möglicherweise Patientinnen, stehen im hinteren Teil des Ganges und gucken kurz zu Gerrit herüber. Sein Verhalten ist für die Frauen völlig unverdächtig. Irgendwelche unbekannten Besucher dürften auf der Station nichts Besonderes sein. Ein Mann, der leise vor sich hin redet, kommt ungelenk mit kleinen Schritten auf ihn zu, ohne größere Notiz von ihm zu nehmen.

Gerrit geht ins Dienstzimmer und bittet die Krankenschwester, ihn wieder von der Station zu lassen. Problemlos wird ihm die Tür aufgeschlossen.

Als er vor dem Bungalow ins Freie tritt, hat der Regen schon fast aufgehört. Ohne größere Eile durchquert er den Park und steigt auf dem Besucherparkplatz in seinen Wagen, in dem bereits Tibor Rost auf ihn wartet.

„Ich war ungestört bei ihr", berichtet Gerrit. „Momentan ist sie ziemlich einsilbig … Ich habe ihr Viktors Anweisungen übermittelt – mit aller Deutlichkeit. Ich denke, die kleine Schlampe wird sie befolgen und die Klappe halten."

Tibor nickt: „Das will ich für sie hoffen."

F

Claudia Gundlach war erstaunt, wie häufig Patienten Ängste bezüglich der bevorstehenden Jahrtausendwende äußerten. Sie nahm im Aufenthaltsraum an der Gruppenvisite teil, die jede Woche am Freitagmorgen stattfand. Soweit möglich, saßen alle Patienten mit dem Pflegepersonal, der Sozialarbeiterin und dem Stationsarzt in einer großen Runde zusammen. Nicht jeder Patient konnte das lange Sitzen aushalten. Einige scharrten unruhig mit den Füßen, redeten dazwischen oder verließen zwischenzeitlich den Raum. Besprochen wurden der individuelle Wochenrückblick und das aktuelle Befinden. Heute war anstelle des regulären Stationsarztes seine Urlaubsvertretung Dr. Mark Seifert dabei.

Susanne Ewert berichtete, was ihr ein Mitpatient erklärt hatte. Am 1. Januar 2000 würden alle computergesteuerten Prozesse zusammenbrechen.

„Ich verstehe nicht, warum ich auf der Station festgehalten werde", bekundete sie anschließend zum wiederholten Mal. „Wenn ich krank wäre, müsste ich es doch am besten wissen."

„Wir machen uns immer noch Sorgen, dass Sie zu Hause schnell wieder Ihren Kampf gegen diejenigen aufnehmen, von denen Sie sich bedroht fühlen", entgegnete Dr. Seifert.

Die Thematisierung von Wahninhalten vor der ganzen Gruppe war ein schmaler Grat. Susanne Ewert zeigte in dieser Hinsicht zuletzt eine unbekümmerte Offenheit. Claudia gefiel die Art, wie der junge Assistenzarzt darauf reagierte, ohne die Patientin vor den anderen bloßzustellen.

„Diesen Kampf habe ich aufgegeben", bekundete Susanne Ewert. „Die Sache mit meinem Nachbarn war Blödsinn. Das habe ich inzwischen eingesehen."

Dr. Seifert nahm das Gesagte mit einem Nicken zur Kenntnis.

„Kann ich zum Wochenende entlassen werden? Die Enge auf der Station ... Ausgang immer nur in Begleitung eines Pflegers. Das macht mich erst krank."

Claudia hatte vor Augen, dass Susanne in der Vergangenheit mehrfach versucht hatte, bei Ausgängen in Begleitung eines Pflegers wegzulaufen, wobei sie nur mit Mühe daran gehindert werden konnte.

Dr. Seifert versprach, mit der Patientin im Anschluss an die Gruppenvisite im kleinen Kreis über die weitere Planung zu reden.

Das Gespräch fand im Stationsarztzimmer statt. Seifert hatte Claudia gebeten, bei dem Gespräch dabei zu sein.

„Ich will nach Hause. Ich tue niemandem etwas", äußerte Susanne.

„So schnell kann ich das nicht verantworten", entgegnete der Stationsarzt. „Sie haben bisher noch keinen freien Ausgang, es gab noch keine Entlassungsvorbereitung durch Probeübernachtungen zu Hause."

„Das ist doch nicht meine Schuld. Von mir aus hätte ich längst zu Hause übernachtet. Bitte, ich halt das hier nicht mehr aus."

„Letzte Woche haben Sie noch davon gesprochen, sich gegen die Pharmamafia zur Wehr setzen zu wollen."

„Von den Gedanken mit der Pharmamafia bin ich runter."

Er überlegte eine Weile und sagte: „Ich würde Ihren Wünschen gerne einen Schritt entgegenkommen und Ihre Ausgangsregelung ab heute erweitern. Dafür müssten Sie mir aber versprechen, nicht wegzulaufen, wenn ich Ihnen Ausgang in der begleiteten Gruppe gebe."

„Ich möchte freien Ausgang."

„Das ist noch zu früh. Können Sie mir versprechen, dass Sie sich an die Regeln des Ausgangs in der begleiteten Gruppe halten werden, Frau Ewert?"

„Ja."

Als die Patientin nach dem Ende des Gesprächs den Raum verlassen hatte, meinte Claudia: „Frau Ewert ist mit dem Ergebnis nicht zufrieden. Sie hatte sich mehr Freiheiten erhofft."

„Schon klar. Aber wenn es klappt, können wir den Ausgang ja nächste Woche noch weiter lockern."

*

Gegen Mittag kam Oberarzt Dr. Ronald Dannenberg auf die Station. Jeden Freitag erschien er um die gleiche Zeit. Er ging im Stationsarztzimmer mit Seifert die wichtigsten Veränderungen bei den Patienten vor dem Wochenende durch. Seifert erzählte ihm von der neuen Ausgangsregel für Susanne Ewert.

„Hinweise auf Suizidalität?", fragte Dannenberg kurz nach.

„Nein. Auch in der Vergangenheit nicht, wie ich gelesen habe."

„Dann bin ich mit dem erweiterten Ausgang einverstanden", segnete Dannenberg die Maßnahme als verantwortlicher Oberarzt ab. Ausgangsregelungen und Einschätzungen zur Suizidalität wurden auf einem Formblatt zum Ankreuzen mit Datum und Unterschriftskürzeln in der Akte festgehalten. Dannenberg setzte sein Kürzel hinter das seines Stationsarztes.

41

In zwei Tagen muss Ronald das Lösegeld für Ulrike parat haben. Aber ich gehe davon aus, dass mein Ex-Schwiegervater in Frankfurt die eine Million Euro rechtzeitig besorgen wird. Der Gedanke an Ulrike setzt mich permanent unter Druck. Wie mag sie sich in diesem Verlies fühlen? Allein und hilflos diesen Entführern ausgeliefert, schrecklich! Klingt verrückt, aber ihr Schicksal verbindet mich wieder mit Ronald, der ebenfalls total geschafft ist.

Ich suche in meiner Wohnung den Aktenordner, in dem ich früher ausgeschnittene Zeitungsartikel aufbewahrt habe. Inzwischen speichere ich so etwas als PDF-Datei auf einer CD ab. Aber vor fünfzehn Jahren war das noch anders. Im unteren Bücherregal meines Arbeitszimmers werde ich fündig. Der Ordner ist leicht angestaubt. Da habe ich schon lange nicht mehr reingeschaut. Ich blättere darin herum und finde den vergilbten Zeitungsartikel aus der „Hildesheimer Allgemeinen". Ich habe ihn damals ausgeschnitten und auf ein leeres Din-A4-Blatt geklebt. Der kurze Bericht nimmt auf die Nervenklinik Hildesheim Bezug, nennt allerdings nicht den Namen der Patientin. Aber meine Erinnerung hat mich nicht getrügt. In alter Gewohnheit habe ich den Nachnamen der Frau neben den Zeitungsausschnitt geschrieben: „Ewert".

Richtig, die Frau hieß Ewert. Jetzt fällt's mir wieder ein! Der Vorname war mit S. Ich glaube „Sabine" oder „Susanne". Eine tragische Geschichte. Dann das unschöne Nachspiel ... Ronald hat schnell versucht, den Ball in alle Richtungen flachzuhalten. Claudia ist mit der ganzen Geschichte schlecht fertiggeworden. Ich entsinne mich dunkel, dass Ronald häufiger mit ihr zu zweit darüber geredet hat. Vielleicht sind es Vorfälle wie diese gewesen, die Claudia bewogen haben, die Psychiatrie zu verlassen und in einen ambulanten Pflegedienst zu wechseln ... bis ihre eigene depressive Erkrankung sie noch einmal in die Psychiatrie zurückgeführt hat.

Es ist Nachmittag. Draußen hat es vorübergehend geregnet. Ich lege mir meinen Zeitplan für die nächsten Stunden zurecht. Für den Besuch des „Fantasy-Shops" in der Südstadt muss ich noch einige Vorbereitungen treffen. Wenn die Sekte tatsächlich an den aktuellen Verbrechen beteiligt ist, werden einzelne Mitglieder der „Nesankta Homaro" mein Gesicht kennen. Der Verfasser der Drohbriefe muss mich persönlich vom Gesundheitsamt bis zu meiner Wohnung verfolgt haben. Auf keinen Fall darf mich ein Sektenmitglied als Besucher des „Fantasy-Shops" erkennen.

Anna hat sich mit Perücke und Sonnenbrille kostümiert, um von Jannik unerkannt von Hannover nach Hildesheim gebracht zu werden. So ähnlich werde ich auch verfahren. Allerdings muss die Kostümierung echt wirken und mein Gesicht trotzdem unkenntlich machen. Im Februar war ich mit Anna in Köln zum Kostümball. Ich besitze noch diesen perfekt sitzenden Henriquatre-Bart in Schwarz. Außerdem steht im Badezimmer noch eine Flasche Tönungsschaum, mit der ich meinen braunen Haaren die dazugehörige Farbe verpassen kann. Das sollte reichen!

In der folgenden Stunde verwandele ich mich in einen schwarzhaarigen Typen mit einem Bart rund um den Mund, der mir ein südosteuropäisches Aussehen verleiht. Zum Glück lässt sich die Haartönung morgen früh wieder herauswaschen.

Im Internet habe ich mich über die Öffnungszeiten des „Fantasy-Shops" informiert. Bis 19 Uhr hat er auf. Kein Problem, da kann ich vorher noch kurz in meinem Büro vorbeischauen und in unserer elektronischen Patientendatei nach dem Namen Ewert suchen. Vom Gesundheitsamt zum „Fantasy-Shop" sind es lediglich knapp zehn Minuten zu Fuß.

*

Ich betrete den Flur des Gesundheitsamtes und steuere mein Büro an. Meine Sekretärin ist längst zu Hause. Auf einem Gang direkt neben meinem Büro sitzen und stehen zahlreiche Besucher der Impfsprechstunde am späten Nachmittag. Dr. Cornelia Redepenning, die ärztliche Leiterin des Teams Hygiene, kommt die Treppe zum Flur herunter. Sie arbeitet im zweiten Stock des Gebäudes und ist wie immer lange im Dienst. Jetzt will sie offenbar nach Hause. Ohne mich weiter zu beachten, geht sie an mir vorbei, als würde sie mich nicht kennen. Ich bin zufrieden. Der Bart und die andere Haarfarbe erzielen die gewünschte Wirkung. Zumindest auf den ersten Blick hat sie mich nicht erkannt. Ich hüte mich, vor den anderen Besuchern mit ihr über meine Maskerade zu sprechen, sondern bleibe ruhig stehen und warte, bis sie das Gebäude verlassen hat.

Erst danach verschwinde ich in meinem Büro. Ich fahre den PC hoch und gehe in unsere Patientendatei. So wie ich den Sohn von Frau Ewert damals erlebt habe, ist nicht auszuschließen, dass er schon einmal mit dem Sozialpsychiatrischen Dienst in Berührung gekommen sein könnte.

Ich tippe in die Suchmaske den Namen „Ewert" und das Merkmal „männlich" ein. Wenn er Kontakte nach Hannover hatte, könnte er uns hier in der Region durchaus aufgefallen sein. Das Programm findet mehrere Personen mit dem Namen Ewert. Aber nur eine Person davon ist 33 Jahre alt und in Hildesheim geboren. Der Vorname lautet „Jasper". Richtig, so hieß der junge Mann. Volltreffer! Das ist er!

Gespannt schaue ich mir den Datensatz genauer an. Die elektronische Akte wurde von der Sozialpsychiatrischen Beratungsstelle Hannover-Mitte im Dezember letzten Jahres angelegt. Außer den Personalien und Jaspers Adresse in Hannover-Nordstadt sind nur zwei Einträge in der Akte. Beide Einträge sind von Jannik Wagner verfasst worden, der zu dieser Zeit in der Beratungsstelle gearbeitet hat.

Sein erster Eintrag ist vom 3. Dezember: Vom Polizeikommissariat Nordstadt war ein Schreiben eingegangen, in dem die Beratungsstelle um psychologische und sozialarbeiterische Unterstützung für Jasper Ewert gebeten wurde. Der Patient hätte auffällige Stimmungsschwankungen und viele soziale Probleme. Der Vorgang war nicht als Notfall eingestuft worden.

Der zweite und letzte Eintrag ist vom 6. Dezember: Jannik hatte telefonischen Kontakt zum Absender des Schreibens aufgenommen und von der Polizei erfahren, dass Jasper Ewert am Tag zuvor in Hildesheim ums Leben gekommen war. Verbrannt in einem Auto, vermutlich mit suizidalem Hintergrund.

Beim Lesen des Eintrags durchfährt mich ein kalter Schauer und ich muss mehrfach tief durchatmen. Unfassbar! Ich bin echt entsetzt, dass der junge Mann auf diese furchtbare Weise gestorben ist. Eine Tragik, die bestimmt kein Zufall ist.

Aber damit bricht gleichzeitig meine ganze Theorie über die Zusammenhänge zwischen den Vorfällen der letzten Monate komplett zusammen. Jasper Ewert ist seit sieben Monaten tot, damit scheidet er als Täter oder Drahtzieher im Hintergrund aus.

Ich erinnere mich, dass Anfang Dezember der Arzt unserer Beratungsstelle Hannover-Mitte krank war. Jannik Wagner hat sich also ohne ärztliche Unterstützung des Falles angenommen. Das Anschreiben des Polizeikommissariats wird jetzt irgendwo im Archiv für Handakten abgeheftet sein. Einen persönlichen Kontakt eines meiner Mitarbeiter zu Jasper Ewert hat es demnach nicht gegeben.

Unruhig wippe ich mit dem rechten Fuß auf und ab. Es reißt mich vom Schreibtischstuhl, und ich gehe aufgewühlt in meinem Büro hin und her. Meine Überlegungen in Bezug auf Jasper haben sich erledigt. Obwohl alles so schön zusammengepasst hätte. So ganz mag ich von meiner Theorie nicht Abstand nehmen. Gab es da nicht diesen Anwalt, der Jasper in der Angelegenheit seiner Mutter verbissen gegen uns vertreten hat, wenn auch letztendlich ohne Erfolg?! Andererseits wäre es höchst unwahrscheinlich, dass uns ein Jurist nach fünfzehn Jahren wegen einer verlorenen Mandantenangelegenheit ans Leder will.

Bleibt noch Ronalds große Verschwörungshypothese im Zusammenhang mit seinem Kampf gegen die Drogenproduktion. Lässt sich sein Verdacht mit meinen Überlegungen, dass es Parallelen zu Claudia und mir gibt, sinnvoll zusammenführen? Ronald geht davon aus, dass jemand auf einflussreicher Ebene das Bestreben hat, Ulrike und ihn fertigzumachen. Wobei eine Stoßrichtung ist, dass Ronald nicht Chefarzt wird. Wurde deshalb über die Kanäle der SANECO-Konzerngeschäftsleitung ein Kandidat aus Hamburg gepusht, bei dem man sicher sein kann, dass er Ronald klein hält? Und stand ich den Drahtziehern bei diesen Plänen ebenfalls im Weg?

Während ich mich mit den Verschwörungsgedanken beschäftige, gebe ich den Namen „Dr. Martin Pahland" in die Internet-Suchmaschine ein. Ich erhalte interessante Ergebnisse. Pahland hat vor einigen Jahren eine Anwenderstudie mit einem Neuroleptikum durchgeführt und diese publiziert. Das Psychopharmakon musste später wegen gravierender Nebenwirkungen vom Markt gezogen werden. Hersteller des Präparates war die Firma, für die Claudias Mann als Vertreter gearbeitet hat. Wenn Patrick Faber früher ganz Norddeutschland als Vertreter bereist hat, ist er nicht nur in Hildesheim, sondern sicherlich ebenso bei Pahland in Hamburg gewesen. Wusste Patrick Faber etwas über Pahland, was er auch seiner Frau erzählt haben könnte? Eine gigantische Intrige mit Fäden zwischen Hannover, Hamburg und Berlin?

Ich schüttle den Kopf. Das ist alles absurder Quatsch! Wir sind hier in Hannover und nicht in Dallas. Martin Pahland ist bestimmt ein netter, kompetenter Kollege, der einfach aufgrund seiner sehr guten fachlichen Qualifikation für den Chefarztposten ausgewählt worden ist.

Bleiben als Verdächtige noch Alexander Dannenberg und die „Nesankta Homaro". Wegen meines windigen Gedankens bezüglich des damaligen Anwalts von Jasper Ewert werde ich versuchen, noch einmal an die alte Akte in der Nervenklinik Hildesheim zu kommen. Die zivilrechtlichen Ansprüche der Patientin und ihrer Angehörigen gegen das Krankenhaus verjähren erst dreißig Jahre nach der Behandlung. Insofern lagert die Akte von Frau Ewert mit Sicherheit noch im Archiv der Klinik.

*

Es ist 18:15 Uhr. An den Regenguss vor ungefähr zwei Stunden erinnert nichts mehr. Die Sonne hat sich erneut durchgesetzt. Auf der belebten Hildesheimer Straße in Hannovers Südstadt sehe ich zahlreiche Fußgänger und Fahrradfahrer in Shorts und kurzärmeligen T-Shirts. Ich muss aufpassen, dass mir der Schweiß im Gesicht nicht den angeklebten Bart lockert. Zum Glück ist es vom Gesundheitsamt zum „Fantasy-Shop" nicht weit. Schon oft bin ich an dem Laden vorbeigegangen, ohne ihn jemals zu betreten. Hier soll also eine geheime Schaltstelle der „Nesankta Homaro" sein. Zu beiden Seiten der Eingangstür befinden sich große Schaufenster, in denen diverse Fantasy-Brettspiele, Romane und Figuren von vorzeitlichen Kriegern, finsteren Zauberern und sonstigen Geschöpfen der Dunkelheit ausgestellt sind. Ein Genre, das sich seit Jahren großer Beliebtheit erfreut, insofern nichts Ungewöhnliches. An der Eingangstür werde ich zum ersten Mal stutzig. Dort fällt mir ein mit Klebestreifen befestigtes Schild auf. Ein handgeschriebener Hinweis, dass der Laden morgen ab 13 Uhr und übermorgen den ganzen Tag geschlossen ist. Morgen ist Donnerstag. Warum schließt der Laden für anderthalb Tage in einer Juli-Woche? Die Betreiber haben anscheinend etwas vor. Sofort fällt mir ein, dass die Entführer die Lösegeldübergabe für Freitag in Aussicht gestellt haben. Ich merke, dass meine Schweißproduktion zunimmt. Zeit, den Laden zu betreten und äußerste Vorsicht walten zu lassen.

Drinnen herrscht eine angenehme Kühle. Das Geschäft ist erstaunlich groß, Verkaufsregale befinden sich vor den Wänden und stehen in mehreren Reihen parallel zueinander im Raum. Von überall blicken mich stumm Figuren der Finsternis an. Auf einer Theke im rechten hinteren Teil des Raumes steht die Kasse. Ich zähle drei Männer in schwarzen T-Shirts, auf denen der rote Schriftzug des „Fantasy-Shops" prangt. Die Männer gehören zum Personal, vom Alter her schätze ich sie zwischen Anfang und Ende zwanzig. Einer von ihnen hält sich hinter der Kasse auf, die anderen beiden öffnen am Rand einige Pappkartons mit neuer Ware. Es scheint hier üblich zu sein, eintretende Kunden nicht gleich anzusprechen. Umso besser! Vier weitere Kunden stöbern in den Regalen und hinterlassen den Eindruck, genau zu wissen, wonach sie suchen.

Ich sehe mich unauffällig um. Es gibt eine Tür, die zu Räumlichkeiten hinter den Verkaufsflächen führt, im Seitenbereich rechts geht eine Treppe nach unten. Da existiert also noch ein Kellerraum. Von dort kommt ein vierter Angestellter mit zwei Jugendlichen die Treppe herauf.

„Die Schlacht war echt geil!", bekundet einer der Jugendlichen, während der andere ihm mit einem Nicken zustimmt. Die beiden streben auf den Ausgang zu.

„Der Mann vom Personal ruft ihnen hinterher: „Wenn ihr Lust habt, kommt am Samstag wieder."

„Ja, mal sehen", ist die Antwort im Herausgehen.

Wie ich einem Hinweisschild entnehme, befindet sich im Keller ein Raum, in dem Fantasy-Begeisterte Figuren bemalen und sich miteinander in Strategiespielen messen können. Hier werden möglicherweise

Kontakte zu potenziellen Mitgliedern für die „Nesankta Homaro" geknüpft.

Ich schlendere durch den Laden zu einem kleinen Tisch mit Prospekten und Katalogen. Ein Katalog erweckt meine Aufmerksamkeit, der eine große Auswahl an Latexmasken beinhaltet. Da gibt es nichts, was es nicht gibt: vom Satan über Orks und Hobbits bis zu Freddy Krueger und Angela Merkel. Nicht vorrätige Masken können im Laden bestellt werden.

Die Eingangstür öffnet sich erneut, und ein weiterer Kunde erscheint im Laden. Auf Anhieb erkenne ich den in Schwarz gekleideten jungen Mann. Es ist Alexander Dannenberg. Das kann Glück oder Pech bedeuten. Schnell wende ich mich ab, um nicht von ihm enttarnt zu werden.

Alexander begrüßt das Personal auf eine vertrauliche Art, die erkennen lässt, dass er häufiger in dem Laden verkehrt.

„Hallo Gerrit, ist Viktor da? Ich möchte was abholen", höre ich ihn fragen.

„Nein", entgegnet der Angesprochene. „Aber du kannst mit durchkommen. Er hat es hinten deponiert."

Aus dem Augenwinkel verfolge ich, wie Alexander und Gerrit im Hinterzimmer verschwinden. Zwei Minuten später kehren beide zurück in den Verkaufsraum, wobei Gerrit äußert:

„Dann wie besprochen."

„Kein Problem. Das Psycho-Ding läuft."

Ich stehe mit dem Rücken zu ihnen und schnappe problemlos das Gesagte auf. Für die anderen Kunden im Raum ist es eine Unterhaltung unter Bekannten mit belanglosen Inhalten.

Gerrit begleitet Alexander zum Ausgang: „Sei morgen pünktlich."

„Klar. Rebekka und ich erscheinen rechtzeitig zum Aufbau."

Danach verschwindet er.

Was hat Alexander aus dem Laden abgeholt? Als er aus dem Hinterzimmer kam, hatte er nichts in der Hand. Folglich muss es in seine Hosentasche gepasst haben. Außerdem sprach er von einem „Psycho-Ding". Eine Chiffre für die Aktion gegen seinen Vater, den Psychiater? Und morgen, wenn der Laden früher schließt, sind Alexander und seine Freundin daran beteiligt, etwas aufzubauen. Ein Zusammenhang mit der Geldübergabe einen Tag später drängt sich auf.

Mein Ausflug in die „Höhle des Satans" hat sich gelohnt. Nachdem ich Alexander draußen den nötigen Vorsprung gelassen habe, verlasse ich ebenfalls den „Fantasy-Shop". Jetzt muss mir Rasputin weiterhelfen.

*

Um ungestört telefonieren zu können, bin ich in mein Büro im Gesundheitsamt zurückgegangen.

Ich kann es nicht ertragen, dass Ulrike verängstigt in einem düsteren Gefängnis hockt, ohne dass ich in irgendeiner Form aktiv werde. Die Vorstellung, dass es doch einen Zusammenhang zum Mord an Claudia gibt, macht mir Angst. Bei ihr haben es die Täter nicht beim Erschrecken belassen, sondern sie eiskalt getötet. Gelegentlich spukt der grausame Gedanke durch meinen Kopf, dass die Täter Ulrike ermorden könnten, obwohl sie das Lösegeld bekommen. Als wenn es ihnen vorrangig ums Töten geht. In diesem Fall wäre es notwendig, den Ort zu kennen, an dem Ulrike gefangen gehalten wird. Sollte ich den genauen Ort herausbekommen, würde ich sogar die Polizei einschalten, damit sie Ulrike gezielt befreien kann. Natürlich sagt mir mein Verstand, dass sich die Täter nicht mehr Ärger aufhalsen werden als nötig. Wer als Entführer gesucht wird, will nicht unbedingt zusätzlich als Mörder gejagt werden. Aber auch wenn Ulrike wieder frei ist, könnten Hinweise über die Täter und ihre Verstecke hilfreich sein, um sie möglichst schnell zu erwischen.

Die Gedanken schaffen Klarheit. Ich muss herausbekommen, ob – und wenn ja, wo – die Sekte Ulrike gefangen hält.

Hoffentlich ist Jannik diesmal zu Hause. Bei dem Wetter kann es gut sein, dass er unterwegs ist. Ich sitze an meinem Schreibtisch und wähle seine Festnetznummer. Am Handy kann ich schlecht mit ihm über mein Anliegen sprechen. Ich habe Glück. Er geht an den Apparat.

„Hast du was rausgekriegt, ob sich die ‚Nesankta Homaro' auf ihren Internetseiten über die Dannenbergs, Claudia, Anna oder mich ausgetauscht hat?", ist meine erste Frage.

„Tut mir leid. Aber darüber habe ich nichts finden können."

„Aber es wäre möglich, dass sich die Sekte trotzdem mit uns beschäftigt, sich darüber aber außerhalb des Internets austauscht?"

„Das kommt schon vor."

Ich erzähle ihm, dass ich gerade inkognito im „Fantasy-Shop" gewesen bin und vermute, dass die vorübergehende Schließung des Ladens mit einem Treffen der Sekte zusammenhängen könnte.

Seinem Tonfall nach zu urteilen ist er über mein Vorgehen offensichtlich überrascht, als er antwortet:

„Du hast recht. Von ihrer Website weiß ich, dass das Treffen der norddeutschen Arealos in der Nacht von morgen auf übermorgen in der Region Hannover stattfinden wird."

„Die Schwarze Messe im ‚Monat der Freude', von der du mir erzählt hast?"

„Richtig."

„Und warum feiern die ihre Messe nicht am Wochenende, sondern von Donnerstag auf Freitag?"

„Das geht auf den Gründer der ‚Nesankta Homaro' zurück, John Wright. Er wurde an einem Freitag um ein Uhr nachts geboren."

Mir soll das recht sein. Das bedeutet, dass das Treffen noch vor der Geldübergabe stattfindet.

„Wird auf dem Treffen auch über geplante Unternehmungen aus den einzelnen Arealos gesprochen?"

„Bestimmt."

„Auch wenn es verrückt klingt, aber du musst mir helfen, dass ich um jeden Preis an diesem Treffen teilnehmen kann ... Du hast doch noch deine alte Robe in deiner Wohnung versteckt ..."

„Jetzt bist du völlig übergeschnappt, Chef", entfährt es Rasputin.

Ich merke, dass ich ihn diesmal nicht so ohne Weiteres dazu bringen kann, mir gegen die „Nesankta Homaro" zu helfen. Um die Notwendigkeit meines Anliegens zu verdeutlichen, lasse ich entgegen meiner ursprünglichen Absicht die Katze aus dem Sack. So wie er mich in der Vergangenheit zum Stillschweigen verpflichtet hat, nehme ich jetzt ihm das Versprechen zur Verschwiegenheit ab. Ich unterrichte ihn darüber, dass ich vermute, dass meine Ex-Frau von der Sekte nicht nur bedroht, sondern entführt worden ist. Wobei ich mir seine Zusage einhole, die Polizei auf keinen Fall zu verständigen.

„Ich glaube nicht, dass du in dem Fall wesentlich weiterkommst, wenn du an dem geheimen Treffen der ‚Nesankta Homaro' teilnimmst. Aber ich will mir später auch nicht vorwerfen lassen, ich hätte dich nicht in allen Punkten unterstützt. Nur aus dem Grund helfe ich dir. Aber ich sage dir ganz ehrlich, dass ich deinen Plan für keine gute Idee halte."

Ich bin erleichtert, er hat zugestimmt.

„Du glaubst also auch, dass es mit deiner Hilfe möglich wäre, dass ich morgen Nacht unerkannt diese Schwarze Messe besuche."

„Es ist verrückt, aber es ist möglich", lautet seine knappe Antwort. „Ich werde das Notwendige arrangieren und melde mich morgen wieder."

Bevor er auflegt, brennt mir noch ein weiteres Thema unter den Nägeln:

„Ich weiß nicht, ob du dich auf Anhieb daran erinnern wirst. Aber ich habe eine Frage zu einem Patienten, über den du im Dezember ein Telefonat mit der Polizei geführt hast. Der Patient hieß Jasper Ewert."

„Daran erinnere ich mich. Der Patient ist leider verstorben, vermutlich Suizid. Warum fragst du?"

„Ich hatte zwischenzeitlich den Verdacht, er könnte etwas mit der Entführung meiner Ex-Frau oder der Bedrohung von Anna zu tun haben."

„Nein, das ist unmöglich. Er ist tot."

„Damit, dass du den Vorfall gleich vor Augen hast, hab ich gar nicht gerechnet. Ich bewundere dein ausgezeichnetes Gedächtnis."

Jannik stockt kurz über mein Kompliment, um es anschließend zu relativieren: „Das liegt daran, dass mir der Name Jasper Ewert von früher was sagt. Wir sind als Jugendliche in Hildesheim auf dieselbe Realschule gegangen."

Jetzt bin ich wirklich erstaunt: „Das ist ja ein Zufall."

„Nicht unbedingt. Wir kommen beide aus katholischen Familien, die meinten, uns unbedingt auf eine katholische Realschule schicken zu müssen. Und davon gibt es in Hildesheim nur zwei."

„Du kanntest ihn demnach sehr gut persönlich?"

„Nein, wir sind in Parallelklassen gegangen. Aber er war ein absolut auffälliger Typ, den jeder in der Schule wegen seiner irren Eskapaden und seines widerspenstigen Verhaltens kannte. Als Schüler hat man seine Aktionen bewundert oder gehasst. Ich gehörte damals zu seinen Bewunderern."

„Was hat dir denn gefallen?"

„Seine Art, sich gegen überholte Normen aufzulehnen und sich dabei nicht einschüchtern zu lassen. Immerhin war er im Jahrgang für seine ausgezeichneten Französischkenntnisse bekannt. Seine Mutter hatte meines Wissens französische Wurzeln."

„Weißt du, was danach aus ihm geworden ist?"

„Für die katholische Schule war er wegen seines Cannabiskonsums und seiner aggressiven Verhaltensweisen irgendwann nicht mehr tragbar, und sie haben ihn rausgeschmissen. Danach habe ich ihn praktisch aus den Augen verloren. Als die Polizei jetzt im Dezember ihr Hilfeersuchen an uns schickte, habe ich durch die Angabe seines Geburtsortes gleich gewusst, dass es um ihn geht. Es hat mich gereizt, mit ihm in Kontakt zu treten, um zu sehen, wie es nach so vielen Jahren mit ihm weitergegangen ist. Deshalb habe ich den Vorgang gleich an mich gerissen."

„Und wir können sicher sein, dass er wirklich verstorben ist?"

„Absolut. Die Polizei hat mir mitgeteilt, dass er eindeutig identifiziert worden ist. Insofern habe ich unsere Akte danach gleich geschlossen."

Janniks Angaben bekräftigen noch einmal, dass Jasper Ewert als Täter unmöglich infrage kommt.

42

Viktor Thum hat Hannover verlassen und fährt mit seinem Wagen auf der B217 in südwestlicher Richtung. Zu beiden Seiten der Bundesstraße sind weitläufige Felder zu sehen, die zur Stadt Ronnenberg gehören. Er ist auf dem Weg zu seiner Gefangenen, um zu überprüfen, ob alles weiterhin nach Plan läuft. Morgen wird er das Video mit ihr drehen. Es ist Donnerstagmorgen. Vor zweieinhalb Tagen hat er Ulrike Dannenberg zu Hause überwältigt und in ihr sicheres Gefängnis gebracht.

Von der gefangenen Frau wechseln seine Gedanken zu dem gefangenen Kanarienvogel, den er als Einstiegsprüfung in seiner Hand zerquetscht hat. Damals, bei den ersten Kontakten zur Dunklen Bewegung. Viktor muss lächeln. Die „Nesankta Homaro" ist das Beste, was ihm bisher passiert ist.

Seine Eltern hatten ihm prophezeit, dass nichts aus ihm würde. Mit Aushilfsjobs hielt er sich nach dem Ende der Schulzeit über Wasser, die Ausbildungsangebote waren Schrott. Vielleicht hatte ihn der Satanismus schon immer fasziniert, weil seine Eltern ihn abstoßend fanden.

„Man muss sich als junger Mensch in der Ausbildung auch mal was sagen lassen", klangen ihm die Worte seines Vaters im Ohr. „Wenn du deinen Platz gefunden hast, kannst du später anderen Anweisungen erteilen."

Viktor hatte sich von Mastro Leon etwas sagen lassen. Es war eine harte Lehre, der er sich bereitwillig unterzog. Er übernahm alle möglichen Jobs und lernte, sich auf der Straße zu behaupten. Insofern hatte sein Vater recht. Jetzt hatten andere Menschen Respekt vor ihm. Viktor stand nach Jahren im Rang eines Patros, direkt unterhalb des Anführers. Leon spannte fähige Mitglieder seiner Bewegung für lukrative Geschäfte ein. Drogen und Frauen, beides fiel dabei ausreichend für Viktor ab. Die Fantasy-Läden waren nur eine bedeutungslose Tarnung.

Viktor gewöhnte sich daran, Aufträge präzise auszuführen, wenn die Entlohnung stimmte. Wobei er gelernt hatte, sich nicht von Skrupeln vergangener Zeiten behindern zu lassen. Die Leitlinie der Dunklen Bewegung wies ihm den Weg: „Lebe, wie du willst. Töte, wer dich dabei behindert."

Als Jugendlicher hatte er sich klein gefühlt, weil seine Eltern seinen jüngeren Bruder bevorzugten, diesen schlauen ekelhaften Streber. Wütend hatte er den kleinen Mistkerl bekämpft, indem er konsequent dessen Sachen zerstörte. Auch die Kinder- und Jugendpsychiatrie hatte es nicht geschafft, Viktor zu brechen. Schmerzhaft war der Verlust der einzigen Frau, die er wirklich verehrt hatte. Diesen Verlust verdankte er der Intervention seines Bruders. Viktor hatte sich eine Theorie zurechtgelegt. Im Elternhaus war seine Aggressivität geweckt worden, die ihm als Erwachsener zugutekam. Dafür verspürte er im Nachhinein eine gewisse Dankbarkeit.

Langsam nähert er sich seinem Ziel und kehrt in die Gegenwart zurück. Wenn er den Termin mit der Geldübergabe hinter sich hat, wird er als Nächstes Ulrike Dannenberg töten. So lautet der Auftrag.

*

Schon wieder hat sie eine Nacht in dem düsteren Gemäuer verbracht, aus dem eine Flucht unmöglich zu sein scheint. Die geringe Helligkeit, der eingeschränkte Bewegungsradius, die Einsamkeit und vor allem die Ungewissheit, ob sie hier jemals lebend wieder herauskommt, ziehen ihre Stimmung wie schwere Gewichte ins Bodenlose. Die Wut auf den gnadenlosen Entführer, der sie in diese scheußliche Situation gebracht hat, weicht nach und nach einer apathischen Gleichgültigkeit. Was sie auch vorhat, hier unten ist es sinnlos. Dann kommen ihr Bilder von Katharina und Ronald vor Augen, die sie ermuntern, sich nicht aufzugeben. Gibt es in diesem Verlies irgendwo eine Schwachstelle? Aber was nützt das, wenn sie angekettet ist und dadurch den Raum nicht verlassen kann?! Die Eisenschelle um ihr rechtes Handgelenk ist mit einem Schloss gesichert, für das nur das Narbengesicht den Schlüssel hat. Solange ihr Arm in der Eisenschelle steckt, sind alle anderen Überlegungen sinnlos. Mit der linken Hand packt sie die eiserne Fessel und versucht, diese mit Gewalt über ihr rechtes Handgelenk zu zerren. Es klappt nicht, die Schelle bleibt an den schmerzenden äußeren Handwurzelknochen hängen.

*

Alexander Dannenberg ist heute Morgen früher aufgestanden als sonst. Die Nacht hat er allein verbracht. Während in der Küche die Kaffeemaschine läuft, ruft er seine Freundin Rebekka auf dem Handy an.

„Hi, ich hoffe, du hast die Nacht auch ohne mich gut verbracht", begrüßt er sie. „Ich brauche deine Hilfe, um die Sache mit dem Austausch in Waldhausen über die Bühne bringen zu können."

„Wieso, ist denn jemand zu Hause, Alex? Du hast doch erzählt, dein Vater und deine Stiefmutter sind den Tag über wegen der Präsentation ihres Projektes in Berlin."

„Ja, aber mein Vater hat den Termin abgesagt."

„Woher weißt du das?"

„Er hat's mir gestern selbst am Telefon mitgeteilt. Hatte ich dir doch erzählt, dass ich vorher noch einmal bei ihm anrufe."

„Ja, stimmt."

„Der Anruf war eine Vorsichtsmaßnahme von mir. Gut, dass ich's gemacht hab. Sonst wäre ich natürlich nie darauf gekommen, dass er heute da ist."

„Wie stellst du dir meine Hilfe vor?"

„Ich hole dich bei deiner Arbeit ab und wir fahren gemeinsam nach Waldhausen, sodass wir gegen 12:30 Uhr dort sind. Deine Aufgabe besteht darin, meinen Vater abzulenken."

„Du meinst, das klappt?"

„Na logo. Er fährt auf dich ab. Das kriegst du hin. Währenddessen mache ich den Austausch."

*

Es ist 12:35 Uhr. Alexander parkt seinen alten Gebrauchtwagen vor dem Haus seiner Stiefmutter in Waldhausen, direkt hinter einem blauen VW Golf.

„Hat dein Vater Besuch?", fragt Rebekka und deutet auf den Wagen vor ihnen.

„Den Wagen kenne ich. Ich glaube, er gehört Mark Seifert, dem Vater meiner Stiefschwester."

Alexander und Rebekka steigen aus. Der junge Mann geht um den Golf herum und entdeckt auf dem Beifahrersitz eine Parkausnahmegenehmigung mit namentlicher Zuordnung. Sein Gesicht drückt Unzufriedenheit aus: „Scheiße, er ist es! Jetzt müssen wir verdammt vorsichtig sein."

43

„Der etwas dunklere Farbton steht Ihnen ausgezeichnet, Chef", ist Mockies Kommentar, während ich durch ihr Zimmer in mein Büro husche. Ich habe mir wirklich Mühe gegeben, die schwarze Haartönung von gestern Nachmittag vollständig herauszuwaschen, aber ein dunkler Schimmer ist offenbar geblieben. Egal, heute Abend kommt der Tönungsschaum erneut zum Einsatz.

Im Büro sammle ich meine Unterlagen zusammen und treffe mich anschließend mit meinen Mitarbeitern aus allen Sozialpsychiatrischen Beratungsstellen im nahe gelegenen Haus der Region. Jannik hat mich gestern Abend telefonisch darüber informiert, dass er alles für mich vorbereitet hat. Wir treffen uns heute nach Dienstschluss in seiner Wohnung, wo ich von ihm ein abschließendes Briefing für meinen nächtlichen Einsatz erhalte.

Kurz vor 12 Uhr stellt Sonja Mock einen Anruf von Ronald Dannenberg zu mir ins Büro durch. Er teilt mit, dass sich die Entführer per E-Mail bei ihm gemeldet haben.

„Die Verbrecher haben ein neues Foto von Ulrike in ihrem Gefängnis mitgeschickt. Ich soll mein Handy komplett aufgeladen für die Lösegeldübergabe morgen Abend bereit halten. Außerdem weisen sie mich schon wieder an, die Polizei herauszuhalten." Ronald stockt, und ich höre, wie er sich die Nase schnäuzt, bevor er weiterredet: „Ihre Forderung haben sie mit einem Link zu einem Zeitungsartikel unterstrichen … Ein schlimmer Fall, bei dem die Täter eine entführte

Frau hingerichtet haben, nachdem der Ehemann zur Polizei gegangen ist."

Wie ich höre, ist Ronald zum Heulen zumute. Wahrscheinlich könnte er meinen persönlichen Trost jetzt gut gebrauchen. Ich kündige an, dass ich in zwanzig Minuten bei ihm vorbeischauen werde.

„Nein, das ist wirklich nicht nötig, Mark. Ich komm hier schon alleine klar", lehnt er höflich ab.

Aber ich bestehe darauf. In solchen Krisensituationen muss man alte Rivalitäten zurückstellen und zusammenrücken. Schließlich waren wir früher gute Freunde.

„In Ordnung", gibt Ronald seinen Widerstand auf. „Nett von dir, dass du kommst, Mark."

Ich bin nicht mit der Stadtbahn, sondern mit dem Wagen zur Arbeit gekommen, um für alle Fälle schnell und flexibel zu sein. Zwanzig Minuten nach unserem Telefonat erreiche ich Ulrikes Haus.

Ronald öffnet auf mein Klingeln augenblicklich die Tür und führt mich ins Arbeitszimmer, wo er mir die letzte E-Mail der Entführer und das Foto von Ulrike zeigt. Sie macht ein resigniertes Gesicht, ist immer noch an einer Wand angekettet.

„Ich habe dem Absender eine Mail geschrieben, dass ich vor der Geldübergabe auf jeden Fall ein aktuelles Lebenszeichen von Ulrike benötige. Ich will ihre Stimme hören! Ein Foto reicht mir nicht", erklärt Ronald.

Diese Haltung kann ich nur unterstützen.

Wir setzen uns ins Wohnzimmer, wo ich Ronald von meinem vorübergehenden Verdacht erzähle, die damalige Geschichte mit der Patientin Ewert und ihrem Sohn Jasper könnte die Erklärung für die Angriffe gegen Ulrike, Claudia und Anna sein. Ronald zieht die rechte Augenbraue hoch. Über das Thema redet er ungern. Dann berichte ich ihm von Jasper Ewerts tragischem Tod und dass die Polizei uns davon über einen meiner Sozialarbeiter unterrichtet hat. Meine Schilderung geht Ronald sichtlich nahe.

„Kannst du dich noch an den Namen seines Anwalts erinnern?", erkundige ich mich.

„Nein, das ist zu lange her. Aber denkst du im Ernst, der könnte was mit der Entführung von Ulrike zu tun haben …?"

„Halte ich auch für unwahrscheinlich. Aber ich werde versuchen, demnächst einen Blick in die alte Akte zu werfen."

Ich wechsele das Thema und frage, wie Alexander auf die Entführung reagiert hat.

„Zuletzt hab ich ihn am Tag vor der Entführung gesehen. Da hat er abends bei uns reingeschaut. Seitdem habe ich ihn nicht mehr gesehen. Ich hab ihn von mir aus nicht über die Entführung in Kenntnis gesetzt, weil ich nicht einschätzen kann, wie er darauf reagiert. Eine hilfreiche Unterstützung erwarte ich bei dem gespannten Verhältnis, das er zu Ulrike und mir hat, leider nicht. Er hat mich gestern angerufen und sich erkundigt, ob Ulrike und ich nach Berlin fahren. Ich hab ihm lediglich ohne nähere Begründung mitgeteilt, dass ich den Termin gecancelt habe."

„Gab es einen besonderen Grund für seinen Anruf?"

„Wenn du so fragst … nein. Zum Schluss hat er angekündigt, dass er demnächst vorbeikommt, um was aus seinem Zimmer abzuholen."

In Gedanken vermute ich einen unmittelbaren Zusammenhang mit Alexanders Besuch im „Fantasy-Shop". Der Verdacht, dass er zusammen mit der „Nesankta Homaro" in einer schmutzigen Geschichte gegen seinen Vater steckt, nimmt immer mehr Gestalt an. Soll ich Ronald davon erzählen, dass sein Sohn etwas aus dem Fantasy-Laden abgeholt hat? Einen Moment schwanke ich. Aber dann halte ich es für zu früh. Noch ist alles beliebig interpretierbar. Ronald hat bereits vor zwei Tagen jegliche Verdächtigungen gegen seinen Sohn oder die „Nesankta Homaro" vehement zurückgewiesen. Außerdem kann es sein, dass Ronald meinen Auftritt im „Fantasy-Shop" idiotisch und lächerlich findet.

„Ich glaube, du solltest deinen Sohn ruhig ins Vertrauen ziehen. Vielleicht fühlt er sich später noch mehr zurückgesetzt, wenn er von dir in einer so wichtigen Familienangelegenheit nicht eingeweiht worden ist", werfe ich ein, wobei ich mir selbst ein wenig hinterlistig vorkomme.

In diesem Moment klingelt es an der Tür. Ronald wirkt überrascht, erhebt sich und geht in den Flur.

Durch die Scheibe neben der Eingangstür kann er von weitem sehen, wer gekommen ist. Zu mir gewandt verkündet er laut:

„Es ist Alexander. Ungewöhnlich, dass er klingelt."

Ronald öffnet die Tür und führt seinen Sohn und eine junge Frau ins Wohnzimmer. Wenn man vom Teufel spricht ...

Falls Alexander und die Sekte hinter der Entführung stecken, darf ich mir jetzt nicht anmerken lassen, dass ich einen Verdacht habe und ihnen möglicherweise auf der Spur bin. Das könnte Ulrike in Gefahr bringen. Ich werde mich aufs Beobachten konzentrieren.

Ronald scheint die Anfang zwanzigjährige Frau zu mögen, die er mir als die Freundin seines Sohnes, Rebekka Kemper, vorstellt.

Ich begrüße die beiden jungen Leute, wobei mich Alexander unwillig anschaut. Meine Anwesenheit behagt ihm augenscheinlich nicht.

„Setzt euch", sagt Ronald und zeigt auf das Sofa. Er selbst nimmt wie ich auf einem der Sessel Platz. Rebekka kommt der Aufforderung gleich nach, während Alexander stehen bleibt.

„Mir sind das zu viele Psychiater auf einmal", verkündet der junge Mann. „Ich will nur kurz in mein Zimmer."

Dann verlässt er bereits das Wohnzimmer. Als Ronald Anstalten macht, ihm zu folgen, äußert Rebekka: „Jetzt, wo Alex draußen ist, möchte ich Sie etwas Berufliches fragen, Herr Dannenberg. Alex ist ja so gegen die Psychiatrie …"

Ronald bleibt sitzen und sieht die Frau wohlwollend an: „Schießen Sie los, Rebekka."

„Eine Bekannte von mir ist seit einigen Monaten sehr ängstlich, traut sich nicht mehr in Fahrstühle zu steigen oder mit der U-Bahn zu fahren. Zum niedergelassenen Arzt geht sie nicht. Können Sie mir sagen, was ich ihr raten soll?"

„Könnten Symptome einer Klaustrophobie sein", erklärt Ronald. „Aber wenn sie nicht zum niedergelassenen Arzt geht, ist Ihre Bekannte möglicherweise ein Fall für den Sozialpsychiatrischen Dienst."

Ich schalte mich ein, frage genauer nach und erläutere ihr die Hilfsangebote meiner Beratungsstellen, wobei Rebekkas Angaben zu ihrer Bekannten immer ungenauer werden. Hat sie die Bekannte nur erfunden? Ist das ein Ablenkungsmanöver? Geht es in Wirklichkeit um sie selbst? Besonders Menschen, die unter erhöhtem Stress leiden, sind gefährdet, solche Symptome zu entwickeln.

„Ich hab von Frau Dannenberg gehört, dass Alexander und Sie seit einigen Monaten Mitglieder einer satanischen Sekte sind. Besonders für Frauen kann das dort Erlebte zu schwerwiegenden psychischen Störungen führen."

„Damit hab ich kein Problem. Vom Satanismus haben Sie völlig falsche Vorstellungen."

„Sollten Sie dennoch einmal dringend meine Hilfe benötigen, wenden Sie sich gerne an mich. Ich leite den Sozialpsychiatrischen Dienst und habe mein Büro im Gesundheitsamt in der Weinstraße 2. Ein Sozialarbeiter meines Teams kennt sich gut mit ...", ich räuspere mich, weil ich mich fast bezüglich Jannik und der „Nesankta Homaro" verplappere, „... also kennt sich allgemein gut mit satanischen Sekten aus."

Vielleicht fällt es ihr leichter, mich oder meinen Dienst aufzusuchen als den Vater ihres Freundes. Aber zunächst bekomme ich eine Abfuhr.

„Danke. Aber ich werde Ihre Hilfe wohl nicht brauchen."

Alexander erscheint im Wohnzimmer.

„Alles erledigt", sagt er zu Rebekka. „Wir können wieder fahren."

Ronald schaltet sich ein und bittet seinen Sohn nachdrücklich, sich zu Rebekka aufs Sofa zu setzen. Widerwillig fügt sich Alexander diesem Wunsch.

„Ich habe euch etwas Wichtiges mitzuteilen. Aber es ist zwingend notwendig, dass ihr es für euch behaltet und nicht an Dritte weitergebt."

Danach beginnt Ronald ein wenig umständlich mit dem Hinweis, dass Ulrike momentan nicht bei der Arbeit ist, sondern verschwunden. Die Eröffnung, dass seine Stiefmutter entführt worden ist, quittiert Alexander mit einem erstaunten Gesichtsausdruck und der Bemerkung: „Das is' ja krass."

Ich habe den Verdacht, dass er uns seine Überraschung nur vorspielt.

„Ich konnte Ulrike nie gut ab, aber so was hätte ich ihr doch nicht gewünscht", ist sein launiger Kommentar. „Wie hoch ist denn die Lösegeldforderung?"

„Eine Million."

„Haben wir überhaupt so viel?"

„Ulrikes Vater kommt morgen zu uns und bringt mir das Geld."

„Hast du eine Ahnung, wer dahintersteckt?"

„Ich vermute, da will uns jemand schaden, der etwas gegen unsere Pläne zur Drogenbekämpfung hat." Ronald schaut seinen Sohn und dessen Freundin durchdringend an. „Und was ganz wichtig ist: Rebekka und du – ihr müsst dafür sorgen, dass nichts davon an die Polizei weitergetragen wird."

„Kein Problem", beteuert Alexander.

G

Nervenklinik Hildesheim.

Susanne Ewert war enttäuscht. Seifert und Dannenberg wollten sie nur hinhalten. Vorübergehend hatte sie gedacht, dass sie den beiden trauen könnte. Aber an eine Entlassung aus dieser Gefängnisstation in Hildesheim war überhaupt nicht zu denken. Das neue Medikament sollte ihr Sand in die Augen streuen. Es machte in niedriger Dosierung nicht die schlimmen Bewegungseinschränkungen wie das vorherige Medikament. Aber dann führten die Ärzte wieder ihre Versuche durch und steigerten die Dosis. Susanne spürte darunter die vermehrte Müdigkeit, die Bewegungseinschränkung kündigte sich erneut an, außerdem bekam sie von den Misttabletten Hunger. Es war klar, wo die Ärzte sie mit dem neuen Zeug hinhaben wollten. Der ewige Zombie!

Susanne holte sich Hilfe bei Fifi und ging in den heimlichen Widerstand. Häufig schaffte sie es, die Tabletten wieder auszuspucken und unbemerkt zu entsorgen. Da sie die Pillen in den Wochen zuvor problemlos geschluckt hatte, waren die Krankenschwestern bei ihr nachlässiger geworden, wenn es darum ging, die Einnahme der Tabletten zu kontrollieren.

Fifi merkte, dass sie richtig gehandelt hatte. Die Reduktion des Giftstoffes bewirkte, dass ihre Körperkraft zunehmend zurückkehrte. Susanne war zuletzt benebelt gewesen, hatte ihren Wärtern nur noch ihre schwache kindliche Seite gezeigt. Jetzt blickte sie wieder durch. Es gab bestimmte Floskeln, um ihre Wärter zur Vollzugslockerung zu bewegen. Das hatte sie inzwischen mitbekommen. Ihren Widerstand gegen die Pharmamafia musste sie leugnen. Aber mit dem Durchblick kam auch der Frust. Fifi wurde bewusst, dass sie dem System auf unabsehbare Zeit ausgeliefert war. Selbst draußen lauerte ein Überwachungsapparat. Nie wieder sollte Jasper sie in diesem fürchterlichen Zustand sehen. Jasper sollte sie als die lebensfrohe Fifi in Erinnerung behalten. Das war nur möglich, wenn sie ein Zeichen setzte.

Die neue Ausgangsregelung – nichts weiter als eine Verhöhnung! Im Gegensatz zu den Ärzten war sie ein ehrlicher Mensch und hielt ihre Versprechen. Susanne Ewert hatte Dr. Seifert versprochen, vom begleiteten Gruppenausgang nicht wegzulaufen. Susanne Ewert, das schwache Häuflein Elend, würde sich daran halten. Aber Fifi hatte nichts versprochen. Niemals würde sie sich den Handlangern der Pharmamafia beugen. Gedanken wirbelten durch ihren Kopf, es gab keinen detaillierten Plan, nur einzelne Bilder, die sie verwirklichen wollte.

Am Samstagnachmittag nutzte sie den begleiteten Gruppenausgang zum ersten Mal. Das Krankenpflegepersonal war am Wochenende schlecht besetzt. Nur ein Assistenzarzt hatte Dienst für die ganze Klinik. Fifi drängte auf Ausgang. Die junge Krankenschwester Claudia Gundlach wurde von ihren Kollegen abgestellt, mit drei Patienten einen Spaziergang auf dem Gelände zu machen. Ihr Portemonnaie mit 30 Mark hatte Fifi dabei. Es war ein bewölkter und etwas kühlerer Sommertag. Die Viererinuppe ging durch den Park, vorbei an den Bungalows der Verwaltung, der Arbeitstherapie und der Küche. Letzte Anlaufstation war das Sozialzentrum, ein freundliches Gebäude mit einer großen Glasschiebetür, in dem sich Besucher und Patienten gemütlich zusammensetzen konnten. Kurz vor dem Betreten des Gebäudes redete ein Patient der Gruppe intensiv auf Claudia ein und lenkte sie ab. Die Gelegenheit war günstig. Fifi blieb abrupt stehen und lief seitlich vor dem Sozialzentrum durch ein mit Blumen und Büschen bepflanztes Beet. Da sie nicht sofort ein Rufen hinter sich hörte, hatte die Krankenschwester Fifis Flucht offenbar noch nicht bemerkt. Fifi rannte um die nächste Ecke des Gebäudes und verschwand damit aus dem Blickfeld ihrer potenziellen Verfolger. Wie ein gejagtes Wild hetzte sie über die Wiesen und versuchte den Rand des nicht eingezäunten Klinikgeländes zu erreichen.

*

Der Patient hörte nicht auf zu reden, und Claudia Gundlach war bemüht, die fruchtlose Diskussion mit ihm zu beenden. Als die Gruppe die Cafeteria des Sozialzentrums betrat, bemerkte die Krankenschwester, dass ihr Susanne Ewert nicht gefolgt war. Claudia blickte in alle Richtungen.

„Wo ist Frau Ewert?", fragte sie die dritte Patientin, die lediglich mit den Schultern zuckte.

Claudia bekam einen fürchterlichen Schreck und lief zum Ausgang. Draußen konnte sie die verschwundene Patientin nicht entdecken. Sie überlegte für einen Moment, über das Gelände zu laufen und Susanne zu suchen. Andererseits durfte sie die anderen beiden Patienten nicht unbeaufsichtigt lassen.

Privat verfügte Claudia bereits über ein Mobiltelefon, das in ihrer Handtasche im Stationszimmer lag. Diensthandys gab es in der Klinik noch nicht. Sie rannte zum Tresen der Cafeteria und rief vom dortigen Telefon den diensthabenden Arzt an.

*

Fifi hatte Glück. Vor dem Klinikgelände verlief die Goslarsche Landstraße. Die Geflohene stellte sich an die Straße und hob den Daumen. Schon das dritte Auto hielt an und nahm die Patientin mit Richtung Autobahn. Aber zur Autobahn, nach Hannover oder Kassel, wollte sie nicht. Sie musste ihr Zeichen in Hildesheim setzen. Der Mann schöpfte offenbar keinen Verdacht, dass sie aus dem Krankenhaus geflohen sein könnte. Vor ihnen auf der rechten Straßenseite zeichnete sich eine Tankstelle ab. Fifi bat den Fahrer, sie dort abzusetzen. Freundlich verabschiedete sie sich von dem Mann, der ihr bei der Umsetzung ihres Plans geholfen hatte. Das Auto verschwand und ließ Fifi mit einem zufriedenen Lächeln zurück.

Im Shop der Tankstelle kaufte sie einen leeren Fünf-Liter-Kanister und ein Einmalfeuerzeug. Gleich darauf tankte sie den Kanister voll und bezahlte erneut. Der Mann an der Kasse grinste sie an: „Dass ihr Frauen immer nicht auf die Reserveanzeige guckt ..."

Fifi verließ das Gebäude und entfernte sich mit ausholenden Schritten aus dem Bereich der Zapfsäulen. Sie schraubte den Kanister auf, hielt ihn über ihren Kopf und übergoss sich mit dem Benzin.

Eine Kundin, die ihren Wagen an einer Zapfsäule betankte, hatte mitbekommen, was Fifi vorhatte. Lauthals schrie sie: „Nein, tun Sie das nicht!!"

Fifi betätigte das Feuerzeug. Im nächsten Moment wurde sie zur lodernden Fackel. Sie stieß noch den

Satz hervor, den sie sich gut überlegt hatte. Dann brüllte sie, lief davon, stolperte und blieb flammenübersät auf dem Boden liegen.

Ein Kunde kam mit einer Decke auf sie zugelaufen, ein anderer suchte verzweifelt nach einem Feuerlöscher.

44

„Gibt es ein Losungswort, um Zutritt zur Schwarzen Messe zu erhalten?", frage ich Jannik Wagner, in dessen Wohnung ich nach Dienstschluss gefahren bin. Er lebt allein in einer Zweizimmerwohnung in Stöcken, einem Stadtteil im Nordwesten Hannovers.

„Auch die ‚Nesankta Homaro' ist inzwischen im 21. Jahrhundert angekommen", bekundet Jannik, der sich mit mir in sein Wohn- und Arbeitszimmer gesetzt hat, dessen Einrichtung mit Ikea-Mobiliar mich ein wenig an meine eigene Studentenzeit erinnert. „Die Sekte hat ein EDV-gestütztes Sicherheitssystem, insbesondere wenn es um den Zugang zu ihren überregionalen Treffen geht. Da wird mit moderner Technik gearbeitet."

„Was heißt das?"

„Deine Eintrittskarte ist ein individueller 2D-Barcode, der nur einmal benutzt werden kann. Von dem insofern die Herstellung einer Kopie sinnlos wäre."

Er erklärt mir, dass er sich dafür in eine nur Mitgliedern zugängliche Website eingeschleust hat, wo alle Arealos Veranstaltungen einstellen, bei denen auswärtige Besucher erwünscht sind. Unter dem Nickname „ilja.d" hat er sich dort für das Treffen in der Region Hannover angemeldet. Mit der Anmeldung ist ein Barcode, quadratisch mit hellen und dunklen Feldern, generiert worden, den er für mich ausgedruckt hat.

„Mitglieder aller Arealos haben grundsätzlich Zugang zur Website", führt Jannik weiter aus. „Das System hat mich für ‚Frato Ilja' aus Hamburg gehalten, der wirklich existiert, sich aber selten einloggt und von dem ich sicher bin, dass er nicht nach Hannover fährt."

Er händigt mir einen Zettel mit dem Barcode aus.

„Was mache ich damit genau?"

„Am Eingang des Veranstaltungsortes werden Wachleute auf dich warten, die mit ihrem Smartphone den Barcode lesen und damit überprüfen, dass du ein ordentliches Mitglied aus dem Arealo Hamburg mit einer Anmeldung bist – Frato Ilja. Die Daten stehen in der Regel nur dem ausrichtenden Arealo zur Verfügung, damit der jeweilige Mastro überblickt, wer seine Messe überhaupt besucht hat. Ein Datenaustausch zwischen den Arealos ist nicht erwünscht, findet nur in begründeten Einzelfällen statt."

„Mit wie vielen Teilnehmern aus Hamburg habe ich zu rechnen?"

„So um die zehn. Die Mitglieder melden sich weitgehend unabhängig voneinander an und fahren meistens jeder für sich allein zum Treffpunkt. Es kommt vor, dass angemeldete Mitglieder verhindert sind und der Veranstaltung ohne Angabe von Gründen fernbleiben. Diskretion ist oberstes Gebot. Im Zweifelsfall kennt nur der Mastro die wahre Identität der Mitglieder seines Arealos."

Als Nächstes holt Jannik aus dem Nebenraum eine schwarze Robe, die er mir wie ein heiliges Gewand überreicht. Dazu gibt er mir ein Amulett mit einem umgedrehten Kreuz. Die Robe hat auf der linken Brustseite den Stern mit der roten Spiegelschrift, den ich erstmals auf Milena Drimallas Unterarm gesehen habe. Jetzt allerdings mit einem kleinen Zusatz darunter, der laut Jannik für das Arealo Hamburg steht.

Auf der rechten Brustseite befindet sich ein aufgenähtes Stück Stoff mit roten Balken und Kreisen.

„Das ist das Rangabzeichen, das dich als Frato ausweist. Der direkte Rang unter dem Patro", erklärt er mir. „Die Weitergabe der Robe an Dritte ist übrigens normalerweise streng verboten."

„Was muss ich beachten, um nicht entlarvt zu werden?"

„Wenn du erst einmal das äußere Sicherheitssystem überwunden hast und dich in den Räumlichkeiten befindest, in denen die Schwarze Messe zelebriert wird, hast du die erste größere Hürde genommen. Als Nächstes ist es wichtig, sich drinnen streng an die vorgegebenen Abläufe zu halten. Wenn du einige grundsätzliche Spielregeln beachtest, ist es gar nicht so schwierig ... Alles ist hierarchisch gegliedert, die Teilnehmer gehen während der Messe sehr distanziert miteinander um. Meide die Nähe der Mastros! Als vermeintlicher Frato musst du dich zu den anderen Fratos als Ranggleichen gesellen, unabhängig davon, aus welchem Arealo sie kommen. Stelle dich möglichst zwischen Mitglieder aus Hannover und Bremen, das wird durchaus gern gesehen. Der gastgebende Mastro spricht die Formeln vor, die eingeladenen Mastros wiederholen sie, erst dann sprechen alle anderen Mitglieder sie nach. Mach einfach das, was die anderen machen! Orientiere dich immer an deinem Neben- oder Vordermann."

Rasputin beschreibt mir einzelne Rituale und den zu erwartenden Ablauf des gesamten Treffens.

„Zu vorgerückter Stunde musst du zunehmend aufpassen", warnt er mich. „Die Atmosphäre wird lockerer, und es werden verstärkt Gespräche untereinander geführt. Manche Mitglieder kennen sich persönlich gut und haben auch im Alltag miteinander zu tun. Auf andere wiederum trifft das gar nicht zu, die haben sich bisher nur vermummt gesehen. Es ist ungehörig, die Frage eines Ranggleichen nicht zu beantworten. Durch das Aussprechen einer satanischen Formel auf Esperanto kann der Angesprochene allerdings signalisieren, dass er das Gespräch momentan nicht zu vertiefen wünscht, um sich stattdessen wieder dem satanischen Treiben zu widmen. Daraufhin wiederholt der Fragesteller die Formel und beendet das Gespräch. Du siehst, die ‚Nesankta Homaro' hat die Nähe-Distanz-Regulierung selbst auf dieser Ebene ritualisiert."

Das ganze Unternehmen verlangt von mir höchste Konzentration, um nicht als ungebetener Gast aufzufallen. Mein kleinstes Problem wird das Nachsprechen irgendwelcher Formeln auf Esperanto sein.

Jannik legt sich mächtig ins Zeug, um mir die wichtigsten Details zu vermitteln. Trotzdem bleibt er bei seiner Skepsis, dass mir mein nächtlicher Einsatz nicht weiterhelfen wird.

„Rechne ich dir hoch an, dass du mich dennoch unterstützt", äußere ich dankbar.

„Ich will auf jeden Fall, dass du heil zurückkommst", sagt er lächelnd. „Schließlich haben wir noch einiges zusammen vor."

45

Bin ich jetzt völlig verrückt geworden?!

Ich betrachte Janniks schwarze Robe, die ausgebreitet auf dem Fußboden meines Schlafzimmers liegt. In Weiß hätte ich sie für die Kluft des rassistischen Geheimbunds aus den amerikanischen Südstaaten gehalten. Eine irrwitzige Situation. Ich begebe mich freiwillig unter eine Horde von Satanisten, die ich als überaus gefährlich einschätze. Was mache ich hier eigentlich? Die Erklärung, durch jahrelange Kampfsporterfahrung dahingehend geprägt zu sein, mich selbstbewusst schwierigen Aufgaben entgegenzustellen, gefällt mir am besten. Oder was ist es sonst? Ein inneres Imponiergehabe, mit dem ich mir beweisen will, dass ich besser bin als Ronald ...? Ach, Unsinn!

Ich habe mir einen silbernen Audi A3 als Leihwagen besorgt, da mein eigenes Auto einigen Sektenmitgliedern bekannt sein dürfte. Und um ganz auf Nummer sicher zu gehen, trage ich erneut meinen schwarzen Henriquatre-Bart zu passend getönten Haaren. In Ruhe bereite ich mich zu Hause auf die kommenden Stunden vor.

Gegen 22:45 Uhr ist es so weit. Ich verlasse meine Wohnung mit einem Boardcase in der Hand und fahre los. Meine momentane Kleidung besteht aus Jeans und T-Shirt.

Vor über einer Stunde ist die Sonne untergegangen. Eine lange Nacht erwartet mich – sommerlich warm, aber mit ungewissem Ausgang. Bei der Notfallbereitschaft morgen lasse ich mich vertreten. Ich rechne damit, vormittags ziemlich müde zu sein. Mein Ziel ist ein abgelegener Gutshof in der Nähe von Ihme-Roloven, einem kleinen Ort in der südlichen Hälfte der Region Hannover. Ihme-Roloven mit seinen tausend Einwohnern gehört zur Stadt Ronnenberg und gilt als eines der schönsten Dörfer Niedersachsens. Hier trifft sich diese Nacht die „Nesankta Homaro".

Hannover liegt hinter mir. Mein Weg führt mich über nächtliche Landstraßen, vorbei an dunklen Wäldern und Feldern. Endlich erreiche ich Ihme-Roloven. In dem langgezogenen Ort mit seinen Bauernhöfen und zahlreichen Einfamilienhäusern ist um diese Zeit kein Mensch mehr auf der Straße. Alles kommt mir höchst unwirklich vor. An der linken Straßenseite tauchen die Umrisse einer kleinen Kapelle auf. Ich verlasse den Ort. Vor mir auf der Landstraße entdecke ich die Rückleuchten eines langsam fahrenden Autos, das gerade eine Kurve nimmt. Nach meiner Einschätzung müsste ich das Ziel jeden Moment erreichen. Ich drossele meine Geschwindigkeit. Zu Hause habe ich das Gelände auf einer Karte bei „Google Maps" genau studiert. Das Gut liegt hinter einer Kurve, umgeben von einem Wassergraben. Der Fahrer vor mir hat augenscheinlich dasselbe Ziel. Er bremst ab, blinkt und biegt links in eine Auffahrt ein. Ich fahre rechts an den Straßenrand und warte zunächst ab. Seine Scheinwerfer erleuchten eine Mauer mit einem Zaun darüber. Vermutlich zieht sich die Mauer hinter dem Wassergraben um das gesamte Grundstück. Der Wagen rollt im Schritttempo über eine kleine Brücke und stoppt vor einem eisernen gewölbten Zweiflügeltor, das beidseits geöffnet ist. Ich mache zwei Gestalten aus, die die Zufahrt auf das Gelände versperren. Die angekündigte Wachmannschaft. Nach Kontrolle der Zugangsberechtigung lassen sie den Wagen aufs Gelände.

Jetzt bin ich dran. Ich weiß von Jannik, dass es üblich ist, dass Gäste bereits am Eingang eine Gesichtsmaske tragen, um unerkannt zu bleiben. Das kommt mir zugute. Ich ziehe mir eine Sturmhaube übers Gesicht. Die Roben werden erst innerhalb der Räumlichkeiten angelegt. Niemand soll mit dieser Kluft in einem Auto gesehen werden. Langsam fahre ich auf den Eingang zu. Die Männer vom Wachpersonal sind unmaskiert und erregen dadurch bei zufällig vorbeikommenden Autos nicht gleich Verdacht. Sie tragen dunkle Durchschnittsklamotten, sind ungefähr zwischen Anfang und Mitte zwanzig.

Ich lasse die Fensterscheibe auf der Fahrerseite herunter und bremse. Einer der Wachmänner, gelangweilter Blick und Kaugummi kauend, kommt zu mir heran, in der Hand ein Smartphone. Mein unheimliches Aussehen durch die Sturmhaube beeindruckt ihn nicht im Geringsten.

„Den Passierschein, bitte", äußert er nüchtern. Ich übergebe ihm den ausgedruckten Barcode, den er mit dem Smartphone einliest.

„In Ordnung", sagt er mit einem angedeuteten Kopfnicken. „Die Scheune auf der rechten Seite."

Danach gibt er mir den Zettel zurück und winkt mich in die Einfahrt. Die erste Hürde ist genommen!

Langsam fahre ich auf das Gelände. Sollten hier Bewegungsmelder existieren, so sind sie momentan ausgeschaltet. Stattdessen sehe ich rechts im Hintergrund zahlreiche brennende Fackeln. Ein imposanter Gutshof. Vor mir im Scheinwerferlicht ein großes mehrstöckiges Gebäude, bestimmt das Haupthaus. Links und rechts auf dem Gelände stehen weitere Gebäude. Ich vermute, dass ein Teil als Stallungen für Pferde dient. Möglicherweise gehört das Gut einem wohlhabenden

Mitglied der Sekte oder einem Sympathisanten, der den Satanisten Teile des Anwesens für diese Nacht zur Verfügung stellt.

Rechts erkenne ich die Silhouette einer großen Scheune. Seitlich davon parkt eine Reihe von Autos, darunter mit Kennzeichen von München, Düren und Euskirchen. Ich stelle meinen Wagen dazu. Jannik hat erzählt, dass etliche Sektenmitglieder aus Tarnungsgründen ebenfalls mit einem Leihwagen anreisen. Daher sicher die ungewöhnlichen Autokennzeichen. Mir fällt ein Lieferwagen der Autovermietung „Hertz" auf. Könnte sein, dass damit die „Requisiten" für die Schwarze Messe hertransportiert worden sind.

Ich schnappe mir mein Boardcase vom Beifahrersitz und steige aus. Der typische Landgeruch liegt in der Luft. Ich schaue nach oben, wo der Mond zu drei Vierteln gut am Himmel zu sehen ist. Ein Motorengeräusch durchdringt die Stille, hinter mir fährt schon das nächste Auto auf den Hof. Die brennenden Fackeln, aufgereiht in Ständern, weisen den Weg zum Eingang der Scheune, an die ein kleines ebenerdiges Fachwerkhaus grenzt. Nach ein paar Schritten erreiche ich das geschlossene Scheunentor. Im flackernden Licht der Fackeln erscheint eine Gestalt in einer schwarzen Robe mit einem Amulett um den Hals, das Gesicht unter einer Kapuze versteckt. Der Vermummte weist zur Tür des Fachwerkhauses, das gerade ein Mann im vollständigen Gewand der „Nesankta Homaro" verlässt.

„Gewandung dort", sagt er mit gedämpfter Stimme.

Ich verstehe. Das kleine Gebäude dient diese Nacht dazu, hier unerkannt Robe und Kapuze anzulegen.

Schnell registriere ich, dass mir als Ankömmling ein Sanitärbereich und ein Raum zum Abstellen von Taschen oder kleinen Koffern zur Verfügung stehen. Ich ziehe mich um und trete in meiner neuen Identität wieder ins Freie.

Vor dem Tor zur Scheune muss ich erneut einem Kapuzenträger meinen Passierschein aushändigen. Er überprüft die Zugangsberechtigung per Smartphone und tastet mich auf Waffen und Handys ab. Anschließend gewährt er mir bereitwillig Einlass, indem er das Scheunentor so weit öffnet, dass ich hindurchschlüpfen kann.

*

Um 0 Uhr schlägt der Gong neun Mal hintereinander. Aus einem der abgeteilten Seitenbereiche tauchen drei Männer auf, deren Roben im Gegensatz zu denen der anderen vermutlich dunkelrot sind. Bei den düsteren Lichtverhältnissen kann ich die Farbe nur erahnen. Jannik sprach von roten Roben der Anführer. In gesetzten Schritten nähern sich die drei Männer einer aus Holzpodesten zusammengebauten Bühne am Kopf des Raumes. Dort ist ein Altar errichtet worden, auf dem ein langes Messer und sternförmige Wurfklingen liegen, gut sichtbar für alle. Zu beiden Seiten der Bühne stehen brennende Kerzen, ansonsten kommt dezentes Licht von heruntergedimmten LED-Laternen am Rand. Es mögen an die vierzig Menschen sein, die momentan hier versammelt sind. Die Szenerie im Innern der Scheune wirkt gespenstisch, zumal kein Wort gesprochen wird. Die Augenpaare unter den schwarzen Kapuzen sind nach vorne auf die drei Anführer gerichtet. Immer neun Satanisten stehen in einer Reihe. Ich habe mich unter Ranggleiche in der zweiten Reihe gemischt. Bei zwei der vermummten Gestalten im

Raum muss es sich um Alexander Dannenberg und Rebekka Kemper handeln.

Hinter dem Altar platziert sich der gastgebende Mastro, die Anführer aus Hamburg und Bremen stellen sich links und rechts von ihm.

Dann erhebt Mastro Leon vom Arealo Hannover seine Stimme: „Satano, mi estas parto de vi."

Die Mastros aus Hamburg und Bremen wiederholen diese Formel, ein Teil von Satan zu sein, gemeinsam. Darauf folgt das Echo der satanischen Gemeinde.

Das Bekenntnis auf Esperanto erinnert vom Wortlaut an meine Liebesbekundung für Anna: „Vi estas parto de mi." Das bestätigt meine Vermutung. Milena Drimalla muss meine Äußerung am Handy für eine satanische Botschaft gehalten haben.

Mit der nächsten Formel verkündet der Mastro die Ausbreitung ihres Reiches über die ganze Welt, wobei er das Messer vom Altar ergreift und es mit großer Geste in die Höhe hält: „Nia reĝo estas venanta en la tuta mondo."

Schließlich endet sein Glaubensbekenntnis mit dem begeisterten Ausruf „No-So-Ho! No-So-Ho!", dem Kürzel „N-S-H" für den Namen der Sekte. Die Anwesenden um mich herum fallen mit spürbarer Begeisterung ein: „No-So-Ho ... No-So-Ho ..."

Der Mastro wechselt ins Deutsche. Im Stil einer Predigt bezieht er Stellung zu Geschehnissen der vergangenen Monate im Arealo Hannover, wobei er schnell auf das Thema Psychiatrie kommt: „Die Gesellschaft verdammt uns, weil wir unsere natürlichen Bedürfnisse ausleben. Ein Handlanger der Gesellschaft ist die Psychiatrie, die uns vorschreiben will, was wir zu tun und zu lassen haben. Unsere Bedürfnisse sollen gezielt unterdrückt werden. Die Psychiatrie verdammt

Rauschmittel, aber verteilt selbst Medikamente, die willenlos machen. Immer wieder werden Mitglieder unserer Bewegung von der Psychiatrie verfolgt, um sie unter Zwang einer Gehirnwäsche zu unterziehen. Seit Wochen schon wird eine der unsrigen gegen ihren Willen in einer psychiatrischen Klinik gefangen gehalten. Ein junger Servisto, der vor einigen Monaten zu unserer Bewegung gestoßen ist, hat uns entscheidend geholfen, gegen diese Unterdrückung im Arealo Hannover ein deutliches Zeichen zu setzen. In wenigen Stunden, am Abend des heutigen Tages, erreicht unsere ‚Operation Psycho' ihren ersten Höhepunkt. Die Zeitungen werden über unsere erfolgreiche Aktion berichten."

Wie elektrisiert lausche ich den Sätzen des Mastros. Die „Rauschmittel" könnten eine Anspielung auf das Anti-Heroin-Projekt sein, bei dem „jungen Servisto" kann es sich nur um Alexander handeln. Ein Servisto ist der unterste Rang der Sekte. Bingo! Mein Verdacht hat sich bewahrheitet. Alexander hat zusammen mit der „Nesankta Homaro" eine Schweinerei gegen die vermeintlich böse Psychiatrie ausgeheckt. Der vom Mastro angedeutete „erste Höhepunkt" ist identisch mit dem zu erwartenden Zeitpunkt der Lösegeldübergabe. Im Vorfeld dieser „Operation Psycho" hat die Sekte sicherlich auch die Wände meiner Beratungsstelle und der Ludendorff-Klinik besprüht. Kann es sein, dass die Sekte Ulrike hier auf dem Gelände des Gutshofes versteckt hält? Ich werde mich später umsehen. Dem Video nach müsste es sich bei Ulrikes Gefängnis um einen Keller handeln.

Es folgen die „Predigten" der Mastros aus Hamburg und Bremen, denen ich nur noch eingeschränkt zuhöre. Hinweise auf Zusammenhänge mit den Ereignissen in Hannover liefern sie nicht.

Gongschläge und ein allgemeiner Singsang leiten den nächsten Abschnitt der nächtlichen Versammlung ein. Die drei Anführer treten von der Bühne zurück, verharren unbeweglich an ihren Plätzen.

„Die Prinzessin der Nacht!", ertönt der Ausruf eines Kapuzenträgers aus der Reihe vor mir.

Hinter einer Wand im Seitenbereich der Scheune tritt eine zierliche Gestalt hervor. Wie auf Kommando gehen einige rote Lichterketten an, aufgehängt an Wänden und Stützbalken. Die Anwesenden beginnen mit einem rhythmischen Klatschen. Eine junge Frau, bekleidet mit kurzem Rock und schwarzem Umhang, dazu schwarzen Netzstrümpfen und Stiefeln, huscht mit graziösen Bewegungen auf die Bühne vor den Altar. Den Kopf seitwärts geneigt, bewegt sie geschmeidig den Oberkörper zu ihren kreisenden Hüften, wobei sie ihre Hände durch ihre langen Haare gleiten lässt. Wie zu erwarten, entledigt sich die Tänzerin bald ihres Umhangs, unter dem ein schwarzer BH zum Vorschein kommt. Nachdem Stiefel, Rock und Strümpfe gefallen sind, stoppt die erotische Tanzeinlage.

„Der Wettkampf entscheidet, wem die Prinzessin der Nacht zuerst die Gunst ihres Körpers schenkt", ertönt erneut die Stimme aus der Reihe vor mir, vermutlich von einem der Patros aus Hannover. „Wir messen uns in Körperkraft und Geschick im Umgang mit der Waffe."

Die Stimmen von Mastro und Patro aus Hannover versuche ich mir bewusst einzuprägen.

Ich bekomme mit, dass als Nächstes ein Wettkampf zwischen Vertretern der anwesenden Arealos auf dem

Programm steht. Der Mastro, dessen Arealo die Wettkämpfe gewinnt, darf sich als Erster von der „Prinzessin der Nacht" beglücken lassen.

Durch das Treiben darf ich mich nicht ablenken lassen. Ich muss mein weiteres Vorgehen an diesem unheiligen Ort genau überlegen. Bevor ich den Gutshof verlasse, will ich möglichst viele Autokennzeichen der Teilnehmer abspeichern. Leihwagen verschleiern zwar die Identität, aber bei einem Kapitalverbrechen – wie der Aufklärung einer Entführung – ist die Verleihfirma verpflichtet, der Polizei die Personendaten des Kunden zu verraten.

Es kommt Bewegung in die Anwesenden. Die Vermummten treten als Zuschauer zur Seite und bilden in der Mitte des Raumes eine Wettkampfarena, die mit einem Seil auf dem Boden in zwei Hälften geteilt wird. Die Tänzerin, die breitbeinig vor dem Altar steht, hat die Arme provozierend in die Hüften gestemmt, den Blick erwartungsvoll auf die Wettkämpfer gerichtet. Zwei Kontrahenten mit dicken Handschuhen betreten den Kampfplatz und greifen sich jeweils das Ende einer Metallkette.

„Ich will euren Schweiß riechen!", lautet das Startsignal des Patros. Sofort beginnen die Umstehenden, laut im Sekundentakt zu zählen.

Wie beim Tauziehen versucht jeder der beiden Männer den anderen möglichst schnell mit der Kette über die Mittellinie zu zerren. Der Wettkampf bezieht im Wechsel verschiedene Teilnehmer ein und geht über mehrere Runden. Ich spüre die Begeisterung, mit der die Zuschauer die Kämpfe verfolgen. Am Ende werden Punkte vergeben, wobei Hamburg knapp vor Hannover gewinnt.

Für den zweiten Wettkampf wird eine große Zielscheibe an der linken Seitenwand aufgehängt, die mit

LED-Strahlern gut ausgeleuchtet wird. Darauf befestigt wird ein nicht minder großes Bild von Papst Franziskus. Was jetzt folgt, ist reinste Blasphemie!

Für dieses Spielchen haben sich wieder andere Wettkämpfer gemeldet. An sie werden vom Altar flache sternförmige Wurfklingen mit einem Loch in der Mitte verteilt. Die Dinger sind mir aus diesen Ninja-Filmen bekannt. Es handelt sich um Shuriken, gefährliche japanische Wurfwaffen, die in Deutschland schon seit zehn Jahren verboten sind.

Die Zuschauer stimmen einen pseudoreligiösen Singsang an, das Spektakel beginnt.

Die Wurfgeschosse fliegen sirrend über mehrere Meter quer durch den Raum und bohren sich in Gesicht und Oberkörper des Papstes. Offensichtlich sind die Werfer äußerst geübt in der Handhabung dieser Waffe, kein Wurf verfehlt das Bild. Jeder Teilnehmer hat mehrere Versuche. Stirn, Auge, Mund oder Herz – jedes Ziel hat eine andere Punktzahl. Bei diesem Wettkampf hat Hannover die Nase weit vorn, dessen Kämpfer damit auch den Gesamtsieg holen.

Bei der ganzen Szenerie fällt mir wieder Milena Drimalla ein. Der Mastro hat sich in seiner Rede empört gezeigt, dass sie in der Klinik festgehalten wird. Und ich bin derjenige, der sie eingewiesen hat. Das hat die Sekte vermutlich über den Anruf bei Milenas Nachbarin herausbekommen. Damit richtet sich die Wut auch gegen mich.

Ein rhythmisches Klatschen und anhaltende „No-So-Ho!"-Rufe würdigen die dargebotenen Leistungen und ermuntern gleichzeitig den Mastro von Hannover, zu der grazilen Tänzerin auf die Bühne zu steigen.

Ich muss schlucken. Holt sich der Typ jetzt seine Belohnung in aller Öffentlichkeit ab? Aber der Mastro scheint doch eine zuschauerfreie Zone zu bevorzugen. Er ergreift die Hand der jungen Frau, führt sie von der Bühne hinter sich her und verschwindet mit ihr in einem abgetrennten Seitenbereich. Ich habe beobachtet, wie er zuvor einen Geldschein in ein Kästchen gelegt hat, das auf einem kleinen Tisch steht. Der Gewinner lässt sich die Gunst der Prinzessin etwas kosten. Im Anschluss daran werden die Mastros aus Hamburg und Bremen ihr Vergnügen bei der Frau suchen. Aber auch der Rest der Gemeinde kommt nicht zu kurz.

„Begrüßen wir fünf wunderschöne karpatische Perlen aus Rumänien", wird der nächste Programmpunkt angekündigt.

Durch das geöffnete Scheunentor werden fünf weitere Frauen eingeschleust. Sie tragen ebenfalls schwarze Umhänge zu kurzen Röcken und Stiefeln, in diesen Kreisen offenbar eine beliebte Aufmachung. Die Vermummten nehmen automatisch wieder ihre Positionen nach Rangfolge ein, begleiten die folgende Darbietung mit einem kollektiven Summen. Auf der Bühne bietet eine junge Frau nach der anderen der gaffenden Menge eine äußerst erotische Tanzeinlage, die erwartungsgemäß jeweils mit dem Komplettverlust sämtlicher Kleidungsstücke endet. Die Frauen sind vermutlich Prostituierte, die der Mastro sonst in Hannover für sich anschaffen lässt. Die Schwarze Messe nähert sich dem Höhepunkt für das gemeine Satanistenvolk. Auf einmal macht ein kleiner Eimer mit Losen die Runde.

„Wem die Lust nach einer Karpatenbraut steht, muss zugreifen!"

Das riecht verdammt nach Orgie! Schnell kapiere ich, um was es geht. Die Frauen und die Reihenfolge ihrer Kunden werden ausgelost. In der ersten Reihe zieht jeder ein Los. Mein Nebenmann in der zweiten Reihe reicht den Eimer an mich weiter, ohne sich zuvor ein Los herausgeholt zu haben. Es ist also möglich zu verzichten. Da ich heute Nacht nicht vorhabe, in die Liebesdienste einer der rumänischen Damen zu investieren, tue ich es meinem Nachbarn gleich und lasse mein Lustticket im Eimer liegen. Mein Nebenmann auf der anderen Seite übt keine Enthaltsamkeit und langt zu. Zögernd lösen sich die Reihen auf. Es werden Getränke gereicht, wobei ich keinen Alkohol entdecke. Na ja, auch der Satanist möchte seinen Führerschein nicht verlieren. Die meisten Teilnehmer werden wohl später mit dem Wagen nach Hause oder ins Hotel fahren. Aber auf den Konsum von Suchtstoffen wird keinesfalls ganz verzichtet. Mir fällt auf, dass vereinzelt Kokain gesnieft wird, dessen luststeigernde Wirkung sicher genutzt werden soll.

Ich sehe, dass eine kleine Gruppe von Vermummten den Raum verlässt. Ich habe den Eindruck, dass einer von ihnen Alexander gewesen sein könnte, der lange bei einer vermummten Frau gestanden hat. Ihnen direkt zu folgen, wäre zu auffällig.

Einzelne Frauen in Robe und Kapuze, zu erkennen an ihrer schmalen Statur, haben sich ebenfalls ein Los gegriffen, um sich an den Liebesspielen zu beteiligen. Der distanzierte Teil der nächtlichen Veranstaltung scheint damit beendet zu sein. Im Seitenbereich des Raumes sind Decken und Matratzen vorbereitet worden. Dorthin ziehen sich einige vermummte Gestalten mit ihren rumänischen Gespielinnen zurück. Dabei nehmen es einige Frauen gleich mit zwei Männern auf. Zum Teil verlagert sich das Geschehen auch nach draußen. Ich finde es erstaunlich, dass die Kerle ihre Kapuze sogar beim Liebesspiel nicht abnehmen, sondern maximal bis zum Mund hochkrempeln. An weiteren Details habe ich kein Interesse und verlasse die Scheune.

Draußen brennen immer noch die Fackeln in ihren Halterungen. Die Gruppe von vorhin, zu der eventuell Alexander gehört, kann ich nicht mehr ausmachen. Handelt es sich um diejenigen, die in ein paar Stunden bei der „Operation Psycho" zum Einsatz kommen?

*

Ich habe es geschafft, mich vor der Scheune unauffällig zur Seite abzusondern. Mein Ziel ist das große Hauptgebäude, das ich in der Dunkelheit umrunde. Ich entdecke mehrere Kellerlichtschächte mit vergitterten Fenstern. Hinter allen ist es dunkel. Sämtliche Türen, die ins Haus führen, sind abgesperrt. Natürlich ist nicht ausgeschlossen, dass Ulrike hier festgehalten wird. Aber wenn ich das Gelände genau betrachte, ist der Gutshof, auf dem sich tagsüber sicherlich zahlreiche Menschen bewegen, kein geeignetes Gefängnis für ein Entführungsopfer, das womöglich laut um Hilfe schreit.

Ich kehre zum Eingang der Scheune zurück. Einzelne Kapuzenmänner stehen davor und blicken um sich. Ein Vermummter verschwindet mit einer unbekleideten Frau, die gurrend einen Satz in einer fremden Sprache von sich gibt, um die Scheunenecke.

Ich bin zufrieden. Meine Teilnahme an diesem gottlosen Spektakel hat mir wichtige Erkenntnisse gebracht. Es ist erstaunlich, dass sich die satanische

Sekte noch kurz vor dem Höhepunkt ihrer „Operation Psycho" dieser nächtlichen Messe hingibt. Aber vielleicht vermittelt die Mischung aus Sex, Drogen und Kampfspielchen den beteiligten Akteuren den nötigen Kick. Während mir die Gedanken durch den Kopf gehen, stehe ich leicht unschlüssig vor der Scheune. Was sind meine nächsten Schritte? Die Autokennzeichen ...

Da bemerke ich, wie ein Vermummter, der das Symbol des Arealos Hannover auf seiner Robe trägt, auf mich zusteuert. Was will der Kerl von mir? Habe ich mich auffällig benommen?

Kein Zufall, der Mann stellt sich vor mich hin, mustert mich durch seine Augenschlitze.

„Du bist vom Arealo Hamburg angereist?", stellt er eine Frage, die er sich offenbar schon selbst beantwortet hat. Mein nächster Blick auf seine Robe verdeutlicht mir, dass ich es mit einem gleichrangigen Frato zu tun habe. Ich bin verpflichtet, seine Frage zu beantworten.

„Ja, so ist es", teile ich mit.

„Beim letzten Treffen in Hamburg hat euer Mastro behauptet, die Sache mit den Bullen perfekt im Griff zu haben. Läuft das bei euch weiterhin so gut?"

Die Fragen dieses Hannoverschen Fratos lösen bei mir abrupt verstärktes Schwitzen aus. Der kleine Smalltalk bewegt sich in eine verdammt unangenehme Richtung. Ich habe keine Ahnung, über was der Kerl da mit mir redet.

„Der Mastro hat die Sache in Hamburg wie bisher im Griff", murmele ich ins Blaue hinein. Wenn das so weitergeht, rede ich gleich irgendwelchen Unsinn und fliege auf.

Mein Gegenüber lässt nicht locker: „Was ist eigentlich nach dem Hamburger Date mit Ansgar passiert?"

Die Frage ist tödlich. Ich kann sie nicht mit „Ja" oder „Nein" beantworten und habe keinen Plan, wer Ansgar ist. Ich will das Gespräch beenden. Rasputin hat was von einer satanischen Formel auf Esperanto gesagt. Der Schweiß rinnt mir in Bächen den Rücken runter. Das gibt's doch nicht, mir fällt auf Anhieb keine von diesen blöden Formeln ein. Aber ich muss sofort handeln. In dem Moment kommt mir etwas auf Esperanto in den Sinn, was ich ohne weiteres Nachdenken ausspreche: „Satano estas malsaĝa."

Nachdem es gesagt ist, könnte ich im Boden versinken. Der Satz bedeutet schlichtweg: „Satan ist dämlich!" Wenn mein Gesprächspartner Esperanto beherrscht, bin ich erledigt.

Er guckt mich erstaunt an, dann wiederholt er den Regeln gemäß:

„Satano estas malsaĝa."

Augenblicklich fällt mir ein Stein vom Herzen. Unser Gespräch ist beendet, und ich tue so, als stünde ich im Druck, mich in die Orgie stürzen zu wollen. In Wirklichkeit ist für mich der Zeitpunkt gekommen, die Schwarze Messe so schnell wie möglich zu verlassen.

46

Ich habe schlecht geschlafen. Zwischenzeitlich habe ich wachgelegen und über die Ereignisse der vergangenen Nacht gegrübelt. Es ist 10 Uhr morgens. Habe ich das dunkle Treiben wirklich erlebt? Kein Zweifel. Ich bin erleichtert, vom Gutshof unerkannt davongekommen zu sein. Ein paar Autos waren bereits vor mir abgefahren, möglicherweise von der Kerngruppe um die „Operation Psycho". Ansonsten habe ich die Kennzeichen einiger Teilnehmer festgehalten.

Am Morgen recherchiere ich zu Hause im Internet über den Besitzer des Ihme-Rolovener Gutes. Die spärlichen Angaben wirken unverdächtig, aber etwas anderes ist kaum zu erwarten gewesen ...

Während ich in meiner Wohnung frühstücke, blättere ich die „Hannoverschen Nachrichten" durch. An einem Artikel mit der Überschrift „Mord an Krankenschwester kurz vor der Aufklärung?" bleibe ich hängen.

„In Braunschweig hat die Polizei vorgestern Abend zwei Männer russischer Herkunft festgenommen, die dringend tatverdächtig sind, bei einem Einbruch in ein Braunschweiger Einfamilienhaus vor einer Woche die Hausbesitzerin brutal mit einem Stemmeisen niedergeschlagen und lebensgefährlich verletzt zu haben. Bei der Durchsuchung der Wohnungen der mutmaßlichen Täter konnte die Polizei einige der geraubten Wertgegenstände aus dem Haus des Braunschweiger Opfers sicherstellen. Dabei entdeckten die Ermittler weiteres Diebesgut aus verschiedenen Einbrüchen der letzten Monate in Hemmingen."

In dem Zeitungsartikel wird darauf verwiesen, dass vor zwei Monaten im Hemminger Stadtteil Wilkenburg „auf ähnliche Weise eine alleinstehende Krankenschwester in ihrem Haus erschlagen worden" sei. Die Polizei überprüfe derzeit, ob die mutmaßlichen Täter in Braunschweig auch für den Mord in Wilkenburg verantwortlich sind.

Schon wieder eine neue Wendung. Ein wichtiger Hinweis, dass ich den Mord an Claudia vielleicht doch ganz losgelöst von Ulrikes Entführung und den Morddrohungen gegen Anna betrachten müsste.

Als Nächstes werde ich meinen Leihwagen zurückbringen und Kontakt zu Jannik Wagner aufnehmen.

47

„Morgen hast du es hinter dir", verkündet der Mann mit der Latexmaske, verlässt lachend den Raum und schließt die Tür hinter sich ab.

Dr. Ulrike Dannenberg bleibt allein in dem halbdunklen Keller zurück. Die letzten beiden Mahlzeiten, die er ihr zugestanden hat, sind üppiger gewesen als die an den ersten Tagen ihrer Gefangenschaft. Der Begriff „Henkersmahlzeit" kommt ihr in den Sinn. Einige Plastikflaschen mit Mineralwasser stehen in greifbarer Nähe.

Heute ist er später als sonst bei ihr gewesen. Er hat ihr ein aktuelles Exemplar der „Hannoverschen Nachrichten" in die Hand gedrückt, mit dem er sie gefilmt hat. Den Text ist er vorher genau mit ihr durchgegangen.

„Ronald, es geht mir gut. Zur Übergabe der Million bekommst du noch genaue Angaben. Auf keinen Fall darfst du einen Peilsender im Koffer mit dem Lösegeld deponieren, sonst komme ich nicht mehr lebend frei. Wenn du genau tust, was von dir verlangt wird, bin ich bald wieder bei dir."

Es ist der gängige Ablauf bei Entführungen, wie ihn Ulrike aus Reportagen, Fernsehfilmen oder Romanen kennt. Vor Übergabe des Lösegeldes ist es üblich, dass der Entführer sein Opfer lebend bei passabler Gesundheit präsentiert. Bei einem Telefonat oder in einer Videobotschaft sollte die entführte Person selbst den Eindruck vermitteln, dass ihre Freilassung nach Lösegeldzahlung außer Zweifel steht.

Die Geldübergabe wird zum entscheidenden Zeitpunkt ihres Lebens. Bis dahin wird sie das Narbengesicht auf jeden Fall am Leben lassen. Aber was kommt danach?

Ulrike wird nur freikommen, wenn sich der Täter sicher ist, dass sie später keine Angaben über ihn machen kann, die zu seiner Festnahme führen. Er hat ihr nie sein Gesicht gezeigt, was sie insofern beruhigt. Aber es gibt dezente Hinweise, die in eine andere, bedrohliche Richtung weisen. Er hat häufig mit ihr gesprochen und sich dabei keinerlei Mühe gegeben, seine Stimme zu verstellen. Unter Hunderten würde sie diese Stimme wiedererkennen.

„Wage nie wieder, mich anzupacken, sonst bekommst du schon früher, was du verdienst!", ist ihm vor zwei Tagen wütend herausgerutscht, nachdem er sie geschlagen hat. Und wenn sie länger darüber nachdenkt, klingt seine Ankündigung von eben, dass sie es morgen „hinter sich" habe, äußerst gefährlich. Die Angst, dass er sie tötet, wenn er das Geld von Ronald hat, ergreift Besitz von ihr. Wenn sie alle Faktoren zusammenzählt, ergibt das Endergebnis ihren Tod. Die Befürchtungen werden zur Gewissheit. Ulrike beginnt am ganzen Körper zu zittern. Sie befindet sich nicht in einem Gefängnis, sondern in einer Todeszelle.

Erst lähmt die Angst sie. Aber dann wird ihr deutlich, dass sie noch einmal alles daransetzen muss, um lebend hier wegzukommen und ihre Tochter und ihren Mann wiederzusehen. Die erste große Hürde, die sie in dem Verlies festhält, bleibt die Eisenschelle um ihren rechten Unterarm, mit der sie an die Wand gekettet ist. Das Gewicht der Kette ist auf Dauer nur zu ertragen, wenn sie den Arm auf die Matratze legt. Immer wieder ist da der Gedanke, ihre Hand aus der Schelle zu winden. Sie umgreift mit den Fingern der linken Hand den eisernen Ring und zieht mit aller

Kraft. Schmerzhaft bohrt sich die Schelle in die Haut über der Mittelhand, bleibt dort erbarmungslos hängen. Heute hat Ulrike schnell ein kleines Päckchen Margarine unter ihrer Decke verschwinden lassen, ohne dass es ihrem Peiniger aufgefallen ist. Sie öffnet das Päckchen und verteilt die Margarine als Gleitmittel auf ihrer Mittelhand. Dann versucht sie es erneut. Trotz starker Schmerzen zerrt sie immer weiter an der eisernen Fessel. Ein höllisches Brennen auf beiden Seiten der rechten Hand macht Ulrike deutlich, dass sie sich bereits die obersten Hautschichten völlig wundgescheuert hat. Als sie kurz innehält, spürt sie das Blut, das unter der Schelle über ihre Finger läuft. Dann zerrt sie unbeirrt weiter an ihrer Handfessel. Sie hat nichts mehr zu verlieren.

48

Freitag, 19. Juli, 17:35 Uhr.

Ich parke meinen VW Golf direkt vor Ulrikes Haus in Waldhausen. Ronald hat mir am Telefon wichtige Neuigkeiten mitgeteilt. Die Entführer haben ihm nachmittags per E-Mail einen Link zu einem Video geschickt, in dem Ulrike mit der Tageszeitung von heute zu sehen ist. Außerdem ist mein Ex-Schwiegervater aus Frankfurt mit dem Lösegeld eingetroffen. Und wie ich erfahren habe, ist auch meine Ex-Schwiegermutter dabei.

Auf mein Klingeln öffnet mir Ronald die Haustür. Er wirkt ziemlich angespannt. Die Hand, die er mir zur Begrüßung reicht, ist schweißig.

„Komm rein, Mark. Ich bin froh, dass du kommst."

„Na, wie sieht's aus?", frage ich. „Haben sich die Entführer wieder gemeldet?"

„Seit heute Nachmittag nicht mehr."

Er berichtet, dass ihn die Entführer in ihrer letzten Botschaft aufgefordert haben, ihnen seine aktuelle Handynummer mitzuteilen. Dieser Forderung sei er nachgekommen. Ich bin sicher, dass die Entführer diese Nummer längst gewusst haben.

Im Wohnzimmer erwarten mich Ulrikes Eltern, Erika und Karl Leydinger.

Erika, Mitte sechzig, die braun gefärbten Haare gut frisiert, hat Tränen in den Augen. Sie erhebt sich von einem der Sessel und nimmt mich in den Arm.

„Ach, Mark, es ist grauenhaft."

Ich bin überrascht. Beim letzten Mal, als wir uns so nah gekommen sind, waren Ulrike und ich noch verheiratet. Inzwischen haben wir uns zwei Jahre nicht mehr gesehen.

Karls Empfang ist merklich distanzierter. Ganz herzlich war unser Verhältnis nie, aber nachdem sich Ulrike und ich getrennt hatten, war es richtig abgekühlt.

„Es ist nett, dass du Ronald in dieser schwierigen Situation nicht allein lässt", äußerst er steif, aber durchaus um Freundlichkeit bemüht, während er fest meine Hand schüttelt.

Karl, Ende sechzig, die noch vollen weißgrauen Haare nach hinten gekämmt, ist immer Ulrikes Vorbild gewesen, energiegeladen, geradeheraus und erfolgreich. Am Zucken seiner Augenlider erkenne ich, dass ihm die Entführung seiner Tochter mehr zusetzt, als er sich auf den ersten Blick anmerken lässt.

Neben dem Bücherregal steht ein schwarzer Koffer.

Ronald, der meinen Blick bemerkt hat, nickt: „Das ist er. Mit einer Million in 100-Euro-Scheinen. Wiegt etwas über zehn Kilo."

Erika kommt auf mich zu und erkundigt sich besorgt: „Ich habe von Ronald gehört, dass deine Lebenspartnerin ebenfalls Bedrohungen ausgesetzt ist?!"

„Das ist richtig. Aber zum Glück ist Anna in Sicherheit. Sie ist sogar so gut abgeschirmt, dass sie sich sehnlichst Gesellschaft wünscht. Ihr braucht also keine Angst um sie zu haben", erkläre ich zuversichtlich zu meiner eigenen Beruhigung.

Es klingelt an der Haustür. Ronald öffnet und bringt zu meinem Erstaunen Alexander mit. Bisher habe ich gegenüber Ronald meinen nächtlichen Ausflug zum Treffen der „Nesankta Homaro" mit keinem Wort erwähnt.

Alexander, heute mit einem weißen T-Shirt und einer blauen Jeans bekleidet, reicht allen Anwesenden die Hand.

„Die Sache mit Ulrike hat mir keine Ruhe gelassen", bekundet er mit gedämpfter Stimme. „Wegen der Ungewissheit ... und um gleich mitzukriegen, ob alles gut läuft, war es mir wichtig zu kommen."

Ronald, Erika und Karl sind angenehm überrascht. Diese vermeintliche Anteilnahme hätten sie ihm wohl nicht zugetraut.

Im ersten Moment konnte ich mit Alexanders Auftauchen nichts anfangen. Aber dann wird mir der perfide Plan deutlich, der dahintersteckt. Zum einen entzieht sich Alexander mit seiner Anwesenheit allen späteren Verdächtigungen und hat ein astreines Alibi. Zum anderen kann er aus erster Hand mitverfolgen, ob sich sein Vater an alle Spielregeln hält.

Nach der Begrüßung hat Alexander gleich die Existenz des Geldkoffers registriert.

„Wir sehen uns ja oft in letzter Zeit", sagt er zu mir, wahrscheinlich in Anspielung auf unsere letzte Begegnung in Waldhausen.

„Wohl wahr", ist meine beherrschte Antwort. Und zwar öfters, als du glaubst, füge ich in Gedanken hinzu.

Am liebsten würde ich ihn sofort zur Rede stellen. Aber er darf nicht erfahren, was ich mittlerweile über ihn weiß. Bis Ulrike wieder auf freiem Fuß ist, muss ich ihn darüber im Unklaren lassen. Nicht auszudenken, wenn die Sekte vorher merkt, dass ich der Polizei wichtige Hinweise geben könnte ...

Ich begleite Ronald ins Arbeitszimmer. Kurz vor 18 Uhr erreicht ihn eine E-Mail der Entführer: „Hast du die Million Euro besorgt?"

Nachdem Ronald geantwortet hat, erhält er zwei weitere Nachrichten.

Die erste kommt nach wenigen Minuten: „Wir melden uns um 21 Uhr."

Nach fast drei Stunden unerträglicher Warterei trifft die zweite ein: „Nimm den Geldkoffer und dein eingeschaltetes Handy mit und steige allein in dein Auto."

Die entscheidende Phase hat begonnen.

*

Wir sitzen schweigend im Wohnzimmer. Momentan gibt es nichts zu sagen. Die Anspannung ist enorm. Besonders die Anwesenheit von Alexander, die eine permanente Kontrolle darstellt, empfinde ich als Qual. In den letzten Stunden habe ich mir bewusst ein offenes Wort zu Erika und Karl verkniffen, um Alexander und der Sekte keine unnötigen Informationen zuzuspielen.

Gegen 22 Uhr klingelt das Festnetztelefon. Mit einem Griff schnappt sich Alexander den Apparat und nimmt nach einem kurzen Blick auf das Display das Gespräch an.

„Alexander Dannenberg", meldet er sich.

Wer ruft um diese Zeit an? Ronald kann es nicht sein, sonst hätte Alexander anders reagiert.

„Nein, mein Vater ist nicht da und kommt erst spät nach Hause", sagt Alexander in einem bestimmenden Tonfall. „Ich richte ihm aus, dass Sie angerufen haben. Reicht es, wenn er sich morgen früh bei Ihnen meldet?"

Sein Gesprächsteilnehmer geht offenbar auf Alexanders Vorschlag ein. Dieser beendet das Telefonat.

Er bemerkt unsere fragenden Blicke und erklärt: „Das war die Ludendorff-Klinik, die meinen Vater sprechen wollte. Aber ich denke, wenn er gleich nach Hause kommt, hat er andere Dinge im Kopf."

Merkwürdig ... Ronald hat Urlaub. Wenn ihn die Klinik trotzdem spätabends zu Hause anruft, muss es schon einen triftigen Grund haben. Aber Alexander hat recht. Ulrike ist momentan wichtiger als irgendwelche dienstlichen Belange des Krankenhauses.

Eine halbe Stunde später schließt Ronald die Haustür auf.

„Wie ist es gelaufen?", ist meine erste Frage. Ronald wirkt völlig erschöpft, geht ins Wohnzimmer und lässt sich aufs Sofa fallen. Wir setzen uns um ihn herum und schauen ihn erwartungsvoll an.

„Ein Mann mit verstellter Stimme hat mich über das Handy dirigiert und mich kreuz und quer durch Hannover und das Umland fahren lassen. Am Stadtrand von Pattensen musste ich den Koffer in einer abgelegenen Gegend bei einigen Wertstoffcontainern deponieren und wieder verschwinden. Irgendwann bekam ich die Anweisung, wieder nach Hause zu fahren."

Wütend gehe ich davon aus, dass damit eine Million Euro ihren Besitzer gewechselt hat. Zumindest vorläufig.

„Jetzt können wir nur noch hoffen, dass diese Unmenschen Ulrike bald freilassen", höre ich Erika sagen, die mir damit aus der Seele spricht.

49

Bisher läuft alles nach Plan. Die Übernahme des Geldes hat problemlos geklappt. Jetzt geht es darum, die Million Euro an einem sicheren Ort zwischenzulagern. Die Partnerschaft hat sich bewährt. Für beide Seiten springt der gewünschte Gewinn heraus.

Viktor Thum steuert seinen Wagen zum Ortsausgang von Pattensen, einer kleinen Stadt im Süden der Region Hannover. Sein Billig-Handy mit der anonymen SIM-Karte wird er schnellstmöglich entsorgen. Es hat seine Schuldigkeit getan. Zwei von diesen Dingern hat er bereits weggeschmissen.

Euphorie hat ihn gepackt. Was für ein Gefühl, mit einer Million Euro im Kofferraum durch die Straßen zu fahren! Am liebsten würde er das Gaspedal bis zum Anschlag durchtreten, aber er darf auf keinen Fall unangenehm auffallen.

Ilten kommt ihm in den Sinn. Zu gern hätte er gewusst, wie die Aktion gelaufen ist. Sicherlich ein weiterer Grund zum Feiern.

*

Die beiden Männer haben den Wagen an einer Straße abgestellt, die direkt an den Park der Klinik grenzt. Sie verharren im Auto und machen einen Uhrenabgleich. Erst in einer guten Stunde wird die Sonne untergehen. Draußen ist es angenehm warm. Trotzdem ist der Park annähernd menschenleer, die Patienten sind in der Regel auf den Stationen. Gerrit Ude hat falsche Kennzeichen an den Wagen geschraubt. Tibor Rost holt aus einer Tasche die Latexmasken, die zwei durchschnittliche Männergesichter ohne Ecken und Kanten darstellen.

„Hast du den Schlüssel?", fragt er Gerrit.

„Klar. In meiner Hosentasche. Und denk daran, den Gummikeil nur mit Handschuhen anzufassen!"

Die Männer stülpen sich die Latexmasken über und verlassen ihren Wagen.

„Die Gefangenenbefreiung kann beginnen", murmelt Tibor.

Sie betreten den Klinikpark. Zielstrebig nähern sie sich dem Pavillon mit den geschlossenen Stationen. Der Weg ist ihnen wohlvertraut.

Zwischen 20:30 Uhr und 21:00 Uhr befinden sich alle Mitarbeiter der Spät- und Nachtschicht im geschlossenen Stationszimmer und machen Übergabe. In der Zeit wollen die Pflegekräfte von Patienten nicht gestört werden.

Gerrit betritt als Erster den Flur vor den beiden Stationen, Tibor folgt ihm. Wie zu erwarten, hält sich außer ihnen niemand im Flur auf. Die Männer ziehen ihre Gummihandschuhe an.

Gerrit geht zur Eingangstür von Station 2 und holt den Schlüssel hervor. Problemlos schließt er die Tür auf, wirft anschließend Tibor den Schlüssel zu, der damit die gegenüberliegende Tür von Station 1 öffnet. Die maskierten Männer reißen die Türen bis zum Anschlag auf. Mit zwei Griffen holen sie die Gummikeile aus den verschweißten Plastiktüten und klemmen diese unter die Türen, um damit ein Zuschlagen zu verhindern.

Sie bringen den von der Psychiatrie Malträtierten die Freiheit!

*

Jessica Krause ist seit einer Woche auf der Station. Die innere Aufgeregtheit, die sie in die Klinik Dr. Ludendorff geführt hat, ist weniger geworden. Aber noch immer verspürt sie den großen Drang, sich zu bewegen und ihre Gedanken anderen Menschen mitzuteilen.

Sie weiß, dass sie während der Übergabe des Personals nicht an die Tür des Dienstzimmers klopfen soll. Dennoch treibt die Unruhe sie auf den Flur, wo sich Milena, eine stille Patientin mit langen schwarzen Haaren, in der Nähe des Eingangs aufhält.

Jessica wundert sich, dass unvermittelt ein Mann in Straßenkleidung die Stationstür aufschließt. Zur Übergabezeit kommt sonst höchstens der diensthabende Arzt im weißen Kittel auf Station. Der Mann blockiert die Tür mit einem Keil, betritt die Station und winkt Milena und Jessica zu sich. Was hat das zu bedeuten?

Ihre Mitpatientin Milena bewegt sich sofort auf den Mann zu und huscht durch den offenen Eingang. Ein anderer Patient verlässt gerade sein Zimmer und starrt erst Jessica und dann den fremden Besucher an. Der Mann winkt erneut, versucht damit zusätzlich einen dritten Patienten zu erreichen, der gerade aus dem Aufenthaltsraum kommt und auf dem Weg zu seinem Zimmer ist.

„Der will, dass wir mitkommen", erklärt sie ihren Mitpatienten. „Wir können einfach rausgehen!"

Die offene Tür kommt Jessicas Wunsch nach mehr Bewegung sehr entgegen. Heute hätte sie eigentlich keinen Ausgang mehr.

Plötzlich verlässt der Mann eilig die Station. Jessica folgt ihm. Sein Gesicht sah merkwürdig aus, wie eine Maske. Als sie die Station verlässt, fällt ihr gleich auf, dass die Tür der Nachbarstation ebenfalls weit offensteht. Milena läuft mit zwei Männern aus dem Bungalow in den Park. Im Eingang der anderen Station taucht ein weiterer Patient auf. Jessica wird deutlich, dass hier eine ziemlich verrückte Aktion im Gange ist. Egal, sie wird den unverhofften Ausgang nutzen.

50

Es ist Samstagmorgen. Die Nacht habe ich in meinem Bett zu Hause verbracht. Von Ulrike gibt es seit der Lösegeldübergabe noch kein Lebenszeichen. Intuitiv stelle ich nach dem Aufstehen das Radio an, die Lokalnachrichten auf NDR 1 Niedersachen.

Eine Meldung haut mich um. In der Klinik Dr. Ludendorff haben gestern Abend zwei unbekannte Männer die Türen von zwei geschlossenen Stationen geöffnet und die Patienten zum Verlassen der Stationen ermuntert. Von den insgesamt vier Patientinnen und Patienten, die die Stationen daraufhin unerlaubt verlassen haben, sind immer noch zwei Frauen verschwunden. Die Klinikleitung hat Strafantrag gegen Unbekannt gestellt.

Eine Welt bricht für mich zusammen. Bei der für gestern angekündigten „Operation Psycho" handelte es sich nicht um die Entführung von Ulrike, sondern um die „Befreiung" von Klinikpatienten in Ilten. Und Alexander muss der Sekte auf irgendeine Weise geholfen haben. Jetzt verstehe ich auch, warum die Klinik gestern spätabends Ronald sprechen wollte. Er sollte persönlich über das außergewöhnliche Vorkommnis auf seinen Stationen unterrichtet werden. Alexander hat das Telefonat bewusst an sich gerissen und hat die Weitergabe der Information verzögert.

Ich rufe Ronald an. Erika und Karl übernachten bei ihm in Waldhausen, Alexander ist gestern wieder zu sich nach Hause gefahren.

„Gibt's Neuigkeiten von Ulrike?", möchte ich wissen.

„Nein, nichts. Ich habe mehrere Mails an die Entführer geschickt, aber sie haben nicht geantwortet."

Mir ist ganz flau im Magen. Hoffentlich kommt sie gesund aus der fürchterlichen Geschichte heraus. Meine gesammelten Infos über die „Nesankta Homaro" helfen uns bei der Aufklärung von Ulrikes Entführung nicht weiter. Dafür weiß ich jetzt, wer für die Aktion in Ilten verantwortlich ist.

„Im Radio habe ich von zwei Männern gehört, die Patienten zur Flucht von deinen Stationen veranlasst haben", fühle ich vorsichtig vor.

„Ich bin informiert. Heute Morgen habe ich in der Klinik zurückgerufen. Die Männer wollten offenbar, dass möglichst viele Patienten abhauen. Aber nur vier haben davon Gebrauch gemacht. Eine der beiden Patientinnen, die seitdem verschwunden sind, ist Milena Drimalla."

Die andere Patientin, eine Frau mit einer manischen Erkrankung, hat sich freiwillig auf der Station befunden. Da bei ihr keine Hinweise auf eine akute Eigen- oder Fremdgefährdung vorliegen, kann sie grundsätzlich selbst entscheiden, die stationäre Behandlung jederzeit abzubrechen. Die zwei entwichenen männlichen Patienten hat man noch auf dem Klinikgelände angetroffen und gleich wieder zur Station zurückgebracht. Das Pflegepersonal ist von einem Patienten über das Offenstehen der Stationstür relativ schnell informiert worden.

Ich habe einen Verdacht: „Wie war es möglich, dass die Unbekannten die Stationstüren aufschließen konnten?"

„Sie müssen auf irgendeine Weise an den Schlüssel gekommen sein. Wir haben in der Klinik eine Schließanlage mit mechanischen Schlüsseln, die von

Schlüsseldiensten nicht nachgemacht werden können."

„Du hast deinen Schlüssel ...?", frage ich behutsam nach.

„Das habe ich automatisch gleich als Erstes überprüft. Natürlich ist es nicht ausgeschlossen, dass man mal einen Schlüssel liegenlässt oder verliert. Aber mein Klinikschlüssel ist zum Glück hier im Haus."

Das überrascht mich jetzt total. Wie sonst kann Alexander die „Operation Psycho" unterstützt haben, wenn nicht durch das Besorgen eines Originalschlüssels? Dann muss sich die Sekte den Schlüssel von jemand anderem organisiert haben.

„Willst du noch in die Klinik fahren?", erkundige ich mich.

„Nein. Die Polizei ist verständigt und fahndet nach Frau Drimalla, die bei ihrem labilen Gesundheitszustand immer noch einen gültigen Unterbringungsbeschluss hat." Er stockt. „Momentan habe ich nur Ulrike im Kopf. Solange sie nicht wieder bei uns ist, ist nichts mit mir anzufangen."

Das kann ich gut nachvollziehen. Ich nehme Abstand davon, Ronald in dieser Situation zusätzlich damit zu belasten, dass sein Sohn in die „Patientenbefreiung" verwickelt ist. Welche Rolle Alexander konkret gespielt hat, weiß ich auch nicht.

Mein weiteres Vorgehen werde ich mit Jannik abstimmen.

*

„Diese ‚Operation Psycho', von der ich beim Treffen der ‚Nesankta Homaro' gehört habe, ist eine idiotische Aktion zur Befreiung vermeintlich eingesperrter Psychiatrie-Patienten gewesen", teile ich aufgebracht Jannik Wagner am Telefon mit. „Eine völlig verzerrte Wahrnehmung! Als wenn die Patienten dort nichts anderes als die Flucht von der Station im Kopf hätten. Da haben wohl einige Sektenmitglieder von sich auf andere geschlossen."

Etliche Patienten begeben sich freiwillig auf eine geschlossene Station und erleben sie als willkommenen Schutz.

„Stimmt", höre ich Rasputins Stimme mit einem grimmigen Lachen, „denen schwebte vermutlich eine Massenflucht von Patienten vor."

„Was wird jetzt aus Milena Drimalla?"

„Ich vermute, dass die ‚Nesankta Homaro' sie zunächst in ein sicheres Versteck schafft."

„Womit die kranke Frau dem schädlichen Einfluss der Sekte erneut ausgesetzt ist."

Wie ich Ronald verstanden habe, ist Milena nicht von der Station verschleppt worden, sondern von sich aus weggelaufen. Das haben zumindest Patienten hinterher dem Pflegepersonal erzählt. Die Sekte übt offenbar immer noch eine Anziehungskraft auf die Frau aus.

Wird es der Polizei gelingen, Milena schnell ausfindig zu machen, um sie zurück in die Klinik zu bringen?

„Für die Polizei ergibt sich zunächst kein Hinweis auf die Täterschaft der Satanisten", stelle ich resigniert fest. „Milena hat auf der Station sicherlich nicht über ihre Sektenvergangenheit gesprochen. Die Befreiungsaktion selbst richtete sich an alle Patienten … und muss auf Außenstehende wie grober Unfug wirken."

„Was willst du damit sagen?"

„Ich überlege, wie ich der Polizei mein Wissen über die Hintergründe des Vorfalls in der Ludendorff-Klinik zukommen lassen kann. Natürlich will ich vermeiden, dass es Ulrikes Entführer in den falschen Hals kriegen, wenn ich plötzlich Kontakt zur Polizei aufnehme."

„Das solltest du auch nicht tun. Nach meiner Einschätzung wird die Sekte dafür sorgen, dass Milena schnell wieder auftaucht. Wenn die Polizei allerdings bei ihrer Suche nach Milena die ganze Sekte aufscheucht, kann das für die junge Frau sehr negative Konsequenzen haben. Außerdem hast du mir versprochen, meine Infos über die ‚Nesankta Homaro' für dich zu behalten."

„Ich tue mich schwer, jetzt einfach nur abzuwarten ..."

„Pass auf, ich kümmere mich darum. Ich werde die Webseiten der Sekte in den nächsten Tagen kontinuierlich durchforsten, um einen Hinweis auf Milenas genauen Aufenthaltsort zu finden. Wenn wir es für nötig halten, kann die Polizei dann zielgerichtet zuschlagen."

Janniks Argumentation überzeugt mich. Ich werde mich in Bezug auf die ominöse „Operation Psycho" fürs Erste völlig bedeckt halten. Von meiner zwischenzeitlichen Überlegung, Alexander zur Rede zu stellen, wohin die Sekte Milena gebracht hat, nehme ich wieder Abstand. Mit Sicherheit hätte er dazu geschwiegen, schon allein, um sich nicht selbst als „Verräter" in eine bedrohliche Situation zu manövrieren.

Als Nächstes rufe ich Anna in Hildesheim an. Ich habe zugesagt, sie auf dem Laufenden zu halten.

51

Alexander Dannenberg fährt über die Hildesheimer Straße nach Waldhausen. Neben ihm im Wagen sitzt Rebekka Kemper, die er erneut dafür benötigt, seinen Vater und seine Stiefgroßeltern abzulenken. Sein Einsatz, der die Durchführung der „Operation Psycho" erst ermöglicht hat, ist vom Mastro ausdrücklich gewürdigt worden.

Alexander hatte Viktor Thum angeboten, den Klinikschlüssel seines Vaters zu besorgen. Ein genialer Plan. Am Sonntag bevor Ulrike entführt wurde, war Alexander in Waldhausen aufgetaucht und hatte den Schlüssel von allen Seiten fotografiert. Ein Sicherheitsschlüssel, von dem nur die Herstellerfirma Kopien anfertigen kann. Über entsprechende Verbindungen der Sekte schaffte es Viktor allerdings, anhand der Fotos eine Attrappe des Schlüssels herstellen zu lassen. Eine Imitation, die wie das Original aussieht, ohne damit wirklich Kliniktüren aufschließen zu können. Alexander holte den gefakten Schlüssel im „Fantasy-Shop" ab und tauschte ihn am Tag darauf gegen das Original aus. Sein Vater bewahrt den Klinikschlüssel zu Hause immer getrennt von seinen Privatschlüsseln auf, meistens in oder auf einem Flurschränkchen. Gestern Abend bestand Alexanders Aufgabe darin zu verhindern, dass Ronald noch spontan in die Klinik fährt und dadurch merkt, dass sein Schlüssel vertauscht worden ist.

Gleich heute Morgen wird Alexander wieder den Umtausch vornehmen. Er kann sich vorstellen, wie sein Vater nach dem Telefonat mit der Klinik reagiert hat. Ein flüchtiger Blick auf den Schlüssel, der ihn glauben lässt, alles ist okay.

Alexander stoppt den Wagen vor dem Haus seiner Stiefmutter. Er guckt zur Seite und lächelt Rebekka an. Sie wird die Aufmerksamkeit auf sich lenken, und währenddessen führt er seinen Plan aus.

52

Sie schreit aus voller Kehle. Die Schmerzen sind unerträglich. Aber es gibt keine Alternative. Ihre rechte Hand ist eine einzige blutige Wunde. Dr. Ulrike Dannenberg zerrt und zerrt an dem Eisen, das ihren Bewegungsradius unbarmherzig auf ein Minimum reduziert. Es geht nicht, es geht nicht, es geht nicht! Eine zweite Stimme kämpft gegen die Resignation: Weiter, weiter, nicht aufhören ...

Sie spürt eine Explosion, die ihre Hand auseinanderreißt. Dann raubt ihr ein noch nie dagewesener Schmerz die Besinnung.

Wie lange sie gebraucht hat, um wieder zu sich zu kommen, kann sie nicht abschätzen. Die wahnsinnigen Schmerzen beim Bewegen der rechten Hand sind das Erste, was sie bewusst wahrnimmt. Die Finger der linken Hand tasten vorsichtig über das rechte Handgelenk. Das Eisen, wo ist das Eisen? Sie kann es nicht fassen. Es ist weg! In die Schmerzen mischt sich langsam eine Freude. Es ist ihr tatsächlich gelungen, unter unmenschlichen Anstrengungen ihre Hand aus dem Eisen zu winden. Mühsam richtet sie sich auf, torkelt auf den Ausgang zu. Eine Stahltür versperrt den Ausgang. Hat die Anstrengung überhaupt einen Sinn? Die Tür kann sie nicht aufbrechen. Um das fürchterliche Halbdunkel zu beenden, tastet sie sich zu einer der LED-Laternen, die sie durch Berührung zum Leuchten bringt. Im Licht erkennt sie den grauenhaften Zustand ihrer rechten Hand in seinem ganzen Ausmaß. Sie schwankt und muss augenblicklich ein Würgen unterdrücken. Das gewaltsame Entfernen der Eisenschelle hat schreckliche Spuren hinterlassen. Die Haut ist an den Knöcheln und beiden Seiten der Mittelhand blutig aufgerissen, die darunter befindlichen Muskeln sind teilweise freigelegt. Mit Stofffetzen aus ihrer Bluse umwickelt sie notdürftig die Wunde.

Am liebsten würde sie sich irgendwo verkriechen. Aber jetzt ist nicht die Zeit, sich weinerlich gehenzulassen. Ulrike muss sich einen Plan zurechtlegen, wie sie der Todeszelle entrinnen kann.

Sie bringt auch die zweite LED-Laterne zum Leuchten und sieht sich sorgfältig in dem Kellerraum um. Als Erstes zieht sie ihre Sneaker wieder an. Es gibt die Matratze, diverse Decken, die Campingtoilette, die Laternen – und neben einigen Plastikflaschen mit Mineralwasser liegt noch das Stirnband mit der LED-Kopfleuchte.

Die Laternen sind viel zu leicht, um sie als wirkungsvolle Schlagwaffe einzusetzen. In einer offenen Auseinandersetzung mit dem kräftigen Mann hätte Ulrike keinerlei Chancen. Ihre einzige Möglichkeit liegt im Überraschungsmoment. Es dauert eine Weile, bis in ihrem Gehirn ein Plan Gestalt annimmt. Die Aussicht auf Erfolg ist gering, aber sie hat keine andere Wahl.

Der Mann wird die Tür aufschließen, bisher hat er den Schlüssel im Schloss steckenlassen. Die Tür geht nach innen auf. Er wird mit seiner Taschenlampe in den Raum leuchten. Wichtig ist, dass er den Raum betritt, ohne gleich zu bemerken, dass Ulrike nicht mehr angekettet ist. Dafür wird sie die Decken und die Laternen auf der Matratze derart dekorieren, dass es auf den ersten Blick so wirkt, als läge sie darunter. Die Täuschung wird nicht lange vorhalten. Um seine Aufmerksamkeit von der Matratze abzulenken, wird Ulrike vorher die Campingtoilette umstoßen. Der Plan steht und fällt damit, dass der Entführer einige Schritte in den Raum macht. Ulrike wird sich an die Wand neben der Tür hocken und versuchen, seitlich von hinten eine Decke über ihn zu werfen. Seine kurze Irritation muss nur so lange andauern, dass sie hinter ihm durch den Eingang flüchten kann. Wenn es ihr dann noch gelingen sollte, sofort die Tür zuzuziehen und den Schlüssel außen herumzudrehen, ist sie gerettet. Auf jeden Fall wird sie das Stirnband mit der Kopfleuchte anlegen, denn im Kellerflur ist es stockdunkel. Auch wenn es nicht klappt, die Tür zu verschließen, hat sie eine minimale Chance. Trotz ihrer momentanen Schwäche ist sie eine seit Jahren durchtrainierte Joggerin.

Sie trinkt eine Flasche Wasser und macht einige Bewegungsübungen. Danach fängt sie an, den Raum wie geplant herzurichten. Als Erstes entfernt sie die Blutflecken vom Fußboden.

*

Viktor Thum hat die Klimaanlage in seinem Wagen laufen. Am frühen Nachmittag liegen die Temperaturen erneut um 30 Grad. Er nähert sich auf der B217 einem kleinen Ort mit etwas über zweitausend Einwohnern, der zur Stadt Ronnenberg gehört. Heute wird er Ulrike Dannenberg zum letzten Mal besuchen. Ihr Gefängnis befindet sich in der alten verlassenen Zuckerfabrik am südlichen Ortsrand von Weetzen. Ein weitläufiges Gelände mit zahlreichen leerstehenden Gebäuden, umgeben von einer Mauer und Stacheldrahtzaun, direkt neben der Bahnlinie. Vor zwei Jahren hatte die „Nesankta Homaro" die Fabrik für ihre

Zwecke entdeckt. Mehrere Kellerräume in einem der Gebäude eigneten sich gut für ihre nächtlichen Treffen. Die Dunkle Bewegung hatte neue Schlösser in die Kellertüren eingebaut und die Räumlichkeiten für sich in Beschlag genommen. Ein Einfahrtstor zum Gelände hatten sie geknackt und später mit einem eigenen Kettenschloss wieder zugesperrt. Dadurch war es ihnen möglich, mit ihren Fahrzeugen auf das Fabrikgelände zu fahren. An zwei Seiten des Geländes führen Straßen vorbei, in der Nähe befinden sich einige Wohnhäuser, ansonsten Felder und Bäume. Ende letzten Jahres hatte die „Nesankta Homaro" die Räume wieder aufgegeben, da es hieß, die Fabrik habe einen neuen Käufer gefunden, der die Gebäude demnächst wieder nutzen würde. Als vorübergehendes Gefängnis für Ulrike ist die abgeschiedene Örtlichkeit ideal. Wie in den Jahren zuvor war Viktor nachts mit seiner Gefangenen im Kofferraum einfach auf das Gelände gefahren und hatte sie dort im Keller eingesperrt. Die Eisenschelle mit Kette, die Maske, die Laternen, die Matratze ... problemlos konnte er die Sachen aus dem Fundus der Dunklen Bewegung wieder hierherschaffen.

Er stellt seinen Wagen auf einer kleinen Straße am Feld ab und steigt aus. Die notwendigen Utensilien hat er im Rucksack dabei. Er hat sich entschlossen, auch heute im Keller nicht auf die Maske zu verzichten. Die Leiche wird er später vom Gelände schaffen, wenn es dunkel ist. Es sind nur wenige Meter bis zur Fabrik.

*

Alles ist vorbereitet wie geplant. Je mehr Zeit verstreicht, desto aussichtsloser erscheint Ulrike Dannenberg ihr verzweifeltes Vorhaben. Sie hört Schritte auf dem Flur. Es ist gleich so weit! Ihr Herz schlägt vor Aufregung wie verrückt. Jede Bewegung muss sitzen, bei ihrer Schnelligkeit kann es auf den Bruchteil einer Sekunde ankommen. Die Schritte werden lauter und verstummen dann. Der Mann steht direkt vor der Tür und steckt den Schlüssel ins Schloss. Der Schlüssel wird zweimal gedreht, danach zieht ihn der Mann aus dem Schloss.

Ulrike durchfährt ein eisiger Schreck. Ihr Plan ist dahin, ein Abschließen der Tür ist damit unmöglich! Die Chance zu überleben fällt um ein Weiteres. Die Tür wird geöffnet, der Lichtstrahl einer Taschenlampe fällt in den Raum. Ulrike macht sich klein an der Wand, damit der Mann sie nicht aus dem Augenwinkel bemerkt.

Das Licht schwenkt zur umgestürzten Campingtoilette.

„Was ist das für 'ne Sauerei?!", stößt der Mann verärgert hervor und bewegt sich darauf zu. In der nächsten Sekunde wird er den Schwindel durchblicken. Jetzt oder nie! Ulrike federt nach oben und wirft die Decke über den Kopf ihres Widersachers, der sich schon in diesem Moment zu ihr umdreht. Er reißt sich mit der linken Hand die Decke vom Gesicht, will sofort auf Ulrike zustürzen. Mit dem Mut der Verzweiflung tritt sie ihm kraftvoll zwischen die Beine. Ein markerschütternder Schrei. Der Mann lässt die Taschenlampe fallen und krümmt sich vor Schmerz. Ein Scheppern auf dem Fußboden des Kellers, danach erlischt augenblicklich das Licht der Taschenlampe.

Das ist Ulrikes letzte Chance. Sie huscht an ihm vorbei durch den Ausgang, aktiviert im Flur die Kopfleuchte an ihrem Stirnband und hetzt los. Ein dunkler

Gang, von dem rechts mehrere verschlossene Türen abgehen. Hinter sich hört sie den Mann: „Du verdammtes Stück Scheiße! Ich bring dich um!"

Sie rennt um ihr Leben. Links geht es um die Ecke, danach führt eine Treppe nach oben. Wenn Ulrike Glück hat, ist seine Taschenlampe beim Fall auf den Steinfußboden kaputtgegangen. Dann steht ihr Verfolger jetzt im Flur völlig im Dunkeln. Das würde ihr einen kleinen Vorsprung verschaffen. Sie hastet die Stufen nach oben, öffnet eine Tür und steht in einem großen leeren Raum. Noch immer weiß sie nicht, wo sie sich eigentlich befindet. Eine weitere Tür, und auf einmal ist sie im Freien. Mit einem Blick hat sie erkannt, dass sie sich auf dem Gelände einer verlassenen Fabrik befindet. Hier draußen herrscht eine enorme Hitze, von der im Keller nichts zu spüren war. Viel Zeit zum Überlegen hat sie nicht. Ihr Entführer wird trotz Dunkelheit jeden Moment hier auftauchen, und dann ist sie in großer Gefahr. Zunächst läuft sie um eine Häuserecke, damit der Mann sie nicht gleich sieht, wenn er den Ausgang des Gebäudes erreicht hat. Das Fabrikgelände ist von einer hohen Mauer umzogen, die Ulrike ohne Hilfsmittel nicht überwinden kann. Sie muss hier raus, sonst fängt er sie mit Sicherheit wieder ein. Hilferufe erscheinen sinnlos, wer sollte sie schon hören?! Die Apothekerin hetzt weiter, vorbei an großen runden Silos und roten Backsteingebäuden mit riesigen Schornsteinen, bis sie zum rückwärtigen Teil des Geländes kommt, an das zwei Schienenstränge der Bahnlinie grenzen. Ein Stacheldrahtzaun, vor dem Gebüsch wuchert, trennt das Gelände von der Außenwelt. Vielleicht findet sie an dieser Stelle den Weg in die Freiheit. Sie läuft den Zaun entlang, der teilweise recht angegriffen aussieht. Eine Lücke gibt es nirgendwo. Es geht nicht anders, sie muss das Hindernis überklettern. Die Kopfleuchte stört nur, sie wirft das Teil achtlos zur Seite. Dann krallt sie sich in die Maschen des Zaunes und klettert nach oben. Dort steigt sie auf die andere Seite des Drahtgeflechts, wobei sie sich mit der Jeans in den Stacheln verhakt und festhängt. Der Blick zurück auf das Gelände versetzt sie in Todesangst. Neben einer Häuserecke erscheint der Mann mit der Maske. Er hat sie entdeckt und läuft auf den Zaun zu. Ulrike zerrt an den Stacheln, die sich in ihre Hand bohren. Schließlich lässt sie sich fallen, hört das Ratschen der zerreißenden Jeans und stürzt ins Gebüsch auf der anderen Seite des Zauns. Ihr Vorsprung ist gering. Was sie geschafft hat, wird auch ihrem Peiniger in wenigen Sekunden gelingen. Sie rennt auf den Bahngleisen Richtung Straße. Wenn sie es fertigbringt, ein Wohnhaus zu erreichen, könnte das die Rettung sein. Da ist auch schon der Bahnübergang mit einer Straße, die an der Mauer des Fabrikgeländes entlangführt. Auf der anderen Straßenseite sind Häuser. Da muss sie hin! Sie rennt über die Straße, ohne sich umzublicken.

Der Fahrer des weißen Cabrios tritt das Gaspedal durch und beschleunigt vor dem Ortsausgang. Er sieht die Frau viel zu spät, um noch bremsen zu können. Das Letzte, was Ulrike wahrnimmt, ist der gewaltige Stoß, der ihren Körper auf die Kühlerhaube des Autos wirbelt. Danach umgibt sie eine tiefe Finsternis.

*

Aus sicherer Entfernung beobachtet Viktor Thum die Geschehnisse. Ulrike Dannenberg liegt bewegungslos auf der Straße. Möglicherweise hat der Fahrer des weißen Cabrios Viktors Job erledigt. Der Mann beugt sich über die Frau, während ein zweiter Wagen am Unfallort stoppt. Sicherlich hat der Cabriofahrer längst über das Handy Hilfe angefordert. Viktor kann auf keinen Fall näher herangehen. Früher oder später wird die Polizei herausbekommen, dass es sich bei der Frau um das Opfer einer Entführung handelt. Dann wird die gesamte Umgebung abgesucht. Viktor muss sich beeilen und möglichst alle verräterischen Spuren in Ulrikes ehemaligem Gefängnis entfernen. Im Kofferraum seines Wagens hat er noch eine Ersatz-Taschenlampe deponiert. Die braucht er auf jeden Fall.

Der Zugang zum Gelände, den er benutzt, liegt glücklicherweise an der anderen Straße.

53

Es ist Samstagabend und Kriminalhauptkommissar Thomas Stelter hat Dienst. Nicht gerade die beste Zeit zum Arbeiten, wenn man Familie hat. Aber seine Beteiligung an dem neuen Fall ist schon sinnvoll. Abermals spielt Dr. Mark Seifert darin eine Rolle, der bereits an zwei anderen Fällen beteiligt ist, mit denen Stelter sich aktuell beschäftigt.

Den Informationen des Hauptkommissars zufolge haben sich die Ereignisse heute Nachmittag überschlagen.

Am Ortsausgang von Weetzen wird eine zunächst unbekannte Frau von einem Auto angefahren und lebensgefährlich verletzt. Ein Notarzt kümmert sich um die bewusstlose Frau, die sich ein schweres Schädelhirntrauma, Kopfplatzwunden und verschiedene Knochenbrüche zugezogen hat. Ein Rettungswagen bringt die Frau sofort ins Hannoversche Klinikum Nordstadt, wo sie operiert wird. Seitdem liegt sie ohne Bewusstsein auf der Intensivstation der Neurochirurgischen Klinik. Die Polizei versucht den Unfallhergang in Weetzen zu rekonstruieren. Demnach ist die Frau unvermittelt in der Nähe des Bahnübergangs aufgetaucht und über die Straße gelaufen. Im Krankenhaus bekommt die Polizei deutliche Hinweise, dass die Frau zuvor Opfer eines Verbrechens geworden ist: insbesondere die mit Stofffetzen umwickelten Wunden an der rechten Hand und die von Stacheln herrührenden Verletzungen der Innenhand beidseits.

Erstmals steht der Verdacht im Raum, die Frau könnte sich aus einer Gefangenschaft befreit haben und anschließend Hals über Kopf geflüchtet sein.

Direkt neben dem Unfallort befindet sich die verlassene Zuckerfabrik, auf deren Gelände sich die Polizei zunächst ohne Ergebnis umsieht. Parallel dazu wenden sich die Ermittler an diesem Samstag über Radio und Internet an die Öffentlichkeit, um die Identität der Frau herauszufinden.

Dr. Mark Seifert liest die Beschreibung der Frau im Internet und verständigt den Ehemann. Beide fahren ins Krankenhaus und identifizieren das Opfer. Dr. Ronald Dannenberg informiert die Polizeibeamten im Krankenhaus über die Entführung seiner Frau. Auch die Eltern der bewusstlosen Frau und ihr Stiefsohn kommen ins Krankenhaus.

Der erpresserische Menschenraub fällt in die Zuständigkeit von Stelters Kriminalfachinspektion 1.1 K „Straftaten gegen das Leben". Zur Aufklärung des Verbrechens wird sofort ein großer Führungsstab eingesetzt. Bei der Durchsuchung des Zuckerfabrikgeländes kommt ein Personenspürhund zum Einsatz, der die Polizei in einen Kellerraum führt, in dem Ulrike Dannenberg mit an Sicherheit grenzender Wahrscheinlichkeit gefangen gehalten worden ist. Die Polizei findet dort eine Matratze und eine Campingtoilette. In der Nähe des Zauns zur Bahnlinie hat der Hund ein Stirnband mit einer Kopfleuchte aufgespürt. Wenn das Stirnband eine Verbindung zur Entführung hat, finden sich im abgesonderten Schweiß möglicherweise hilfreiche DNA-Spuren. Der Kriminaldauerdienst kümmert sich um die weitere Spurensicherung, endgültige Ergebnisse liegen noch nicht vor.

Stelter ist im Klinikum Nordstadt gewesen und hat dort mit Mark Seifert und Ronald Dannenberg gesprochen. Sein Kollege Kriminaloberkommissar Arif Kimil hat zeitgleich im Krankenhaus Alexander Dannenberg und die Eltern des Opfers befragt. Mit Ronald Dannenberg hat Stelter vereinbart, dass die Spurensicherung das Haus der Dannenbergs untersucht, wo vor fünf Tagen die Entführung stattgefunden hat.

Stelter sitzt jetzt am Schreibtisch seines Büros und schüttelt den Kopf. Er beschäftigt sich erneut mit den Berichten seiner Kollegen aus den Polizeiinspektionen Süd und Mitte. Das Entführungsopfer hatte sich bedroht gefühlt, ähnlich wie Claudia Faber. Wobei Ulrikes Ehemann als Psychiater davon ausging, dass seine Frau unter irrealen Ängsten litt, und deshalb die Situation mit dem Lieferwagen als gezielten Tötungsversuch fehlinterpretiert hatte. Und zumindest bei dem Vorfall an der Ampel konnte ein tatsächlicher Angriff auf die Apothekerin sicher ausgeschlossen werden. Gibt es womöglich verschiedene Täter? Hat die Entführung mit den anderen Vorfällen gar nichts zu tun? Claudia Faber hat nachweislich ein Antidepressivum eingenommen, auf das sie von Oberarzt Dannenberg in der Klinik eingestellt worden ist. Hat Ulrike Dannenberg eventuell das gleiche Medikament eingenommen? Könnten die Ängste der Frauen auf unerwünschte Begleitwirkungen eines Psychopharmakons zurückzuführen sein? Dann ist da noch die Geschichte mit den Drohbriefen, die an Dr. Seifert geschickt worden sind. Aber was sollten diese mit der Post verschickten Briefe mit der Entführung der Apothekerin zu tun haben, bei der die Kommunikation stets über das Internet gelaufen ist? Außerdem gibt es noch die verhafteten Gewalttäter aus Braunschweig, denen jedoch der Einbruch in das Haus von Claudia Faber bisher nicht nachgewiesen werden konnte.

Das Telefon in Stelters Büro klingelt. Er spricht mit einem Mitarbeiter vom Kriminaldauerdienst, der bei der Spurensicherung in Dannenbergs Haus einen wichtigen Fund gemacht hat.

„Danke", murmelt Stelter. „Ich komme gleich mit einem Kollegen bei euch vorbei."

54

Ulrikes Anblick auf der Intensivstation ist für mich Schreck und Erleichterung zugleich. Sie lebt, ist ihrer Gefangenschaft entkommen. Aber um welchen Preis?! Die Flucht muss sie in eine derartige Panik versetzt haben, dass sie versehentlich vor ein Auto gelaufen ist.

Sie liegt bewusstlos im Bett, den Kopf bandagiert. Infusionen laufen über Schläuche in ihren regungslosen Körper, dessen Vitalfunktionen auf Monitoren überwacht werden. Neben dem Schädelhirntrauma mit daraus resultierender Gehirnblutung hat sie Brüche im Bereich der Extremitäten und des Beckens erlitten. Welche bleibenden Schäden der Unfall nach sich ziehen wird, ist noch unklar. Die ärztlichen Kollegen halten sich zum jetzigen Zeitpunkt mit Prognosen zurück.

Neben Ronald befinden sich inzwischen auch seine Schwiegereltern und Alexander auf der Station. Die Sorge um Ulrikes Gesundheit schweißt uns zusammen. Im Flur der Intensivstation sitzt ein uniformierter Polizist als Personenschutz. Es ist nicht auszuschließen, dass die Täter sogar im Krankenhaus auftauchen, um ihr Opfer endgültig zum Schweigen zu bringen. Denn wer weiß, was Ulrike alles über ihre Entführer berichten könnte ...

Hauptkommissar Stelter kommt mit einem Kollegen in die Neurochirurgische Klinik. Er spricht zunächst mit Ronald, anschließend setzen wir beide uns in einem Zimmer zusammen.

„Wie geht es Frau Sonnenberg?", erkundigt er sich als Erstes.

„Sie langweilt sich ein wenig, aber sie ist in Sicherheit. Ich habe vor Kurzem mit ihr telefoniert, um sie über Frau Dannenberg zu informieren."

„Merkwürdige Vorfälle ... und immer stecken Sie mit drin. Können Sie mir etwas über mögliche Zusammenhänge sagen?"

„Darüber habe ich mir in letzter Zeit sehr viele Gedanken gemacht. Aber je länger ich mich damit beschäftige, desto unklarer wird das Ganze für mich. Ich werde am Montag versuchen, mir alte Akten in der Nervenklinik Hildesheim anzusehen. Dort haben Herr Dannenberg, Frau Faber und ich vor über zehn Jahren gemeinsam gearbeitet. Vielleicht stoße ich dabei auf neue Erkenntnisse."

Viel Hoffnung habe ich in dieser Hinsicht momentan nicht.

„Es handelt sich also um eine hochtechnologische Mikrofonwanze?", möchte Hauptkommissar Thomas Stelter von Rupert Beckmann, seinem rothaarigen Kollegen von der Spurensicherung, wissen.

Die beiden Polizisten stehen im häuslichen Arbeitszimmer der Dannenbergs in Waldhausen.

„Richtig", bestätigt der Anfang dreißigjährige Beckmann. „Eine GSM-Wanze, die hier in einer mobilen 5-fach-Steckerleiste eingebaut war. Als ich hörte, die Entführer hätten in einer Botschaft behauptet, Herrn Dr. Dannenberg rund um die Uhr beobachten zu können, habe ich gleich an versteckte Mini-Kameras oder Wanzen gedacht und mit unserem Aufspürgerät gezielt danach gesucht. Hier im Arbeitszimmer unter dem Schreibtisch bin ich dann fündig geworden. Die ganze Steckerleiste ist speziell für diesen Zweck angefertigt worden."

Oberkommissar Arif Kimil, ein dunkelhaariger Mann Mitte dreißig mit türkischem Migrationshintergrund, ist zusammen mit Stelter nach Waldhausen gekommen. Er betritt das Arbeitszimmer, um ebenfalls einen Blick auf den Fundort der Wanze zu werfen.

„Was leistet deiner Einschätzung nach dieses kleine Spionagegerät?", fragt Kimil den Mann von der Spurensicherung.

„Es ist davon auszugehen, dass die Wanze alle Gespräche in einem Radius von zehn bis fünfzehn Meter erfasst. Die Wanze arbeitet mit einer normalen SIM-Karte und kann die erfassten Gespräche weltweit an ein Handy übertragen", erklärt Beckmann, der auf einen kaum sichtbaren Schlitz für die SIM-Karte im unteren Teil der Steckdosenleiste hinweist. „Umgebungsgeräusche werden herausgefiltert und garantieren in der Regel eine perfekte Tonqualität. Die Wanze ist in die voll funktionstüchtige Mehrfachsteckdose eingebaut und erhält darüber ihre Stromzufuhr."

„Nicht schlecht. Aber das bedeutet, dass wir denjenigen, der die Gespräche mit seinem Handy abgehört hat, zurückverfolgen können", überlegt Kimil. „Wir können sogar herausfinden, wo er sich beim Abhören jeweils aufgehalten hat."

„Die Entführer machen einen technisch versierten Eindruck. Die werden beim Abhören häufig den Standort gewechselt und ihr Handy nie an verräterischen Orten eingeschaltet haben. Und eine anonyme SIM-Karte benutzen die sowieso."

„Ist dir sonst noch was an dem Teil aufgefallen?", meldet sich Stelter zu Wort.

„Auf den Stromsteckern ist teilweise eine größere Staubschicht, auf der Steckerleiste ist wenig Staub. Die Wanze ist insofern vermutlich erst nach der letzten großen Staubwischaktion hier deponiert worden. Wie viele Tage sie sich schon unter dem Schreibtisch befindet, kann ich allerdings nicht sagen."

Stelter und Kimil kehren zurück ins Wohnzimmer und setzen sich zu Dr. Ronald Dannenberg, der einen sehr mitgenommenen Eindruck macht. Einige Mitarbeiter haben das Haus auf Einbruchspuren untersucht, aber in dieser Hinsicht bisher nichts gefunden. Die Handtasche des Entführungsopfers mit Hausschlüssel und Personalausweis liegt auf einem kleinen Schrank im Flur – ein Hinweis, dass die Frau von hier verschleppt worden ist.

„Erschreckend, diese Wanze in unserem Arbeitszimmer! Das ist uns überhaupt nicht aufgefallen, dass die Steckerleiste unter unserem Schreibtisch ausgetauscht wurde ... Die sehen ja auch alle gleich aus, und wann guckt man schon mal gezielt unter den Schreibtisch?!", beklagt sich Dannenberg. „Aber das bestätigt meine Theorie! Die Bande hat Ulrike und mich sicher schon längere Zeit abgehört wegen unserer Pläne zur Heroinbekämpfung."

Der Psychiater erklärt mit einigen Sätzen, dass seine Frau und er zu zweit an einem Projekt gearbeitet hätten, dessen Inhalte streng vertraulich wären.

Stelter nickt zustimmend: „Es könnte sein, dass die Wanze schon Tage vor der Entführung hier im Haus installiert worden ist. Alternativ käme infrage, dass die Entführer die Steckerleiste mitgebracht und während der Verschleppung Ihrer Frau im Arbeitszimmer deponiert haben."

Dannenberg vergräbt den Kopf in seinen Händen.

„Aber um eine Steckerleiste derart gezielt auszutauschen, muss der Täter die Verhältnisse in Ihrem Arbeitszimmer gekannt haben", vermutet der Hauptkommissar.

„Wir haben zahlreiche Freunde, die uns zu Hause besuchen, aber niemand von Ihnen würde so etwas tun", erklärt Dannenberg. „Und Familienangehörige kommen wohl kaum infrage."

„Sie haben berichtet, dass an dem Abend, an dem Ihre Frau entführt worden ist, die Terrassentür aufgestanden hat. Ihrer Vermutung nach hat Ihre Frau versehentlich die Tür offenstehen lassen, sodass die Entführer auf diese Weise ins Haus gekommen sein könnten", wechselt Stelter den Fokus seiner Befragung.

„Ja, Ulrike war zuletzt im Alltag sehr durch die angstmachenden Inhalte ihrer Albträume abgelenkt. Insofern halte ich meine Vermutung für sehr wahrscheinlich."

„Das würde bedeuten, dass sich die Täter etwas anderes hätten einfallen lassen müssen, wenn die Tür nicht zufällig aufgestanden hätte ...", kombiniert Stelter. „Sie hätten sich zum Beispiel unter einem Vorwand Einlass verschaffen oder es gegebenenfalls mit Gewalt versuchen müssen."

„Da haben Sie wohl recht ...", stimmt Dannenberg zu.

„Ansonsten gäbe es noch die Möglichkeit, dass die Täter einen Schlüssel oder Nachschlüssel gehabt und schlichtweg selbst die Eingangstür aufgeschlossen haben. Dann wäre die offene Terrassentür vielleicht nur eine nachträgliche Täuschung, um den wahren Sachverhalt zu verschleiern ..."

Dannenberg macht ein entsetztes Gesicht: „Woher sollten die Entführer denn einen Schlüssel haben?"

„Das wäre unsere nächste Frage an Sie", mischt sich Kimil ein. „Wer außer Ihnen verfügt über einen Schlüssel zu diesem Haus?"

„Meine Frau, mein Sohn, meine Stieftochter Katharina, die sich aber für ein Jahr in Australien aufhält ...", zählt der Psychiater ohne zu zögern auf, um nach kurzem Überlegen zu ergänzen: „Außerdem hat die beste Freundin meiner Frau noch einen Schlüssel für den Notfall, Frau Corinna Schmidt."

„Und das sind wirklich alle Personen?", fragt Kimil nach.

„Na ja, bis vor drei Monaten hatte noch unsere Putzfrau einen Schlüssel. Aber wegen mehrerer Unregelmäßigkeiten haben wir sie fristlos gefeuert. Noch Wochen danach hat es mit ihr unschöne Szenen gegeben. Sie hat einen Hang ins Kriminelle – und das, obwohl wir sie sogar auf Empfehlung von Corinna eingestellt hatten."

„Die Wanze deutet darauf hin, dass die Täter vorher eine genaue Kenntnis von den Gegebenheiten Ihres Hauses hatten. Eine Person, die einen Schlüssel zu Ihrem Haus besitzt, könnte die Steckerleiste problemlos in aller Ruhe ausgetauscht haben", bekundet Stelter.

Der Psychiater macht ein erstauntes Gesicht: „Also wenn Sie auf meinen Sohn anspielen ... er hat zwar wegen seiner überzogenen Ansprüche ein gespanntes Verhältnis zu meiner Frau und mir. Aber wenn's drauf ankommt, hält er zu uns. Zum Beispiel hat er seine Stiefmutter heute auf der Intensivstation sofort besucht. Dann ist manchmal noch seine Freundin Rebekka bei uns zu Besuch. Aber mit der gibt es auch keinen Stress."

Für Stelter fallen Dannenbergs Sohn und dessen Freundin automatisch in den Kreis der Hauptverdächtigen. Auf Nachfrage erzählt Dannenberg, dass sein Sohn am Tag vor der Entführung in Waldhausen zu Besuch war. Der Hauptkommissar überlegt. Da hätte Alexander den Austausch der Steckdosenleisten durchführen können. Rebekka Kemper war diese Woche ebenfalls zweimal im Haus, aber wohl durchgängig mit Dannenberg im Gespräch und niemals im Arbeitszimmer.

Wenn Rebekka mit Alexander gemeinsame Sache macht, könnte ihre Aufgabe in der Ablenkung seines Vaters bestanden haben. Am Vormittag nach der Lösegeldübergabe waren Alexander und Rebekka erneut zu Besuch. Es wäre sicher ein Kinderspiel für sie gewesen, die Steckerleiste mit der Wanze verschwinden zu lassen und an ihrer Stelle das alte Teil wieder aufzubauen. Damit wären sämtliche schwerwiegenden Verdachtsmomente gegen sie vom Tisch gewesen. Warum sollten die beiden jungen Leute darauf verzichten, diese belastenden Spuren aus der Welt zu schaffen?

Als Nächstes erkundigt sich Stelter bei dem Psychiater nach dem Hausschlüssel seiner Stieftochter.

„Katharina hat den Schlüssel vor ihrem Abflug nach Australien ihrer Mutter ausgehändigt. Den kann ich Ihnen zeigen."

Dannenberg holt zwei Schlüssel aus der Schublade des Wohnzimmerschranks und zeigt sie den beiden Kriminalbeamten: „Der eine gehört Katharina, der andere wurde früher von der Putzfrau benutzt."

Als sich der Arzt wieder auf das Sofa setzt, fragt Stelter: „Was ist mit Frau Schmidt? Hatte sie in letzter Zeit Kontakt zu Ihrer Frau?"

„Ja, die letzten Treffen waren von diesen unangenehmen Ereignissen überschattet. Einmal war Ulrike mit Corinna an den Ricklinger Kiesteichen, ein anderes Mal hatten sie sich in der Stadt verabredet, wo ich im Nachhinein von dem Unfall an der Ampel erfahren habe."

„Ich nehme an, Frau Schmidt kennt die Gewohnheiten Ihrer Frau recht gut?", erkundigt sich Kimil.

„Corinna ist durch und durch vertrauenswürdig", sagt Ronald in leicht verärgertem Tonfall. „Für sie lege ich meine Hand ins Feuer."

„Alles reine Routine", wiegelt Kimil ab. „Die Spurensicherung möchte den Schließzylinder Ihrer Haustür ausbauen und untersuchen. Wir wollen überprüfen, ob die Tür eventuell mit einem Nachschlüssel geöffnet worden ist, der entsprechende Spuren hinterlassen hat."

Dannenberg zuckt mit den Schultern: „Wir haben im letzten Jahr zwei Nachschlüssel machen lassen. Für die Putzfrau und weil Alexanders Schlüssel völlig verbogen war."

Kimil notiert sich Name und Adresse der Putzfrau: Karina Pajak, Weidendamm, Hannover-Nordstadt. Soll Anfang bis Mitte dreißig sein.

„Wäre es denkbar, dass sich Frau Pajak heimlich einen Nachschlüssel für Ihr Haus gemacht hat?"

Dannenberg wirkt überrascht, überlegt und sagt nach einer Weile: „Auf den Gedanken bin ich überhaupt noch nicht gekommen. Aber natürlich, das wäre theoretisch möglich. Während Frau Pajak für uns gearbeitet hat, hatten wir den Eindruck, dass kleinere Geldbeträge und auch mal ein PC-Stick abhandengekommen sind. Wir konnten ihr zwar nichts beweisen, haben uns aber von ihr getrennt. Daraufhin war sie verärgert, behauptete fälschlicherweise, wir hätten ihr einige Arbeitsstunden nicht bezahlt. In der letzten Zeit hat sie noch mehrfach bei uns angerufen und uns beschimpft."

„Wir werden Frau Pajak einen Besuch abstatten", kündigt Kimil an. „Ich bin gespannt, ob unsere Spurensicherung irgendwelche brauchbaren Fingerabdrücke auf der verwanzten Steckerleiste findet."

Stelter fährt mit den Fingern durch sein schütteres Resthaar. Immer wieder tauchen neue interessante Aspekte auf.

„Wäre es möglich, dass Sie selbst Ihren Schlüssel mal vorübergehend aus den Augen gelassen haben?", fragt er Dannenberg, der mit der Fassung seiner Hornbrille spielt. „Bei jemandem, der daraus einen Nachschlüssel hat anfertigen lassen, um damit vielleicht sogar – wie Sie meinten – indirekt die Umsetzung Ihres Anti-Heroin-Projektes aufzuhalten?"

„Mit meinen Schlüsseln gehe ich außerhalb meiner vier Wände immer besonders achtsam um, obwohl ... Ich habe übrigens keine Person konkret im Verdacht, der ich das Verbrechen an meiner Frau zutrauen würde."

Stelter beschäftigt noch eine weitere Frage: „Herr Dr. Dannenberg, Sie haben berichtet, dass Ihre Frau die letzten Wochen psychisch sehr angeschlagen war ... Haben Sie Ihrer Frau eventuell ein stimmungsaufhellendes Medikament oder etwas Vergleichbares verordnet?"

„Nein, dafür habe ich keine Notwendigkeit gesehen. Ich hatte mir zuletzt Urlaub genommen, um mich mehr um sie kümmern zu können."

56

Die Ermittlungsarbeit der Kriminalfachinspektion 1.1 K läuft auf Hochtouren – und das, obwohl heute Sonntag ist. Hauptkommissar Thomas Stelter geht in seinem Büro die neu eingetroffenen Ergebnisse nach und nach durch.

Der Kellerraum in der Zuckerfabrik, der aufgrund der gefundenen Spuren inzwischen als Aufenthaltsort von Ulrike Dannenberg bestätigt worden ist, verfügt wie die beiden Nebenräume über nachträglich eingebaute Schlösser. An einem Metallring an der Wand muss sich die Kette befunden haben, die auch auf dem Video zu sehen ist. Die Täter haben den Raum vor dem Eintreffen der Polizei weitgehend leergeräumt. In den Kellerräumen sind unter anderem sehr alte Wachsreste gefunden worden. Da die Räume derzeit nicht mit elektrischem Strom versorgt werden, haben die Nutzer der Räume offenbar mit Kerzen hantiert. Wer sich dort vor Monaten herumgetrieben hat, ist unklar. Zwei ältere Kinder hatten vor Tagen in der Nähe der Zuckerfabrik gespielt und durch den Zaun einen Mann in Jeans und T-Shirt von hinten gesehen, sich aber nichts weiter dabei gedacht.

In Pattensen werden immer noch Zeugen gesucht, die vorgestern Abend Beobachtungen in der Nähe der Wertstoffcontainer gemacht haben, die im Zusammenhang mit der Lösegeldübergabe stehen könnten.

Es ist ein bemerkenswertes Detail, dass die Täter vermutlich von vornherein einkalkuliert haben, dass nur der Vater des Entführungsopfers das Lösegeld besorgen kann.

In Waldhausen hat die Befragung von Nachbarn der Dannenbergs bisher keine brauchbaren Hinweise erbracht. Die Ergebnisse der Untersuchung des Schließzylinders der Haustür, die die Ermittlungen womöglich einen wichtigen Schritt nach vorn bringen, stehen noch aus.

Auf Ronald Dannenbergs Handy ist genau dokumentiert, wann er am Abend der Lösegeldübergabe mit dem Entführer telefoniert hat. Der Entführer hat wie vermutet eine anonyme SIM-Karte benutzt und von verschiedenen – vorher bewusst ausgesuchten – Standorten in Hannover und Umgebung mit Dannenberg telefoniert. Stelter sieht keine große Chance, die Täter darüber zu identifizieren.

Die in Dannenbergs Haus deponierte Wanze ist erst nach der Entführung zum ersten Mal von einem Handy angerufen worden. Damit ist der direkte Zusammenhang zwischen der Wanze und der Entführung ganz offensichtlich. Die polizeiliche Rückverfolgung ergibt, dass sich der Anrufer beim Abhören der Wanze ebenfalls an unterschiedlichen Standorten in Stadt und Umland von Hannover aufgehalten hat. Dabei haben die Täter die Wanze immer nur in großen Abständen angerufen, die angedrohte Rund-um-die-Uhr-Bewachung war insofern ein Bluff. Allerdings sind die SIM-Karte und die Gerätenummer, die die Polizei für das Abhören der Wanze ermittelt hat, nicht mit denen identisch, die bei den Telefonaten des Entführers mit Ronald Dannenberg festgehalten worden sind.

Oberkommissar Arif Kimil kommt in Stelters Büro.

„Von Karina Pajak noch immer keine Spur", lautet seine Kurznachricht.

„Äußerst ärgerlich", brummt Stelter.

Heute Vormittag standen Kimil und er im Hausflur des großen Mietshauses vor der verschlossenen Wohnungstür der Frau. Von einer redseligen Nachbarin erfuhren die Polizisten, dass Karina Pajak gestern Morgen mit ihrem Freund verreist ist.

„Was arbeitet denn Frau Pajak?", hatte sich Kimil erkundigt.

„Die verdient sich ihr Geld mit verschiedenen Jobs. Ist ganz unregelmäßig zu Hause und kommt häufig ihren Pflichten bei der Treppenhausreinigung nicht nach", wusste die Nachbarin zu berichten. „Hat öfters schon mit Behörden zu tun gehabt. Neulich war wieder ein Sozialarbeiter bei ihr zu Besuch ... von irgendeinem Dienst der Stadt oder Region Hannover."

Im Anschluss daran hatten Stelter und Kimil Corinna Schmidt in ihrer Wohnung in der Südstadt aufgesucht. Frau Schmidt hatte ihre Freundin Ulrike inzwischen kurz auf der Intensivstation besucht und wirkte bei der polizeilichen Befragung sehr betroffen. Sie erzählte den Kriminalbeamten, dass sie Frau Pajak als fleißige, sympathische Frau mit sozialen und finanziellen Problemen kennengelernt hätte.

„Ich habe Frau Pajak den Dannenbergs als Putzfrau empfohlen, weil ich die nette Frau damit unterstützen wollte."

Den Schlüssel zum Haus der Dannenbergs hat Corinna Schmidt nach eigenen Angaben nie benutzt. Zum Zeitpunkt der Entführung hat sie mit ihrem Mann zusammen Fernsehen geguckt.

„Ihr Verschwinden macht Karina Pajak für mich zunehmend verdächtig", äußert Kimil und setzt sich zu Stelter an den Schreibtisch.

„Das sehe ich genauso. Wir müssen sie aufspüren und dringend mit ihr sprechen."

Heute Vormittag hatten Kollegen erneut Alexander Dannenberg und Rebekka Kemper befragt und deren Fingerabdrücke genommen. Das junge Paar hatte sich zum Zeitpunkt der Entführung gemeinsam in Alexanders Wohnung aufgehalten.

„Auf der Steckerleiste mit der Wanze konnten unsere Leute keine verwertbaren Fingerabdrücke finden. Die Leiste war gut abgewischt und offenbar mit Handschuhen angefasst worden", meint Stelter. „Noch ist die Sache mit der Wanze ziemlich nebulös."

Kimil nickt zustimmend: „Obwohl nicht viele Personen dafür infrage kommen, ist völlig unklar, wer die Steckerleiste im Arbeitszimmer ausgetauscht hat. Dannenberg wird sich schließlich nicht selbst die Wanze unter den Schreibtisch gelegt haben."

57

Viktor Thum ist innerlich am Kochen. Den Großteil der Utensilien hat er gestern noch rechtzeitig aus Ulrike Dannenbergs Gefängnis schaffen können. Sein Stirnband ist allerdings bei der Flucht der Frau abhandengekommen. Ein schwerer Patzer! Beim Tragen des Stirnbands hatte er keine Maske auf, weil Ulrike zu diesem Zeitpunkt betäubt war und verbundene Augen hatte. Zum Glück ist seine DNA bisher bei der Polizei nicht namentlich gespeichert.

Er kann nur hoffen, dass ihn niemand beim Verlassen der Fabrik beobachtet hat. Die Aufmerksamkeit potenzieller Zeugen hat sich zum damaligen Zeitpunkt glücklicherweise auf die andere Seite des Fabrikgeländes gerichtet, wo sich verschiedene Einsatzkräfte um die schwer verunglückte Frau gekümmert haben. Über die Medien hat er erfahren, dass Ulrike Dannenberg bisher leider nicht verstorben ist. Sie liegt jetzt auf einer Intensivstation und könnte zumindest seine Stimme identifizieren, sollte sie jemals wieder dazu in der Lage sein. Dafür müsste sie ihm allerdings auch gegenüberstehen – lebend.

Trotz der erfolgreichen Entgegennahme des Lösegeldes ist er sehr unzufrieden. Der gemeinsam ausgearbeitete Plan ist nicht hundertprozentig umgesetzt worden. Und gerade Viktor hat seinen Part nicht erfolgreich zu Ende gebracht. Eine Frau hat ihn überlistet und es tatsächlich geschafft, aus seinem Einflussbereich zu flüchten. Die innere Wut macht ihm mehr zu schaffen, als ihm lieb ist. Keiner darf über ihn triumphieren, und schon gar nicht eine Frau. Es gibt genug Frauen in seiner Umgebung, denen er zeigen kann, dass er sich nimmt, was er will, ohne dass jemand in der Lage wäre, ihn daran zu hindern.

*

In einem Gewerbegebiet im Hannoverschen Stadtteil Linden-Mitte befinden sich weitere Lager- und Verkaufsräume des „Fantasy-Shops". Am Sonntag, zumal bei diesem sommerlichen Wetter, ist in der Gegend nicht viel los.

Alexander Dannenberg fährt auf den Innenhof des Geländes, das von einer Mauer umgeben ist. Er stellt seinen Wagen auf einer Parkfläche ab, auf der bereits ein Cabrio, eine Limousine und ein Lieferwagen stehen. Nach der gelungenen „Operation Psycho" soll hier ein Treffen von Vertretern der Dunklen Bewegung stattfinden. Alexander war noch im Klinikum Nordstadt, wo seine Stiefmutter weiterhin komatös auf der Intensivstation liegt. Lange konnte er den Anblick der schwer verletzten Frau nicht ertragen und hat sich vorzeitig aus der Klinik verabschiedet. Rebekka kommt direkt mit Bahn und Bus zum Treffpunkt.

Alexander geht auf das ebenerdige rotverklinkerte Gebäude zu, über dessen Eingangstür ein Schild mit der Aufschrift „Fantasy-Shop" hängt. Auf sein Klingeln öffnet ihm Tibor Rost die Tür. Wie Alexander trägt der Mann normale Alltagskleidung.

„Du kommst früher als erwartet", äußert Tibor. „Umso besser."

Alexander betritt einen kleinen Verkaufsraum mit Wandregalen, in denen die üblichen Fantasy-Artikel ausgestellt sind. Neben einem kleinen Tisch sitzen zwei weitere Männer, einer von ihnen ist Gerrit Ude.

„Ist Rebekka schon da?", erkundigt sich Alexander.

„Ja", lautet Gerrits Antwort. „Sie ist hinten mit Viktor."

Durch eine Verbindungstür gelangt Alexander in einen kleinen Flur, von dem drei geschlossene Türen abgehen.

Hinter der ersten Tür rechts vernimmt er die ängstlich klingende Stimme seiner Freundin: „Nein ... so nicht!"

Was ist da los?

Er reißt die Tür auf und blickt in ein Büro mit Schreibtisch, Stühlen und einer Couch.

Rebekka hockt auf der Couch neben Viktor Thum, der besitzergreifend den linken Arm um ihre Schultern gelegt hat, während sich seine rechte Hand über ihre Brust schiebt.

„Ich brauch jetzt mein Vergnügen", stößt Viktor hervor und versucht die junge Frau zu küssen. Entweder hat er Alexander nicht bemerkt, oder es ist ihm gleichgültig.

„Lass sofort meine Freundin in Ruh!", schreit Alexander und reißt kraftvoll Viktors rechten Arm zurück. Der Patro der Dunklen Bewegung starrt seinen Widersacher fassungslos an. Rebekka nutzt die Gelegenheit, springt auf und flüchtet weinend aus dem Raum.

Viktor baut sich ganz langsam in voller Größe vor Alexander auf.

„Was erlaubst du dir?! Welche Frau ich mir auswähle, hast du nicht zu kritisieren", weist er sein Gegenüber zurecht. „Entschuldige dich und schick mir Rebekka wieder rein!"

Niemals wird Alexander zulassen, dass jemand seiner Freundin ein Leid zufügt!

„Vergreif dich an wem du willst, aber nicht an Rebekka!", hält der junge Mann mutig dagegen.
„Du wagst es, ungehorsam zu sein?!"
Ohne Vorankündigung schlägt Viktor mit der rechten Faust zu. Alexander kann nicht mehr rechtzeitig ausweichen und wird schwer im Gesicht getroffen. Er taumelt, zwei weitere Schläge erwischen ihn im Unterleib und abermals am Kopf, danach stürzt er zu Boden. Wie durch einen Nebelschleier erfasst er seine Umgebung, will sich aufrichten, bricht zusammen, nimmt vermehrt den Geschmack von Blut in seinem Mund wahr.

Vom Krach herbeigelockt, erscheinen Gerrit und Tibor im Raum.

Viktor zeigt auf den am Boden liegenden Alexander: „Schnappt ihn euch und dann in den Nebenraum mit ihm! Er benötigt dringend eine Erziehung am ‚Taufbecken', die ihn ein für alle Mal lehrt zu gehorchen. Und dann werde ich mich um Rebekka kümmern ..."

H

Claudia Gundlach machte sich große Vorwürfe, dass sie die Flucht von Susanne Ewert aus der Nervenklinik Hildesheim nicht verhindert hatte. Die Krankenschwester fühlte sich schuldig am Suizid der Patientin, die sich in der Nähe einer Tankstelle verbrannt hatte. Die Zeitung hatte darüber berichtet, wenn auch ohne Nennung des Namens der toten Patientin. Vor ihrer Flucht hatte Susanne Ewert ihr Zimmer in der Klinik vollständig aufgeräumt und ihr gesamtes Hab und Gut fein säuberlich aufgereiht – offenbar wollte sie alles in Ordnung bringen vor ihrem geplanten Tod. Die Ärzte sahen darin eine Zeichensetzung der Patientin, dass sie in der Lage wäre, Ordnung zu halten.

Einen Tag nach dem Suizid luden Dr. Dannenberg und Dr. Seifert den 18-jährigen Sohn der Patientin in die Klinik ein, um mit ihm über den Tod seiner Mutter zu sprechen. Claudia war bei dem Gespräch nicht anwesend, da sie nervlich total geschafft war und sich zwei Tage krankgemeldet hatte. Im Nachhinein erfuhr sie von Mark Seifert über den Verlauf der Unterhaltung. Jasper Ewert machte dem Psychiater und seinem Assistenzarzt große Vorwürfe und beschimpfte sie als „Mörder". Der junge Mann hatte seine Mutter offenbar sehr geliebt, ihr schrecklicher Tod stürzte ihn in eine Krise, was Claudia sehr gut verstehen konnte.

Später sprach Mark Seifert mit Claudia im Arztzimmer der Station über die bewegende Angelegenheit.

„Wir haben die Verträglichkeit des neuen Medikaments überschätzt", erklärte der Assistenzarzt und spielte darauf an, dass Susanne Ewert die Tabletten wohl zuletzt wegen unerwünschter Begleitwirkungen nicht mehr zuverlässig eingenommen hatte. Das soll Frau Ewert zumindest unter dem Siegel der Verschwiegenheit einer Mitpatientin anvertraut haben. „Sie muss wieder psychotischer gewesen sein, als wir dachten. Bei meiner Einschätzung, ihr die Ausgangserweiterung zuzugestehen, habe ich vorrangig ihr aggressives Verhalten gegenüber anderen Menschen im Blick gehabt. Suizidalität hatte bei ihr bisher keine Rolle gespielt."

„Ich war dabei, als du Frau Ewert das Versprechen abgenommen hast, dass sie vom begleiteten Gruppenausgang nicht flüchtet. Aber sie hat ihr Versprechen gebrochen", versuchte Claudia den sympathischen Stationsarzt zu beruhigen.

Susanne Ewerts Tod hatte für Claudia, Mark Seifert und Ronald Dannenberg noch ein unangenehmes Nachspiel. Jasper Ewert gab sich nicht damit zufrieden, dass die Ärzte ihm ihr „aufrichtiges Beileid" ausgesprochen hatten. Er schrieb an Dannenberg und Seifert, forderte beide auf, als „unfähige Ärzte" ihre Approbation zurückzugeben und ihm Schadenersatz zu zahlen.

Dannenberg nahm sich als zuständiger Oberarzt der Sache an und besprach sich mit Seifert und Claudia. Die Krankenschwester war erstaunt, mit welcher Heftigkeit Dannenberg dieses und nachfolgende Schreiben des verzweifelten jungen Mannes zurückwies. Der Oberarzt wollte offenbar um jeden Preis verhindern, dass ihm oder seiner Abteilung auch nur der kleinste Fehler angelastet werden konnte. Jasper Ewert holte sich Unterstützung bei Gerald Winkler, einem Rechtsanwalt, der sich dazu berufen fühlte, psychisch Kranken gegen die Psychiatrie zu ihrem Recht zu verhelfen. Winkler kannte Jaspers Mutter und hatte selbst mit einer manisch-depressiven Erkrankung zu kämpfen. Der Rechtsanwalt forderte von der Klinik eine detaillierte Darstellung der Ereignisse ein. Aufgrund der von Dannenberg übermittelten Informationen warf Winkler den beiden Ärzten vor, die Suizidalität der Patientin falsch eingeschätzt und ihr deshalb eine unangemessene Ausgangsregelung zugestanden zu haben. Claudia Gundlach wurde beschuldigt, nicht richtig auf ihre Patientin aufgepasst zu haben.

Dannenberg stimmte sich mit dem Justiziar der Klinik ab und bezeichnete die Vorwürfe als unbegründet. Das suizidale Verhalten der Patientin sei nicht vorhersehbar gewesen, und insofern gebe es keinen Hinweis auf ein fachliches Fehlverhalten der Klinikmitarbeiter.

Winkler konnte den Rechtsstreit nicht zu Ende führen. Er fiel in eine depressive Phase und war für längere Zeit nicht mehr arbeitsfähig. Der 18-jährige Jasper resignierte. Er unternahm keine Anstrengungen mehr, seine Forderungen gegenüber Dannenberg, Seifert und Claudia weiterhin zu verfolgen.

Mehrere Wochen nach dem Tod seiner Mutter lauerte er vor dem Hauptgebäude der Nervenklinik Hildesheim Mark Seifert auf, der anschließend Dannenberg und Claudia darüber informierte.

Jasper Ewert, ein kräftiger junger Mann mit kurz geschnittenen Haaren, baute sich drohend vor dem Assistenzarzt auf und verkündete: „Ihr Schweine wascht eure Hände in Unschuld, aber ihr werdet noch dafür bezahlen! Verlasst euch drauf ... ... Irgendwann nehme ich euch auch das Liebste auf der Welt. So wie ihr es mit meiner Mutter getan habt."

Danach verschwand Jasper Ewert von der Bildfläche und setzte seine Rachegedanken zum Glück nicht in die Tat um. Claudia Gundlach hörte Jahre danach von einem befreundeten Krankenpfleger, Jasper hätte sich „total mit Drogen zugedröhnt" und wäre in Hannover „in kriminelle Kreise" geraten.

„Noch weiß ich nicht, wie meine Frau den Unfall übersteht. Und die Entführer sind mit einer Million Euro verschwunden. Die letzten Tage waren wirklich die Hölle für mich", beklagt sich Ronald Dannenberg. „Es tut gut, deine Nähe zu spüren."
Leonore Voigt schmiegt ihren nackten Körper erneut an den Psychiater, mit dem sie eng umschlungen auf der Couch ihres Wohnzimmers liegt. Es ist Montagmorgen, und die Krankenschwester hat Spätschicht. Den Weg ins Schlafzimmer haben sie nicht mehr geschafft und sich gleich auf der Couch geliebt.

„Anderthalb Wochen haben wir uns nicht gesehen … viel zu lang", flüstert Leonore, die von Ronald über Ulrikes Entführung informiert worden ist. Er hat die Krankenschwester gestern von seinem Diensthandy angerufen, weil sich sein privates Mobiltelefon bei der Polizei befindet. Für heute Vormittag hatten sich die beiden in Leonores Wohnung verabredet, „wenn nichts Unvorhergesehenes dazwischenkommt".

„Was ist jetzt eigentlich mit der Präsentation deines Projekts in Berlin?", erkundigt sich Leonore, wobei ihre Stimme einen besorgten Klang bekommt. „Das Ganze ist doch bestimmt ausgefallen wegen der scheußlichen Vorfälle?!"

Ronald nickt.

„Das ging natürlich nicht anders. Aber ich werde nicht aufgeben. Sobald sich mein Alltag wieder normalisiert, nehme ich erneut Kontakt mit Berlin auf und überzeuge die von den bahnbrechenden Möglichkeiten meines Projekts. Ob das Herrn Pahland und der

Konzerngeschäftsführung in Hamburg nun gefällt oder nicht ..."

„Ich wäre gerne an deiner Seite, wenn du für deine tolle Arbeit endlich angemessen belohnt wirst."

Es klingelt. Es ist Ronalds Diensthandy, das er momentan benutzt, um von der Klinik, der Polizei oder seinen Schwiegereltern erreicht zu werden.

Leonore blickt auf sein Gesicht, in dem sie während des Telefonats zwischenzeitlich Überraschung und Verwunderung liest, bevor er sagt: „Das ist sehr erfreulich. Ich komme sofort!"

„Was ist passiert?"

„Das war das Klinikum Nordstadt. Meine Frau ist aus dem Koma erwacht."

59

Der Anruf von Ronald erreicht mich in meinem Büro im Gesundheitsamt. Ich sage meiner Sekretärin im Vorübergehen Bescheid, dass ich zu meiner Ex-Frau in die Klinik fahre. Gestern Nachmittag bin ich in Hildesheim bei Anna gewesen und habe mit ihr über den Gesundheitszustand von Ulrike gesprochen. Außerdem habe ich ihr erzählt, dass ich morgen versuchen werde, in die Krankenakte der Hildesheimer Patientin zu gucken, deren 18-jähriger Sohn sich damals an uns rächen wollte.

„Ich gehe davon aus, dass dein Leben nach wie vor in Gefahr ist. Aber ich weiß nicht, wer es bedroht", habe ich Anna beim Abschied gesagt.

Auf der Intensivstation treffe ich Ronald und Ulrikes Eltern.

Mir fällt ein Stein vom Herzen. Ulrike hat die Augen geöffnet und blickt Ronald an, der neben ihrem Krankenbett sitzt und ihre Hand hält. Sie scheint ihm einige Worte zuhauchen zu wollen. Zum Sprechen ist sie noch zu schwach. Das ganze Szenario auf der Intensivstation mit seinen Schläuchen, Kabeln und Monitoren ist auf einmal viel erträglicher. Ulrike hat den ersten entscheidenden Schritt zurück ins Leben gemacht.

Ich trete an ihr Krankenbett, und sie lächelt mich stumm an. Jetzt würde ich mir wünschen, dass sie wieder wie ein Wasserfall redet. Wie sie die Gehirnblutung und die anschließende Operation wirklich überstanden hat, welche neurologischen oder psychischen Folgen das Ganze hat, wird erst die Zukunft zeigen. Aber sie lebt!

Später frage ich Ronald auf dem Flur, ob Alexander schon weiß, dass seine Stiefmutter wieder bei Bewusstsein ist.

„Ich hab vergeblich versucht, ihn auf dem Festnetz oder dem Handy zu erreichen", antwortet Ronald. „Aber er ist nicht drangegangen. Auf jeden Fall hab ich ihm auf die Mailbox gesprochen ... Keine Ahnung, wo er sich momentan rumtreibt."

60

Rebekka Kemper eilt die Treppe des Gesundheitsamtes nach oben und betritt einen der Büroflure in der ersten Etage. Die junge Frau ist mit einer langen Jeans und einer sommerlichen Bluse bekleidet, trägt auf dem Rücken einen vollen Reiserucksack. Sie schaut etwas verunsichert in den leeren Flur, versucht sich an den Schildern neben den Bürotüren zu orientieren. Eine Zimmertür steht offen, auf dem Schild steht „Jannik Wagner – Sozialpsychiatrischer Dienst". Rebekka bleibt im Türrahmen stehen und blickt in das kleine Büro, in dem ein Mann Anfang dreißig mit dunkler Lockenpracht und Vollbart am Schreibtisch sitzt und einen Text in seinen PC eintippt.

„Guten Morgen, ich heiße Rebekka Kemper. Gehören Sie zum Team von Herrn Dr. Seifert?"

Der Mann guckt sie erstaunt an.

„Ja. Mein Name ist Jannik Wagner, Sozialarbeiter. Sie sind ja ganz aufgeregt! Was kann ich für Sie tun?"

„Ich habe Angst, dass sie mich finden ... Dr. Seifert hat gesagt, dass ich zu ihm kommen soll, wenn ich Hilfe brauche." Die junge Frau sucht nach den richtigen Worten: „Ich weiß nicht, was ich machen soll ... Ich bin die Freundin von Alexander Dannenberg, dem Stiefbruder von Dr. Seiferts Tochter."

Das Gesicht des Sozialarbeiters drückt plötzlich Verstehen aus.

„Richtig, Dr. Seifert hat Sie ausdrücklich mir gegenüber erwähnt ... dass er Sie gerne jederzeit unterstützen würde. Momentan ist er im Klinikum Nordstadt bei der Stiefmutter Ihres Freundes. Aber ich bin auch ein guter Freund von ihm."

Wagner bietet ihr einen Platz an seinem kleinen Tisch an, schließt die Bürotür und setzt sich zu ihr.

„Sind Sie der Sozialarbeiter, von dem er erzählt hat? Der sich gut mit satanischen Sekten auskennt?", fragt sie zögerlich.

Er stockt zunächst, dann macht er eine zustimmende Kopfbewegung. Die Frau redet sofort hektisch weiter: „Es war so furchtbar, ich will mit denen nichts mehr zu tun haben ... Aber die wollen mich nicht gehen lassen."

„Was ist passiert? Haben Sie versucht, aus der satanischen Sekte auszusteigen?"

„Da ist einer hinter mir her, aber ich darf nicht sagen, wer es ist. Alexander, der mich beschützen könnte, ist seit gestern Abend verschwunden. Ich brauche Hilfe, aber ich gehe nicht zur Polizei. Und auch nicht in ein Frauenhaus."

Wagner sagt für einen kurzen Moment nichts und überlegt.

„Was ist mit Milena Drimalla?", wechselt er plötzlich den Fokus ihres Gespräches. „Ich weiß, dass die satanische Sekte, mit der Sie zu tun haben, verantwortlich ist für das Verschwinden der Patientin aus der Ludendorff-Klinik."

Rebekka ist überrascht, sie hätte nicht damit gerechnet, dass der Sozialarbeiter über diese Kenntnisse verfügt.

„Ja, Alexander hat der Sekte den Schlüssel für die Stationen besorgt, und ich hab ihm dabei geholfen. Wenn ich gewusst hätte, wie die mit Frauen umgehen, hätte ich es nicht gemacht. Milena befindet sich noch im Umland von Hannover, aber ich weiß nicht genau wo."

„Ich wollte mal antesten, wie offen und ehrlich Sie zu mir sind", grinst Wagner. „Und Sie sagen die Wahrheit. Niemand kann besser als ich verstehen, was Sie durchmachen und dass Sie nicht zur Polizei gehen wollen."

„Alles stürzt auf uns ein", weint Rebekka. „Es war schon so ungerecht, was die Dannenbergs mit der schrecklichen Entführung durchmachen mussten. Alexanders Vater und seine Frau sind immer total lieb zu mir gewesen."

„Ach." Wagner blickt sie verwundert an.

„Alex kommt mit beiden schlecht klar, aber ich finde sie wirklich nett. Bei Herrn Dannenberg spüre ich richtig, dass er mich wirklich gern hat."

Rebekka zieht ihr Smartphone aus der Hosentasche und sucht fahrig nach einigen Bildern, die ihr offenbar Halt geben. Ein Foto zeigt sie und ihren Freund, auf einem anderen steht sie neben Ronald Dannenberg, der sie merklich anstrahlt.

„Das Bild hat Frau Dannenberg gemacht, als Alex nicht dabei war", murmelt sie.

„Wie findet es denn Ihr Freund, dass sein Vater Sie so mag?", fragt Wagner interessiert nach.

„Es gefällt ihm nicht. Aber er hat es für seine Pläne mit dem Klinikschlüssel ausgenutzt."

Der Sozialarbeiter schaut lange auf das Foto von Ronald Dannenberg und Rebekka und sagt lächelnd: „Das freut mich, dass Sie Herrn Dannenberg so viel bedeuten ... Bei mir sind Sie schon richtig gelandet. Ich wollte mich heute sowieso um Frau Sonnenberg, die Partnerin von Dr. Seifert, kümmern. Jetzt bietet es sich an, dass ich Sie gleich dorthin mitnehme. Frau Sonnenberg wünscht sich ohnehin sehnlichst etwas Gesellschaft."

Als Rebekka irritiert guckt, ergänzt er: „Ich helfe Ihnen. Da, wo ich Sie hinbringe, wird Sie keiner so schnell finden. Ich fahre Sie in ein todsicheres Versteck in Hildesheim."

„Kann ich mich auf Sie verlassen?", fragt sie zögerlich.

„Keine Angst. Dr. Seifert und Frau Sonnenberg haben mir bisher auch blind vertraut und sind nicht enttäuscht worden."

Rebekka wird ruhiger und fasst Zutrauen zu dem Sozialarbeiter, der schnell ihre verzweifelte Lage erkannt hat, ohne dass sie ihm viel zu erklären braucht.

„Dann lassen Sie uns gleich aufbrechen! Ihre nötigsten Sachen haben Sie ja dabei, wie ich sehe", verkündet Wagner und zeigt auf den Reiserucksack. „Aber das Smartphone geben Sie besser mir. Ich mache es aus und behalte es, damit Sie es nicht aus Versehen wieder anstellen. So ein Ding kann gefährlich werden. Wer weiß, ob Sie nicht einer damit orten kann."

Als der Mann auffordernd seine Hand ausstreckt, händigt sie ihm das Smartphone aus.

*

Jannik Wagner lässt sich bei einem Patientengespräch, das er für heute Vormittag im Gesundheitsamt vereinbart hat, von seiner Kollegin Saskia Ahlborn vertreten.

„Ich muss leider kurzfristig außer Haus, um mich um eine Notfallgeschichte zu kümmern", erklärt er der Sozialarbeiterin den Grund für die Vertretung. Danach geht er mit Rebekka Kemper zügig die Treppe hinunter ins Erdgeschoss des Gesundheitsamtes, wo er auf

Sonja Mock, die Sekretärin seines Chefs, trifft, die gerade das Foyer durchquert.

„Nanu, rücken Sie aus?", fragt sie ihn verwundert.

Jannik zögert, dann erklärt er ihr: „Ich war gerade auf dem Weg zu Ihnen. Heute Nachmittag habe ich eh frei. Jetzt bin ich gleich weg, um dieser jungen Frau in einer dringenden Angelegenheit zu helfen. Mit Herrn Dr. Seifert habe ich das alles bereits abgesprochen."

Sonja Mock schaut Jannik und Rebekka unschlüssig an: „Dann ist ja alles in Ordnung, wenn Herr Dr. Seifert Bescheid weiß …"

„Ich hab den Chef gerade auf dem Handy erreicht und die Sache mit ihm geklärt. Wenn er ins Gesundheitsamt kommt, brauchen Sie ihm nichts weiter auszurichten", verkündet Jannik und verlässt danach mit Rebekka das Haus.

*

Alexander Dannenberg hat schmerzlich am eigenen Leib erfahren, was es bedeutet, sich einem Anführer der „Nesankta Homaro" zu widersetzen. Viktor Thum hatte die „Erziehungsprozedur" angeordnet, und Gerrit Ude und Tibor Rost hatten den Befehl gnadenlos umgesetzt.

Sie haben ihn wieder auf freien Fuß gesetzt. Die Worte von Gerrit am Ende seiner Bestrafung klingen ihm noch im Ohr: „Gehorche den Vorgaben des Patros und sprich zu niemandem über die Belange der Dunklen Bewegung, dann bist du weiterhin unser Bruder. Wenn du dich ab jetzt wieder an alle Spielregeln hältst, tragen wir dir dein letztes Fehlverhalten nicht nach."

Alexander ist mit seinem Wagen vom „Fantasy-Shop" in Linden direkt zu Rebekkas Wohnung gefahren. Seine Freundin ist nicht zu Hause. Ihr Handy ist ausgeschaltet. Viktor hat versucht, sich die junge Frau mit Gewalt zu nehmen. Wie Alexander mitbekommen hat, ist ihr zunächst die Flucht gelungen. Aber für wie lange? Viktor wird sie aufspüren, zumal er über etliche Helfer verfügt.

Alexander kehrt in seinen Wagen zurück, sitzt unschlüssig hinter dem Steuerrad, ohne zu starten. Was soll er tun? Es ist ihm strengstens untersagt, die Polizei zu informieren. Wen kann er um Hilfe bitten? Sein Vater kennt Viktor Thum und die Sekte bereits von früher.

Auf der Mailbox von Alexanders Handy ist eine Nachricht. Sein Vater teilt ihm mit, dass Ulrike aus dem Koma erwacht ist. Alexander wählt die Nummer, offensichtlich das Diensthandy seines Vaters. Ronald Dannenberg ist gleich am Apparat.

Alexander sprudelt los: „Viktor Thum ist hinter Rebekka her! Sie ist in Gefahr! Was können wir tun? Dir bedeutet sie doch auch so viel."

61

Nick Schurek, ein stämmiger Mann Mitte vierzig, ist ein langjähriges Mitglied der Dunklen Bewegung, genau wie seine um zehn Jahre jüngere Frau Ilka. Ihr freistehendes Einfamilienhaus in Kaltenweide ist nichts Besonderes. Rot verklinkerte Wände, Walmdach, Garage für den VW Passat, Garten mit Holzzaun und hoher Hecke. Kaltenweide ist ein Ortsteil der Stadt Langenhagen in der nördlichen Hälfte der Region Hannover. Nick und Ilka haben von Viktor Thum klare Anweisungen erhalten. Sie stellen eine geheime Unterkunft für Milena Drimalla zur Verfügung, die vor zweieinhalb Tagen aus der Ludendorff-Klinik von Gerrit und Tibor hierhergebracht worden ist. Seitdem lebt Milena in einem Zimmer im Keller des Hauses. Nick und Ilka sorgen dafür, dass die Frau im Haus verbleibt und sich dort ruhig verhält. Bisher hat sich Milena an alle Vorgaben der Dunklen Bewegung gehalten, Viktors Drill aus der Zeit vor ihrem Psychiatrieaufenthalt macht sich deutlich bemerkbar.

Am Vormittag ist Viktor Thum im Haus der Schureks eingetroffen. Er strahlt eine angespannte Unzufriedenheit aus.

„Wie macht sich unsere kleine Wildkatze? Läuft sie in der Spur?", fragt er Nick, der ihn zusammen mit Ilka im Hausflur begrüßt hat.

„Momentan ist sie ein verschüchtertes Kätzchen und macht genau, was von ihr verlangt wird", ist Nicks Antwort.

Ilka bestätigt die Einschätzung ihres Mannes: „Keine Probleme."

Es ist Montag, und Nick fährt gleich zum Dienst ins Büro. Die Stunden bis jetzt hat er offiziell zu Hause gearbeitet.

„Es ist okay, wenn du fährst", erklärt Viktor, der eine Umhängetasche mitgebracht hat. „Ich gebe Milena noch eine intensive Einweisung, und gegen Mittag schaffen wir sie von hier weg. Gerrit kommt vorbei und holt sie ab."

Ilka ist Kellnerin und muss erst später aus dem Haus.

„Soll ich dich zu Milena begleiten?", fragt sie den Patro.

„Nicht nötig, das mach ich allein."

Nick verlässt das Haus, Ilka händigt Viktor den Schlüssel für den Keller aus.

*

Im Keller der Schureks gibt es einen Wohnraum mit einem Tisch, mehreren Stühlen, zwei Wandregalen, einem Fernseher und einem Klappbett. Vor dem Fenster ist ein Lichtschacht, über dem ein fest montierter Gitterrost liegt – eigentlich ein Einbruchschutz, der in diesem Fall gleichzeitig als Ausbruchsicherung dient. Hier hält sich Milena Drimalla auf. Dusche, Waschbecken und Toilette sind im Raum gegenüber. Die anderen Kellerräume sind abgeschlossen, dienen als Sauna oder Standort der Gasheizung. Der Keller kann nur über eine Treppe zum Erdgeschoss verlassen werden.

Viktor Thum sitzt auf einem der Stühle und redet dabei eindringlich auf Milena ein, die stumm auf der Bettkante hockt: „Die Polizei fahndet nach dir, weil du einen Unterbringungsbeschluss nach einem niedersächsischen Landesgesetz hast, das in anderen Bundesländern nicht gilt. In Niedersachsen würde dich die Polizei, wenn sie dich antrifft, sofort ins nächste psychiatrische Krankenhaus schleppen. Deshalb bringt dich Gerrit heute Mittag nach Hamburg, wo dich ein Anwalt von uns zu einer Polizeiwache begleitet. Die werden dort wahrscheinlich einen Psychiater hinzuziehen und dich auf akute Eigen- oder Fremdgefährdung untersuchen lassen. Du wirst versprechen, weder dir noch anderen etwas anzutun. Wenn ein Anwalt dabei ist, werden sie es nicht wagen, dich trotzdem in eine Klapse zu bringen. Du bleibst vorübergehend in Hamburg und kehrst dann nach Hannover zurück. Hast du das verstanden?"

Milena nickt zweimal mit dem Kopf.

„Gut. Das bedeutet für dich, dass du immer schön brav sein musst. Sonst bist du schneller wieder im Irrenhaus, als dir lieb ist. Ilka hat dir vorgestern ein paar neue Klamotten für die Reise gekauft. Dann musst du nicht mehr mit dem Ramsch aus der Klinik herumlaufen."

Viktor spielt darauf an, dass Milena auf der psychiatrischen Station mit Hosen und Blusen aus der Kleiderkammer versorgt worden ist. Heute trägt sie zur blauen Jeans ein weißes Trägershirt.

„Du bist doch froh, dass wir dich aus dem Psychoknast herausgeholt haben, oder?"

Die Frau nickt.

„Wie heißt das?", zischt Viktor. „Mach endlich den Mund auf und rede vernünftig!"

Milena verzieht ängstlich ihr Gesicht, als sie leise antwortet: „Ja, Patro."

„So ist es schon besser", entgegnet er mit einem trockenen Lachen. „Du kannst jetzt deine Dankbarkeit bei mir abarbeiten. Ich habe viel Mühe in dich investiert, und die soll nicht umsonst gewesen sein. Wir haben noch ein wenig Zeit, deine Abreise ist erst in zwei Stunden. Bis dahin soll dein Körper nicht ungenutzt bleiben."

Die Frau zeigt keine Reaktion, als Viktor sein Hemd auszieht und sich mit nacktem Oberkörper vor ihr aufbaut.

„Du scheinst nicht richtig begriffen zu haben, was jetzt dran ist", verkündet der Mann mit einer Mischung aus Verwunderung und Ärger. „Der Augenblick ist gekommen, sich Stück für Stück von deinen Klamotten zu trennen."

Die Frau nickt, bleibt jedoch auf der Bettkante sitzen.

„Ich glaube, du hast in der Klapse unsere schwarzen Rituale ganz vergessen und brauchst ein bisschen Nachhilfe von mir", feixt der Patro und öffnet seine auf dem Boden stehende Umhängetasche. Mit einem Griff zieht er ein langes Messer hervor.

„Dachte ich's mir doch, dass das gute Stück noch zum Einsatz kommt. Vielleicht frischt das deine Erinnerung etwas auf."

Langsam nähert er sich mit erhobenem Messer Milena, die bewegungslos auf ihrem Platz verharrt. Seine linke Hand zieht den linken Träger ihres Shirts nach oben, den er anschließend mit der scharfen Klinge durchtrennt. Das Gleiche wiederholt er mit dem rechten Träger. Dann wirft er das Messer auf den Stuhl vor dem Bett, packt das Shirt der Frau mit beiden Händen und reißt es auseinander. Die Frau schaut ihn ungläubig an.

„Erinnerst du dich jetzt wieder?", stößt er hervor und starrt auf ihren weißen BH. „Dann kann's ja endlich weitergehen …"

*

Die Erinnerung ist augenblicklich wieder da. Milena Drimalla sieht Bilder, ein rotgewandeter Mann, Kerzen, Singsang in einer fremden Sprache, ein Messer durchschneidet ihren Umhang, sie folgt dem Mann unbekleidet in eine Kammer, sie flüchtet, sie wehrt sich, Männer unter schwarzen Kapuzen ergreifen sie, der Satan will sie ertränken, sie kriegt keine Luft mehr, sie prustet, schreit, alles ist wieder da.

Viktor Thum grinst sie an, zerreißt ihr Shirt, zerreißt ihren BH, lacht. Sie starrt an Viktor vorbei, hinter ihm an der Wand des Kellerraumes erscheint die Szene in voller Größe. Da kniet sie vor dem „Taufbecken", sie muss sich wehren gegen den Satan, der keine Gnade kennt, der ihr den letzten Atem raubt. Wenn sie jetzt nicht alle Kräfte gegen das Ungeheuer aufbietet, ist sie verloren. Erschrocken starrt sie auf die Kellerwand.

„Was guckst du so dämlich, was gibt's da hinter mir zu sehen?", fährt Viktor sie an und dreht sich um, kann aber offenbar nichts erkennen.

Milena bemerkt das Messer auf dem Stuhl, ihre Hände sind plötzlich frei, sie greift danach, der Mann dreht sich zu ihr um, will ihren Körper erneut unterwerfen, mit aller Kraft der Verzweiflung stößt sie die lange Klinge in den nackten Brustkorb ihres Widersachers. Der Mann fällt auf sie, stammelt einen Fluch, rollt zur Seite, greift mit beiden Händen nach dem Schaft der Klinge. Sie hört sein Röcheln, seine Kraft schwindet, er rutscht vom Bett.

Die Bilder an der Wand verschwinden. Milena sieht den Mann regungslos am Boden liegen. Plötzlich wird ihr klar, was vorgefallen ist. Sie hat Viktor Thum getötet. Mit einem Stich mitten ins Herz.

Von oben sind keine Geräusche zu hören. Vermutlich haben die Schureks nicht mitbekommen, was hier unten im Keller passiert ist. Milena zieht sich eine Bluse an, die ihr Ilka heute Morgen als Ersatzkleidung gegeben hat. Der Tote hat den Schlüssel für den Keller bei sich. Sie hetzt die Stufen nach oben, öffnet die Tür, steht im Flur des Wohnhauses. Von den Schureks ist keiner zu sehen. Milena macht die Haustür auf, rennt ins Freie, durchquert den Vorgarten. Auf dem Gehsteig kommt ihr ein älterer Mann entgegen. Sie hält auf ihn zu, murmelt: „Luft, ich brauche Luft."

„Um Gottes willen, was ist mit Ihnen?", fragt der Mann aufgeregt.

„Ich habe den Satan getötet", ist ihre Erklärung. „Aber seine Verbündeten sind überall."

Montag, 22. Juli. Ferienhaus am Rand eines Waldgebietes in Hildesheim.

Anna Sonnenberg mag den unkonventionellen Sozialarbeiter mit den lockigen Haaren und dem dunklen Vollbart, der von Freunden und Arbeitskollegen „Rasputin" genannt wird. Ihr gefällt der Spitzname jedoch überhaupt nicht, weshalb sie Jannik Wagner auch nie damit angesprochen hat. Ihm verdankt sie den Aufenthalt an diesem sicheren Ort.

Am späten Vormittag klingelt ihr Smartphone, Jannik kündigt überraschend seinen Besuch in Hildesheim an. Er wird Rebekka Kemper mitbringen, von der Mark bereits erzählt hat. Wegen der Drohbriefe ist Anna in letzter Zeit fremden Menschen gegenüber sehr vorsichtig geworden. Aber Jannik wird nicht eine junge Frau anschleppen, die ein Risiko für Annas Leben darstellen könnte.

„Ich fahre noch kurz in meiner Wohnung vorbei, um etwas zu holen. In einer Dreiviertelstunde sind wir bei dir in Hildesheim."

Das Ferienhaus ist sehr gemütlich, und Annas Aufenthalt hat tatsächlich Erholungswert. An den Wochenenden sind die anderen beiden Ferienhäuser bewohnt – von Paaren ohne schulpflichtige Kinder. Aber in der Woche arbeiten die Besitzer, und die Häuser sind verwaist. Die Ankunft von Jannik und Rebekka ist insofern eine willkommene Abwechslung.

Das Holzhaus, in dem Anna wohnt, ist nahezu quadratisch, hat einen großen Wohnraum mit Küchenzeile, vom Raum durch Wände abgeteilt sind ein Bad und ein Schlafzimmer. Der Wohnraum ist das Herzstück des gesamten Ferienhauses. Anna gefällt die liebevoll ausgesuchte Einrichtung: eine Ausziehcouch, zwei Sessel, Regale mit Büchern und origineller Dekoration, ein Esstisch mit vier Stühlen, ein altmodischer Röhrenfernseher. Das Fenster neben dem Eingang erlaubt einen Blick von der Veranda in den Garten mit dem Geräteschuppen, in dem auch der Motorroller steht. Vor den Gärten der drei Ferienhäuser verläuft ein schmaler befahrbarer Weg, der den Wald von einer ausgedehnten Feldlandschaft trennt. Die nächste Bundesstraße ist weit entfernt. Durch ein zweites Fenster nach hinten heraus kann man vom Wohnzimmer in den angrenzenden Wald sehen. Über Telefon oder einen Internetanschluss verfügt das Haus nicht, was in Zeiten internetfähiger Smartphones auch nicht mehr zwingend notwendig erscheint.

Draußen ist es heiß wie in den Tagen zuvor. Nur wenige Schönwetterwölkchen zieren den blauen Himmel. Anna hat es vorgezogen, sich in den Schatten des Ferienhauses zurückzuziehen. Fünfzig Minuten nach dem Telefonat mit Jannik hört sie den Motor eines ankommenden Autos. Ein schwarzer Citroën C4 hält neben dem Grundstück.

Jannik, bekleidet mit einem schwarzen T-Shirt, verlässt den Wagen und holt aus dem Kofferraum eine längliche Ledertragetasche mit Reißverschluss. Aus der Beifahrerseite steigt eine Frau Anfang zwanzig in Jeans und Bluse.

Anna geht den beiden entgegen.

„Ich bin froh, dass du kommst, Jannik", lächelt Anna und nimmt den Sozialarbeiter in den Arm. „Damit hatte ich gar nicht gerechnet, dass du dir heute Zeit für mich nimmst."

Jannik grinst sie an: „Du kennst halt noch lange nicht alle Seiten von mir. Ich dachte, es wäre mal wieder an der Zeit, mich ausgiebiger um dich zu kümmern. Was hältst du davon, wenn wir heute noch grillen?! Ich habe gleich Fleisch und Spiritus mitgebracht." Er zeigt auf seine Begleiterin, die ihren Rucksack aus dem Auto geholt hat, und erklärt mit einem ironischen Unterton: „Das ist übrigens Ronald Dannenbergs Schwiegertochter in spe, Frau Kemper."

Die Frau wirkt ängstlich. Ihre Hände zittern leicht, als sie damit verlegen durch ihre langen braunen Haare fährt. Sie streckt Anna die rechte Hand entgegen.

„Ich heiße Rebekka Kemper, aber das mit der Schwiegertochter stimmt gar nicht ...", stellt sie richtig.

Anna ergreift die Hand ihres Gegenübers und begrüßt Rebekka, meint dann freundlich: „Die Bemerkung von Herrn Wagner habe ich auch nicht ernst genommen ... Sie machen einen gehetzten Eindruck?!"

„Ich bin mit meinem Freund Alex bei einer satanischen Sekte ... und die sind jetzt hinter uns beiden her. Schon ganz gut, dass Herr Wagner sich damit auskennt."

Anna guckt Jannik erstaunt an. Das war ihr bisher nicht klar.

„Hattest du mit so einer Sekte zu tun?"

Zu Annas Verwunderung druckst er ein wenig herum: „Nicht direkt ... ich kenne mich nur allgemein damit aus, was man eben so liest ... beziehungsweise ich kannte einige Typen, die damit zu tun hatten."

Anna bohrt nicht weiter. Aber seine persönliche Betroffenheit bei diesem Thema spürt sie sofort.

„Der Aufenthalt hier von Frau Kemper ist nur als kurze Übergangslösung gedacht. Und bei dir müssen wir demnächst auch überlegen, wie es weitergeht", wechselt er das Thema. Das sind Überlegungen, die Anna ebenfalls seit längerem beschäftigen.

Sie geht mit den beiden zum Haus.

„Mark kommt am späten Nachmittag gegen Viertel vor fünf auch noch vorbei", erzählt sie auf dem Weg zur Eingangstür Jannik, der wissend nickt. „Er hat vorher einen festen Termin in der Nervenklinik Hildesheim, um in staubigen Akten zu wühlen ... Will etwas über einen Rechtsanwalt nachlesen. Wegen dieser alten Geschichte, wo sich ein Mann wegen des Suizids seiner Mutter an Mark, Ronald Dannenberg und Claudia Faber, einer ehemaligen Krankenschwester, rächen wollte."

„Schon wieder eine von Marks abenteuerlichen Theorien?!", murmelt Jannik ungläubig.

„Ja, zwischenzeitlich war Mark davon ausgegangen, dass dieser Mann hinter dem Mord an Frau Faber, der Entführung von Ulrike und den Drohungen gegen mich steckt. Mark hat angedeutet, dass der Mann mit einer satanischen Sekte zusammenarbeiten könnte. Zuletzt hat er die Theorie wieder verworfen."

Jannik bleibt stehen und runzelt die Stirn: „Hat Mark dir Einzelheiten von dieser satanischen Sekte erzählt?"

„Nein, überhaupt nicht. Da war er sehr zurückhaltend."

Rebekka hat die beiden während des Gesprächs wechselhaft angeschaut, schließlich fragt sie Anna: „Wissen Sie, wie alt der Mann jetzt ist, der sich eventuell mit der satanischen Sekte verbündet haben soll?"

„Ja. Mark meinte, der Mann müsste ziemlich genau 33 Jahre alt sein. Aber wahrscheinlich ist er schon einige Monate tot."

„Dann haben wir von dem ja nichts mehr zu befürchten", brummt Jannik und betritt das Haus.

*

In den nächsten Stunden passieren Dinge, von denen Anna nicht weiß, ob sie harmlos oder bedrohlich sind.

Jannik verkündet, er wolle Haus und Grundstück inspizieren, um sich um kleine Reparaturen zu kümmern. Er holt sich Werkzeug aus dem Geräteschuppen, ruht sich dann jedoch zunächst im Sessel des Wohnzimmers aus. Währenddessen führt Anna Rebekka durch die Zimmer und den Garten, erklärt ihr die Gegebenheiten, lässt sie anschließend etwas zur Ruhe kommen. Jannik verzieht sich zwischenzeitlich ins Bad, wo er an einem tropfenden Wasserhahn herumschraubt.

Es wird ein heißer und sonnenreicher Tag, Gewitter sind erst in den nächsten Tagen zu erwarten. Anna hat sich Shorts und T-Shirt angezogen. Auf der überdachten Veranda sitzt Rebekka und blättert nervös in einer Zeitschrift. Sie macht den Eindruck, als wenn sie ein wenig Abwechslung vertragen könnte.

„Wenn Sie Lust haben, zeige ich Ihnen kurz die nähere Umgebung?!", sagt Anna und registriert ein erleichtertes Kopfnicken von Rebekka.

„Willst du mit uns kommen, Jannik?", erkundigt sich Anna bei ihrem schraubenden Gastgeber.

„Nein, ich nutze die Zeit, um hier einiges zu erledigen, was schon lange fällig war", kommt seine Antwort aus dem Bad.

„Wenn Männer handwerkeln können, vergessen sie alles um sich herum. Da ist unser Sozialarbeiter keine Ausnahme", schmunzelt Anna und hängt sich ihre Handtasche über die Schulter.

Anna macht mit Rebekka einen kleinen Spaziergang, der sie erst durch den Wald und später am Feld entlang führt. Dabei kommen die beiden Frauen ins Gespräch, und Rebekka berichtet von ihren Zukunftsplänen mit Alexander.

Ihr Freund ist offenbar ein Stichwort, das erneute Ängste bei ihr auslöst. Rebekka bleibt stehen und fragt: „Ich würde gerne noch einmal probieren, ob ich Alex jetzt erreichen kann. Dürfte ich mal Ihr Handy benutzen? Herr Wagner hat meins an sich genommen, weil er meinte, dass ich damit eventuell geortet werden könnte."

„Natürlich", meint Anna und kramt in ihrer Handtasche. „Merkwürdig. Ich dachte, ich hätte mein Smartphone vorhin hier reingesteckt. Aber hier ist es nicht. Dann gucken wir gleich im Haus."

Jannik kommt gerade aus dem Geräteschuppen, als die Frauen auf dem Grundstück eintreffen. Anna sucht im Haus nach ihrem Smartphone, geht durch alle Zimmer, wird allerdings nicht fündig. Rebekka hat sich während der Suche auf die Veranda gesetzt und wartet.

Im Wohnzimmer trifft Anna auf Jannik, der sie fragend anschaut: „Suchst du was?"

„Ja, mein Smartphone. Hast du es irgendwo gesehen?"

„Nein, ist mir nicht aufgefallen. Wo hast du es denn zuletzt hingepackt?"

„Das weiß ich nicht genau. Heute Morgen habe ich noch damit telefoniert. Ich dachte, es wäre in meiner Handtasche, aber da war es nicht."

Jannik reagiert gelassen: „Es kann sich ja nicht in Luft aufgelöst haben. Es wird sich schon wieder finden."

„Mich macht das ziemlich nervös. Das Teil ist schließlich meine Verbindung zur Außenwelt."

„Könntest du es auf eurem Spaziergang verloren haben?"

„Möglich, aber unwahrscheinlich."

„Ich ruf dich einfach an, und wir hören, wo es klingelt", sagt Jannik und setzt seine Idee gleich in die Tat um. „Auf jeden Fall ist es angeschaltet."

Anna horcht gespannt. Im ganzen Haus kein Klingeln. Sie geht mit Jannik in den Garten. Aber ebenfalls Fehlanzeige!

Rebekka ist aufgestanden, hat die Suche verfolgt. Sie verlässt die Veranda und fragt: „Haben Sie Ihr Smartphone verloren?"

„Offenbar ..."

Jannik blickt auf Rebekka und meint zu Anna: „Fehlt dir sonst noch was?"

„Nein – oder doch?"

Anna geht ins Haus, kommt nach einiger Zeit zurück, geht in den Geräteschuppen und erklärt beim Herauskommen: „Den Schlüssel für den Motorroller finde ich ebenfalls nicht. Ich weiß allerdings auch nicht genau, wann und wo ich ihn zuletzt gehabt habe."

Hat sie beide Teile wirklich verlegt oder verloren? Das kommt ihr unwahrscheinlich vor. Könnte Rebekka etwas damit zu tun haben? Oder gibt es eine andere Erklärung? Anna guckt Jannik intensiv an, und der verzieht daraufhin ärgerlich sein Gesicht: „Ich habe schon eine Idee, wie Smartphone und Schlüssel verschwunden sein könnten."

Mit energischen Schritten geht er auf Rebekka zu, die ihn erschrocken ansieht.

„Ich glaube, ich habe mit dir zu reden!", verkündet er mit kräftiger Stimme, wobei er auf das förmliche „Sie" verzichtet. Rebekka bleibt wie angewurzelt auf dem Rasen stehen. Ihr Gesicht drückt zunehmend Verstörung aus: „Was ist, Herr Wagner?"

„Frau Sonnenberg findet ihr Smartphone und den Schlüssel für den Motorroller nicht. Hast du mir dazu etwas zu sagen?"

„Nein. Ich habe keine Ahnung, wo Smartphone und Schlüssel sein könnten. Vielleicht hat Frau Sonnenberg sie verloren."

„Glaub ich nicht! Beides verschwindet, als du hier auftauchst." Jannik verzieht sein Gesicht und wird dabei recht laut: „Also ... mach mich nicht wütend! Hast du sie?!"

Rebekka fängt an zu zittern.

„Ich hab damit nichts zu tun. Warum sind Sie auf einmal so böse zu mir?!"

„Ich habe dir helfen wollen – und jetzt das! Missbrauche nicht meine Gutmütigkeit. Ich bereue schon, dass ich dich mit hiergenommen habe."

„Bitte glauben Sie mir. Ich habe die Sachen nicht! Sie können gerne meine Hosentaschen oder meinen Rucksack durchsuchen. Dann sehen Sie, dass ich die Wahrheit sage."

Jannik geht zornig einen Schritt auf sie zu und macht Anstalten, sie mit beiden Händen zu packen.

Rebekka will zur Seite ausweichen, stürzt dabei auf den Rasen und schreit kurz vor Schmerz auf.

„Was hast du?", fährt Jannik sie an.

Sie streicht sich mit der rechten Hand über ihr linkes Kniegelenk.

„Ich habe mir mein Knie verdreht. Das hatte ich schon zwei Mal."

Langsam richtet sie sich wieder auf.

Anna kommt zu den beiden gelaufen und fragt: „Was ist mit dem Knie? Sollen wir zu einem niedergelassenen Arzt oder ins Krankenhaus fahren?"

Als Anna auftaucht, wird Rebekka ruhiger, zeigt ein verkrampftes Lächeln: „Nein, so schlimm ist es nicht. Das wurde bei den letzten Malen auch ohne Behandlung wieder besser. Ich muss das Knie nur schonen und kann nicht so schnell laufen."

Jannik untersucht den Rucksack von Rebekka, die von sich aus die leeren Taschen ihrer Jeans nach außen stülpt. Das Smartphone oder der Schlüssel befinden sich nicht darin.

„Trägst du vielleicht einen Peilsender am Körper?", erkundigt sich der Sozialarbeiter und tastet Rebekka ungeniert am ganzen Körper ab. Die Frau lässt die Prozedur widerwillig über sich ergehen.

Der Sozialarbeiter kann nichts Belastendes entdecken, mustert Rebekka aber weiterhin mit finsterer Miene, womit er offenbar einen nicht unerheblichen Druck auf sie ausübt. Sie fängt leicht an zu weinen und fragt: „Wahrscheinlich ist es doch besser, wenn Sie mich von hier wegbringen. Ich brauche keinen Arzt, aber ich fühle mich hier nicht mehr wohl."

„Das kommt nicht infrage", bestimmt Jannik. „Jetzt kennst du das Versteck von Frau Sonnenberg und musst hierbleiben."

„Ich verrate das Versteck niemandem, ehrlich."

„Du kannst viel behaupten. Ich war viel zu leichtgläubig, dich als Mitglied einer satanischen Sekte zu Frau Sonnenberg zu bringen. Aber ich sag dir eins: Versuch nicht abzuhauen oder mit jemandem zu telefonieren. Ich werde dich immer erwischen. Meinen Autoschlüssel trage ich stets am Mann. Mit dem Knie kommst du eh nicht weit. Die nächste Bundesstraße oder der Badesee sind über einen Kilometer von hier entfernt."

Jannik geht in den Geräteschuppen und legt um den Vorderreifen des Motorrollers ein Kettenschloss.

„Falls der Schlüssel plötzlich wieder auftauchen sollte ..."

Rebekka bewegt sich humpelnd zum Rand des Grundstücks. Jannik eilt ihr hinterher und hält sie am Arm fest.

„Du bleibst hier! Setz dich irgendwo hin und mach keine Zicken."

Anna schaut Jannik leicht vorwurfsvoll an: „Du bist ganz schön grob zu ihr."

„Das hat nur damit zu tun, weil ich mir große Sorgen um dich mache – und Vorwürfe, dich vielleicht unnötig in Gefahr gebracht zu haben."

„Eventuell hab ich das Smartphone doch auf dem Spaziergang verloren", verkündet Anna. „Wir haben auf einem Baumstamm gesessen und ich hab ein Mücken-Gel aus meiner Handtasche gezogen. Da könnte mir das Smartphone theoretisch rausgefallen sein."

Rebekka spricht Jannik mit Seitenblick auf Anna an: „Darf ich mal von Ihrem Handy versuchen, Alex anzurufen?"

Der Angesprochene winkt energisch ab: „Das ist mir zu riskant. Wer weiß, ob du dir die Geschichte mit deinem verschwundenen Freund nicht nur ausgedacht hast?! Womöglich führen dein Freund und du etwas im Schilde gegen Frau Sonnenberg."

„Ich würde Frau Sonnenberg nie etwas antun …"

Als Rebekka schließlich ohne weitere Gegenrede zum Stuhl auf der Veranda geht, fügt er in merklich ruhigerem Ton hinzu: „Ich geb zu, deine Schuld ist nicht bewiesen. Sollte ich mich geirrt haben, tut es mir leid … Aber Vorsicht ist die Mutter der Porzellankiste."

Jannik geht in den Geräteschuppen und kommt mit einem Fahrtenmesser in einer Lederscheide, die er am Gürtel seiner Jeans befestigt, wieder heraus.

„Gehört meinem Schwager", erklärt er Anna. „Nur zu deiner Sicherheit."

Anna ist überrascht.

„Ist das jetzt nicht überzogen, Jannik?"

„Man weiß ja nie. Sicher ist sicher. Das Smartphone von Rebekka trag ich übrigens immer bei mir."

„Meinst du, wir sollten Mark anrufen?"

Jannik lächelt.

„Nicht nötig. Er soll seine Studien in der Nervenklinik in Ruhe zu Ende führen und erst danach kommen. Wir haben die Sache hier schon im Griff."

Anna streichelt Jannik über den Oberarm.

„Danke, dass du dir so viele Sorgen um mich machst. Ich gehe noch mal den Weg zurück zu dem Baumstamm, um nachzusehen, ob ich dort mein Smartphone finde."

„Einverstanden", murmelt Jannik, „Aber komm gleich wieder her. Ich behalte inzwischen die Kleine im Auge."

*

Anna Sonnenberg kehrt bald mit leeren Händen zum Ferienhaus zurück. Rebekka sitzt immer noch auf der Veranda. Sie hat sich offenbar mit ihrer Situation abgefunden.

„Jetzt, wo du wieder da bist, kann ich mich um dein Bett kümmern", wird Anna von Jannik empfangen. „Und bleib schön bei Rebekka."

Anna war gerade heute Morgen aufgefallen, dass der Lattenrost ihres Bettes angebrochen ist. Der Sozialarbeiter schnappt sich Schraubenzieher und Hammer und verschwindet im Schlafzimmer. Er scheint heute alles schön für sie herrichten zu wollen. Anna erklärt sich seine Betriebsamkeit damit, dass er seine innere Anspannung in handwerklichen Aktivitäten ausagiert.

Rebekka sitzt weiterhin draußen und schaut von dort ins Wohnzimmer. Sie hat auf einmal einen erschrockenen Gesichtsausdruck. Anna kommt aus dem Haus und geht zu ihr.

„Mir ist wieder eingefallen, was Sie ganz am Anfang gesagt haben, Frau Sonnenberg. Es ist furchtbar wichtig. Können wir uns im Geräteschuppen unterhalten? – Bitte!"

Anna ist skeptisch. Rebekka will ihr offensichtlich etwas mitteilen, was Jannik nicht mitbekommen soll. Aus Annas Sicht gibt es nichts, was er nicht hören darf. Aber als sie Rebekkas durchdringenden Blick wahrnimmt, willigt sie schließlich ein. Da sich Jannik momentan im Schlafzimmer aufhält, kann er nicht sehen, dass die beiden Frauen im Geräteschuppen verschwinden.

In dem Schuppen sind neben dem Motorroller und dem Rasenmäher verschiedene Gartengeräte untergebracht. Einige Zaunlatten liegen auf dem Fußboden,

Jannik hat zudem seine Ledertasche hier abgestellt. Das einzige Fenster geht zur Seite, die Eingangstür ist auf der Vorderseite zum Haus hin.

„Sie haben erzählt, dass Dr. Seifert vermutet, jemand könnte Sie bedrohen, der Kontakt zu einer satanischen Sekte hat. Und dass außer Ihnen und Frau Dannenberg noch eine dritte Frau Opfer eines Verbrechens geworden ist ... Ich habe vor zwei Wochen zufällig Teile eines Handygesprächs aufgeschnappt ... von Viktor, einem unserer Sektenführer, der mich gar nicht bemerkt hatte", berichtet Rebekka hastig. „Viktor hat damals am Handy zu einer unbekannten Person gesagt: ‚Wenn ich die zweite Sache beendet habe, kümmerst du dich um die dritte. Du hast doch die Frau im Sack und kannst dein Ding auf jeden Fall am 22. durchziehen, so wie du es wolltest.' Er hat außerdem noch so etwas wie ‚Dann ist sie an deinem Wunschtermin reif' gesagt. Damals konnte ich mit dem Gehörten überhaupt nichts anfangen."

Anna schüttelt den Kopf. Was will ihr Rebekka da für unmögliche Geschichten weismachen?

„Wer war denn Viktors Gesprächspartner bei diesem angeblichen Telefonat?", fragt sie skeptisch.

„Das weiß ich nicht genau. Aber Viktor sagte zu ihm: ‚Hör auf mit deinen Esperanto-Sprüchen. Die kann ich eh nicht verstehen.' Dann nannte Viktor ihn mit einem Namen, der bestimmt nicht sein richtiger war."

„Nämlich?"

„Rasputin."

Anna zuckt zusammen. Rasputin? Esperanto-Sprüche?

Anna ist sich sicher, dass sie Jannik nie mit diesem Spitznamen angeredet hat. Und Esperanto war heute auch nicht Thema. Aber Jannik ist ihr guter Bekannter, der sie an diesen Ort gebracht hat, um sie vor einer möglichen Bedrohung zu schützen.

„Das stimmt doch alles nicht ...", murmelt sie.

Ihr Blick fällt auf Janniks längliche Tasche, die mit einem Reißverschluss verschlossen ist. Unter normalen Umständen würde sie seine Tasche nie heimlich öffnen. Aber wenn ein derart ungeheuerlicher Verdacht in der Luft liegt, muss sie jede Gelegenheit nutzen, um sich Klarheit zu verschaffen.

Sie zieht den Reißverschluss auf, schaut in die Tasche, in der es zunächst nichts Ungewöhnliches zu entdecken gibt.

Eine Decke, eine Wanderkarte von Hildesheim, eine Grillschürze für Männer mit diversen Taschen, eine Flasche Brennspiritus. Dann entdeckt sie braunes Klebeband und einige Stricke. Benötigt er das für seine handwerklichen Arbeiten? Ganz unten liegt ein großer Umschlag. Anna öffnet ihn und erstarrt. Das Herz schlägt ihr bis zum Hals. Was ist das?! Das gibt's doch nicht ...

Das Foto, auf dem Anna vor der Buchhandlung „Decius" steht. Das gleiche Foto, das dem zweiten Drohbrief beilag. Es gab nur ein Exemplar – und das hat Mark Hauptkommissar Stelter gegeben.

Anna holt außerdem noch einen vergilbten Zeitungsausschnitt aus dem Umschlag. Es handelt sich um die „Hildesheimer Allgemeine", Jahr und Monat sind am oberen Rand weggerissen. Aber der Tag ist noch zu lesen: Montag, 24.

In dem Zeitungsartikel geht es um den Suizid einer Patientin aus der Nervenklinik Hildesheim. Sie hatte sich zwei Tage vorher – also an einem Samstag, dem 22. – in der Nähe einer Hildesheimer Tankstelle mit Benzin übergossen und verbrannt. Heute ist der 22.

Juli, womöglich ist die Frau genau vor fünfzehn Jahren auf diese schreckliche Weise ums Leben gekommen.

Neben dem Foto und dem Zeitungsausschnitt kommen noch handgeschriebene Briefe zum Vorschein. Abgeschickt vor fünfzehn Jahren von einer Susanne Ewert aus der Nervenklinik. Adressiert an einen Mann mit Namen Jasper Ewert. Anna überfliegt einige der handgeschriebenen Sätze. Die Frau beklagt sich über die Medikamentenversuche, die die Ärzte mit ihr auf Veranlassung der Pharmamafia in der Klinik durchführen würden. Unterschrift: „Deine Dich unendlich liebende Mama".

Annas Hände beginnen unkontrolliert zu zucken, zuletzt fällt ihr einer der Briefe aus den Händen.

„Was hat das zu bedeuten?", will Rebekka wissen.

„Dass wir wirklich einen schrecklichen Fund gemacht haben. Es ist unfassbar ..."

Anna vergräbt das Gesicht in ihren Händen.

„Hat Herr Wagner etwas mit den Bedrohungen zu tun?"

„Natürlich, es passt alles. Wie konnte ich nur so blind sein?! Jannik Wagner ist in Wirklichkeit Jasper Ewert, der offenbar noch lebt. Jannik ist 33 Jahre, kommt aus Hildesheim, spricht Esperanto und hat den Spitznamen ‚Rasputin'. Er ist erst vor einem Dreivierteljahr in Hannover aufgetaucht. Der erste Drohbrief war auf Esperanto, aber er enthielt wahrscheinlich absichtlich kleine Fehler, um den Verdacht von einem Esperantisten abzulenken. Jannik ist es gewesen, der mir sofort von sich aus diesen abgeschiedenen Ort als Versteck angeboten hat. Als ich erst einmal hier war, hörten die Drohbriefe auf. Er hat mich hier so lange in Sicherheit gewiegt, um mich jetzt am Jahrestag des Todes seiner Mutter zu beseitigen."

„Aber warum hat er mich mit hierhergenommen?", fragt Rebekka und schaut Anna fassungslos an.

„Mark hat mir erklärt, dass Jasper unter anderem denjenigen Personen etwas antun wollte, die Ronald liebgewonnen hat. Ulrike ist dem Mörder entkommen, und sie hat überlebt. Aber du bedeutest Ronald ebenfalls eine Menge, da hat Jasper anstelle von Ulrike dich ins Visier genommen."

„Oh, mein Gott. Ich habe doch mit diesen Geschichten überhaupt nichts zu tun. Wie kommen wir schnell weg von hier?"

„Das ist momentan gar nicht so einfach. Jetzt wird mir klar, dass Jannik mein Smartphone und den Schlüssel an sich genommen hat, während wir auf dem Spaziergang waren. Und er hat den Verdacht geschickt auf dich gelenkt."

„Wieso war ich so fürchterlich dumm, ihm zu vertrauen …?!", weint Rebekka.

Anna legt Rebekka den Arm um die Schultern.

„Wir müssen jetzt genau überlegen … Jannik kontrolliert alle Fluchtmöglichkeiten. Wir können weder mit dem Auto noch mit dem Motorroller von hier verschwinden. Wir haben kein Handy, um Hilfe herbeirufen zu können. Von Kontakten zu Menschen in der Nähe sind wir ziemlich abgeschnitten. Das nächste Ausflugslokal hat gerade heute Ruhetag. Jannik ist gut durchtrainiert und ein ausgezeichneter Läufer. Wir können ihm unmöglich wegrennen. Und du mit deinem angeschlagenen Knie schon gar nicht. Ich würde dich auch nicht bei ihm allein zurücklassen."

„Wir haben keine Chance mehr!", äußert Rebekka verzweifelt. „Aber ich will nicht sterben in dieser verdammten Einöde!"

„Ein teuflischer Plan, der bis ins kleinste Detail durchdacht ist. Viel Zeit bleibt uns nicht. Wenn er merkt, dass wir ihn durchschaut haben, macht er wahrscheinlich kurzen Prozess mit uns."

Ein Ruf lässt die beiden Frauen erstarren. Es ist Jannik, der offensichtlich das Haus verlassen hat und gerade die Abwesenheit seiner Opfer bemerkt hat.

„He, Anna, Rebekka! Wo seid ihr?", hören sie ihn rufen.

„Was sollen wir tun?", flüstert Anna.

„Wir müssen ihn überwältigen", antwortet Rebekka, die auf eine der im Raum gelagerten Zaunlatten zeigt. „Locken Sie ihn zu mir in den Schuppen und versuchen Sie ihn damit von hinten niederzuschlagen."

Anna zögert: „Ob das funktioniert …?"

„Wir haben keine andere Wahl", wispert Rebekka mit angstverzerrtem Gesicht.

„Na gut, ich versuch's."

Anna öffnet die Tür des Geräteschuppens und sieht Jannik, der mit ärgerlichem Gesichtsausdruck einen Hammer in der Hand hält. Sofort fällt ihr ein, dass Claudia Faber mit einem Hammer erschlagen worden ist.

„Kannst du mal kommen, Rebekka liegt hier im Schuppen neben der Tür. Da ist was mit ihrem Knie", sagt Anna, der nichts anderes einfällt.

Janniks Mimik verfinstert sich vollständig: „Wieso lässt du sie überhaupt in den Schuppen gehen? Du solltest doch auf sie aufpassen?"

Wütend stapft er mit schnellen Schritten auf Anna zu: „Wenn die da irgendwelchen Mist macht, kann sie was erleben."

Während ich noch im Klinikum Nordstadt bin, erreicht mich auf dem Handy ein Anruf von Jannik Wagner. Ich erfahre, dass er Rebekka, die sich mit ihrer satanischen Sekte entzweit hat, heute ebenfalls im Ferienhaus seiner Schwester verstecken will. Ein typischer Einfall des gutmütigen Jannik, der unbedingt wieder einmal einer Verfolgten bei sich Unterschlupf gewähren muss. Etwas zögerlich stimme ich seinem Vorhaben zu.

„Wenn du am späten Nachmittag vorbeikommst, Mark, gibt's noch eine Überraschung. Ich werde ein bisschen Fleisch für dich aufs Feuer werfen."

„Nette Idee, ich freu' mich schon", sage ich zum Abschied und bin mit meinen Gedanken wieder bei der aufgewachten Ulrike.

Gegen 14 Uhr ruft mich ein aufgeregter Ronald Dannenberg im Gesundheitsamt an. Er informiert mich darüber, dass Alexander verzweifelt Rebekka sucht, die vor einem der Anführer der satanischen Sekte geflüchtet ist.

„Ihr braucht euch keine Sorgen mehr zu machen. Ein Mitarbeiter von mir hat Rebekka an einen sicheren Ort gebracht", teile ich Ronald mit, wobei ich ihm den genauen Aufenthaltsort nicht nenne. Ich will erst geklärt wissen, ob sich Alexander tatsächlich von seinen Sektenbrüdern endgültig losgesagt hat.

Für 16 Uhr habe ich einen Termin in der Nervenklinik Hildesheim ausgemacht. Ich fahre pünktlich im Gesundheitsamt los, über die A7 brauche ich nach Hildesheim ungefähr dreißig Minuten.

Die Nervenklinik am Galgenberg hat sich seit meinem Weggang vor zwölf Jahren nicht wesentlich verändert. Ich verdanke es meinen guten Beziehungen, dass ich problemlos Einblick in die fünfzehn Jahre alte Krankenakte von Frau Ewert erhalte. Eine Mitarbeiterin der Klinik hat die Akte bereits aus dem Archiv geholt. Ich darf mich an einen Tisch in der Bibliothek setzen, wo ich die umfangreiche Papierakte von hinten nach vorne durcharbeite.

Was ich dort zu Tage fördere, ist unerwartet aufschlussreich.

Als Erstes finde ich den Schriftverkehr zwischen Ronald und Jasper Ewerts Rechtsanwalt. Er hieß Gerald Winkler. Die Formulierungen des Rechtsanwalts wirken in seinen anfänglichen Schreiben viel schärfer als in seinen letzten. So, als wäre er zuletzt bereits depressiv gewesen. Hinweise auf eine persönliche Verstrickung des Anwalts kann ich allerdings nicht herauslesen.

Susanne Ewert ist mehrfach zwangseingewiesen worden, zuletzt im Juli vor fünfzehn Jahren. Sie litt unter einer chronischen paranoiden Schizophrenie, hielt sich selbst nicht für psychisch krank, sondern für ein Opfer der Pharmaindustrie. Ich hatte damals nur einmal in der Urlaubsvertretung des Stationsarztes mit ihr zu tun. Susanne Ewert äußerte immer wieder, eine andere Person zu sein. Sie nannte sich kurz „Fifi" und manchmal auch „Fifi Brindacier". Vor fünfzehn Jahren konnte ich mit dem Namen „Fifi Brindacier" überhaupt nichts anfangen. Aber jetzt bin ich sofort im Bild.

„Pippi Langstrumpf!", entfährt es mir. Ich habe vor drei Monaten Astrid Lindgrens Kinderbuch auf Esperanto gelesen. Dabei bin ich auf eine Aufstellung gestoßen, welche Namen „Pipi Ŝtrumpolonga" in anderen Ländern hat. „Fifi Brindacier" heißt sie in Frankreich. Susanne Ewert hatte demnach in ihren Krankheitsphasen die Identität der „Pippi Langstrumpf" angenommen. Als sie sich mit Benzin übergossen und angezündet hatte, waren ihre letzten Worte, die Passanten aufgeschnappt hatten: „Jetzt sind meine Haare rot". Vermutlich eine Anspielung auf die roten Haare der Romanfigur, als die Susanne Ewert möglicherweise aus dem Leben scheiden wollte. Auch in ihrem häuslichen Umfeld soll die Patientin gerne in die Rolle der starken Pippi geschlüpft sein.

Ich stoße auf die Familienanamnese, die ich als Vertretungsarzt nie erhoben habe. Die Patientin hatte eine französische Mutter, deshalb auch das Interesse an der französischen Version des Lindgren'schen Kinderbuches. Es wird erwähnt, dass Susanne Ewert mit ihren Kindern Französisch gesprochen hat. Wieso eigentlich „Kindern"? Ich registriere, dass der aufnehmende Stationsarzt eine achtjährige Tochter erwähnt. Ein Name steht nicht in der Akte – kein Wunder, wenn es keinen persönlichen Kontakt mit der Station gab. Im Vorfeld der Zwangseinweisung wurde die kleine Tochter offenbar vom Jugendamt in einer Pflegefamilie untergebracht. Eine Tochter hatte ich bisher nie auf dem Schirm. Sie könnte womöglich ebenfalls den Tod ihrer Mutter rächen wollen.

Plötzlich kommt mir ein irrwitziger Gedanke. Susanne Ewert hat ihren Kindern anscheinend über Jahre immer wieder enthusiastisch die Rolle der Fifi Brindacier vorgespielt. Das müsste bei den Kindern Spuren hinterlassen haben. Vor zweieinhalb Wochen hat es eine kurze Szene gegeben, in der „Pippi Langstrumpf" eine Rolle spielte. Wo war das noch? Natürlich, als ich Ulrike von der Polizeiinspektion nach Hause gebracht habe, sind wir noch in Alexanders Zimmer gegangen. Dort lag ein Buchexemplar der „Ur-Pippi". Ulrike hatte erzählt, dass Alexander das Buch für Rebekka gekauft hatte, die sich als Erwachsene dafür interessiert. Ist es möglich, dass Rebekka die Tochter der toten Patientin ist?

Meines Wissens ist Rebekka Anfang zwanzig, dann könnte sie vor fünfzehn Jahren acht gewesen sein. Ein eisiger Schock durchfährt meinen gesamten Körper. Mein Gott, Jannik hat Rebekka zu Anna nach Hildesheim gefahren. Wenn meine Hypothese stimmt, ist Anna in tödlicher Gefahr!

In meinem Kopf wirbeln die Gedanken hin und her. Was ist zu tun? Die Polizei zu einem Einsatz in die Hildesheimer Wälder rufen, weil sich eine 23-Jährige für „Pippi Langstrumpf" interessiert? Unmöglich! Ich muss die Sache umgehend selbst klären.

Meine Hände zittern vor Aufregung, als ich versuche, Jannik auf dem Handy zu erreichen. Schließlich ist er am nächsten an Rebekka dran gewesen. Er geht nicht ans Telefon. Verdammt, was ist da los? Ich wähle Annas Nummer. Nach dreimaligem Klingeln wird mein Ruf angenommen.

„Hallo?!", sagt eine weibliche Stimme.

„Hier ist Mark. Wer ist da?"

„Rebekka Kemper."

„Kann ich bitte Frau Sonnenberg sprechen?"

„Die ist leider nicht da."

Ich merke, wie vor Schreck mein Kreislauf versackt.

„Wo ist Anna ...?", bringe ich mühsam hervor.

„Sie ist mit Herrn Wagner zum Badesee gefahren. Ihr Smartphone hat sie hier im Ferienhaus liegen lassen. Die beiden wollten aber gleich wieder zurück sein."

Zunächst atme ich erleichtert auf. Sind Anna und Jannik wirklich zum Baden gefahren? Schon möglich. Und es ist überhaupt nicht klar, ob Rebekka wirklich etwas mit Susanne Ewert zu tun hat.

„Ich bin hier mit meiner Arbeit in der Nervenklinik Hildesheim fertig und komme gleich bei Ihnen vorbei", teile ich Rebekka mit, die mit sichtlich erfreuter Stimme antwortet: „Das ist prima. Wir erwarten Sie schon."

Misstrauisch beende ich unser Telefonat.

Als ich aufspringe, klingelt erneut mein Handy. Es ist Ronald Dannenberg.

„Mark, ich habe eben von einem Kollegen aus der Ludendorff-Klinik erfahren, dass die Polizei endlich Milena Drimalla gefunden hat. Sie lebt, aber sie soll in die Tötung eines Mannes verwickelt sein."

„Kennst du eigentlich Rebekkas Eltern?", wechsele ich abrupt das Thema.

„Nein. Rebekkas Mutter ist vor vielen Jahren gestorben. Zu ihrem Vater hat sie keinen Kontakt mehr. Warum?"

„Das erkläre ich dir später. Jetzt muss ich dringend losfahren in einer Angelegenheit, die sich hoffentlich nicht als Notfall erweist."

IV

Angelina hatte irgendwann jegliches Zeitgefühl verloren. Die Jahre, die sie bereits in dem Hamburger Sex-Club arbeitete, kamen ihr wie eine Ewigkeit vor. Innerlich abgestumpft erledigte sie Tag für Tag die Bedürfnisbefriedigung ihrer Kunden wie bei einem Fließbandjob. Sie war sich der Macht ihres Körpers bewusst, mit dem sie Männer dazu brachte, immer noch mehr Geld im Club auszugeben. Aber die Wertschätzung ihrer Hülle erlebte sie lediglich als Verachtung ihrer Persönlichkeit.

Angelina verließ das Etablissement, um anschließend auf dem Hamburger Straßenstrich zu landen. Danach arbeitete sie für eine Organisation mit dem Namen „Devil's Sex Company", die in Hamburg bizarre Sex-Parys im Stil Schwarzer Messen zelebrierte.

In ihrer Hamburger Mietwohnung lebte Angelina weiterhin unter ihrem bürgerlichen Namen. Der Kontakt zu ihrer Familie war vollständig abgebrochen. Bis plötzlich im letzten November ein Mann aus Hannover telefonischen Kontakt zu ihr aufnahm, der erzählte, dass er sie schon lange gesucht hätte. Zwei Tage später stand er persönlich vor ihrer Wohnungstür.

„Ich bin Jasper Ewert", stellte sich der Mann vor, der körperlich einen ziemlich kranken Eindruck machte. „Dein Halbbruder! Schön, dich wiederzusehen, Rebekka."

Die Geschwister hatten sich über vierzehn Jahre aus den Augen verloren. In dieser Zeit hatte der häufige Konsum harter Drogen Jaspers Körper ausgezehrt, und er hatte sich eine chronische Hepatitis C zugezogen. Rebekka gewann den Eindruck, dass er angesichts seiner schlechten Gesundheit noch einmal reinen Tisch machen wollte. Von ihm erfuhr sie erstmals die Geschichte ihrer Ursprungsfamilie.

Jaspers Vater verließ Jaspers Mutter, als er merkte, dass sie erneut schwanger war. Vater des Kindes war ein flüchtiger Bekannter von Susanne, der sich nach ihrer gemeinsamen Nacht aus dem Staub machte. Susanne musste Rebekka und den zehn Jahre älteren Jasper alleine aufziehen. Noch heute hatte Rebekka einzelne Bilder ihrer Mutter im Kopf, die sich liebevoll um sie sorgte und ihr Geschichten vorlas. Trotzdem hatte Rebekka die meisten Geschehnisse ihrer ersten acht Lebensjahre verdrängt.

„Susanne war die beste Mutter, die man sich denken kann", erklärte Jasper seiner Schwester. „Sie hat nach ihren eigenen Vorstellungen gelebt und war gesund, aber die Psychiatrie hat sie für verrückt erklärt. In der Klinik haben sie Medikamentenversuche mit ihr gemacht und sie seelisch zerstört. Das weiß ich alles aus ihren Briefen. Dass Mutter unter Druck stand, hat das Jugendamt dazu genutzt, dich mehrmals bei Pflegeeltern unterzubringen, dem Ehepaar Kemper."

Das kinderlose Ehepaar Kemper aus Hildesheim hatte Rebekka ein Jahr nach dem Suizid ihrer Mutter adoptiert.

Jasper händigte seiner Schwester die Briefe ihrer Mutter und einen alten Zeitungsartikel über deren Selbstverbrennung aus. Susanne Ewert hatte die Briefe zu Beginn ihres Klinikaufenthaltes im Juli geschrieben.

„Das lange Eingesperrtsein in der Klinik und die hochdosierten Medikamente haben Mutters Lebenswillen gebrochen", fuhr Jasper mit der Darstellung seiner Sichtweise fort. „Mutter ist in die Suizidalität getrieben worden – und dann hat man nicht richtig auf sie aufgepasst."

Jasper kannte die Namen, die für den Tod ihrer gemeinsamen Mutter verantwortlich waren: Der Stationsarzt Dr. Mark Seifert hatte eine falsche Ausgangsregelung festgelegt, die Krankenschwester Claudia Gundlach hatte nicht richtig aufgepasst, und der verantwortliche Psychiater Dr. Ronald Dannenberg hatte alles abgesegnet und später die Schuld vertuscht.

„Diese drei selbstgerechten Menschen sind schuld daran, dass uns das Liebste auf der Welt genommen wurde", redete Jasper weiter. „Ich befürchte, dass ich selbst bald abkratze ... Und diesen Gedanken ertrage ich nur, wenn ich sicher sein kann, dass der schreckliche Tod unserer Mutter gesühnt wird."

Jaspers Besuch war für Rebekka eine Offenbarung. Das Leben, das sie seit Jahren führte, hatte für sie keinen Wert mehr. Es gab bisher niemanden außer ihr selbst, den sie für ihre Situation verantwortlich machte. Jetzt zeigte Jasper ihr, wer an ihrem erbärmlichen Leben schuld war. Rebekka empfand eine plötzliche Erleichterung über die Existenz von drei konkreten Personen, gegen die sie ihren Hass richten konnte. Wenn Susanne Ewert noch leben würde, hätte Rebekka nie von den Kempers adoptiert werden können, dann wäre sie auf keinen Fall nach Hamburg gegangen. Und Jasper wäre der Absturz ins Drogenmilieu erspart geblieben.

Rebekka stand wie ihr Bruder an einem Tiefpunkt ihres Lebens. Die Aussicht auf eine gerechte Bestrafung der Verantwortlichen war ein erlösender Lichtblick.

„Du musst mir versprechen, dass du alles für unsere Rache tun wirst", beschwor Jasper seine Schwester.

„Dannenberg, Seifert und Gundlach sollen Tag für Tag spüren, wie sich der frühe Verlust des liebsten Menschen in ihrem Leben anfühlt."

Er hatte bereits herausgefunden, dass alle drei Personen in Hannover oder Umgebung lebten. Auch Claudia Gundlach war problemlos mit Bild, aktueller Adresse und ihrem neuen Familiennamen über den Internet-Suchdienst „StayFriends" zu finden gewesen.

Jasper übernachtete bei seiner Schwester und fuhr am nächsten Tag nach Hannover zurück. Es gab noch einige Telefonate zwischen ihnen, dann hörte Rebekka auf einmal nichts mehr von ihm.

Im Dezember erhielt sie einen Anruf aus Hannover von einem Mann, der sich als guter Bekannter von Jasper zu erkennen gab.

„Jasper hat mir gesagt, ich solle dich anrufen, wenn ihm mal was passieren sollte", teilte der Mann mit. „Ich hab erst jetzt mitgekriegt, dass Jasper vor zwei Wochen in Hildesheim gestorben ist. Verbrannt in einem Auto."

Die Nachricht war ein weiterer Tiefschlag für Rebekka. Kaum war ihr Bruder aufgetaucht, hatte sie ihn bereits wieder verloren. Sicherlich war er an seinem tristen Dasein verzweifelt und hatte sich selbst das Leben genommen – auf die gleiche tragische Weise wie seine Mutter in derselben Stadt. Auch für diesen Tod waren Dannenberg und Konsorten in letzter Konsequenz verantwortlich. Jaspers Tod entfernte schlagartig die letzten Zweifel an der Notwendigkeit ihres Vergeltungsplans.

Rebekka hatte bereits in den Monaten zuvor in Hamburg einen Mann kennengelernt, mit dem sich der Rachefeldzug umsetzen ließ. Die „Devil's Sex Company", für die Rebekka in der Verkleidung einer

Satanspriesterin ihre Liebesdienste erbrachte, war eine Organisation, deren Hintermänner zu einer satanischen Sekte gehörten. Ein Anführer der Sekte aus dem Arealo Hannover war gelegentlich in Hamburg zu Gast. Sein Name war Viktor Thum. Er hatte schnell Gefallen an Rebekka gefunden. Sie wusste von ihm, dass er schlecht auf die Psychiatrie zu sprechen war. Offenbar war er vor anderthalb Jahren gegen seinen Willen in die Allgemeinpsychiatrie der Ludendorff-Klinik bei Hannover gebracht worden. Zwangsläufig kannte er daher den zuständigen Oberarzt Dr. Dannenberg.

Rebekka setzte ihren Körper bedingungslos ein, um Viktor für ihre Pläne zu gewinnen. Es gelang ihr fast mühelos, diesen kraftvollen Mann zu dirigieren, der es sonst gewohnt war, seiner Umgebung Befehle zu erteilen. Schnell fand er Gefallen an Rebekkas teuflischer Idee, sich gegenüber Vertretern der Psychiatrie als Herr über Leben und Tod aufzuspielen. Eine Seelenverwandtschaft zu Rebekka sah er darin, als junger Mann durch die Schuld seines Bruders ebenfalls die wertvollste Person seines Lebens verloren zu haben.

Viktor nahm Rebekka im Januar mit nach Hannover. Im „Fantasy-Shop" in Linden-Mitte besorgte er ihr einen Bürojob. Rebekka hatte jahrelang gelernt, sich zu verstellen. In Hannover gab sie sich brav und bieder und verheimlichte ihre Hamburger Vergangenheit. Viktor verriet den Brüdern seiner Sekte mit keinem Wort, dass er Rebekka bereits von früher kannte.

Konsequent setzte die junge Frau ihren tödlichen Plan Schritt für Schritt in die Tat um. Ihr erstes Opfer war Claudia Faber. Enttäuscht stellte Rebekka fest, dass die Krankenschwester alleinstehend war und völlig zurückgezogen lebte. Ihr erschien Claudia als unbedeutendster Teil der Dreiergruppe. Bei der Krankenschwester hatten sich Rebekka und Viktor für einen schnellen Tod entschieden. Viktor entwickelte die Idee, das Leiden der Opfer durch angstmachende Spielchen im Vorfeld der Tötung zu verlängern.

Bereits kurz nach ihrer Ankunft in Hannover suchte Rebekka den Kontakt zu Alexander Dannenberg. Er sollte das nächste Opfer sein. Der Sohn des Psychiaters wirkte kindlich und unerfahren in Beziehungen zu Frauen. Sie hatte leichtes Spiel, seine vermeintliche Freundin zu werden. Ihren Erfolg erkannte sie, als der verliebte Dummkopf ihr ins Ohr säuselte: „Ich will für immer bei dir bleiben."

Rebekka arrangierte eine zufällig erscheinende Zusammenkunft zwischen Alexander und Viktor Thum. Erwartungsgemäß übte die satanische Sekte auf ihren Freund sofort einen großen Reiz aus. Damit näherte sich der Schafbock freiwillig seiner eigenen Schlachtbank.

„Mein Vater würde fluchen, wenn er wüsste, wo wir uns herumtreiben", freute sich Alexander in Rebekkas Gegenwart. Dabei glaubte er für die Aufnahme seiner Freundin in die Sekte verantwortlich zu sein. Und Rebekka musste keine unangenehmen Fragen beantworten, wenn Alexander sie mit Viktor zusammen sah.

Zu ihrer Überraschung stellte Rebekka fest, dass die Beziehung zwischen Alexander und seinem Vater schwer gestört war. Eine entscheidende Wendung. Damit fiel er als Opfer weg. Stattdessen richtete sich ihr Augenmerk auf Ulrike Dannenberg, die sich mit ihrem Mann auf Facebook gegenseitig anhimmelte.

Da Alexander seine Freundin öfters mit ins Haus seiner Stiefmutter nahm, war Rebekka gut über alle Gewohnheiten und Vorhaben von Ulrike Dannenberg informiert. Viktor begann erneut, sein Opfer gezielt in Angst und Schrecken zu versetzen, wobei sich ihre Ängste zuletzt verselbstständigten. Ein reizvolles Spiel mit dem Feuer, an dem er zunehmend Gefallen fand. Durch Alexander und Rebekka erfuhr er von den Auswirkungen seines Vorgehens. Bei den letzten Aktionen hatte er den Tod seines Opfers bereits eingeplant, aber Ulrike war zunächst noch davongekommen.

Das sind die schlimmsten Sekunden meines Lebens, schießt es Anna Sonnenberg durch den Kopf. Sie muss nicht nur sich retten, sondern auch Rebekka Kemper. Die Zaunlatte hat sie griffbereit neben die Tür gelehnt.

Jannik Wagner nähert sich mit einem Hammer bewaffnet dem Geräteschuppen. Für Anna und Rebekka ist es eine gewaltige Herausforderung, diesen kräftigen Mann zu überwältigen. Jannik betritt ärgerlich den Schuppen und starrt auf Rebekka, die mit dem Rücken auf dem Boden liegt und ein schmerzverzerrtes Gesicht macht.

„Was ziehst du hier eigentlich für eine Nummer ab?", fährt er sie an. „Da stimmt doch was nicht!?"

Rebekka dreht sich zur Seite, als wolle sie etwas verbergen. Janniks Neugier ist augenblicklich geweckt. Er beugt sich über sie und äußert in forschem Tonfall: „Zeig her! Was hast du da?"

Während sich Jannik auf Rebekka konzentriert, ergreift Anna in seinem Rücken die Zaunlatte und holt aus. Es geht um alles oder nichts. Sie legt sämtliche Kraft in ihren Schlag und erwischt den Sozialarbeiter mit voller Breitseite am Hinterkopf. Der Angriff von hinten kommt für Jannik absolut unerwartet. Er stürzt unter dem gewaltigen Schlag auf die Knie, lässt den Hammer los und fällt anschließend quer über Rebekka.

„Los, schlag noch mal zu!", fordert Rebekka die Lehrerin auf.

Da Anna den Eindruck hat, dass sich Jannik noch bewegt, folgt sie wie im Rausch Rebekkas Aufforderung und lässt ihre Schlagwaffe erneut auf den Hinterkopf des Mannes sausen.

Jannik liegt regungslos auf dem Boden. An seinem Hinterkopf zeichnet sich deutlich eine blutige Platzwunde ab. Mit Unterstützung von Anna windet sich Rebekka unter dem Körper des Mannes hervor.

„Eine allein von uns hätte den Kerl nie überwältigen können. Danke, Frau Sonnenberg", bekundet Rebekka. „Wir müssen ihn auf der Stelle ausreichend fesseln. Wer weiß, wann er wieder zu Bewusstsein kommt. Danach rufen wir die Polizei."

Rebekka holt das braune Klebeband und die Stricke aus Janniks Ledertasche. Sie gibt Anna einige Anweisungen, wie diese den bewegungslosen Körper zu drehen hat, und erklärt ihr: „Sicheres Fesseln habe ich bei der Satanistensekte gelernt."

Fachmännisch verwendet Rebekka das Klebeband, um Janniks Hände auf dem Rücken zu fesseln. Sie zieht ihm Hose, Schuhe und Strümpfe aus und bindet auch seine Füße zusammen. Mit dem Strick fixiert sie die Arme am Körper, bringt zum Schluss die Beine in eine dauerhaft angewinkelte Position. Dabei verhindert die seitliche Lagerung des Gefesselten, dass sich seine erschlaffte Zunge auf die Atemwege legt.

In den Hosentaschen des Mannes befinden sich sein Smartphone und das von Rebekka sowie die Autoschlüssel. „Ist das Ausmaß der Fesselung nicht leicht übertrieben?!", fragt Anna, die nach Janniks eingeschaltetem Smartphone greift und Rebekka den Rücken zudreht. „Die Polizei müsste relativ schnell zur Stelle sein, wenn ich sie anrufe."

„Ja, wenn ...", hört Anna hinter sich die Stimme von Rebekka, die bereits die Zaunlatte aufgehoben hat und ohne Vorwarnung gezielt auf die Lehrerin einschlägt.

*

Anna hat das gleiche Schicksal ereilt wie zuvor Jannik. Rebekka hat sie mit einem brutalen Schlag auf den Hinterkopf außer Gefecht gesetzt. Schnell fesselt Rebekka die Lehrerin mit dem Klebeband an Händen und Füßen, schleppt sie danach durch den Garten ins Wohnzimmer des Ferienhauses. Die Knieverletzung hat sie lediglich vorgetäuscht. Ihr Plan ist in allen Punkten geglückt. Die bewusstlose Anna liegt vor dem Herd der Küchenzeile.

Rebekka nimmt einen Strick und fixiert damit Annas Hände, die vor dem Oberköper gefesselt sind, am Griff der geöffneten Backofenklappe. Auch in diesem Fall achtet Rebekka auf die Seitenlage ihrer Gefangenen, deren Todeszeitpunkt nur sie selbst bestimmt.

Die junge Satanistin ist ins Schwitzen gekommen. Jetzt atmet sie erleichtert durch. Aus ihrem Rucksack holt sie einige Tücher. In aller Ruhe geht sie in den Geräteschuppen. Jannik macht den Eindruck, als könnte er demnächst wieder zu sich kommen. Sie bringt die mitgebrachten Tücher zum Einsatz. Als Satanspriesterin verfügt sie über die nötige Erfahrung, ihren Gefangenen effektiv zu knebeln. Außerdem zieht sie einen Klebestreifen über seine Augen, überzeugt sich davon, dass er sich nicht selbst befreien kann. Zusätzlich entfernt sie sämtliche Gartengeräte aus dem Schuppen.

„Nicht, dass du ein Teil davon benutzt, um dich zu befreien", murmelt sie. „Wir haben keine Feindschaft, aber bis zum Ende meiner kleinen Feier musst du schon brav hier liegen bleiben."

Die Lederscheide mit dem Fahrtenmesser befestigt sie an ihrem eigenen Jeansgürtel.

Der Schlüssel zur Tür des Geräteschuppens steckt im Schloss. Sie schließt die Tür ab und nimmt den Schlüssel an sich. In einem Plastikbeutel, der unter Büschen am Gartenzaun versteckt ist, befinden sich Annas eingeschaltetes Smartphone und der Schlüssel des Motorrollers. Rebekka holt die Sachen aus dem Versteck und geht ins Haus. Schon vor dem ersten Spaziergang mit Anna hatte sie beides an sich genommen und weggeschafft. Den Klingelton des Smartphones hatte sie auf stumm geschaltet.

Rebekka setzt sich im Wohnzimmer auf einen Stuhl und wartet, bis Anna bei Bewusstsein ist.

„Ging schneller, als ich dachte, Sonnenberg. Wir haben noch genug Zeit, bis dein Freund eintrifft. Du sollst zumindest den Grund erfahren, warum du heute sterben musst."

„Bist du ... wahnsinnig geworden?!", stottert Anna.

Voller Zufriedenheit outet sich Rebbeka vor der fassungslosen Lehrerin mit ihrer wahren Identität. Sie prahlt damit, wie ihr Komplize Viktor Thum Claudia Faber und Ulrike Dannenberg in Angst und Schrecken versetzt hat. Dabei genießt sie Annas entsetzten Gesichtsausdruck.

„Eigentlich wollte ich Seiferts Töchterchen tot sehen. Aber die ist bedauerlicherweise nach Australien entschwunden und damit ein Jahr praktisch unerreichbar. Davon hatte ich vorher leider zu spät erfahren. Aber du bist ein würdiger Ersatz. Seiferts große Liebe, wie ich in den ‚Hannoverschen Nachrichten' gelesen habe."

„Hast du uns die Drohbriefe geschickt?"

„Viktor hat einige Fotos von dir geschossen. Um das Schreiben der Briefe habe ich mich selbst gekümmert." Rebekka lacht. „Wir sind bei dir ganz anders vorgegangen als bei Ulrike Dannenberg, um die Zusammenhänge unkenntlich zu machen. Den ersten Brief auf Esperanto habe ich mit Hilfe eines Übersetzungsprogramms aus dem Internet verfasst."

Rebekka hatte eingeplant, dass Anna wegen dieser Art von Drohbriefen keinen Polizeischutz erwarten konnte. Aber damit, dass Anna für längere Zeit vollständig von der Bildfläche verschwinden würde, hatte sie nicht gerechnet. Rebekka stellte ihre Drohbriefe ein, um das Opfer in Sicherheit zu wiegen.

„Hast du Ulrike Dannenberg entführen lassen?", will Anna wissen.

Rebekka empfindet Befriedigung dabei, mit der erfolgreichen Umsetzung ihrer Vergeltungsstrategie zu prahlen: „Durch Alex war ich über die Kohle von Ulrikes Vater informiert. Viktor hatte den Einfall, unseren Plan genial umzugestalten. Vor ihrer Hinrichtung sollte Ulrike entführt werden, damit Dannenberg den endgültigen Verlust seiner Frau sogar noch bezahlen muss. Mir hat die Idee gefallen, wobei mich das Lösegeld nur wenig interessiert."

Rebekka schildert, wie sie sich eine Kopie von Alexanders Schlüssel für das Haus seiner Stiefmutter hatte machen lassen. Damit drang Viktor lautlos ins Haus der Dannenbergs ein und überwältigte Ulrike. Bevor er sie wegschaffte, öffnete er als Täuschungsmanöver die Terrassentür und deponierte eine verwanzte Steckerleiste im Haus. Rebekka hatte die alte Steckerleiste vorher als Vorlage fotografiert.

Rebekka grinst: „Über die Wanze haben wir Dannenberg immer wieder abgehört, um zu überprüfen, ob er die Bullen außen vor lässt."

Für das Abhören der Wanze und die Telefonate mit Ronald bei der Lösegeldübergabe hatte Viktor zwei verschiedene Handys benutzt. Rebekka war es auch, die Alexander auf die Idee brachte, eine Imitation des Klinikschlüssels für die „Patientenbefreiung" in Ilten anfertigen zu lassen.

„Und wo ist dieser Viktor Thum jetzt?", fragt Anna vorsichtig nach.

„Das geht dich nichts an", fertigt Rebekka sie ab und verschweigt, dass Viktor ausgestiegen ist nach Ulrikes Flucht aus der Zuckerfabrik. Angeblich kam er im Krankenhaus nicht mehr an die bewachte Frau heran, außerdem befürchtete er, verräterische DNA-Spuren am Tatort zurückgelassen zu haben. Er war mit der Million Lösegeld zufrieden und verspürte keinerlei Interesse mehr, die abgetauchte Anna Sonnenberg aufzuspüren. Die Auflösung ihres gemeinsamen Kontrakts hatte er Rebekka gestern Abend im Büro des Lindener „Fantasy-Shops" bekanntgegeben. Als er sich dennoch mit ihr amüsieren wollte, kam überraschend Alexander dazwischen, der Rebekkas Protest als ängstlichen Hilferuf fehlgedeutet hatte. Mit einem vorgetäuschten Weinen flüchtete sie aus dem Raum. Danach war ihr klar, dass sie ihren Rachefeldzug allein zu Ende führen musste und ihr nur noch wenig Zeit dafür blieb. Auf Viktor brauchte sie dabei keine Rücksicht zu nehmen.

„War das ein Zufall, dass du heute Morgen bei Jannik im Gesundheitsamt aufgetaucht bist?", äußert Anna, der offensichtlich die Geschehnisse der letzten Stunden immer noch unstimmig erscheinen.

„Keineswegs", triumphiert Rebekka. „Viktor hat ein Gespräch zwischen Dannenberg und Seifert abgehört, in dem sich dein Freund damit brüstet, dass einer seiner Sozialarbeiter dir ein geheimes Versteck in Hildesheim zur Verfügung gestellt hat. Jemand, den du über die Esperanto-Szene kennen würdest. Und zwar der einzige männliche Sozialarbeiter in der Zentrale des Sozialpsychiatrischen Dienstes ... Außerdem hat Seifert Dannenbergs Schwiegermutter erzählt, dass du dir sehnlichst Gesellschaft wünscht."

„Mark hat sich solche Gedanken um dich gemacht und dir unsere Hilfe angeboten ..."

„Das ist mir sehr entgegengekommen ... Als ich im Gesundheitsamt meine gute Beziehung zu Dannenberg betont habe, fand Wagner mich bestimmt noch vertrauenswürdiger. Ursprünglich hatte ich gehofft, dass mich Wagner zu dir fährt und gleich wieder verschwindet. Als er bleiben wollte, musste ich meinen Plan ändern. Auf der Fahrt hierher hat er mir übrigens erzählt, dass seine Freunde ihn ‚Rasputin' nennen."

„Aber wie ist der Umschlag mit den Briefen und dem Zeitungsartikel in Janniks Tasche gekommen?"

Rebekka merkt, dass Anna mit ihrer Fragerei Zeit schinden will. Aber das wird ihr nichts nützen. Zeit hat Rebekka genug. Es ist gerade einmal 15 Uhr. Seifert erscheint nicht vor 16:30 Uhr.

„Als du dich im Schlafzimmer umgezogen und Wagner bei seiner Reparatur im Bad Gesellschaft geleistet hast, war ich nicht untätig. Ich habe den Umschlag, das Klebeband und die Stricke aus meinem Rucksack in Wagners Tasche gepackt. Das ganze Grillzeug darin hatte Wagner freundlicherweise vorher in den Kühlschrank verfrachtet."

„Du hast so ängstlich und schutzbedürftig gewirkt ..."

„Ich musste mich jahrelang verstellen und Gefühle spielen, die ich nie hatte." Rebekkas Mundwinkel zucken, und ihre Stimme bekommt einen wütenden Klang: „Ich habe das ängstliche Mädchen, das weglaufen möchte, wieder einmal überzeugend gespielt ... Meine Geschichte mit dem belauschten Handygespräch war natürlich frei erfunden."

Rebekka springt vom Stuhl auf und geht angespannt hin und her.

„Und wenn ich nicht in Janniks Tasche geschaut hätte ...?"

„Dann hätte ich dich schon dazu gebracht, verlass dich drauf."

Anna ist aufgefallen, dass Rebekka ihre Beine flüssig bewegt.

„Und ich wollte noch bei dir ausharren, weil du mit deinem verdrehten Knie nicht flüchten kannst", bekundet Anna mit einem Kopfschütteln.

„Schön blöd", frohlockt Rebekka. „Dein dämliches Mitleid hatte ich gleich mit eingeplant."

„Ich weiß nicht, was du seit dem Tod deiner Mutter alles durchgemacht hast, aber wenn du mich umbringst, entsteht nur noch mehr Unglück in deinem Leben. Lass Jannik und mich gehen."

„Mein Leben ist sowieso zu Ende. Ich habe zwei Mütter und zwei Väter verloren, und zuletzt meinen Bruder."

Rebekka beendet abrupt das Gespräch und bindet Annas Unter- und Oberschenkel in gebeugter Haltung zusammen, zusätzlich zieht sie ihr Klebestreifen über Mund und Augen. Dann entfernt sie alles aus Annas Reichweite.

„Ich bin in einer Viertelstunde wieder zurück", verkündet Rebekka ihrer auf dem Boden liegenden Gefangenen, die weiterhin am Griff der Backofenklappe festgemacht ist. Der Plan geht in die nächste Phase.

Rebekka verlässt das Haus und tritt auf die Veranda. Die Eingangstür hat auf beiden Seiten eine Klinke, damit sich niemand durch das Zuschlagen der Tür versehentlich aussperren kann. Rebekka hat den Hausschlüssel an sich genommen und schließt die Eingangstür ab.

Das Ferienhaus liegt abseitig auf einem eingezäunten Grundstück. Die Bewohner der beiden Nachbarhäuser sind nicht da. Dass sich gerade in den nächsten fünfzehn Minuten während Rebekkas Abwesenheit zufällig ein Wanderer hierher verirrt, der auf das Grundstück läuft, ist äußerst unwahrscheinlich. Sie geht zu Wagners schwarzem Citroën und fährt damit weg. Ihr Ziel ist die nächste Tankstelle, die sie bereits auf der Hinfahrt gesehen hat, mit dem Auto nur etwa sechs Minuten von hier entfernt. Von Jasper weiß sie, dass sich an dieser Tankstelle ihre Mutter verbrannt hat.

*

Rebekka Kemper erreicht ohne Verzögerung die Tankstelle, kauft einen Zehn-Liter-Kanister und füllt diesen mit Benzin. Während des Einkaufs hat sie ihr Fahrtenmesser im Auto gelassen, um nicht aufzufallen. Susanne Ewert ist am 22. August gestorben, einem Samstag. Heute ist der 22. Juli. Die Vergeltung ließ sich nicht mehr auf den genauen Jahrestag verschieben. Rebekka hatte heute Vormittag vom Zeitungsausschnitt über den Suizid ihrer Mutter am oberen Rand die Datumsangaben zu Monat und Jahr abgerissen. Sie wollte Anna vorgaukeln, dass heute Susanne Ewerts fünfzehnter Todestag ist, und ihr dadurch plausibel machen, warum Jannik Wagner sie erst heute umbringen will.

Tatsächlich ist Rebekka keine zwanzig Minuten weg. Sie findet die Situation in dem Ferienhaus genauso vor, wie sie sie verlassen hat. Den Benzinkanister hat sie mit ins Haus genommen.

„Jetzt kann es losgehen", äußert Rebekka und entfernt den Klebestreifen von Annas Augen. „Damit du auch siehst, was passiert … Egal, ob ich in einer Stunde noch lebe oder sterbe, am Ende bin ich erlöst. Zehn Liter Benzin sollten dafür reichen. Nachher bekommst du eine ausgiebige Benzindusche. Sobald Seifert hier ahnungslos zur Tür hereinspaziert, wird er miterleben, wie es ist, einen geliebten Menschen auf schreckliche Weise zu verlieren. Das Bild, wenn du wie eine Fackel brennst, vergisst er nie!"

Zur Bestätigung ihrer Worte zieht sie ein Feuerzeug aus der Hosentasche.

65

Zum Glück ist die Entfernung bis zu Annas Versteck nicht weit! Von der Nervenklinik Hildesheim bis zum Ferienhaus von Janniks Schwester sind es über die Landstraße nach Goslar nur ungefähr drei Kilometer. Eilig habe ich mich in der Klinik verabschiedet und bin zu meinem Wagen gehastet. Ich steige ein und fahre sofort los.

Handelt es sich bei Rebekka Kemper wirklich um Jasper Ewerts Schwester? Was weiß ich noch über sie? Ulrike hat mir erzählt, dass Rebekka bis Dezember letzten Jahres in Hamburg gelebt hat. Was genau Rebekka dort gemacht hat, ist nicht zur Sprache gekommen.

Mit hoher Geschwindigkeit sause ich die Landstraße entlang, biege rechts in eine Straße ein, die durch Felder unter der Autobahn hindurch Richtung Wald führt. Kein Auto kommt mir entgegen. Die Straße endet irgendwann bei einem Ausflugslokal. Aber so weit muss ich nicht fahren. Vor dem Wald biege ich rechts in einen kleinen Weg ab und bringe den Wagen nach zweihundert Metern zum Stehen.

Jetzt heißt es überlegen. Wenn Anna nicht an ihr Smartphone gegangen ist, weil sie mit Jannik am Badesee ist, hat sich alles in Wohlgefallen aufgelöst. Rebekkas Stimme klang sehr einladend, als ich mein Kommen angekündigt habe. Sie erwartet mich also. Sollte sie die Drahtzieherin hinter den ganzen schrecklichen Vorfällen der letzen Wochen sein, muss ich mit dem Schlimmsten rechnen, wenn ich dort auftauche. Ich mag gar nicht dran denken. Entweder sie hat Anna bereits etwas angetan und will auch noch mich auslöschen, oder sie wartet auf mein Eintreffen, um Anna vor meinen Augen zu töten. Letzteres ist nicht unwahrscheinlich, wenn es darum geht, jemanden durch den Verlust eines geliebten Menschen zu bestrafen.

Auf jeden Fall ist es sinnvoll, wenn sie mich nicht kommen sieht. Der Weg am Wald entlang macht eine Biegung. Selbst wenn Rebekka vor dem Grundstück auf mich wartet, könnte sie mich von dort weder sehen noch hören.

Ich steige aus und verschließe den Wagen. Von hier ist es sicherer, wenn ich zu Fuß durch den Wald weitergehe. Ich haste durch das Unterholz, bis ich auf einen Wanderweg stoße. Mein Schweiß hat gleich das Interesse einiger Insekten geweckt, die mich hartnäckig begleiten. Aber davon lasse ich mich nicht beirren. Es sind noch mehrere Hundert Meter bis zum Ziel. Ich bin leicht aus der Puste, als vor mir auf der rechten Seite die Rückseite des Ferienhauses durch die Bäume zu sehen ist. Ich stoppe ab und sehe mir das Ganze aus der Entfernung an. Gleich das erste der drei Ferienhäuser gehört Janniks Schwester. Auf dem Grundstück sind hinter dem rückwärtigen Zaun mehrere Forsythien und Scheinzypressen gepflanzt, die Wanderern die Sicht durchs Fenster in das Wohnzimmer versperren. Der einzige Eingang befindet sich auf der Vorderseite mit der Veranda zum Feld hin. Die beiden Wohnzimmerfenster haben halbe Gardinen. Die größte Chance, unbemerkt einen Blick ins Haus zu werfen, bietet das Wohnzimmerfenster an der Rückfront. Die Aufmerksamkeit von Rebekka sollte nach vorne auf den Eingangsbereich gerichtet sein.

Ich schleiche mich seitlich an das Grundstück heran und überwinde mühelos den hüfthohen Holzzaun. Einige Schritte, dann erreiche ich die fensterlose seitliche Hauswand. Vorne im Garten scheint sich niemand aufzuhalten. Ein schwarzer Citroën parkt vor dem Grundstück. Die Tür des Geräteschuppens ist verschlossen. Einige Gartengeräte liegen im Blumenbeet. Ich meine ein leises Geräusch zu hören, als ob jemand von innen gegen die Schuppenwand schlagen würde. Der Verdacht liegt nahe: Im Schuppen ist jemand eingesperrt. Anna, Jannik ... oder beide? Ich schiebe mich vorsichtig um die hintere Hausecke und stelle mich direkt neben das rückwärtige Wohnzimmerfenster. Jetzt wird es gefährlich. Sobald ich vor das Fenster trete, kann ich über die Gardine hinweg in den dahinterliegenden Wohnraum sehen. In diesem Moment kann ich allerdings auch von innen bemerkt werden. Aber es gibt keine andere Möglichkeit. Das kurzärmelige Hemd, das ich trage, ist inzwischen völlig durchgeschwitzt. Innerlich zähle ich bis drei. Ich federe mich ab und stehe mit einem Ruck vor dem Fenster.

Oh, mein Gott!

Auf dem Fußboden, angebunden an den Backofen, liegt eine gefesselte Anna. Ihre Kleidung und ihre Haare sind durchnässt. Ein Kanister steht im Raum. In Annas Nähe steht eine Frau mit dem Rücken zu mir, in der Hand ein Feuerzeug. Unruhig bewegt sie sich von einem Bein aufs andere. Ich habe genug gesehen und verschwinde sofort wieder vom Fenster. Kanister, Feuerzeug, die Situation ist klar. Rebekka hat Anna mit Benzin übergossen. Die junge Frau ist Jaspers Schwester! Anna soll auf die gleiche Weise zu Tode kommen wie Susanne Ewert. Das bedeutet, dass der andere Gefangene im Geräteschuppen nur Jannik sein kann. Wie um alles in der Welt ist es der jungen Frau gelungen, Anna und den kräftigen Jannik zu überrumpeln?

Ich muss mich zwingen, nicht in eine hilflose Starre zu verfallen. Auf keinen Fall darf Anna etwas passieren!

Die Tatsache, dass Rebekka ihr todbringendes Werk noch nicht zu Ende geführt hat, bedeutet, dass sie auf etwas wartet – auf mich. Sobald ich auftauche, steckt sie Anna in Brand. Soll ich wieder verschwinden?

Rebekka hat eben eine derartige Anspannung und Ungeduld ausgestrahlt, dass ich befürchte, dass sie es nicht mehr lange aushält, sich mit dem Anzünden von Anna zurückzuhalten. Bei der relativ kurzen Fahrstrecke vom Krankenhaus sollte ich längst hier sein. Bereits jetzt müsste sie Verdacht schöpfen, dass ihr Vorhaben nicht mehr nach Plan läuft. Und wenn sie mutmaßt, dass hier gleich die Polizei aufkreuzt, geht sie möglicherweise auf Nummer sicher und tötet Anna, bevor ich komme.

Die Zeit ist knapp. Selbst wenn ich wollte, würde ich nie und nimmer rechtzeitig ein Spezialeinsatzkommando der Polizei in dieses Stück Wald beordert bekommen. Wenn ich nichts oder das Falsche tue, kostet das mit Sicherheit Anna das Leben. Mir bleibt keine Wahl. Ich muss ganz schnell handeln. Aber wie kann ich verhindern, dass Rebekka die mit Benzin übergossene Anna anzündet?

Ich lasse alle Informationen über Rebekka und ihr Verhalten noch einmal im Eiltempo Revue passieren. Woran orientiert sie sich? Was ist ihr wichtig? Susanne und Jasper waren ihre Familie, und beide sind durch Feuer ums Leben gekommen. Feuer – Schmerzen und Zerstörung. Feuer kann einen Menschen bis zur Unkenntlichkeit vernichten. Auf einmal schießt mir ein Gedanke durch den Kopf, völliger Quatsch, oder eine letzte Chance? Er greife den Gedanken auf und entwickle ihn hastig weiter. Ich muss es wagen, sonst ist Anna in den nächsten Minuten tot. Für meinen Plan muss ich mich ein Stück vom Haus entfernen. Rebekka darf mich auf keinen Fall hören, sonst ist auf der Stelle alles verloren. Ich begebe mich zurück in den seitlichen Teil des Grundstücks, wo ich nicht von innen gesehen werden kann. Dann klettere ich über den Zaun und renne einige Meter in den Wald. Aus meinem Versteck im Unterholz kann ich leidlich das Rasenstück vor dem Haus und den Geräteschuppen im Auge behalten.

Ich taste nach meinem Handy, das ich wie üblich mit einem Clip am Hosengürtel meiner Jeans befestigt habe. Dann wähle ich über das Adressbuch Annas Nummer und warte, was geschieht.

Es klingelt einmal, zweimal, dreimal ...

Rebekka geht an den Apparat.

„Ja ...?"

Ich gebe meiner Stimme einen hektischen Klang: „Hier ist Mark Seifert. Ich bin noch in der Nervenklinik. Ist Anna ... Frau Sonnenberg schon vom Badesee zurück."

„Nein."

„Nach unserem Telefonat bin ich in der Klinik aufgehalten worden. Ich habe wichtige Neuigkeiten. Jannik Wagner ist womöglich eine Gefahr für Anna. Er steckt mit einem gewissen Jasper Ewert unter einer Decke. Ein Mann, der sich an mir rächen will. Ich dachte erst, der wäre seit Monaten tot. Aber der lebt noch ..."

Pause am anderen Ende der Leitung, dann sagt Rebekka: „Ich verstehe nicht, was Sie da sagen."

„Ist auch kompliziert. Dieser Jasper hat seinen Tod nur vorgetäuscht, hat eine verkohlte Leiche für sich ausgegeben. Aber die Details sind nicht wichtig. Jannik

Wagner ist sein Komplize. Der hat vor Jahren mal in der Nervenklinik gearbeitet ... Wir müssen schnell Anna warnen."

„Was ist das für eine verworrene Geschichte?"

„Ich habe eben noch mit einem Pfleger gesprochen, der diesen Jasper irgendwie kennt. Und der Pfleger hat Jasper todsicher vor einer Woche in Hildesheim gesehen – zusammen mit Jannik."

Rebekka wirkt verunsichert, reagiert schließlich mit einer Frage: „Wieso ist Jannik eine Gefahr?"

„Er hat mir noch vorgestern erzählt, dass Jasper im Auto verbrannt ist. Aber er hat ihn persönlich getroffen. Der Pfleger hat beide hundertprozentig erkannt. Jannik hat mich belogen, er muss was im Schilde führen."

„Wann kommen Sie denn jetzt?"

„Ich spreche gleich noch mal kurz mit dem Pfleger", antworte ich hektisch. „In zehn Minuten bin ich bei Ihnen. Hoffentlich ist Anna nicht schon was passiert."

Ich verabschiede mich und beende das Gespräch. Jetzt kann ich nur noch abwarten und hoffen ...

66

Rebekka Kemper lässt Annas Smartphone fallen und starrt völlig irritiert aus dem Fenster zum Geräteschuppen. Sie ist an diesem Ort, weil sich ihre Mutter vor fast fünfzehn Jahren hier ganz in der Nähe verbrannt hat. Alle Erkenntnisse verdankt sie ihrem Halbbruder Jasper. Unerträglich war der Schmerz über seinen Tod. Und jetzt gibt es Hoffnung, dass er lebt?! Natürlich kann sich der Pfleger auch täuschen. Aber Seifert wirkte sehr überzeugt davon. Warum hat Jasper seinen Tod vorgetäuscht und sie nicht darüber eingeweiht? Er hat sogar einen Bekannten dazu gebracht, bei ihr anzurufen, um ihr die Todesnachricht auszurichten. Hat er ihr nicht vertraut? Jannik Wagner hat sich heute gegenüber Seiferts Theorien über Jasper sehr skeptisch gezeigt. War das alles nur Schauspielerei?

Sie hat noch genug Zeit, um sich vor Seiferts Ankunft Gewissheit zu verschaffen. Bevor sie vielleicht im Feuer mit Anna ums Leben kommt, will sie wissen, ob ihr Bruder lebt. Das Feuerzeug steckt sie in die Hosentasche, um es immer bei sich zu haben. Sie stürzt aus dem Haus, rennt auf den Schuppen zu, schließt hastig die Tür auf. Der gefesselte Jannik Wagner liegt immer noch am Boden. Rebekka befreit ihn von seinem Knebel und schreit: „Wo ist mein Bruder? Was hast du mit ihm zu tun?"

67

Ich kann es gar nicht fassen. Dem Himmel sei Dank! Rebekka ist im Schuppen verschwunden. Aber Anna ist nicht außer Gefahr. Wenn Rebekka nur den kleinsten Verdacht schöpft, dass sie getäuscht worden ist, rennt sie mit dem Feuerzeug ins Haus zurück. Im Moment wäre sie sicher noch vor mir dort. Ich muss mich beeilen, darf Rebekka aber auf keinen Fall durch verräterische Geräusche vorzeitig warnen.

Aus dem Schuppen höre ich Rebekka, voller Wut und Verzweiflung schreit sie Jannik an. Hoffentlich spielt der mit!

Ich sprinte los, überspringe den Zaun und trete im Beet auf einen vertrockneten Ast. Das Knacken bringt mich dem Herzinfarkt nahe. Zu spät, sie hat es gehört. Rebekka dreht sich im Schuppen um und hat die Situation sofort erkannt.

„Seifert, du Schwein!", brüllt sie mit maximaler Lautstärke und rast auf das Haus zu. Ich stürze von der Seite auf sie zu, um sie vor dem Haus abzufangen. Direkt vor der Veranda stoßen wir zusammen, fallen übereinander auf den Rasen, sie schlägt auf mich ein, kratzt, schreit wie von Sinnen. Ich habe Mühe sie zu bändigen, kriege mehrere Schläge ins Gesicht, sie versucht mich zu beißen, bringt dabei eine irrsinnige Energie auf. Ich greife mir einen Arm, plötzlich hat sie in der anderen Hand ein Messer, versucht auf mich einzustechen. Es wird gefährlich. Meine Kampfsporterfahrung ist gefragt. Hasserfüllte Augen starren mich an, sie kennt keine Grenzen mehr. Ich erfasse den richtigen Moment, versetze meiner Angreiferin gezielt einen kräftigen Handkantenschlag, treffe sie auf dem Druckpunkt über der Oberlippe. Augenblicklich erschlafft ihr Körper, das Messer fällt ihr aus der Hand. Ich lasse ihren Körper zur Seite gleiten und ertaste in ihrer Hosentasche ein Feuerzeug, welches ich auf der Stelle an mich nehme.

Erst jetzt bemerke ich meinen keuchenden Atem. Tränen der Erleichterung laufen mir über die Wangen. Gerettet! Im letzten Moment. Ich schaue zum Eingang des Ferienhauses und schreie vor Erleichterung: „Anna ... Anna!"

68

Die schrecklichen Vorfälle in dem Hildesheimer Ferienhaus liegen gerade einmal drei Tage zurück, kommen mir aber schon sehr unwirklich vor. Ich bin am späten Nachmittag bei Anna in ihrer Wohnung in Hannover-Linden. Den Schlag auf den Kopf hat sie körperlich gut weggesteckt, aber die Stunden in Todesangst haben bei ihr Schlafstörungen und Schreckhaftigkeit ausgelöst. Jannik Wagner hat etwas mehr abbekommen – eine gewaltige Kopfplatzwunde und die nicht weniger schmerzhafte Erfahrung, dass er auf einige Frauen alles andere als harmlos wirkt. Anna ist es sehr unangenehm, dass sie ausgerechnet ihn, der sie beschützen wollte, niedergestreckt hat.

Keiner von uns sagt ein Wort. Wir sitzen auf dem Sofa und haben uns fest in den Arm genommen. Ich bin glücklich, dass es sie gibt. Beinah hätte ich sie für immer verloren.

Es klingelt. Wir wissen, wer kommt. Der Besucher hat sich vorher angekündigt.

„Guten Tag, Herr Stelter", begrüße ich den Hauptkommissar. „Bitte kommen Sie rein."

Stelter hat noch einige Fragen zu dem Fall, die wir bereitwillig beantworten.

„Rebekka Kemper hat nach ihrer polizeilichen Festnahme praktisch jeden inneren Widerstand aufgegeben und ein umfassendes Geständnis abgelegt", erklärt der Hauptkommissar im Anschluss an seine Fragen. „Dadurch ist die Rolle, die der getötete Viktor Thum bei den Verbrechen spielte, weitgehend aufgeklärt. Seine DNA ist zudem identisch mit den DNA-

Spuren, die wir auf dem Gelände der Zuckerfabrik sichergestellt haben. Die ehemalige Putzfrau von Herrn Dannenberg haben wir ganz zu Unrecht verdächtigt. Frau Dr. Dannenberg muss also nicht mehr befürchten, dass ihre ehemaligen Entführer ihr weiterhin nach dem Leben trachten."

„Das wird sie entlasten. Die Gehirnblutung hat sie zum Glück ohne neurologische Schäden überstanden, was alles andere als selbstverständlich ist. Aber psychisch wird sie noch lange an den Folgen der Entführung zu knabbern haben", mutmaße ich.

Stelter nickt verständnisvoll: „Mein Eindruck ist, dass sich Herr Dr. Dannenberg liebevoll um sie kümmern wird."

„Und nicht nur er. Unsere Tochter Katharina scheut keine Kosten und kommt aus Australien rüber, um ihre Mutter zu besuchen."

„Geld wird nicht das Problem sein", schmunzelt Stelter. „Wir haben die Million Lösegeld gefunden."

Jetzt bin ich wirklich überrascht: „Und wo?"

„Viktor Thum hat monatlich per Dauerauftrag einen kleinen Geldbetrag überwiesen. Miete für eine Zweitgarage in einer unterirdischen weitläufigen Garagenanlage, gelegen in einem Vorort von Hannover. In der Garage haben wir den Geldkoffer gefunden. Offenbar sollte das Geld dort nur vorübergehend zwischengelagert werden."

Immerhin etwas. Familie Dannenberg hat es momentan nicht leicht. Ulrike ist wegen ihrer Knochenbrüche für längere Zeit außer Gefecht gesetzt, Ronalds berufliche Pläne sind bis auf Weiteres den Bach runtergegangen, und Alexander muss den Schock verkraften, dass seine vermeintliche Freundin ihn lediglich als Mittel zum Zweck für ihre teuflischen Rachepläne ausgenutzt hat. Bleibt zu hoffen, dass sich Vater und Sohn vielleicht ein wenig näherkommen angesichts der gemeinsam erlittenen Tiefschläge.

„Gehört die Frau, die diesen Viktor Thum getötet hat, zu der satanischen Sekte?", schaltet sich Anna ein.

„So sieht es nach unseren Erkenntnissen aus", bestätigt der Hauptkommissar. „Wie Sie der Zeitung entnehmen konnten, wurde sie in die Forensische Psychiatrie in Wunstorf eingewiesen."

Nach meiner Einschätzung war Milena Drimalla zum Zeitpunkt der Tötung krankheitsbedingt schuldunfähig oder zumindest vermindert schuldfähig. Aber damit wird sich noch ein psychiatrischer Gutachter ausführlich beschäftigen.

„Ich habe vor längerer Zeit gelesen, dass unter den vermummten Teilnehmern von Schwarzen Messen angeblich auch angesehene Persönlichkeiten wie Politiker oder Ärzte sein sollen, die sich dort sexuell austoben", führt Anna mit einem gewissen Eifer das Thema Satanismus weiter. „Wenn so was rauskommt, sind die doch in der Öffentlichkeit erledigt?!"

Stelter zuckt mit den Schultern.

„Tja, wird wohl so sein", murmle ich.

„Mich würde mal interessieren, was das für Typen sind, die ein derartiges Doppelleben führen." Anna guckt mich vielsagend an.

Meine Antwort kommt postwendend: „Also ich kenne persönlich niemanden."

Danksagung und Anmerkungen

Mein Dank gilt Hans-Rudolf Heise, Dozent für politische Bildung am Bildungszentrum Ith. Als ausgezeichneter Kenner in Sachen Okkultismus und Neosatanismus hat er mir sein breites Wissen zu diesem vielfältigen und schillernden Themenkomplex zur Verfügung gestellt und meine zahlreichen Fragen anschaulich und detailliert beantwortet.

Das im vorliegenden Kriminalroman beschriebene „Anti-Heroin-Projekt" in Afghanistan ist kein Fantasie-Produkt. In der Realität hatte der Dipl.-Volkswirt Dirk Reinecke aus Bad Münder die originäre Idee zu diesem Vorhaben. Zusammen mit seinem Koautor Dr. Helmut Burdorf veröffentlichte er die Ausarbeitung und diskutierte das Vorhaben unter anderem mit dem Auswärtigen Amt in Berlin. Persönlich stellten beide das Konzept dem Büro der Vereinten Nationen für Drogen- und Verbrechensbekämpfung (UNODC) in Wien vor. Dirk Reinecke hat mir wichtige Teile seiner Aufzeichnungen zur ausdrücklichen Verwendung in diesem Roman zugänglich gemacht. Dafür möchte ich mich an dieser Stelle recht herzlich bei ihm bedanken.

Im Roman wird an einigen Stellen Esperanto gesprochen. Die Mitglieder meiner Esperanto-Gruppe in Hannover haben sich sofort bereit erklärt, alle von mir auf Esperanto verfassten Sätze noch einmal auf Fehler gegenzulesen. Vielen Dank für die Unterstützung!

Mir ist bekannt, dass in der ehemaligen Zuckerfabrik in Weetzen noch bis Ende November 2012 Aluminiumbehälter für Lebensmittel hergestellt worden sind und dass dort auch im Jahr 2013 weiterhin einige Mitarbeiter einer Verpackungsfirma gearbeitet haben. In meinem Roman hingegen ist die alte Zuckerfabrik aus dramaturgischen Gründen seit über zwei Jahren vollständig verlassen.

Eine nicht ganz unwichtige Rolle hat zudem mein quirliger kleiner weißer Hund Benny gespielt. Auf unseren täglichen Spaziergängen sind mir immer wieder die noch fehlenden Details meines Krimis eingefallen, die ich anschließend sofort in mein Notebook getippt habe. Wer weiß, wie das Buch ohne ihn geworden wäre ... ;-))

Thorsten Sueße
Hemmingen, im März 2014

Im Verlag CW Niemeyer bereits erschienen ...

Mark Seiferts 4. Fall

Diese Frage stellt sich der 20-jährige Paul. In ihm existieren zwei unterschiedliche Persönlichkeiten, die – bis auf wenige Ausnahmen – nichts voneinander wissen. Ein Hannoverscher Bestsellerautor wird abends vor seinem Haus von einer unbekannten Gestalt getötet. Paul befürchtet, der Täter zu sein, kann sich jedoch an nichts erinnern. Kurz darauf beginnt der renommierte Psychiater Dr. Mark Seifert eine heimliche Affäre mit Pauls Mutter, bringt damit eine tödliche Kaskade ins Rollen. Es gibt ein altes, düsteres Geheimnis, dessen Aufdeckung einige Personen in Pauls Umfeld um jeden Preis verhindern wollen. Die verstörende Wahrheit kostet mehrere Menschenleben. Gelingt es Mark Seifert, die Hintergründe der Tötungsserie aufzudecken, bevor der Täter ein weiteres Mal zuschlägt?

Thorsten Sueße. Hannover sehen und sterben
512 Seiten. Klappenbroschur. ISBN 978-3-8271-9508-1
E-Book   9978-3-8271-8565-5 (Pdf)
         978-3-8271-8364-4 (Epub)

Im Verlag CW Niemeyer bereits erschienen ...

Julia Wunders Vater Wolfgang Hillberger vermisst seinen Bekannten Konrad im Caféhaus. Hillberger vermutet, dass er krank ist und stattet ihm einen Hausbesuch ab. Doch wie er seinen Kaffeebruder vorfindet, lässt ihn erschaudern. Er informiert seine Tochter, Hauptkommissarin Wunder, die mit Assistent Vlassi nach kurzer Zeit an Ort und Stelle ist. Der Kaffeegenosse ihres Vaters hängt im Wohnzimmer bäuchlings von der Decke herab, als ob er fliegen wolle. Handelt es sich um einen perfiden Mord? Doch unser Kommissar-Duo Julia und Vlassi knackt gemeinsam mit dem Kollegen Lustig von der anderen Rheinseite auch diesen Fall – wiederum mit Witz, Humor und seltsamen Ideen.

Lothar Schöne. Der Tod lebt im Rheingau
400 Seiten. Taschenbuch. ISBN 978-3-8271-9574-6
E-Book   978-3-8271-8589-1 (Pdf)
          978-3-8271-8388-0 (Epub)

Im Verlag CW Niemeyer bereits erschienen ...

38 Jahre lang hat Hanka Altmann aus der DDR vergeblich nach ihrem Sohn Sascha gesucht, der mit 4 Jahren während eines Ausflugs im Thüringer Wald entführt wurde. Eines Tages begegnet ihr ein Mann, der ihr Sohn sein könnte. Hanka engagiert den Detektiv Stefan Blume, der Sascha aufspüren soll. Der Gesuchte lebt unter dem Namen Erik Galland im Harz. Dort sammelt er er als V-Mann des Verfassungsschutzes Informationen in der Neo-Nazi-Szene. Als drei von Eriks Nazi-Kameraden ermordet werden, fürchtet auch er um sein Leben. Dann begegnet Erik seiner vermeintlichen Mutter und dem Detektiv Blume. Gemeinsam begeben sie sich auf die Spuren ihrer jeweiligen DDR-Vergangenheit und kommen dabei dem Mörder der Nazis bedrohlich nahe ...

Roland Lange. Harzkinder
384 Seiten. Taschenbuch. ISBN 978-3-8271-9575-3
E-Book   978-3-8271-8590-7 (Pdf)
             978-3-8271-8389-7 (Epub)

Im Verlag CW Niemeyer bereits erschienen ...

Als die Assistentin Maud die Post sichtet, explodiert eine Sendung. Während die Polizei die Ermittlungen aufnimmt, häufen sich die Ereignisse bei der „Weser-Gazette". Ein Brand im Papierlager der Druckerei scheint relativ harmlos, doch ein Bekennerschreiben folgt. Redakteure verunglücken unter mysteriösen Umständen tödlich. Die Chefredakteurin wird entführt. Ihre Erpresser fordern den Erhalt des Konkurrenzblattes „Minden-Journal", dessen Ende beschlossene Sache ist. Nur eine Tageszeitung soll erhalten bleiben, haben die Verantwortlichen vereinbart. Erste Verdächtige haben Alibis, muss Hauptkommissar Alexander Rosenbaum feststellen. Wie steht es aber um den international agierenden Großinvestor und Medienmogul, der Zeitungen in seinem Besitz sammelt?

Andrea Gerecke. Zeilenfall
352 Seiten. Taschenbuch. ISBN 978-3-8271-9569-2
E-Book   978-3-8271-8587-7 (Pdf)
              978-3-8271-8386-6 (Epub)

Im Verlag CW Niemeyer bereits erschienen ...

Hauptkommissarin Inka Brandt zieht nach einer unangenehmen Trennung mit ihrer Tochter von Lübeck nach Undeloh in die Lüneburger Heide. Ihre Schwester betreibt dort einen Biobauernhof. Die reine Idylle sollte man meinen. Doch weit gefehlt, denn bald schon liegt ein Toter im Dorfteich. Zusammen mit ihren Kollegen von der Hanstedter Kripo beginnt Inka zu ermitteln. Der Tote war Therapeut im Seerosenhof, einer psychosomatischen Klinik. Über das Opfer sagen alle nur Gutes – selbst die Patienten –, von Mordmotiven will niemand etwas wissen. Als aber eine zweite Leiche gefunden wird, beginnt sich Inka ernsthaft zu fragen, ob es tatsächlich so eine gute Idee war, aufs Land zu ziehen ...

Angela L. Forster. Heidefeuer
416 Seiten. Taschenbuch. ISBN 978-3-8271-9554-8
E-Book   978-3-8271-8581-5 (Pdf)
          978-3-8271-8380-4 (Epub)

Im Verlag CW Niemeyer bereits erschienen …

Koblenz, die beschauliche Touristenstadt an Rhein und Mosel, wird in Angst und Schrecken versetzt. Jeden 3. Tag geschieht ein grauenvoller Mord, jede Tat trägt eine andere Handschrift und die Opfer haben keinerlei Gemeinsamkeiten. Obwohl Kriminalhauptkommissar Auer, Leiter der Mordkommission, frühzeitig die Handschrift eines Serienkillers vermutet, nehmen seine Vorgesetzten ihn nicht ernst. Er ist wegen seines vorlauten Mundwerks in Ungnade gefallen und sein Team besteht aus Beamten mit Disziplinarstrafen, aber er widmet sich trotz der Widerstände mit aller Kraft der Aufklärung der Verbrechen. Dabei erhält er unerwartete Unterstützung durch eine junge Praktikantin, die kurz vor ihrer Prüfung zur Kommissarin steht.

Dieter Aurass. Jeden 3. Tag
400 Seiten. Klappenbroschur. ISBN 978-3-8271-9544-9
E-Book   978-3-8271-8573-0 (Pdf)
               978-3-8271-8372-9 (Epub)

Folgt uns auf

#niemeyerbuch